RÉGRESSION

DU MÊME AUTEUR

Le Dernier Hyver, Belfond, 2017

FABRICE PAPILLON

RÉGRESSION

belfond

Belfond | un département **place des éditeurs**

place
des
éditeurs

À Vincent et Raphaël

« Ainsi les derniers seront les premiers et les premiers seront les derniers. »

Évangile selon Matthieu (20.16)

« Celui qui lutte contre les monstres doit veiller à ne pas le devenir lui-même. Et quand ton regard pénètre longtemps au fond d'un abîme, l'abîme, lui aussi, pénètre en toi. »

Par-delà le bien et le mal,
Friedrich Nietzsche

Chapitre premier

36 483 ans avant Jésus-Christ, péninsule Ibérique

Le bruit se rapprochait.

Ce n'était pas un lynx.

Ni une panthère.

Gnva, Chta et Bvé s'étaient dressés sur la pointe des pieds, le regard rivé sur la lueur blafarde qui s'infiltrait par l'entrée de la caverne.

Gnva passait en revue toutes les sonorités qu'il avait entendues depuis trente-cinq ans. Ses genoux, perclus d'arthrite, l'empêchaient de rester sur les orteils, et sa dernière côte brisée, au terme d'un corps-à-corps magistral avec le Cerf géant, le privait de se concentrer tout à fait.

Ce n'était pas l'Ours hirsute non plus. Il en était certain. La pire rencontre possible. La pire, avec le lion des cavernes, bien sûr.

Les pas s'étaient soudain tus.

Chta avait enveloppé Bvé de ses bras musculeux, et ses imposantes arcades broussailleuses formaient un arc qui implorait pitié. Un esprit venait-il les châtier ? Chta avait-elle omis une offrande ? Son petit collier d'os et de dents de lièvre irritait la peau diaphane de Bvé.

L'adolescent respirait vite. Sa poitrine se soulevait au rythme de celle de l'oisillon tombé du nid.

Dehors, le froid glacial avait figé toute la vallée. Quelques bouleaux esseulés et de rares saules cabraient leurs troncs pour parer aux assauts du vent. Plus haut, les glaciers semblaient progresser à pas de mammouth, si bien que le peuple des grands animaux fuyait jusque sur le territoire des hommes en quête d'un refuge.

Ici, depuis que Gnva était parvenu à déloger la hyène, l'herbe sèche couvrait les pierres d'un fin duvet, et le foyer brûlait nuit et jour au fond de l'antre. Il fallait se relayer pour l'entretenir ; jamais ils n'avaient failli.

À la lueur des flammes, les parois dévoilaient de modestes esquisses à l'ocre rouge. Bvé, malgré son jeune âge, se révélait d'une grande habileté. Il avait d'abord laissé l'empreinte de sa main ; puis, enhardi par son œuvre, le garçon avait tracé quelques lignes qui figuraient les bois du Cerf géant que son père avait terrassé.

Bon an, mal an, ils avaient réussi à survivre.

Jusqu'à cette aurore glacée.

Un craquement fit sursauter Gnva. Par réflexe, il tendit sa lance, cette arme redoutable aboutée d'un silex tranchant solidement arrimé par un tendon de lapin. C'est alors qu'il perçut les deux pupilles menaçantes. Il déglutit tandis que la sueur perlait déjà sur ses pommettes saillantes. Il recula de trois pas, acculant Chta et Bvé contre la paroi rocheuse. Imperceptiblement, l'animal s'avança. Le loup était immense. Ses crocs acérés chevauchaient déjà ses babines. Jamais Gnva n'avait vu un tel spécimen. Le combat serait d'une sauvagerie inouïe ; il n'y survivrait pas.

Il déroula le film de sa rude existence, en quelques secondes. Avec sa femme et son fils, ils représentaient une race pratiquement éteinte, alors qu'elle avait autrefois peuplé toutes les terres intérieures. Bien au-delà de la grande chaîne de glaciers.

Son petit était l'un des derniers espoirs de perpétuer l'espèce. Il espérait trouver, un jour, une femelle réchappée de la mort qui fauchait depuis des générations chaque tribu, chaque famille, les unes après les autres. Inéluctablement.

Il devait sauver Bvé, quoi qu'il advînt. Et tenter le tout pour le tout. Tandis que Gnva s'apprêtait à fondre sur la bête, un sifflement retentit. Aussitôt, le loup s'immobilisa puis s'assit sans broncher. Derrière l'animal, une dizaine de silhouettes se détachaient de l'obscurité. Elles marchaient sur deux jambes.

Gnva se pétrifia : c'étaient les Destructeurs. Il aurait tout donné pour mourir autrement. Comme son père, d'une fièvre aiguë qui lui avait arraché les pires souffrances, jusqu'au dernier souffle. Il se souvenait de son visage décharné, aussi glabre que la pierre. Et de ses orbites creusées par la douleur. Il aurait même préféré succomber comme son frère, piétiné par un mammouth. Ses chairs déchiquetées, écrasées jusqu'à l'os. Son crâne broyé comme une coquille d'œuf brisée. Ou bien périr comme sa mère, blessée dans une chute, amputée sans ménagement à l'aide d'un simple biface, puis emportée au terme d'une longue agonie par un mal qui avait rongé ses membres malgré le recours aux herbes sacrées.

Il n'avait jamais vu quiconque s'éteindre paisiblement.

Aujourd'hui, c'était leur tour. Mais ils devaient épargner Bvé. Le loup se redressa et vint se prosterner aux pieds du chef. Gnva et Chta étaient sidérés. Comment avaient-ils pu soumettre un loup ? Alors, les dix mâles et femelles approchèrent, sans l'ombre d'une crainte. Gnva serra solidement sa lance, prêt à la ficher dans le poitrail du premier qui s'aventurerait trop près.

Le chef, qui dépassait les autres d'une tête, leva un bras. Il était vêtu d'une épaisse fourrure, beaucoup plus soyeuse que les peaux de Gnva et de Bvé. Ses bijoux, couverts de nacre, étincelaient. Sa lance, d'une rectitude parfaite, était entaillée de jolis motifs. Au bout, le biface n'avait aucun défaut. Lisse, effilé. Une arme exceptionnelle. Derrière, les autres ne détonnaient pas. Ils étaient tous nantis de parures laineuses et d'armes aussi parfaites que dangereuses.

Le chef des Destructeurs, Draka, observa attentivement les trois bipèdes qui lui faisaient face. Il s'attendait à tout sauf à ça. Il n'avait jamais croisé ceux que les anciens nommaient les Monstres. Ils étaient difformes, avec leurs poitrines trapues, leurs os massifs, leur front bas barré d'une muraille de sourcils extravagante, et ces mentons tellement fuyants qu'ils semblaient dépourvus de mâchoire. Au-dessus, le nez protubérant mangeait leur face en forme de silex mal taillé.

Draka, fasciné, décortiquait aussi leurs pelures, de simples peaux de cheval ou d'antilope. Comment suffisaient-elles à les protéger du froid ? Bien sûr, les Monstres maîtrisaient le feu, comme en témoignait le modeste foyer qui fredonnait au fond de la grotte. Mais l'hiver glacial aurait emporté Draka et les siens s'ils avaient dû se contenter de si modestes fourrures.

Tout laissait accroire que ces hères dataient de l'époque des premiers Esprits. Ceux qui le visitaient parfois, la nuit, auprès du grand feu crépitant. Et si ces trois-là n'étaient pas vivants ? S'ils n'étaient pas réels ?

Pour s'en assurer, d'un geste d'une agilité prodigieuse, il cloua sa lance dans l'épaule du grand mâle. Gnva brama de douleur. Un cri rauque qui troubla les autres, au point que le dominant recula d'un pas. Même le loup frémit. Aussitôt, Bvé se précipita sur son père, en glapissant d'étranges sons. Chta pleurait et s'agitait comme un gibier pris en tenaille.

Draka imprégna ses doigts du liquide poisseux qui maculait sa lance. Ceux-là ressemblaient aux Esprits, mais ils étaient bien vivants. Puis il lécha son index et reconnut le goût du sang des siens. Une légende affirmait que leurs deux races étaient parentes, ce dont Draka doutait fortement. Comment des êtres si laids auraient-ils pu croître à partir des mêmes racines ?

Soudain, Chta, comme enragée, se précipita sur Draka. Sans ciller, le dominant planta violemment sa lance dans le crâne de la femelle, qui s'effondra. La face ensanglantée excita aussitôt le loup qui fondit sur elle.

Bvé, terrorisé, contempla l'immense mâchoire de l'animal dévorer sa mère. Ses larmes jaillirent de plus belle, et ses hurlements saisirent les Destructeurs. Le désespoir le disputait à une colère sourde. Sa douleur ravageuse lui soutirait des hoquets terrifiants. Au fond, Gnva ne pouvait plus user de son arme ; le chef avait pétrifié son bras droit. Bvé regarda son père impuissant et se sentit abandonné. Un monde s'effondrait. Son monde. Il était définitivement perdu. Aussi, après avoir péniblement repris son souffle, il finit par tenter de communiquer.

— *Akwa kama boko kaka !*

Draka se raidit. Les autres semblèrent frappés de stupeur. Cette langue, ils ne l'avaient entendue qu'en rêve. Elle rappelait la leur, mais provenait des Esprits. D'un âge qu'aucun homme n'avait connu. Pourtant, ils pouvaient la comprendre. Le jeune réclamait de l'eau pour soulager son père et laver la plaie.

L'adolescent était solidement charpenté. Les Monstres apparaissaient tels des colosses à la morphologie bien plus imposante que celle du peuple de Draka, dont les corps sveltes et délicats leur conféraient des capacités d'endurance uniques. Mais le plus captivant, c'était l'incroyable carnation du jeune. La peau de Bvé était d'une pâleur inconnue, qui plus est piquetée d'étonnantes taches rousses. Aucun Destructeur n'avait jamais vu tel prodige. Dans la tribu, comme dans toutes celles que Draka avait côtoyées, mâles et femelles naissaient tous la peau sombre et les cheveux d'ébène. Bvé, lui, exhibait une saisissante tignasse claire.

Même réel, n'était-il pas le fils des Esprits ? L'envoyé ou le messager des Anciens ? Draka contourna le foyer, s'approcha de la muraille de calcaire et découvrit les ébauches tracées à l'ocre rouge. Il reconnut les contours de la palme de l'adolescent et n'en fut que plus convaincu. Il croyait ces Monstres incapables de parler ou de dessiner ; pourtant, le rejeton maîtrisait un savoir comparable à celui de sa race.

Au même moment, Suma s'avança jusqu'au garçon. La fille de Draka était encore plus subjuguée que son père. La virilité de Bvé suscitait un irrépressible magnétisme. Elle pivota derrière lui, glissa la main sous sa peau de saïga et saisit brusquement sa verge. Bvé, décontenancé, chancela puis planta ses iris vairons dans ceux de la jeune femme : elle le voulait, elle l'aurait.

Draka n'avait rien manqué du manège de sa fille, et jaugea de nouveau l'adolescent. Il s'interrogeait, lui aussi. Et si le garçon était utile ? Et s'il était capable d'intercéder auprès des Esprits ? Le garder auprès de lui plairait sans doute aux mânes qui rôdaient chaque nuit autour de la tribu.

Suma, elle, tentait d'imaginer l'engeance qui naîtrait de son accouplement avec cette force de la nature à la peau claire et aux cheveux dorés. Serait-ce un Prince, doté des qualités guerrières de son père et de l'âme des Esprits ? Elle s'imaginait surtout en rut, violemment prise par ce mâle qui rendrait les autres femelles éperdues de jalousie.

Draka décida d'épargner le garçon, pour le plus grand bonheur de sa fille. Deux Destructeurs le saisirent par les avant-bras et, assourdis par ses lamentations, le traînèrent péniblement hors de la grotte. Il jeta un regard de désespoir à son père, qui demeurait seul, affaissé contre une paroi.

Quand tous furent partis, Gnva tenta un ultime effort pour se relever, prenant appui sur sa main valide. Sa plaie saignait abondamment. C'est alors qu'il perçut ce léger souffle derrière la nuque.

Sa dernière sensation avant d'avoir le crâne fracassé.

Chapitre deux

Vendredi 7 février 2020, Ajaccio

Le crâne avait volé en éclats. La cervelle luisait à la lueur de la lune comme une grosse noix gluante. Il ne restait plus grand-chose de l'épaisse trogne triangulaire, affublée d'un groin renfrogné. Seules les défenses plantées dans la mandibule paraissaient encore menaçantes.

Vannina était entièrement nue. Elle ne ressentait ni la morsure de la nuit glacée, ni le dégoût de cet amas sanguinolent qui gisait à ses pieds. Elle maintenait encore l'énorme branche qui lui avait servi de gourdin.

La chasse avait été éprouvante. Plus de deux heures à traquer la bête. Mais l'issue était imparable. Les forces décuplées, elle l'avait achevée avec une violence inouïe. Vidée, la jeune femme haletait, trempée de sueur.

Sauf qu'elle n'avait jamais quitté son lit.

Vannina avait tout fait pour éviter ce songe. Chaque fois, c'était le même rituel. Des images floues se formaient, avant de se préciser, progressivement. Au bout, elles surgissaient, aussi tranchantes que les éclairs qui cisaillent la nuit tempétueuse. De guerre lasse, Vannina cédait sous les coups de boutoir des esprits qui dansaient autour du lit jusqu'à l'étourdir. Après s'être tournée et retournée dans les draps cotonneux, elle sombrait comme on chute du haut d'une falaise.

L'épreuve était de plus en plus douloureuse. Mais c'était ainsi. Elle était *mazzera*. Une chamane à la mode corse. Sa grand-mère l'avait prévenue : dans la famille, on était « chasseuse d'âmes » de mère en fille. Vannina, elle, était même *mazzera acciaccatore* : ses prophéties annonçaient la mort d'un proche…

La première fois, ce fut son oncle, Ange. Quel joli prénom pour un condamné. Vingt et un jours précisément après son premier cauchemar – son premier corps-à-corps avec le Grand Sanglier –, Ange s'était éteint dans un accident brutal. Un camion avait surgi d'une route terreuse et avait percuté son Land Rover. Il « rentrait des cochons », qu'il venait de nourrir avec quelques sacs de maïs et d'épluchures lâchés dans une auge naturelle à flanc de montagne. Les porcs noirs aux poils raides, clairement croisés avec leurs congénères sauvages du maquis, s'étaient jetés sur la nourriture après avoir erré toute la journée entre les châtaigniers. Parfois, ils restaient plantés en plein milieu de la route, suscitant l'ire des rares 4×4 qui s'aventuraient dans la zone.

Ange roulait, paisiblement, tout enivré des parfums d'immortelle et de thym qui embaumaient la montagne. Tout avait basculé en une fraction de seconde. Il n'avait pas souffert, un bien maigre réconfort pour Vannina qui adorait son *ziu*[1].

Elle avait pleuré pendant des jours. Autant de la peine infinie d'avoir perdu « son Ange » que du sentiment effroyable de l'avoir condamné – même si son visage n'était pas apparu dans son rêve.

Depuis, les cauchemars s'étaient répétés, malgré ses efforts surhumains pour empêcher les transes. Telle Cassandre, ce personnage mythologique capable de lire l'avenir mais que personne ne voulait jamais croire, Vannina comptait les jours. Elle attendait la révélation du drame. Un membre de la

1. Oncle, en corse.

famille, une amie, parfois un simple voisin, ou même le maire du village familial, Vico. Contrairement à d'autres *mazzere*, dans ses rêves, la jeune femme ne pouvait deviner qui allait mourir. La hure du sanglier ne prenait jamais les traits de son double humain. Elle n'avait d'autre choix que d'attendre, dans l'angoisse, en priant pour que ni son père, ni sa mère, ni ses frères ne soient condamnés.

Le portable vibra sur la table de chevet. La palpitation frénétique de l'appareil évoquait le vrombissement d'une grosse mouche piégée derrière une vitre. Ce rappel à la réalité lui fit brutalement recouvrer ses esprits. Dans l'obscurité, elle palpa la tablette de mélaminé et s'empara du téléphone.

— Aquaviva, j'écoute.

— C'est Verneuil. Bonifacio vient d'appeler, on a plusieurs homicides au pied de la falaise. Une espèce de charnier, apparemment du très gros. Tu me rejoins directement au pied du choucas[1]. Et on embarque les COCrim[2].

— J'arrive tout de suite.

La jeune femme raccrocha.

Au moins, ces macchabées-là, elle n'y était pour rien.

Mais le malaise s'installait déjà. Vannina ne pouvait s'ôter de l'esprit le rêve prémonitoire qu'elle venait de subir.

À qui le tour, cette fois ?

Elle ne l'apprendrait que dans trois jours, dans trois semaines ou dans trois mois.

C'était la règle des trois.

Inéluctable.

1. Hélicoptère de la gendarmerie nationale.
2. Coordinateurs de scènes de crime.

Chapitre trois

La cour de la caserne Battesti était encore plongée dans l'obscurité. Les premiers rayons du jour s'apprêtaient à poindre au-dessus de la guérite, avant d'embraser l'horizon d'une sublime lueur ambrée.

Le ciel, toujours moucheté d'étoiles, commençait à virer du noir sidéral au bleu saphir. Au loin, les contreforts du Monte Renoso étalaient leur belle nappe de poudreuse, qui scintillait comme un immense phare dominant la baie d'Ajaccio.

La journée s'annonçait magnifique, mais glaciale.

Vannina avait avalé un café avant de quitter son logement de fonction. Tout autour d'elle, les familles commençaient à s'agiter. Les fenêtres des appartements plongeaient sur la vaste cour carrée, comme les gradins d'une arène en mal de corrida. Ces dernières années, la vie était paisible, un peu trop sans doute, depuis que les nationalistes exerçaient le pouvoir et tenaient leurs troupes. Quelques rares escarmouches, un ou deux règlements de comptes à l'ancienne : pas de quoi fouetter un pandore.

Les collègues des stups se trouvaient mieux lotis ; les trafics de cannabis et de cocaïne allaient bon train. Même chose pour la division de la délinquance économique et financière, à la limite du burn-out. Mais côté crimes de sang, électroencéphalogramme plat, d'autant que la concurrence était rude avec la police. Alors, du « très gros », c'était presque inespéré. Et le patron l'avait choisie pour diriger l'enquête : elle ne pouvait rêver mieux. La jeune femme grimpa dans un Duster banalisé. Comme tous les membres de la SR, la section de recherche, pas question de parader en véhicule sérigraphié. Les déplacements devaient passer inaperçus, transparents, sans exhiber de bandeau Gendarmerie sur le célèbre fond bleu royal. Vannina se coulait tout autant dans le paysage. Elle laissait l'uniforme et le calot aux collègues des autres services. Pour s'identifier, sa carte professionnelle et son brassard s'avéraient amplement suffisants. Et, au besoin, son Glock 26. Un semi-automatique ultraléger, d'une discrétion à toute épreuve, qu'elle planquait parfois dans un étui de cheville. Très pratique l'été, en tee-shirt, lorsque les températures dépassent 40 °C et que rien ne doit laisser supposer le port d'une arme. La précaution se révélait d'autant plus utile que nombre d'insulaires possédaient un calibre et savaient reconnaître au premier coup d'œil le renflement caractéristique d'un pistolet logé à la ceinture.

Rapidement, le SUV se glissa dans la circulation matinale. Les Ajacciens commençaient tôt ; la cité impériale bourdonnait déjà. Vannina déclencha un appel Bluetooth tandis qu'elle tamponnait le Range Rover qui la précédait.

— Alex ? C'est Vannina. Tu es au courant ?

— Oui, je suis en route. Je file direct à la SAG[1].

Le lieutenant Alexandre Luciani travaillait avec le capitaine Vannina Aquaviva depuis trois ans, au sein de la division de la criminalité organisée. Il occupait alternativement le poste de directeur d'enquête avec la jeune femme. Cette fois, c'était le tour de Vannina. Il serait son adjoint. Leur duo faisait merveille : ils étaient les deux seuls Corses de la section de recherche, et se trouvaient capables de saisir les moindres subtilités de leurs frères insulaires. Bien souvent, un regard,

1. Section aérienne de la gendarmerie.

un non-dit, une onomatopée suffisait à s'entendre. Ces codes dépassaient totalement les *pinzuti*, les « pointus » originaires du continent.

— Prends Carlier et dis-lui de se magner.

— Déjà fait. Verneuil m'a dit qu'il restait deux places dans le choucas, j'ai pris l'initiative.

La jeune femme raccrocha, un petit sourire aux lèvres. Elle aimait bien le major Damien Carlier, fraîchement parachuté de la métropole. Il ne comprenait rien aux Corses, enchaînait gaffes et maladresses, et ses phobies faisaient rire le reste de la division. Il avait rapidement glané son surnom de Pierre Richard. Pour autant, derrière ses faux airs penauds, il se révélait assidu et obstiné, n'abandonnant jamais aucune piste, même la plus improbable.

En passant devant l'enceinte du lycée Laetitia-Bonaparte, le sourire de la jeune femme s'estompa. Elle venait d'apercevoir une silhouette gironde vêtue d'un blue jean déchiré qui la propulsa vingt ans en arrière. Elle se voyait, adolescente, traverser le rond-point avec ses dix kilos de trop, ses piercings tout frais et ses pantalons en lambeaux, comme déchiquetés par un pitbull enragé. Au café d'en face, les élèves se moquaient de la *goffa*[1] et ne l'invitaient à aucune de leurs fêtes. Sans compter les rumeurs qui l'accablaient. Vannina était surnommée « la messagère de la mort », ou « la chasseuse d'âmes ». En Corse, la réputation de *mazzera* faisait rapidement le tour de l'île. Chacun redoutait de croiser le regard inquiétant de ces pythies modernes.

Dès ses premiers songes crépusculaires, la vie de Vannina s'était enrayée. L'anorexie avait alterné avec la boulimie, et les séances de vomissements forcés. L'acidité des sucs gastriques qu'elle régurgitait sans cesse avait entraîné l'ulcération chronique de l'œsophage. Aujourd'hui encore, chaque bouchée, chaque gorgée lui rappelait ces cinq années de descente aux Enfers.

1. Laide, en corse.

Malgré ces stigmates, l'ère de la *goffa* était révolue. Elle avait embrassé son destin, et prenait sa revanche sur la vie grâce à la discipline militaire, l'entraînement physique et la vie de caserne. À trente-quatre ans, Vannina en imposait à tous malgré son mètre soixante-cinq.

Après un dernier virage, Vannina aborda le plateau d'Aspretto, niché à l'entrée de la ville, tout près de l'aéroport. Les brigades spécialisées de l'île se trouvaient regroupées sur cet ancien camp militaire de onze hectares, idéalement campé en bord de mer. Malheureusement, un tanker et un entrepôt de gaz défiguraient la vue paradisiaque. Le site, très sensible, faisait planer une menace permanente. En cas d'explosion, toute vie serait annihilée sur cinq cents mètres à la ronde. Les jours sombres, lorsque ses pensées superstitieuses la gangrenaient, Vannina songeait que son existence ne tenait qu'à un fil.

Elle abandonna la Dacia dans la cour, à l'aplomb du bâtiment de la SR. Pas le temps de passer au bureau ; elle se précipita vers la plateforme des hélicoptères. Les turbines du choucas vrombissaient déjà.

Le colonel Verneuil, vêtu d'un simple jean et d'une parka grisâtre, s'affairait avec les deux coordinateurs de scènes de crime, nantis de leurs précieuses mallettes. Tout autour régnait une ébullition inhabituelle. Le pilote faisait le point avec son opérateur radio, tandis que Luciani et Carlier accouraient sur le tarmac.

Deux minutes plus tard, l'appareil s'arracha à la pesanteur terrestre dans un tonnerre mécanique.

L'EC 145 bicolore de la gendarmerie s'éleva au-dessus de la grande bleue, survola la divine presqu'île de l'Isolella, puis la tour génoise de Capo di Muro, avant d'atteindre son altitude de croisière.

Bonifacio se situait à la pointe sud de l'île, à cent trente kilomètres de la capitale régionale. Par la route, il fallait compter deux heures trente de chaussées étroites et sinueuses, en enchaînant piqués verglacés et courses de côtes, au travers d'un chapelet de villages cramponnés à la montagne comme des troglodytes. Le yoyo alternait avec de rares lignes droites, et les dépassements se révélaient souvent impossibles, sauf à prendre des risques mortels. En hélicoptère, ils seraient à bon port en moins d'une demi-heure.

Le grondement entêtant des turbines, à peine atténué par le casque radio, plongea Vannina dans un état second. Elle sombrait de nouveau dans des souvenirs cotonneux. Les scènes de sa battue nocturne se mêlaient au visage d'Arnaud, cet homme qui l'avait métamorphosée avant de périr dans des circonstances atroces. Depuis des années, en souvenir de lui, elle s'entraînait, chaque jour, au point d'être devenue l'une des meilleures athlètes de la gendarmerie nationale. Grâce à lui, son corps ne serait plus jamais rachitique ni difforme. Au contraire, elle était svelte et galbée. Désormais, les hommes se retournaient sur elle.

Son nouveau défi : remporter la prochaine compétition « Ironman ». Deux cent vingt-six kilomètres de nage, de course cycliste et de marathon. En octobre, elle ferait partie des finalistes qui s'affrontent à Kailua-Kona, sur l'île d'Hawaï. Là-haut, il serait tellement fier d'elle…

Face à Vannina, un sous-officier épluchait le contenu de sa mallette : gants nitrile, écouvillons, scellés, enveloppes kraft, et une ribambelle de produits révélateurs. Son binôme testait les batteries de sa caméra vidéo et contrôlait ses cartes mémoire. Derrière, Luciani semblait poursuivre sa nuit. Mais Vannina savait qu'il n'en était rien : il méditait, et se concentrait pour aborder sa mission dans des conditions optimales.

À ses côtés, Carlier faisait tout l'inverse. Il ne cessait de se tortiller sur son siège, comme s'il était pris d'une impérieuse envie de pisser. C'est qu'il détestait l'hélicoptère. Et l'avion. Et le bateau. Il renâclait même à grimper en voiture : il souffrait de phobie des transports.

Antoine Verneuil fixait Vannina de ses pupilles d'acier. Il semblait puiser en elle l'énergie d'affronter l'une des scènes de crime les plus impressionnantes de sa carrière. Il jouait gros ; tout le gotha politique et médiatique allait s'abattre comme la faim sur le monde. Il faudrait faire face, tenir les digues, et permettre à Vannina et ses collègues d'œuvrer sereinement malgré la déferlante.

Les enquêteurs filaient à deux cent cinquante kilomètres-heure au-dessus des reliefs imprenables de l'île de Beauté. Et, hormis pour Carlier, le ciel bleu Klein ajoutait au sentiment de planer comme des anges au-dessus du jardin d'Éden.

Sauf que, ce matin-là, ils fonçaient droit vers l'enfer.

Chapitre quatre

La cité perchée sur la pointe méridionale de l'île surgit en visuel. Au fil des siècles, Bonifacio s'était toujours érigée en premier rempart contre les innombrables assaillants qui s'étaient mis en tête d'envahir la Corse.

Après avoir toisé la marina et ses voiliers oisifs, le choucas survola l'étroite chaussée qui grimpait le long des flancs escarpés de la citadelle. Tous les parkings étaient déserts, préservés des meutes de touristes qui pullulent l'été. Au sommet, le pilote amorça une manœuvre délicate pour atterrir dans la cour de l'ancienne caserne militaire, dont les immenses façades piquetées de fenêtres se dressaient fièrement tout autour.

Au sol, cinq gendarmes maintenaient leurs calots sur leurs têtes et fermaient les yeux, tandis que les pales soulevaient une tornade de poussière. Enfin, le rugissement des turbines s'apaisa et la première fournée de la SR sauta sur la terre ferme.

Verneuil serra la main du major Dominique Rossini, patron de la brigade autonome. Ces deux-là se connaissaient bien. Le sous-officier avait servi sous les ordres de Verneuil lorsqu'il dirigeait la brigade de Corte, quelques années plus tôt.

— Mon colonel, je vous préviens, c'est… difficile. Il faut vous préparer au pire.

Verneuil opina, sans mot dire.

Le major guida les enquêteurs dans une minuscule ruelle qui tirait droit vers l'embouchure du légendaire escalier du roi d'Aragon. Entre les frimas et l'aversion des Corses pour les forces de l'ordre, aucun curieux ne rôdait autour de la scène de crime.

— Voilà, on descend à partir d'ici. Agrippez-vous, c'est très glissant.

Le militaire, frigorifié, retira la bande jaune qui entravait le passage.

Avant de s'engager dans l'escalier abrupt, sculpté à même l'immense muraille de calcaire, les enquêteurs jetèrent un œil au-dessus du parapet. La citadelle reposait sur un plateau bordé de falaises de quatre-vingts mètres de hauteur, un à-pic étourdissant qui plongeait directement dans la Méditerranée. Le moindre faux pas, et c'était la chute fatale. Depuis la mer, la muraille monumentale d'un blanc éclatant, modelée par l'érosion pendant des millions d'années, dessinait un paysage unique. Bonifacio était identifiable au premier coup d'œil grâce à ce prodigieux rempart naturel d'une éblouissante beauté.

Les gendarmes entamèrent la descente en empoignant la main courante, une simple tige métallique rouillée et biscornue. Vannina n'avait toujours pas desserré les mâchoires. Après la nuit harassante et les souvenirs sombres qu'elle avait ressassés, la matinée s'annonçait glauque. Très glauque. Elle le savait dès le départ, et le malaise ne cessait de croître. Son instinct de *mazzera* ne la trompait jamais.

Pierre Richard manqua de s'affaler dès la cinquième marche verglacée.

— C'est quoi, ce truc de malade ?

Carlier mettait pour la première fois les pieds à Bonifacio. Il n'avait jamais entendu parler du célèbre escalier.

— On dit que c'est le roi d'Aragon, au Moyen Âge, qui l'a fait creuser en une nuit pour prendre la ville. Il galérait depuis des mois sur ses bateaux, planté en bas. La cité était réputée imprenable.

Le major Rossini jouait volontiers les guides touristiques. Il connaissait la région par cœur et l'abordait souvent par la mer. Plongeur émérite, sportif de bon niveau, il fréquentait régulièrement les cavités sous-marines ciselées dans la roche opaline.

Au bout des quelque deux cents marches d'une raideur farouche, l'équipée emprunta le passage qui menait jusqu'à une minuscule plage de galets. Sur place, malgré l'exiguïté des lieux, une quinzaine d'uniformes obstruaient la vue. Outre les militaires de la brigade autonome de la ville, plusieurs collègues de la BR, la brigade de recherche de Porto Vecchio, avaient fait le déplacement.

Tandis que tous se saluaient, la mine grave, Carlier s'aplatit sur les rochers glissants. Après un petit mouvement d'agitation pour l'aider à se relever, les enquêteurs embrassèrent la modeste rive léchée par l'écume de la grande bleue. Tout semblait normal, hormis le froid particulièrement vif. Dans un renfoncement reposait une foule de minuscules pyramides de galets, des « cairns » symbolisant le zen et la paix des cœurs. Vannina avisa ces empilements dérisoires avant d'entrevoir une petite grille de fer profondément corrodée qui marquait l'entrée d'une grotte discrète.

— C'est là-bas, indiqua l'un des bleus. On n'a rien touché.

Le gendarme paraissait sincèrement écœuré. De toute évidence, personne n'entendait retourner sur zone et chacun se félicitait de passer la main à la section de recherche. Ils savaient aussi que Sébastien et Stéphane, les COCrim chargés des relevés scientifiques, auraient fort à faire.

Les deux experts commençaient à endosser leurs combinaisons à bonnet, tout en confiant la même panoplie à leurs collègues. Engourdis par le froid, en équilibre instable sur les roches humides, ils revêtaient le plus prestement possible leurs tenues laiteuses avant d'enfiler masques, doubles paires de gants nitrile et chausses bouffantes. Comme chaque fois, ils ressemblaient à des astronautes débarqués sur la Lune.

— Je vous préviens, c'est petit et assez étroit. Vous ne pourrez pas tous entrer en même temps, précisa le major Dominique Rossini.

Carlier, qui se massait encore le fessier après sa chute retentissante, se faisait oublier. Il n'avait aucune envie d'affronter l'horreur.

Verneuil se tourna vers Vannina.

— C'est toi la directrice d'enquête. Tu commences, avec les COCrim et Luciani.

Bien emmitouflée dans son armure Polyclean, Vannina se dirigea vers la grille fraîchement sectionnée. Entrouverte, elle laissait l'accès à une niche entaillée dans le calcaire, comme une petite galerie souterraine. À l'intérieur, malgré les puissants effluves iodés de la Méditerranée, des relents de viande avariée saturaient l'atmosphère. Luciani emboîtait le pas au capitaine Aquaviva. L'odeur pestilentielle traversa aussitôt son masque. La cavité baignait dans une obscurité perforée de quelques rais de lumière pâle. Impossible de distinguer ce qui gisait au sol. Devant eux, les deux COCrim progressaient avec prudence. Ils abordaient un terrain délicat, dégradé par le ressac des vagues et la puissance des embruns. Ils espéraient que la scène de crime ne serait pas trop « pourrie » par l'eau de mer, véritable plaie qui s'ingénie à effacer traces et empreintes.

Sébastien et Stéphane enclenchèrent leurs lampes frontales et découvrirent les parois irrégulières de ce qui ressemblait à une grotte gavée d'humidité. L'odeur putride de chairs gâtées les guida aussitôt vers le centre de l'excavation. Au bout de six pas, ils se figèrent net. La lumière crue des torches révéla un spectacle répugnant. Un amas de carcasses orné d'un enchevêtrement de membres sectionnés et d'ossements de toutes tailles. Certains abatis putréfiés chevauchaient des fémurs et des côtes parfaitement lisses.

Vannina se pétrifia. Elle était endurcie, mais certains spectacles ne laisseraient jamais de marbre. Quel monstre avait pu commettre une telle folie ? Quelques secondes plus tard,

Luciani se décomposa à son tour. Sur le côté gisait un thorax humain éventré. Les viscères débordaient, en pleine macération. Sébastien s'avança prudemment, tandis que son collègue filmait tout en basse lumière. En examinant le tronc étripé, il s'aperçut que la cage thoracique avait été cisaillée, côte après côte. Les sections étaient nettes et franches.

— C'est un torse humain, confirma l'expert, la voix étouffée par son masque qu'il avait solidement arrimé pour filtrer au maximum les odeurs.

— Et il y a un trou large dans la poitrine… Je crois que le cœur a été arraché. Il reste des tronçons d'artères à moitié déchiquetées.

Vannina Aquaviva écarquilla les paupières. Elle avait affaire à un bon gros taré. Une première en Corse, à sa connaissance.

— Attendez, c'est pas fini, ajouta Sébastien tout en pivotant légèrement.

— Il y a quelque chose coincé derrière…

Tandis que le COCrim se rapetissait au point de disparaître dans le charnier, une odeur plus fétide encore l'agressa : dissimulée sous le tronc, calée entre deux côtes sectionnées, surgit une tête boursouflée dont la bouche vomissait une langue tuméfiée. Sébastien détailla sa découverte abjecte. Les deux orbites étaient évidées de toute substance molle, sans doute dévorée par quelque arthropode nécrophage.

— Je pense qu'il s'agit d'un homme, mais c'est difficile à dire.

— Quel âge ? feula Vannina sous son masque.

— Aucune idée. Le légiste pourra le déterminer, pas moi.

En s'approchant encore, l'expert distingua une profonde entaille sur la voûte crânienne. Tandis que Stéphane immortalisait la scène à l'aide de sa caméra, Sébastien manipula délicatement ce qui restait de la tête. Soudain, sa respiration se fit plus vive et saccadée. Un léger tremblement agita sa combinaison, comme s'il était pris de tics nerveux.

— Putain…

— Qu'est-ce qu'il y a ? s'écria aussitôt Vannina qui restait sur ses gardes.

Le gendarme demeurait désespérément muet, immobile.

— Sébastien ! Réponds ! Qu'est-ce que tu vois ?

— Le crâne… il a été découpé à l'arrière, en arrondi. Il manque une bonne partie du pariétal et un bout de l'occipital. Et…

L'homme déglutit, la respiration plus vive encore.

— Et quoi ? s'impatienta l'enquêtrice.

— Et… il y a de la cervelle…

— De la cervelle ? Dans un crâne ? Sans déconner…

Vannina ne supportait ni les approximations ni la sensiblerie.

— De la cervelle cuite !

Luciani échangea un regard stupéfait avec Vannina.

— La tête a brûlé ?

— Je ne crois pas, non…

Le technicien reposa le crâne dans sa position initiale, en prenant soin de ne rien altérer. Puis il déplia ses jambes ankylosées par la génuflexion prolongée.

— Je pense que la tête a servi de saladier pour un gueuleton. Enfin, c'est mon avis.

Vannina blêmit. Elle trébucha et se retint à la manche de Luciani. L'officier la saisit par le bras pour la soutenir. Vannina se ressaisit aussitôt. Une lueur inquiétante traversa son regard.

Sa grand-mère l'avait prévenue. Dans sa famille, personne ne la comprenait, sauf sa *mina* Angèle. Elle l'observait toujours de ses pupilles ténébreuses, qui la transperçaient pour mieux sonder son âme. Elle l'avait initiée au terrible destin de *mazzera*. Or elle l'avait prédit : un jour, des massacres horribles allaient frapper la Corse, et raviver l'âme des ancêtres prisonniers entre deux mondes.

Le rêve de la nuit écoulée frappait son esprit comme une masse derrière la nuque. Et si la *bête* avait voulu lui transmettre un message ? Lancer le signal du retour des âmes damnées ?

— Vannina ? murmura avec douceur Alexandre Luciani. Tu ne veux pas sortir prendre l'air ?

— Tu peux nous laisser, renchérit Sébastien. On a du boulot, on va relever ce qu'on peut.

— Je… oui, je vous laisse… Mais il faut tout passer au peigne fin. Chaque centimètre carré de cette merde de grotte. Il faut chercher un signe, une inscription. Un indice. Une empreinte.

Une fois sortie de l'immonde ratière, Vannina chancela. Intoxiquée par les émanations viciées de la grotte, elle respira l'air sec et glacé. Hagarde, elle promena son regard tout autour d'elle. Elle contempla l'horizon et discerna les côtes majestueuses de la Sardaigne qui s'étalaient à une dizaine de kilomètres seulement. Le contraste avec l'horreur, à deux pas, était saisissant. Elle n'osait imaginer ce qu'avait dû subir la victime pour présenter une tête pareille… Quel carnage. Et quel monstre avait pu faire ça ?

Antoine Verneuil s'était harnaché et pénétra à son tour dans l'antre du diable. Dix minutes plus tard, il ressortait de cet enfer, la mine blafarde. Derrière l'écœurement, poignait une colère froide, et cette détermination qui suscitait le respect des quatre-vingt-dix personnels de la section de recherche d'Ajaccio, l'une des plus importantes de France.

Tous les militaires présents se massèrent spontanément autour de lui, tandis que les COCrim continuaient leur sordide labeur. Il ne restait plus un centimètre carré inoccupé sur la petite plage de galets. Le frottement des parkas perçait le silence de cette matinée glacée, tout en procurant un peu de chaleur humaine face à la macabre découverte.

— C'est énorme, je vais devoir assurer le SAV avec les autorités. Le procureur est en route, j'ai renvoyé le choucas pour le récupérer à Ajaccio. Le maire de Bonifacio a demandé à me voir, je pense que le préfet va se déplacer. Et j'appelle le général, on n'y coupera pas.

Plusieurs fonctionnaires échangèrent des regards entendus. Ils redoutaient le caractère trempé du général de division Xavier Beaupin, commandant de l'ensemble des forces de gendarmerie de Corse. Son exigence et sa fermeté tournaient souvent à l'intransigeance. Sa venue ne sonnait pas comme une bonne nouvelle. Les enquêteurs seraient étroitement « fliqués », un comble pour des gendarmes… Ils allaient subir une pression musclée en vue d'obtenir des résultats rapides.

— Vannina, à toi de jouer. Je remonte m'occuper des huiles. Si les médias débarquent, je m'en charge aussi, vous ne serez pas gênés. Bonne chance, et soyez bons.

La jeune femme prit une profonde inspiration et se lança.

— Alex, tu fais rappliquer la division au complet, les antiterro, les stups, et même la financière. Et on fait péter toutes les récup. Je veux minimum trente personnes sur le terrain, plus les Anacrim au bureau, tous focalisés sur l'enquête. Avec tes hommes, Dominique, vous attaquez le voisinage. Vous êtes implantés ici, vous avez les meilleures chances d'obtenir quelque chose. Et la brigade de recherche, vous prêtez main-forte. Vous ne négligez rien. Est-ce qu'on a vu quelque chose d'anormal ces derniers temps, déplore-t-on des disparitions inquiétantes ? N'importe quelle information peut compter. Damien, tu coordonnes le porte-à-porte.

En sondant les environs du regard, Damien Carlier se représenta aussitôt le niveau du porte-à-porte, entre Jojo le mérou et les trois goélands qui l'observaient d'un œil sadique depuis près d'une heure.

— Dominique, qui vous a prévenus ?

— Un jogger, bonifacien, qui se farcit l'escalier tous les matins, qu'il pleuve ou qu'il neige. Il connaît la plage comme sa poche, il a tout de suite repéré la grille ouverte. Il l'avait toujours vue fermée. Il est encore à la brigade. Si tu veux l'interroger…

Intuitivement, Vannina écarta aussitôt ce marathonien de la liste des suspects. Solidarité sportive…

— On verra. Qu'il reste dans les parages. D'autres témoins ?

— Aucun à ma connaissance…

— OK. Alex, tu fais rappliquer le fourgon. Il faut des renforts à Stéphane et Sébastien ; je veux toute la scientifique sur le pont. Je veux qu'on repeigne la grotte au BlueStar pour chercher des traces de sang, si jamais ce boucher s'est coupé en accomplissant sa besogne immonde. On peut aussi retrouver des gerbes si les victimes ont été écorchées sur place. On doit reconstituer le scénario de cette tuerie. Et puis, il faut savoir par où ce monstre est passé…

La jeune femme obliqua vers la mer. En embrassant les fameuses bouches de Bonifacio, elle songea à la réserve naturelle qui s'épanouissait sous les eaux turquoise d'une pureté transcendante. Il n'était pas rare d'y croiser de grands dauphins, mais aussi les ailerons de requins pèlerins. Ceux-là n'absorbaient que du plancton, mais n'en restaient pas moins terrifiants. Par association d'idées, Vannina se représenta l'immense mâchoire des requins blancs, nettement plus carnassiers, parfois mangeurs d'hommes, et tenta d'imaginer comment le bourreau s'était acharné sur les martyrs pour les dépecer, les décapiter, et bien pire encore.

— Alex, la nautique est en route ?

— Les gars ne devraient plus tarder.

— OK, et si c'est pas suffisant, on demande la maritime. Il n'est pas impossible que le meurtrier soit passé directement par la mer et qu'il ait balancé des trucs par-dessus bord. D'autres restes humains, des objets tranchants qui lui ont permis de faire sa boucherie, couteaux et autres hachoirs à saucisse… N'importe quel indice. Je veux que les plongeurs se relaient sans relâche.

Vannina apostropha de nouveau le major Dominique Rossini, local de l'étape, le mieux placé pour décrypter l'environnement de la scène de crime.

— Il faut saisir toutes les vidéos de surveillance de la ville sur les trois derniers mois, on va tout éplucher. Ce qu'on peut rapporter à Ajaccio, on l'embarque, le reste, on regarde sur place.

Carlier plaignait d'avance ses collègues qui allaient se coltiner des centaines d'heures de vidéo sans aucun intérêt.

Vannina haussa le menton et s'intéressa à l'immense barrière verticale qui s'élevait sur des dizaines de mètres au-dessus de leur tête.

— Passez-moi des jumelles…

Elle scruta les parois spectaculaires qui se dressaient au-dessus d'elle. En ajustant la netteté, il lui sembla percevoir des traces noirâtres. Du sang séché ? Le meurtrier pouvait-il s'être agrippé aux falaises ? Un grimpeur, voire un alpiniste ? À moins que les corps n'aient chuté avant leur équarrissage.

— Alex, je veux aussi le peloton de haute montagne. Il faut qu'on inspecte toute la falaise, à la verticale de la grotte. Et puis que les clebs se radinent. Il ne faut perdre aucune trace au sol et, s'il en reste, il faut suivre la piste.

Le lieutenant Luciani notait pour ne rien omettre. La liste devenait longue. Très longue. Vannina entendait mobiliser toutes les brigades spécialisées de l'île, y compris les bergers malinois du groupe d'investigation cynophile. À ce rythme, elle allait bientôt rameuter le GIGN et, pourquoi pas, l'ensemble des forces tricolores.

— Tu ne crois pas, Vannina, qu'on devrait d'abord voir avec le proc ? Savoir ce qu'il pense, comment on oriente l'enquête ? Ce serait bien de valider avec Antoine aussi…

Le capitaine Aquaviva planta un regard assassin dans les pupilles de son adjoint.

— On est en enquête de flagrance, Alexandre, ce n'est pas le moment de branler la mouche. Tu préfères retourner là-dessous, pour comprendre l'urgence du problème ? Tu penses que Verneuil aurait une autre analyse ? On peut aussi appeler le ministre de l'Intérieur pour lui demander son avis, si tu veux.

Luciani resta cloué. Sa collègue n'était pas dans son état normal. Quelque chose altérait son jugement et son humeur.

Vannina, elle, continuait d'inspecter les façades de calcaire à l'aide de ses jumelles. Elle glissa lentement jusqu'au sommet, en quête du moindre signe inhabituel. Soudain, à la cime, la jeune femme discerna une silhouette inclinée au-dessus du parapet. Une silhouette parée d'une dégaine qui lui était familière.

Elle se frotta les yeux puis tritura la molette d'ajustement dioptrique.

C'était lui, elle en était certaine.

— Putain, mais qu'est-ce qu'il fout là ?

Chapitre cinq

742 avant Jésus-Christ, île de Chios

Le vieil homme embrassait les eaux tumultueuses de la mer Égée, fouettées par les vents. Depuis des mois, le royaume de Poséidon n'était guère amène et dévorait bien des navires. Les flots n'abandonnaient que rarement leur teinte vineuse et traduisaient en cela l'âme ténébreuse du poète.

Les côtes ioniennes s'étalaient à cinquante stades[1] à peine, dessinant une ligne d'horizon tourmentée. Là-bas, l'Anatolie et ses nombreux peuples vivaient en une fragile harmonie.

Le sage inclina la tête vers le nord, en direction de Troie la grandiose, la plus noble cité qu'il eût jamais contemplée. Il avait parcouru tant de mondes, découvert tant de villes, d'îles merveilleuses jusqu'à Chios la poudreuse. Il avait composé puis déclamé mille chants, connu la fortune, avant de sombrer dans la cécité et la pauvreté.

À chaque instant, l'esprit de l'aède, le poète créateur, s'envolait par-delà les cieux, vers l'Olympe qu'il avait lui-même modelé de ses pensées, pour converser avec les douze divinités qui le peuplaient. Même s'il s'était inspiré des nombreuses légendes de ses ancêtres, il avait été le premier à réunir Zeus, Athéna, Apollon et les autres dans cet éden lointain, au-delà

1. Une dizaine de kilomètres.

des nuages et du monde visible. Mieux : il leur avait donné vie, façonné des personnalités, et les avait rendues presque humaines tant leurs éclats, leurs vices et leurs mesquineries faisaient trembler Gaïa, la Terre nourricière.

Désormais, il vivait dans le dénuement, avec femme et enfants, et ressassait sa gloire passée. Partout, des rhapsodes s'attribuaient son génie et récitaient ses milliers de vers éblouissants ; des litanies d'hexamètres qui exaltaient les âmes et les cœurs. Mais qui se souvenait encore de lui, leur auteur ? Au fond, n'avait-il pas lui-même scandé que la gloire était vaine, et la volonté de puissance destructrice ? L'homme ne sait désirer ce qu'il possède déjà, ni se satisfaire d'une vie paisible et tranquille, harmonieuse et sans velléité de conquêtes. Toute son œuvre en était la terrible démonstration.

Aujourd'hui, il ne se sentait jamais aussi bien que lorsqu'il se trouvait seul, au bord de la falaise battue par les vents, tel l'ermite isolé du monde insensé des humains. Sa race ne cessait de chercher querelle, de défier les dieux et de souiller la nature. Mais tout connaît une fin, et le balancier du destin finit toujours par emporter celui qui dépasse les bornes. *Les puissants d'aujourd'hui seront les faibles de demain.* Le poète aimait psalmodier ce vers qu'il avait jeté, parmi quinze mille autres, pour conter l'interminable guerre de Troie.

Achille, en proie à sa folie meurtrière, avait occis tant de Troyens que leur sang avait corrompu les eaux du fleuve Scamandre. Et ce dernier, sorti de son lit, n'avait-il pas tenté d'engloutir Achille pour le punir de son *hybris*, sa démesure ? Ils devaient se méfier, les hommes, du retour du bâton, et de la colère d'un nouveau Scamandre qui pourrait les emporter.

D'ailleurs, cela n'allait plus tarder. Car ils se préparaient, les *faibles d'aujourd'hui qui seraient les puissants de demain.* Ils l'accompagnaient, de longue date. Il sentait la présence de l'un d'eux, tout près de lui. Peut-être eût-il même pu l'effleurer de ses doigts flétris.

— Je sais que tu m'observes. Aveugle, je n'en suis pas moins clairvoyant, et je sais ta présence. Tu te loves dans le paysage aride, entre les pins et les oliviers, malgré ta stature de Titan. Tu as toujours su épouser les courbes et l'âme de la nature.

Un grognement s'éleva du maquis, aussi rauque qu'un brame.

— Je sais que tu as deviné, toi aussi, la scène tragique qui va se jouer ici et maintenant. Je ne te demande qu'une chose : ne sois point cruel. Je sais que tu as soif de revanche, et tu veux leur faire payer, à tous. Mais souviens-toi que la violence connaît toujours son revers. Rappelle-toi ce que je t'ai enseigné ; moi, j'ai bu tes récits qui m'ont tant inspiré. Longtemps, tu as cru pouvoir vivre sans violence, aussi ne vacille pas d'un extrême à l'autre. Certes, tu as été sacrifié, mais un jour ton règne viendra, et, crois-moi, tu prendras ta revanche.

Soudain, le craquement d'une pomme de pin vint rompre son monologue.

— C'est l'heure ! Reste à l'écart et demeure dans le silence.

Puis le vieillard se retourna.

— Te voici enfin, Antipathos, mon futur gendre.

Le jeune homme se figea. Comment ce vieil acariâtre, qui plus est privé de ses yeux, pouvait-il l'avoir reconnu ? Comment pouvait-il savoir qu'il se présenterait, en cet instant ? Il n'avait pourtant révélé son projet à quiconque, et pour cause. Décontenancé, il balbutia :

— Ô grand poète au verbe sacré… Je venais simplement vous apporter un cratère de liqueur d'ambroisie… Ce… Ce nectar qui ravit les dieux de l'Olympe que vous avez si magnifiquement narré… Et qui vous délectera tout autant, j'en suis certain !

Le vieil homme demeura de marbre. Il ne voyait point, mais ne perçait que trop bien l'âme humaine. Il connaissait son beau-fils et savait ses récriminations.

— À quoi bon ces louanges ? Je sais quel vent t'amène, Antipathos. Tu viens encore réclamer la dot de ma fille. Mais je te l'ai déjà dit : je n'ai plus le moindre drachme ; pourtant, je vais t'enrichir d'un récit prodigieux, comme ceux qui jadis ont fait ma grandeur.

Le jeune homme changea de figure et délaissa son *hypokrisis*. Il était temps de parler, et d'agir. Une fois pour toutes.

— Cessez là ! Vous ne faites que déclamer contes et légendes, ce n'est que perte de temps. Nous devons bâtir un foyer, Persépia et moi. Nous ne pouvons nous satisfaire seulement d'amour et d'eau fraîche.

— Oui, je ne le sais que trop. Mais depuis que je ne vois plus le monde, je suis prisonnier de mes pensées et de mon imagination ; j'en suis même l'*hómēros*, l'otage.

— Je sais que vous tenez votre surnom de cette prison qui est la vôtre. Mais quelle épopée allez-vous concevoir, plus belle et plus grandiose que l'*Iliade* ou la céleste *Odyssée* ? En votre état et votre solitude, je doute qu'aucun récit ne vous offre une renommée nouvelle ni la fortune que j'espère.

Homère se posa sur le vieux tronc noueux qu'il affectionnait depuis de longues années, lorsqu'il ressentait le besoin d'apaiser son esprit.

— Ce ne sont point seulement des inventions, sache-le. J'ai réellement côtoyé nombre des personnages qui peuplent mes chants. Dans l'*Iliade*, Hélène, ravie par les Troyens…

— Oui, je le sais ! Vous m'avez conté mille fois l'avoir vraiment rencontrée lors de votre séjour à Troie, et que sa beauté fut un tel choc qu'elle vous en fit perdre la vue. Mais Hélène, aussi magnifique fût-elle, n'est plus qu'un mirage en votre âme. Oubliez-la, et pensez à votre fille, un être de chair et de sang. Elle a besoin de vous, et vous ne le savez point.

Homère détourna sa figure crevassée vers le large. Il se trouvait comme Tirésias, ce devin aveugle qu'il avait créé à son image. Et comme lui, bien qu'il fût coupé du monde visible, son don de clairvoyance lui imposait de tout voir, tout augurer. Il connaissait l'ambition matérielle de sa fille.

Mais il ne pouvait s'y résoudre. Le sage vit de peu de bien. Il n'a nul besoin de posséder pour exister. Elle l'apprendrait avec l'âge.

— Antipathos aux mains agiles, tu sais moudre le grain et pétrir le pain. C'est un savoir merveilleux. Contente-toi de ce que les dieux ont eu l'heur de te confier. Laisse-moi maintenant, je suis échiné.

Homère tourna le dos à son futur gendre et se mura dans le silence. Pourtant, il savait le crime indicible que s'apprêtait à commettre Antipathos. Comme bien souvent, il l'avait appris en rêve. Mais il n'entendait nullement se soustraire à l'ire du fourbe.

Le jeune homme s'était incliné, puis s'était emparé d'une grosse pierre de granit. Tout autour de lui, les essences du maquis ne laissaient poindre aucun témoin qui pût le surprendre. Ils étaient seuls, face au large, avec pour unique compagnie le sifflement des vents qui giflaient les récifs.

— Lourd de vin, œil de chien, cœur de bœuf ! Apprête-toi à rejoindre ces chimères qui hantent les Enfers ! Bientôt, tu me sauras gré du geste que je m'apprête à accomplir. Je vais te libérer de ta prison et, dans le même mouvement, me délier de toi et de tes entêtements !

Le jeune homme s'approchait, résolu, les bras levés au ciel, les mains harponnant solidement le roc de granit.

— Si tu ne sais point mesurer tes paroles, Antipathos, mesure au moins la portée de tes actes. Tu le sais, je ne vais point périr ce jour, en ce lieu. L'oracle de Delphes a révélé que je succomberais sur l'île d'Ios, où naquit ma mère. Tu ne me tueras point, c'est donc qu'il va t'arriver un grand malheur si tu persistes.

Les paroles de l'aède s'étaient faites aussi tranchantes que des lames. Le jeune homme replia lentement les bras, saisi par l'angoisse. Il se représenta aussitôt le royaume d'Hadès et de son épouse Perséphone. Il se remémora le sinistre chant de l'*Odyssée*, lorsque Ulysse parvint à invoquer les morts, après le sacrifice d'un troupeau de béliers dont l'effusion de sang avait attiré l'âme des défunts. N'allait-il pas, en faisant s'écouler la sève écarlate du grand Homère, appâter les sinistres esprits qui végétaient aux Enfers ?

— Nous sommes seuls, affirma-t-il comme pour se convaincre lui-même, tout en jetant des regards inquiets autour de lui. Rien ni personne ne pourra m'empêcher d'accomplir mon dessein. Je ne crois nullement que Poséidon fera déferler une vague pour m'engloutir, pas plus que la foudre de Zeus ne viendra me transpercer. Le vent a chassé les nuages, le ciel est bleu et pur comme le cœur d'Athéna.

Homère demeurait impassible. Puis, d'une voix solennelle, il dit :

— Je ne te parle point des dieux qui n'ont que faire de simples mortels tels que nous. Je te parle d'êtres bien vivants, que j'ai rencontrés dans mes tribulations et qui, depuis, m'aiment et me protègent.

Antipathos continuait de douter, même si personne n'approchait.

— Allons, dois-je m'attendre à tomber sous le glaive d'Hector ou sous la lance de l'irascible Achille aux pieds rapides ? Ces héros sont-ils de vos amis, et vous ont-ils accompagné dans votre retraite ?

— Non, je ne parle pas non plus de ces preux, mais peut-être t'observent-ils depuis les Enfers et se reconnaissent-ils un peu en toi. Souviens-toi qu'ils ont péri de leur excès de violence, de l'*hybris* qui les a poussés dans l'acharnement aveugle. Achille, fou de rage, n'a-t-il pas souillé neuf jours durant le cadavre d'Hector, pour lui faire payer la mort de Patrocle ? Et Achille n'a-t-il pas fini, malgré ses *aristies*, ses exploits sanglants et ses victoires féroces, comme une âme en peine dans le royaume d'Hadès ? Leur démesure sanguinaire s'est refermée sur eux, comme sur tous les hommes prétentieux guidés par leur soif de gloire et de pouvoir. Ils sont, au fond, à l'image des dieux de l'Olympe, avides de spectacles barbares, et qui n'ont de cesse d'attiser la violence des hommes, de les pousser vers la guerre plutôt que vers la paix. Les dieux se sont bien ri de ta race, et ne valent guère mieux qu'elle.

— Alors qui ? Qui devrais-je craindre, vieil aliéné ?

— Songe aux Titans, puis aux Géants qui se sont justement battus contre les enfants de Cronos, Zeus, ses frères et ses sœurs, lors des rageuses batailles de la Titanomachie puis de la Gigantomachie, peu après la création du monde. Souviens-toi de leur puissance, des énormes rochers et des troncs enflammés qu'ils dardèrent sur les futures divinités de l'Olympe pour tenter de les faire disparaître, parce qu'ils prétendaient dominer Gaïa, la Terre nourricière. Souviens-toi que les Géants ébranlèrent le sol, détournèrent le cours des fleuves, firent s'effondrer des montagnes et même monter le niveau des mers. Ils n'entendaient pas qu'une race de dieux et leurs avatars mortels s'arrogent le pouvoir de disposer de tout ce qui vit, de tout ce qui est. Souviens-toi qu'il exista un « avant », lorsque la première des cinq races d'hommes, la race d'or, vivait heureuse et insouciante, en parfaite harmonie avec notre Terre. C'est du récit de ces ancêtres à la force colossale que je voulais t'enrichir, en fait de dot. Ce serait grande leçon pour toi, toi qui n'es que poussière de la cinquième race, celle de fer, à l'esprit dur et injuste, et condamnée au malheur.

Homère esquissa un sourire inquiétant, le visage toujours rivé vers les flots échevelés de la mer Égée. Il semblait posséder deux pupilles ancrées à l'arrière du crâne et ne rien manquer des contorsions inquiètes d'Antipathos.

— Mais… ces Titans et ces Géants dont vous parlez, vaincus par les dieux de l'Olympe, ne sont que pures inventions ! Vous n'avez pu les rencontrer, et c'est la preuve que vous sombrez dans la folie que croire le contraire ! Je n'ai rien à craindre de monstres issus de votre imagination malsaine.

À ces mots, Antipathos s'empara de nouveau de la lourde pierre puis s'avança jusqu'à Homère. Le vieil aède restait immobile, comme s'il ne craignait point de mourir.

À l'instant où le jeune scélérat s'apprêtait à fracasser le roc sur le poète, il fut violemment projeté en arrière. Une force inouïe l'avait arraché du sol, et jeté loin du vieux sage. Il devinait à peine sa silhouette toujours impavide, vissée sur le vieux tronc. Ébranlé, perclus de contusions, il sondait les alentours de regards implorant la pitié du dieu Pan, celui dont le cri provoque la panique. Par quel prodige avait-il pu se trouver propulsé de la sorte ?

Puis, lentement, une forme s'agrandit près de lui. Ses yeux, embués par la peur et la peine, car il souffrait de sa chute violente, l'empêchaient de bien discerner la *chose*. Elle était certainement énorme, elle remplirait bientôt l'horizon. Elle s'approchait, et marchait sur deux jambes. Deux jambes tellement immenses qu'elles dépassaient la cime des oliviers qui l'entouraient. Ou bien n'était-ce qu'illusion ? Il était incapable de faire la différence.

Puis la voix d'Homère, qui se trouvait pourtant loin, le pénétra.

— Tu es prétentieux, Antipathos, et tu vas périr de ton arrogance. Tu vas rejoindre les âmes errantes des Enfers, tel le grand Achille qui ne cesse de se plaindre depuis que son esprit a quitté son corps : « *J'aimerais mieux être sur terre le domestique d'un paysan, fût-il sans patrimoine et presque sans ressources, que de régner parmi ces ombres consumées…* » Tu aurais dû mieux écouter mes chants et te satisfaire de ton état. Tu es convaincu que tu peux tout prendre, tout dominer, tout avoir. Mais les gardiens veilleront toujours à empêcher que l'avidité et l'inconscience de tous ceux de ta race ne meurtrissent la Terre et ne l'ensevelissent sous les tourments, les ordures, la haine et les guerres. Ils ont survécu, car ils n'ont point tous péri sous les assauts vengeurs et sanguinaires des dieux de l'Olympe. Partout, sans que personne les voie jamais, ils veillent. Ils protègent Gaïa, et ses serviteurs les plus fidèles. Ils respectent les oracles. Je ne devais pas mourir ce jour, je te l'ai pourtant dit. Tu es bien plus aveuglé par ta suffisance que je ne le suis par ma cécité. Tu n'as point voulu m'écouter ; grand mal te fasse.

Et, sur ces mots, la voix d'Homère, comme venue d'outre-tombe, s'évanouit.

Aussitôt, Antipathos reçut un coup d'une insondable violence. Sa cervelle se répandit tout autour de lui.

Et l'immense *chose* lui arracha le cœur.

Chapitre six

Vendredi 7 février 2020, Bonifacio, 11 h 04

— Tu fais du tourisme, Brunier ?

Vannina Aquaviva fulminait.

Dès qu'elle avait aperçu le commandant de police Marc Brunier, elle avait aussitôt grimpé les cent quatre-vingt-trois marches de l'escalier du roi d'Aragon. Ses exploits sportifs lui offraient d'engloutir n'importe quelle pente à tire-d'aile, surtout lorsqu'elle était stimulée par un shoot d'adrénaline. Et depuis la découverte de la scène de crime, elle avait clairement changé de braquet. L'enquêtrice au sang froid cédait aux pulsions bilieuses de sa nature corse.

Le commandant Brunier savait qu'il débarquait comme un chien dans un jeu de quilles. Il n'était pas au mieux de sa forme, comme souvent depuis sa mutation sur l'île. Sa barbe de trois jours tendait à s'éterniser deux semaines, tandis que ses cernes finissaient par attaquer l'os maxillaire. Il faisait peine à voir. Pourtant, il accueillit la jeune femme avec un large sourire.

— C'est bientôt la Saint-Valentin, non ? Je me disais que ça te ferait plaisir.

Le policier exhiba un bouquet de roses blanches qu'il avait dissimulé dans son dos. Vannina en resta sans voix, littéralement statufiée. Puis Brunier lui fourra les fleurs dans les bras, tourna les talons et s'engouffra dans l'escalier monumental.

— BRUNIER ! hurla Vannina dans un sursaut.

Mais l'officier de police continuait tranquillement de dévaler les marches de calcaire. Tandis qu'elle s'apprêtait à fondre sur lui, une voix rocailleuse s'éleva dans son dos.

— Bonjour, capitaine.

— Quoi encore ? vitupéra Vannina, avant de se retourner. Et elle tomba nez à nez avec un quadragénaire endimanché qui fronçait les sourcils.

— Ah pardon… bonjour, monsieur le procureur… J'ignorais que vous étiez arrivé…

— Le colonel Verneuil a bien voulu me faire transporter en hélicoptère… Et c'est moi qui ai demandé au commandant Brunier de m'accompagner.

En bas, l'officier de police promenait son imposante stature sur les galets glissants, mais n'avait pas encore pénétré l'enfer. Il humait les alentours, comme un chien d'arrêt, et s'imprégnait de l'atmosphère.

Tout en guidant le magistrat le long de l'escalier, Vannina balança le bouquet par-dessus bord et n'entendait pas laisser le loup pénétrer dans la bergerie.

— Monsieur le procureur, je suis désolée, mais nous sommes ici en zone gendarmerie, et nous avons initié les investigations en mobilisant toutes les brigades. Le commandant Brunier n'a strictement rien à faire sur la scène de crime.

— Capitaine, murmura le magistrat tout en dévalant les marches blanchâtres d'un pas mal assuré, le commandant Brunier m'accompagne parce que j'ai reçu ce matin un long coup de fil du divisionnaire Vandroux, qui va d'ailleurs bientôt arriver. Il est fort probable que les victimes soient des cibles de la DRPJ[1]. Ils les ont perdues de vue depuis quelques jours, et tout se recoupe. Ils auront beaucoup à nous

1. Direction régionale de la police judiciaire.

apporter, en nous permettant, grâce à l'identité des victimes, de remonter jusqu'à l'auteur des homicides.

Vannina s'étrangla.

— Mais c'est beaucoup trop tôt pour faire le lien ! Qu'ils attendent l'identification de ce qui reste des corps, et on verra bien ! S'il y a recoupement, on avisera. C'est du très lourd, là-dessous, monsieur le procureur. Il faut se concentrer. Ce n'est pas le moment de diluer nos forces.

Tandis que Vannina et le magistrat débarquaient sur la plage de galets, Marc Brunier continuait d'examiner la rive, l'air parfaitement détaché. Comme si tout était déjà plié.

— Capitaine Aquaviva, soyons clairs : je co-saisis la DRPJ. Vous allez travailler ensemble. Il n'est pas question de diluer vos forces, mais au contraire de les unir. Ne sombrez pas dans la guéguerre des polices de triste mémoire. Nous avons tous passé l'âge. Maintenant, montrez-nous la scène de crime, s'il vous plaît. À moi et au commandant Brunier.

Vingt minutes plus tard, le procureur Éric Masson, le visage blême et l'estomac au bord des lèvres, remontait lentement l'escalier du roi d'Aragon tout en déboutonnant maladroitement sa combinaison stérile. Dans l'antre nauséabond, Brunier, lui, n'avait montré ni surprise ni effroi. Il donnait l'impression de savoir exactement ce qui l'attendait. Vannina Aquaviva l'avait observé et s'étonnait encore de sa froideur. Qu'avait-il donc enduré pour paraître si insensible, si endurci ?

Seuls le préfet de Corse et le directeur régional de la police judiciaire savaient. Tous les autres, les fonctionnaires de la PJ, comme les militaires de la section de recherche de la gendarmerie, ignoraient la raison de sa mutation d'office sur l'île. Certains prétendaient qu'il avait volontairement choisi de s'exiler en Corse, après un passage marquant dans la région de Cargese à l'occasion de sa dernière enquête au sein de la Crim' parisienne, deux années plus tôt.

Chacun se demandait quelles casseroles avaient bien pu lui valoir de quitter la prestigieuse brigade criminelle de l'ex-36, quai des Orfèvres, pour connaître un tel exil. Le secret restait solidement gardé. Tous ses anciens collègues jouaient le jeu, par respect. Et encore, la plupart ignoraient bien des aspects du dossier…

À cinquante-six ans, l'officier de police attendait sa retraite à taux plein, et errait en Corse comme une âme en peine. Pour maquiller la misère, et reconnaître ses trente années de bons et loyaux services avant sa déchéance, Marc Brunier avait été promu au nouveau grade de commandant divisionnaire. Son uniforme d'apparat était désormais revêtu d'un galon à quatre barrettes, rehaussé d'une feuille d'acanthe qu'il trouvait ridicule. Tout ça parce que les gendarmes s'étaient opposés à l'octroi d'une cinquième barrette, l'équivalent du grade de colonel au sein de l'armée. La « guéguerre » des polices se nichait même dans les symboles, et n'était pas près de s'éteindre, n'en déplaise au procureur de la République d'Ajaccio.

De retour sur le plateau qui surplombait les sublimes bouches de Bonifacio, Brunier entraîna Vannina à l'écart, laissant le magistrat et les collègues de la section de recherche synthétiser les premiers actes de l'enquête.

— Écoute, puisqu'on collabore, j'ai quelque chose à te montrer. Comme ça, ce sera donnant-donnant. Si j'ai fait du forcing auprès de Vandroux et du procureur, c'est pour une bonne raison. Et ça n'a strictement rien à voir avec les victimes qu'on ne connaît ni d'Ève ni d'Adam.

Le capitaine Aquaviva lorgna Brunier d'un œil méfiant. Qu'était-il en train de fomenter ? Après les roses, allait-il l'embobiner avec de pseudo-révélations destinées à l'anesthésier sagement pour récupérer l'essentiel de l'enquête ?

— Vas-y, accouche. On verra si ça m'intéresse. Parce que si ça ne m'intéresse pas, je te préviens que…

— Du calme, Vannina. Tu ne seras pas déçue. Mais il faut que tu m'accompagnes, seule. J'ai juste besoin d'une bagnole, si possible banalisée. Je te conduis. C'est sur la route d'Ajaccio.

— OK, laisse-moi cinq minutes pour donner des instructions et passer la main à Alex.

Vannina gagna aussitôt le QG improvisé des enquêteurs, un local mis à disposition par la mairie. Le colonel Verneuil s'égosillait au téléphone, en proie avec l'officier de communication de l'état-major, accablé par les demandes d'interview de *Corse-Matin*, France 3 ViaStella et Radio Corse Frequenza Mora. À ses côtés, Alexandre Luciani avait endossé le rôle de directeur des opérations. Il était en train d'organiser une véritable noria, une succession d'allers-retours en hélicoptère pour véhiculer au plus vite hommes et matériel depuis Ajaccio. Il s'époumonait lui aussi, le portable vissé à l'oreille.

— Écoute, Bruno, si c'est trop long et que le choucas ne suffit pas, demande le dragon de la sécurité civile, ça doublera les rotations. Fais ce que je te dis.

Quand il eut raccroché, Vannina l'interpella aussitôt :

— Je dois m'absenter, un bon moment. C'est lié à l'enquête. Je te laisse les clés, je reste joignable sur le portable. Au fait, le proc est là, et il nous colle la PJ dans les pattes. Co-saisine.

Luciani arrondit deux calots stupéfaits.

— Pardon ? Et pourquoi ? Verneuil est au courant ?

La jeune femme s'était déjà évaporée. Elle détestait les considérations politiques et les tractations d'arrière-boutique, préférant abandonner Alexandre Luciani et Antoine Verneuil à leur triste sort.

Chapitre sept

Vendredi 7 février 2020, 11 h 32

Le ciel était éclatant, à peine tourmenté par le libecciu qui soufflait un air glacé. Marc Brunier et Vannina Aquaviva avaient laissé loin derrière eux les vestiges de l'ancienne citadelle génoise.

Le trajet se déroulait avec pour seule bande-son le rugissement du moteur que Brunier poussait exagérément dans les régimes. Il ne s'était jamais familiarisé avec les serpentins bitumineux qui s'enroulaient autour du relief accidenté de l'île. Il accélérait comme un âne en sortie de virage et jouait du frein moteur dans les piqués verglacés. Vannina, elle, ronchonnait, comme à son habitude. Elle n'avait pas avalé de partager l'enquête avec la police judiciaire, qui s'arrogeait déjà la plupart des homicides. Cerise sur le gâteau, il fallait en plus se colleter le cas social de la PJ, qui semblait toujours débarquer de Pluton. Depuis son arrivée, aucune affaire n'avait eu grâce à ses yeux. Aucune, sauf celle-ci. Et c'est bien ce qui inquiétait la jeune femme.

Brunier était rincé, non seulement par trente années d'enquêtes sordides, mais aussi par de douloureuses épreuves personnelles. Elle avait entendu dire que sa fille avait été abattue sous ses yeux. Une rumeur aussitôt démentie.

Tout en faisant mine de consulter son téléphone, Vannina observait l'officier du coin de l'œil. Le teint rosé, les yeux légèrement rougis, parfois pris de tics nerveux, et cette tendance à masquer sa bouche de la main lorsqu'il parlait, comme pour filtrer son haleine : Brunier renvoyait les signes discrets et maîtrisés d'une addiction à l'alcool.

Il avait dû être beau, c'était certain. Sa mâchoire carrée, son mètre quatre-vingt-cinq, sa carrure… Quel gâchis, songea Vannina.

Même prématurée, « la vieillesse est un naufrage », écrivait Chateaubriand. La jeune femme goûtait cette formule.

Car elle avait lu Chateaubriand, et pratiquement tous ses classiques. Adolescente, tandis que les autres lycéens l'ostracisaient, elle s'était réfugiée dans la solitude et les livres. Des bibliothèques de livres. Elle avait un faible pour les Anciens, et s'était particulièrement passionnée pour l'*Iliade* et l'*Odyssée*. L'histoire et la culture des premières grandes civilisations humaines étaient enracinées autour de la Méditerranée. Et Vannina était une vraie Méditerranéenne. Elle entrait en résonance avec ses ancêtres, et les premiers peuples de l'humanité. Ses dons de *mazzera* la reliaient clairement à ces lointains parents, dont les âmes erraient dans un éther insaisissable.

Soudain, Brunier quitta la route territoriale qui reliait Bonifacio à Ajaccio. Peu après Propriano, au lieu de remonter vers Olmeto, il avait viré à gauche pour rejoindre la côte et longer la Grande Bleue.

— Bon, allez, crache le morceau : on va où ? Hors de question que tu continues à me trimballer comme un vieux tas de bois, je ne suis pas une de ces *chonchula*[1] qui…

— Du calme ! Je t'emmène dans la machine à remonter le temps retrouver tes ancêtres.

Vannina était stupéfaite. Aurait-il lu ses pensées ? Elle était encore imprégnée de son évocation des Anciens et des esprits

1. Gourde, en corse.

millénaires qui hantaient ses nuits. Une coïncidence, sans doute… Mais une coïncidence troublante.

Dix minutes plus tard, les deux enquêteurs débarquaient au bout du monde. Ils n'avaient croisé personne sur des kilomètres et se trouvaient plus seuls que jamais. Brunier s'immobilisa sur un modeste parking au cœur d'un minuscule hameau. De l'autre côté de la chaussée, un troquet aux portes closes supportait une petite banderole : « Brasserie de la préhistoire ». Sur la droite, une enseigne en demi-lune proclamait fièrement : « Entrée du site de Filitosa ».

Même si elle n'y était plus venue depuis son enfance, Vannina connaissait les lieux. Ils faisaient la fierté des Corses, la preuve que l'île avait été peuplée dès l'âge du bronze, plusieurs milliers d'années avant Jésus-Christ. Hors saison, baignant d'immenses espaces naturels, vierges de toute présence humaine – ou presque –, l'atmosphère préhistorique régnait déjà, avant même de pénétrer sur le site.

Brunier saisit son iPhone.

— C'est moi. On est arrivés.

L'instant d'après, un homme d'une trentaine d'années, teint hâlé et cheveux noirs, déverrouillait la porte de l'accueil et laissait pénétrer les deux enquêteurs.

— Vannina, je te présente Julien Agostini, le petit-neveu du fondateur du site. Avec ses cousins, il gère l'affaire. Il m'a téléphoné à l'aube pour me faire part de ce qu'il venait de découvrir.

La jeune femme se montra perplexe et aussi affable qu'une porte de prison. Sans mot dire, elle accompagna les deux hommes au cœur du site préhistorique.

Ils empruntèrent d'abord un chemin terreux bordé d'oliviers séculaires aux sublimes troncs noueux. Au bout s'élevait un oppidum hérissé de lourdes pierres de granit plus ou moins dépareillées. L'une d'elles formait une sorte d'immense coquille, comme un auvent arrondi et creusé de l'intérieur.

— C'était un des tout premiers habitats, ou peut-être une guérite de surveillance à l'entrée du village, lança le jeune guide, sur un ton enjoué.

Partout, les blocs de pierre cendrés se mêlaient à la végétation. Vannina s'attarda mollement sur un empilement qui courait sur plusieurs mètres.

— Ça, c'est une partie du grand mur qui entourait l'ancien village. En archéologie, on appelle ça une enceinte cyclopéenne. C'est typique de l'âge du bronze. Bien sûr, il ne reste plus grand-chose, mais il faut se l'imaginer…

L'officier de gendarmerie s'impatientait et n'allait pas tarder à couper court à la visite privée.

Quelques mètres plus loin, un édifice beaucoup plus structuré s'élevait en plein cœur de l'oppidum. Il formait un promontoire coiffé d'une petite tour décapitée par l'œuvre du temps. De part et d'autre s'érigeaient des menhirs gravés de visages inquiétants. Les six statues monumentales, plantées à même le sol, semblaient monter la garde depuis des millénaires.

— Ce sont les fameuses statues-menhirs découvertes par mon grand-oncle, Charles-Antoine Cesari, en 1946. Elles représentent des guerriers. Regardez, autour du visage, on distingue le tracé du casque. Et dessous, tout du long et en travers, on voit une longue épée. Ou sur celle-ci, un poignard et même un baudrier. Ces mégalithes datent de près de six mille ans… Vous savez, c'est pratiquement unique dans toute la Méditerranée.

Vannina observa négligemment ces vestiges du passé et finit par craquer :

— OK, et alors, ils sont sortis faire une virée ? Vous les avez retrouvés torchés dans la « Brasserie de la préhistoire » ?

Julien Agostini échangea un regard atterré avec Brunier.

— Je suis désolée, mais je n'ai absolument pas de temps à perdre avec ce genre de détails. Venez-en au fait.

— Ça va, on va te montrer. Julien, allons-y, grogna Brunier.

Les deux officiers et leur guide contournèrent un gros rocher crochu, puis dévalèrent un étroit sentier au beau milieu des broussailles. Sous leurs yeux surgit alors un immense terrain ensauvagé, pétri de vallons et de collines, pratiquement désert. Seuls quelques bouquets de chênes-lièges parsemaient ce vaste territoire.

Malgré elle, Vannina céda à l'envoûtement des lieux et de ces pierres rescapées d'une époque lointaine, lorsque la société n'était pas encore gangrenée par l'hyperconsommation, ni n'avait détruit son environnement.

Soudain, son regard achoppa sur un olivier extraordinaire. Le plus majestueux qu'elle eût jamais vu. Il régnait, seul, au beau milieu du terrain. Il déployait ses branches immenses, recouvertes d'une prodigieuse toison de feuilles d'un vert bleuté. En baissant les yeux, Vannina découvrit une petite armée pétrifiée semblable à celle qui défendait la tour de l'oppidum.

— Tu as vu juste, lança Brunier. C'est là que ça se passe.

La jeune femme s'approcha, fascinée par la beauté de l'olivier.

— Cet arbre a au moins mille deux cents ans, lâcha Julien Agostini. C'est l'un des deux plus vieux de France. Sa longévité est aussi exceptionnelle qu'inexplicable... Peut-être est-il protégé par l'esprit des guerriers. Ou par Dieu en personne, ajouta-t-il en échangeant un regard mystérieux avec Marc Brunier.

Vannina s'étonna de l'étrange connivence entre les deux hommes.

— Certains prétendent même qu'il poussait déjà lorsque ces mégalithes ont été dressés. Disons que le dispositif est saisissant, vous ne trouvez pas ?

Figés en un arc-de-cercle parfaitement régulier, cinq colosses de pierre grisâtre protégeaient le totem millénaire. Ils possédaient casques, harnais, épées, poignards et baudriers.

— Et… on sait qui sont ces guerriers armés ? Ce qu'ils représentent ?

Vannina se montrait de plus en plus curieuse.

— Les premiers gendarmes de l'histoire, non ? ironisa Brunier.

La jeune femme leva les yeux au ciel.

— En fait, on ne sait pas exactement, confessa Agostini. Mais l'archéologue qui a dirigé les fouilles dans les années 1950, Roger Grosjean, a toujours pensé qu'il s'agissait de la représentation des Shardanes, des guerriers à la force légendaire qui se sont notamment battus aux côtés du pharaon Ramsès II contre les Hittites. Avant d'envahir la Corse, ils faisaient partie d'une confédération de peuples parmi lesquels on trouvait les Torréens, les Nuragiques, les Achéens…

— Les Achéens ? tiqua aussitôt Vannina. Ce n'est pas le peuple qui fait le siège de Troie pour récupérer Hélène, dans l'*Iliade* ? Agamemnon et Achille étaient bien achéens, non ?

— Absolument ! Et l'*Iliade* n'est pas seulement un mythe : des fouilles archéologiques, au XIXe siècle, ont permis d'exhumer les vestiges de la cité antique de Troie. Or, d'après nombre d'historiens grecs, la guerre de Troie aurait eu lieu exactement à l'époque où ces guerriers ont été sculptés, c'est-à-dire vers 1200 avant Jésus-Christ. Il est donc très probable que nos statues, ici, soient directement connectées aux combattants qui ont inspiré Homère pour imaginer ses fameux héros de l'*Iliade* : Achille, Patrocle, Hector…

Le commandant Marc Brunier comptait les points. S'il appréciait les polars, il n'avait jamais lu de telles vieilleries.

Vannina s'attarda de nouveau sur l'olivier, qui la subjuguait. Un monument quasi fossilisé, déformé par douze siècles d'existence statique. Il ne disposait pas d'un seul tronc, mais de cinq souches qui formaient une gerbe de bois millénaire. L'enquêtrice songea que les premières tiges de l'arbre, entretenues par une sève immortelle, avaient connu les contemporains insulaires de Charlemagne.

En s'approchant plus près, la jeune femme fut soudainement agressée par une répugnante odeur de putréfaction. Elle jeta un regard stupéfait à Marc Brunier.

— Tu brûles.

Vannina se laissa guider par l'émanation putride, et finit par s'incliner au-dessus de la cavité enserrée par les troncs séniles, semblable à la paume d'une immense main aux doigts recourbés. Puis elle se figea. Elle en oublia même de respirer, l'espace de quelques secondes. Le froid ralentissait la décomposition, et tenait bon nombre d'insectes à distance. La forme était parfaitement discernable, et ne laissait aucun doute : un cœur gisait au fond du trou, comme une offrande à l'arbre de vie.

L'organe était en piteux état, et devait reposer là depuis deux ou trois jours au moins. Il avait été sectionné sans ménagement ; des lambeaux d'aorte et de veines caves pendaient aux extrémités.

— Putain, mais pourquoi tu ne m'as rien dit ?

Vannina était furibonde.

— Si ça se trouve, c'est le cœur arraché dans le torse de Bonifacio ! Il faut boucler le site, faire les constates et procéder aux relevés !

Brunier consulta son smartphone.

— Ça ne devrait plus tarder.

Au même instant, une équipe de la police technique et scientifique dévalait la colline. Les techniciens étaient déjà vêtus de leurs combinaisons stériles, et transportaient plusieurs mallettes, un drone, ainsi qu'un pied de caméra. Deux officiers de la PJ les talonnaient, et leur indiquaient la direction de l'olivier. Brunier avait briefé son groupe avant de quitter Ajaccio aux côtés du procureur.

— Mais tu n'as encore rien vu, souffla le policier. Suis-nous.

Vannina hallucinait. Mille questions se bousculaient dans son esprit. Elle tentait déjà de relier le charnier de la grotte de Bonifacio à Filitosa, pourtant situé à quatre-vingts kilomètres. Le meurtrier avait soigneusement mis en scène son crime sordide, et entendait sans doute jouer au chat et à la souris avec les enquêteurs. Elle était enfin chargée d'une affaire hors normes, comme elle n'en avait jamais connu. Elle saisissait mieux l'intérêt du commandant Marc Brunier, lui qui s'était toujours tenu à distance des affaires banales de l'île.

Un peu plus au nord, isolé entre une grappe de chênes et trois cactus, un gisement de granit s'érigeait sur quatre mètres de hauteur.

— C'est la carrière, indiqua le petit-neveu du fondateur du site archéologique. C'est ici que, très probablement, nos ancêtres, il y a peut-être six mille ans, puisaient leurs énormes pierres pour bâtir ensuite le village ou dresser les mégalithes en hommage à leurs dieux.

En observant ces blocs spectaculaires, Vannina aperçut une construction beaucoup plus rationnelle, en retrait. Elle s'approcha et découvrit une stèle enfichée dans le sol. La terre avait été fraîchement retournée, et ne remontait pas à l'âge du bronze…

— Bingo, lança Brunier.

La jeune femme contourna deux rocs granuleux et se figea juste en face de la dalle. Elle distingua des entailles superficielles qui dessinaient un étrange code, constitué de deux lettres, d'un chiffre et de deux symboles qui lui rappelaient des signaux de navigation. Les caractères se succédaient dans un ordre énigmatique :

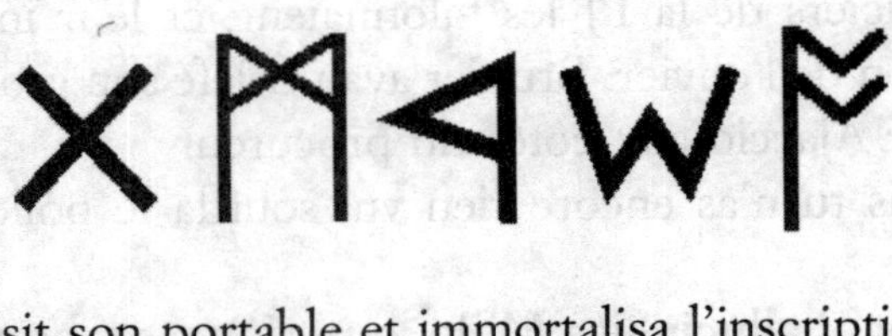

Elle saisit son portable et immortalisa l'inscription.

— J'ai trouvé ça en même temps que le cœur, murmura Julien Agostini. À l'aube, en faisant mon inspection hebdomadaire. Hors saison, quand le site est fermé au public, je ne viens qu'une fois par semaine. Et il n'y avait rien la semaine dernière. Entre-temps, quelqu'un a pénétré illégalement, s'est amusé à déposer un cœur dans l'olivier et a ensuite dressé ce mégalithe puis gravé ces symboles. Et…

Le jeune homme semblait hésitant.

— Et quoi ? encouragea aussitôt Vannina.

— Et ça, siffla Brunier.

Le commandant s'était posté à l'extrémité de la carrière, dans un repli escamoté par les rocs granitiques. La terre avait été remuée. En s'approchant, la jeune femme devina des dépouilles animales confusément enfouies.

— J'ai dégagé les premières carcasses. Ce sont des moutons. Je pense qu'il y en a une bonne dizaine. Ils ont été saignés et enterrés, à la va-vite.

Vannina s'agenouilla près d'une des bêtes. Une odeur de chair avariée commençait de s'épandre tout autour. D'évidence, des charognards avaient entamé un festin, mais aucun membre n'avait été sectionné. Le mouton semblait avoir été égorgé, sans autre forme de procès, et rapidement dissimulé dans une cavité creusée derrière la carrière.

Le mouton, ou plutôt le bélier. La tête de l'ovidé se trouvait coiffée d'une magnifique paire de cornes enroulées, caractéristique des mâles de l'espèce.

— Et vous avez une idée de qui aurait pu faire ça ?

— Absolument pas. On peut entrer facilement, on n'a pas dressé de murs ni de barbelés infranchissables, et le territoire est très vaste.

La jeune femme demeurait dubitative. Ses neurones bouillonnaient et tentaient de connecter les faits entre eux. Elle devait affronter un psychopathe, égorgeur d'hommes et de bêtes, adepte d'énigmes puériles, avide de lancer les enquêteurs dans un sordide jeu de piste. Un beau cas, sans doute évadé d'un hôpital psychiatrique, ce qui se produisait de plus en plus souvent. L'île possédait une dizaine d'établissements pour « frapadingues », essentiellement des cliniques privées. La vérification ne prendrait que quelques minutes.

Les ASPTS[1] s'approchaient des enquêteurs. Ils avaient effectué les premiers relevés sur l'immense olivier millénaire et venaient poursuivre leur tâche derrière la carrière. L'un d'eux s'apprêtait à faire décoller un drone équipé d'une caméra, l'un des seuls moyens d'embrasser le vaste territoire.

Soudain, Vannina réalisa que ce travail aurait dû échoir à ses hommes, les techniciens d'investigation criminelle de la gendarmerie. Certes, ils avaient fort à faire dans la grotte de Bonifacio, mais l'immixtion de la police judiciaire en ce début d'enquête ne cessait de la perturber.

— Monsieur Agostini, pourquoi n'avez-vous pas immédiatement alerté la gendarmerie ? La brigade de Propriano n'est pas loin, elle serait intervenue en moins d'une demi-heure. Ici, vous dépendez de la gendarmerie. Pas de la police.

En prononçant ces mots, la jeune gradée darda un regard assassin sur Marc Brunier. Le policier esquiva aussitôt et reprit l'initiative.

— Ce n'est pas terminé, Vannina. Suis-nous.

Le capitaine de gendarmerie haussa les sourcils et ne put masquer sa surprise.

— Vous allez me balader longtemps comme ça ? Il serait temps de tout me dire, je déteste les chasses aux trésors.

Après avoir rebroussé chemin jusqu'à l'entrée du site, les deux hommes entraînèrent l'enquêtrice dans un édifice flambant neuf. Nichées dans la verdure, deux bâtisses cubiques de pierre sèche, percées de larges ouvertures, enserraient un bâtiment futuriste entièrement vitré, dont la façade courbe rappelait le bec d'un ptérodactyle.

— C'est notre nouveau musée archéologique. Il n'est ouvert que depuis quelques mois. Il y a trois cent cinquante mètres carrés d'exposition répartis sur deux niveaux. On a regroupé tout ce qu'on a trouvé au cours des fouilles :

1. Agents spécialisés de la police technique et scientifique.

des céramiques, des pendeloques en os, des pointes de flèche en obsidienne, des torques et des bijoux en bronze. En réalité, il ne reste pas grand-chose de l'époque, parce que le sol granitique est très acide, ce qui altère énormément la conservation.

Julien Agostini contourna un mégalithe monumental exposé en plein centre du musée, puis dévoila une vitrine brisée.

— Le cambrioleur a cassé la vitre et s'est emparé de deux lames de bronze.

— Et c'est tout ?

— Absolument, il n'a rien pris d'autre. Cela dit, c'étaient deux belles pièces, parfaitement aiguisées pour l'époque, et surtout finement décorées de symboles et de dessins. De quoi intéresser de riches collectionneurs.

Vannina se concentra sur la vitrine et observa les débris de verre qui parsemaient le sol.

— Pas de système d'alarme ?

— Pas encore, le musée est vraiment très récent, et nos ressources ne sont pas illimitées.

— Des traces d'effraction ?

Le jeune homme leva le nez et fixa le vitrage qui s'étirait du sol au plafond, en suivant une pente curviligne.

— Le cambrioleur s'est introduit en cassant l'extrémité des vitres, tout en haut. J'ai dû nettoyer et dégager les débris de verre, c'était très dangereux. J'imagine qu'il est ensuite descendu à l'aide d'une corde.

L'officier de gendarmerie tenta de rassembler ses idées. Tout allait bien trop vite ce matin-là. Elle venait à peine de découvrir l'œuvre la plus macabre de sa carrière, dans une grotte sombre et humide de Bonifacio, et elle devait en sus tenter de résoudre un rébus dont elle pressentait qu'il était clairement relié à la scène de crime pourtant distante de plusieurs dizaines de kilomètres. Quel genre de cinglé avait pu dérober des lames vieilles de plus de trois mille ans, et, dans le même temps, dépecer un cadavre, lui arracher le cœur pour le loger au centre d'un olivier millénaire, avant de dresser une sorte d'autel en y gravant lettres et symboles sans queue ni tête ? Sans compter les moutons égorgés, et, clou du spectacle, le crâne scié et fourré de cervelle cuite… Rapidement, Vannina Aquaviva acquit la conviction qu'il s'agissait d'une œuvre collective, ne serait-ce que pour déplacer les carcasses d'animaux, et surtout parvenir à dresser la stèle de granit en retrait de la carrière. Elle devait peser un bon quintal…

Tout restait à faire. Identifier la victime, comprendre le parcours des criminels, leur motivation, et surtout anticiper leurs réactions. N'était-ce qu'un galop d'essai ? Allaient-ils recommencer ? Avaient-ils semé des indices pour lancer les forces de l'ordre à leurs trousses, en se jouant d'eux au travers d'une mise en scène aussi aberrante que sordide ?

Elle croisa les pupilles sombres de Marc Brunier. Elle saisit aussitôt que le policier avait accompli le même raisonnement. Pour lui, tout était relié, de manière évidente. Il l'avait traînée ici pour entériner sa propre conviction et lui donner des gages. Comment pourrait-elle désormais le priver de participer à l'investigation ? Et puis, bien que cette idée lui déplût profondément, elle devait bien reconnaître que l'expérience d'un ancien limier de la Crim' parisienne, issu du « chaudron » du Quai des Orfèvres, ne serait pas inutile.

Vannina observa ensuite Agostini. Derrière ses airs de sainte-nitouche, il semblait clairement dissimuler des informations.

— Monsieur Agostini, vous ne m'avez pas répondu tout à l'heure. Puis-je savoir pourquoi vous avez téléphoné au commandant Brunier, au lieu d'avertir la gendarmerie locale ?

Le jeune homme ne put masquer son embarras.

— Je… J'habite Ajaccio, et l'hiver, comme je vous le disais, je ne viens ici qu'une fois par semaine. Je suis arrivé très tard hier soir, et j'ai été attiré par l'odeur, particulièrement rance dans la nuit. Donc une fois que je suis rentré chez moi, juste avant l'aube, je me suis aussitôt adressé à la police, en ville.

— Et pourquoi n'avez-vous pas porté plainte au commissariat, tout simplement ? Je peux savoir comment vous avez connu le commandant Brunier, au point d'avoir son numéro et de l'appeler en personne ?

Julien Agostini adressa un regard oblique à l'officier de police. Vannina confirma son intuition : ces deux-là la menaient en bateau.

— Marc, comme M. Agostini est devenu aphone, tu peux m'expliquer ?

Le policier consulta son portable et se déroba de nouveau.

— Il faut retourner à Bonifacio. Vandroux arrive, il va vouloir qu'on fasse le point tous ensemble.

Vannina ne lâcherait pas l'affaire. Elle avait son idée. Les deux hommes s'étaient sans doute rencontrés dans une soirée *pulenta* bien arrosée, ou quelque chose du genre, ce qui expliquait leur embarras.

Cinq minutes plus tard, les deux OPJ quittèrent enfin le site préhistorique et regagnèrent le parking. Il était déjà 14 h 30.

Le hameau coupé du monde était tout aussi désert qu'à leur arrivée. Seul le fourgon floqué des insignes de la police scientifique rompait la monotonie du paysage. À mesure que la journée passait, le froid accentuait sa morsure.

Au moment de pénétrer dans l'habitacle de la 308, Vannina sentit soudain une présence. Elle sonda les alentours. Un cortège de sommets enneigés s'élevait à l'est, créant un sentiment d'éternité. Seul le cri strident d'un geai des chênes perçait le silence, tandis que le vent glacial hérissait sa peau duveteuse. Elle s'engouffra dans la voiture, puis claqua la portière d'un geste vif.

Le véhicule s'ébranla et s'éloigna de Filitosa.

De son perchoir, il n'avait rien manqué du spectacle. Ses iris cristallins suivaient le convoi disparaître au bout de la route. Aucun geste ne lui avait échappé, même à cette distance.

Allaient-ils pouvoir le sauver ?
Et lui, pourrait-il les sauver en retour ?
Le compte à rebours était lancé.
Le début de la fin.

Chapitre huit

Lundi 10 février 2020, Capo di Feno

Comme chaque matin, Marc Brunier contemplait la mer. Sa cabane offrait une vue paradisiaque sur la plage de grand Capo. L'anse de Minaccia, profondément sauvage et bien peu fréquentée hors saison, se situait tout près des îles Sanguinaires, à trente minutes du centre-ville d'Ajaccio.

Depuis l'aube, le ciel se chargeait de nimbostratus. Dans cette crique ouverte au grand large, dépourvue de protection contre les éléments, les vagues pouvaient se déchaîner librement. Seuls quelques surfeurs téméraires fréquentaient les flots démontés. Le martèlement entêtant des rouleaux résonnait jusque dans la bicoque.

À l'intérieur, quelques sifflets lugubres s'élevaient des bardages. En montagne, des trombes d'eau bombardaient le maquis, et poussaient bêtes sauvages et troupeaux vaguement domestiques à se terrer dans des abris de fortune.

Le temps avait tourné dans le week-end, comme s'il traduisait l'opprobre des dieux face aux découvertes abjectes de Bonifacio et de Filitosa. Brunier ne s'était pas éternisé sur la scène de crime de la Cité des falaises. Les pandores[1] faisaient bien leur boulot ; ils disposaient d'imposants moyens

1. Gendarmes, en jargon policier.

et passaient toute la zone au peigne fin. L'officier de police savait que sa jeune collègue de la section de recherche dormirait peu et passerait ses nuits sur place. À son âge, il eût probablement fait de même.

Marc Brunier saisit le chapelet qui traînait encore sur la table de Formica, puis déverrouilla le coffret rivé au mur. Il logea le colifichet à côté de ses congénères, suspendus à de simples clous. Il en possédait une bonne trentaine, rapportés de toutes les villes fréquentées au cours de ses enquêtes. Sans compter ceux offerts par des proches à l'occasion de voyages à l'étranger. Le petit collier de perles d'huître tinta avec grâce. C'était son préféré. Il lui avait été offert par un pêcheur qui passait son temps à confectionner ces babioles pour bigotes, bercé par les remous incessants du grand large, entre deux remontées de chalut. Ces bijoux de nacre illustraient les merveilles de la nature sauvage ; un exemple de beauté originelle, dénuée de toute intervention humaine. L'homme n'avait pas encore tout pollué ni dénaturé, même s'il touchait au but.

Depuis sa demande de mutation sur l'île, le policier n'avait jamais suivi son traitement. Il se laissait dériver comme une bouteille à la mer, et plus spécifiquement une bouteille de whisky, qu'il sifflait l'une après l'autre, bravant tous les interdits du corps médical. Ses crises d'épilepsie s'étaient raréfiées, faisant place à des phénomènes beaucoup plus intimes et déstabilisants. La psy de la police, la seule qu'il eût consultée avant son départ pour la Corse, l'avait mis en garde. Avec la mort de sa fille Sarah, sous ses yeux et par sa faute, dans cette galerie sordide enfouie à vingt mètres de profondeur sous la capitale, son esprit ne parviendrait sans doute jamais à cicatriser. Ses pensées seraient éternellement hantées, sauf à suivre un protocole très particulier, mêlant absorption d'un médicament et séances consistant à lire et relire le compte rendu du drame pour tenter de l'exorciser… « Avec ça, vous empêcherez la reconsolidation de votre souvenir traumatique », avait-elle affirmé. Cette proposition, véritable invitation à la torture mentale, avait stupéfait l'officier. Il avait sèchement envoyé la psychologue sur les roses.

Bien sûr, il était aussi passé sur le gril des « bœufs », l'inspection générale de la police nationale, la police des polices. Pourquoi s'était-il avancé désarmé face aux robes noires qui pointaient pourtant leurs fusils d'assaut sur les policiers ? Pourquoi n'avait-il pas laissé le RAID faire son travail ? Se prenait-il pour un justicier à l'américaine ? Bien rapidement, face au drame vécu par le policier désemparé et à la profonde culpabilité d'avoir précipité la mort de sa propre fille, les enquêteurs avaient desserré l'étreinte. Comme il ne lui manquait que trois ou quatre années pour atteindre sa retraite à taux plein, il s'en était sorti avec une mutation « le plus loin possible de Paris ». Il avait opté pour la Corse, sans vraiment réfléchir. Depuis lors, Brunier s'était enfermé dehors, dans cette nature à fleur de peau, fragile et si puissante, face au large.

Avant de partir, pour sauver les apparences, il avait accepté une promotion-placard, le nouveau grade de commandant divisionnaire. Mais il n'était plus désormais commandant que d'un radeau à la dérive, paré d'une voile en lambeaux et qui prenait l'eau de toutes parts : celui de son existence lamentable.

L'officier rassembla quelques accessoires dérisoires, son semi-automatique qu'il n'entretenait même plus – était-il encore en état ? – et son antique smartphone – un iPhone 4, qui connaissait encore ce vieux modèle ? Impossible d'installer une quelconque mise à jour depuis trois ans au moins. Et puis, surtout, sa bible de poche. Celle-ci ne le quittait jamais et prenait une place croissante dans sa vie. Et avec elle, nul besoin de mise à jour. Rien n'avait changé depuis deux mille ans.

Brunier poussa la porte et encaissa une violente bourrasque en plein visage. Même les éléments l'empêchaient de sortir de son trou. Personne n'avait plus besoin de lui ; les dieux, là-haut, ne savaient plus comment le lui signifier.

Dehors, tandis qu'il s'apprêtait à grimper dans son Opel, il discerna le Duster banalisé de Vannina Aquaviva. La jeune femme lui adressa plusieurs appels de phare pour bien marquer sa présence.

Elle avait débarqué sans prévenir.

Il l'aimait bien, cette gamine. Elle n'était pas comme les autres. Son léger accent local, ses conversations en langue corse avec les vieux du coin et ses expressions colorées la rendaient bien plus sympathique que les traditionnels militaires guindés de la gendarmerie. Et puis, malgré sa profonde irritation à l'idée de partager l'enquête avec la PJ, elle prenait soin de lui comme d'un ancien, au village. Après avoir râlé tout ce qu'elle pouvait, Vannina avait fini par le faire raccompagner en hélicoptère, et même le faire déposer chez lui aux frais de la princesse.

— Marc, je te présente le lieutenant Marion Lafargue.

Brunier n'avait pas remarqué la passagère, solidement arrimée à la banquette arrière. Le policier s'installa à l'avant, quelque peu désarçonné par le dispositif.

— Je vois que tu m'as gardé la place du mort, délicate attention…

Vannina sourit. À l'arrière, l'officier de gendarmerie avait à peine opiné du chef. Elle était absorbée par l'écran de son PC et les premières constatations de la scène de crime. Tandis que le capitaine Aquaviva amorçait une marche arrière pour reprendre la piste défoncée, elle enchaîna.

— Marion a débarqué hier avec le légiste, le Dr Damien Garrel. Ils arrivent directement de l'Institut de recherche criminelle, la Mecque de la gendarmerie scientifique, à Pontoise. Ils ont l'habitude de travailler ensemble. Marion est morpho-analyste de traces de sang.

Brunier se retourna. Il contempla les traits de l'intruse. Nez fin, carré brun impeccable éclairé par un regard caramel qui s'étirait légèrement en amande. Plutôt sexy, mais sévère.

— Analyste de traces de sang ? répéta le policier.

— …

Face au mutisme de l'experte, captivée par d'insoutenables clichés, Vannina poursuivit sur un ton badin :

— Il faut qu'on file récupérer son collègue, qui n'arrive que ce matin.

Le convoi banalisé longeait la route des Sanguinaires qui n'avait jamais si bien porté son nom. La teinte sombre de la Méditerranée paraissait dissimuler des millions d'âmes tourmentées qui remontaient des Enfers pour briser leurs chaînes. Les vagues, grosses des sanglots de ces ancêtres oubliés dans les ténèbres, s'écrasaient sur les rochers avec la puissance de leurs lamentations.

Vannina roulait à vive allure. Elle dépassa la marina qui bruissait du cliquetis des mâts métalliques s'entrechoquant à tout-va, puis se rangea aux abords du port de commerce. Le ferry dégorgeait déjà ses premiers véhicules, bien peu nombreux en cette saison.

— Marion, tu sais dans quelle voiture il arrive ?

— Aucune. « Zim » est à pied. Il a pris le TGV jusqu'à Marseille, et s'est enregistré comme piéton sur le ferry. Tiens, c'est lui, là-bas.

Brunier épia ce nouveau renfort depuis sa vitre. Zim, drôle de diminutif. Un Russe, peut-être ? Zimov, Zimenko… En tout cas, un original, qui préférait se farcir trois heures de TGV plus une nuit de traversée par gros temps plutôt que de tracer en avion comme le reste de l'équipe. À moins d'avoir manqué le dernier vol…

Marion Lafargue claqua la portière et partit à la rencontre de son collègue.

— Salut, Zim. Damien nous attend en salle d'autopsie. Il faut qu'on parte fissa.

— Tu as pu m'apporter ce que je t'ai demandé ?

— Ne commence pas, lança-t-elle tout en dardant deux coups d'œil inquiets vers le Duster qui patientait dans le froid. Discute pas et rapplique dans la bagnole.

Vannina et Marc Brunier s'impatientaient.

— Qu'est-ce qu'ils foutent ? Ils s'engueulent ou quoi ?

— Querelle d'amoureux, sans doute, railla le policier.

Le spécialiste tergiversait. Il portait un encombrant sac à dos, de bonnes chaussures de marche, et ressemblait à l'un de ces innombrables randonneurs qui arpentent le GR20.

Finalement, le duo s'engouffra dans l'habitacle, sans mot dire. Durant le trajet, Brunier observa le quinquagénaire dans le rétroviseur. Il semblait contrarié. Très contrarié. Vannina l'avait présenté comme un anthropologue, et officier de gendarmerie.

Brunier eut aussitôt le pressentiment que ce type n'était pas là par hasard.

Il était venu avec une mission bien précise.

Mais Brunier était loin de se douter laquelle…

Chapitre neuf

Lundi 10 février 2020, Ajaccio, 9 h 56

Posé sur la colline du Stiletto, cerné par un maquis foisonnant, le nouvel hôpital d'Ajaccio offrait une vue panoramique sur la mer effervescente.

Au moins l'épreuve se déroulerait-elle dans un lieu confortable, ce qui rasséréna Brunier, réfractaire aux charcutages de charognes. Surtout dans une telle affaire, véritable mikado de pièces humaines détachées.

Après avoir revêtu les protections d'usage, blouse, charlotte, gants et masque verts, Marc Brunier, Vannina et le duo de Pontoise se massèrent dans la salle d'autopsie flambant neuve. Sébastien, qui avait coordonné les constatations scientifiques dans la grotte de Bonifacio, s'était également déplacé. Il connaissait les restes sur le bout des doigts pour en avoir dressé le macabre inventaire avant d'organiser leur rapatriement. Il avait dû rassembler ossements et membres sanguinolents dans des sacs étanches, avant de les riveter solidement, l'un après l'autre, au crochet de l'hélicoptère posté en vol stationnaire au-dessus de la plage de galets. Pendant toute l'opération, les pales de l'appareil avaient dangereusement flirté avec les parois de la falaise. Le treuillage puis l'évacuation avaient nécessité trois bonnes heures de manipulations délicates.

Vannina se lança.

— Merci à tous d'être arrivés si vite. Quand j'ai téléphoné à Pontoise samedi pour leur demander de l'aide, nous étions tous désemparés. Nous avions vraiment besoin de votre regard, de votre expertise. Et ici, à Ajaccio, en l'absence de légiste à plein temps, c'était une bonne occasion de vous solliciter, docteur Garrel. D'ailleurs, je crois que vous êtes déjà venu plusieurs fois sur l'île.

Le légiste acquiesça sous son masque stérile. Son regard perçant planait au-dessus des draps olivâtres qui occultaient les restes. Ceux-ci se trouvaient répartis en trois lots : les deux premiers reposaient sur de simples chariots, tandis que le troisième gisait sur la longue table d'autopsie en inox.

Garrel en avait vu d'autres, beaucoup d'autres. Médecin-chef des armées, patron du département de médecine légale de l'Institut de recherche criminelle, il se « délocalisait » sur les affaires les plus glauques, généralement les homicides multiples et les catastrophes aériennes impliquant d'imposantes techniques d'identification des victimes.

— Et bien sûr, un grand merci à vous, docteur Marceau, d'avoir accepté de compléter le dispositif. Compte tenu de l'environnement symbolique qui entoure la scène de crime et vu l'état des restes, votre compétence d'anthropologue nous sera extrêmement précieuse.

Marc Brunier haussa les sourcils. Marceau ? Quel rapport avec Zim ? Il préférait s'attacher à ces détails plutôt que d'affronter les chairs putrescentes que le légiste s'apprêtait à dévoiler. L'odeur enivrante de désinfectant ne masquait nullement les relents fétides.

— Bien, j'ai déjà analysé tous les restes, annonça Damien Garrel. J'ai commencé seul hier dès mon arrivée, et j'ai repris tôt ce matin. Je remercie d'ailleurs l'hôpital d'avoir mis à ma disposition deux garçons de salle dès 6 heures, ce qui m'a permis de terminer avant votre arrivée. Premier constat : nous disposons de soixante-dix-sept pièces anatomiques différentes. J'ai pu reconstituer deux cadavres humains au complet, auxquels il faut ajouter ça.

Le légiste ôta le premier drap. Une collection d'os de toutes tailles, d'une pâleur variable, se trouvait entassée sur un simple chariot. Vannina et Sébastien se figèrent. Lors des constatations de terrain, ils avaient redouté que certains ossements, très courts, appartiennent à des enfants ou des adolescents…

— D'après leur taille et leur structure, je les attribuerais à des cochons, ou peut-être des sangliers ; et des moutons, ou peut-être des mouflons. Je m'adapte au contexte corse.

L'enquêtrice et le COCrim soufflèrent, tout en échangeant un regard teinté de surprise.

— Ces os correspondent tous à des pièces comestibles, des carrés, jarrets, travers, colliers, échines, filets… Leur cuisson a été lente, comme en témoigne l'odeur « pot-au-feu » caractéristique. Il reste quelques traces de tendons.

— Selon vous, le meurtrier aurait ingurgité toute cette viande avant de massacrer les victimes ? s'étonna Vannina.

— Avant ou après. Il est probable qu'il se soit restauré pendant plusieurs jours. Seule l'analyse des traces que vous avez relevées sur place pourra le confirmer.

— J'ai découvert des cendres à l'entrée de la grotte, confirma Sébastien. Je pense qu'une ou plusieurs combustions ont pu avoir lieu sur place. J'ai tout prélevé, on verra si on retrouve des graisses animales dans les échantillons.

Le légiste poursuivit.

— Les membres ont été soigneusement tranchés. Et certains os ont été entièrement nettoyés. On retrouve même des traces de morsure, des empreintes d'incisives ou de canines. Il devait être salement affamé, si vous voulez mon avis.

Les enquêteurs notaient, sans discontinuer, comme des élèves studieux en plein TP. Vannina Aquaviva en avait assez entendu et souhaitait passer au premier plat de résistance.

Le Dr Garrel retira aussitôt le second drap, dévoilant un corps entièrement démembré. Il déplaça les projecteurs scialytiques pour qu'ils inondent les restes, d'apparence bien conservés, sans décomposition avancée. Le cadavre ressemblait à un « kit » qui n'attendait qu'une chose : qu'on emmanche chaque membre et ranime l'ensemble façon Frankenstein. Le crâne et le torse étalaient de longues cicatrices, résultat des dissections pratiquées par le légiste. Il avait pris soin de tout recoudre afin d'épargner aux enquêteurs un spectacle rebutant. Même raccommodés et détachés les uns des autres, le visage, la poitrine et le pubis ne laissaient aucun doute sur le sexe de la victime.

— Il s'agit d'une femme d'une vingtaine d'années. Sa mort remonte à environ quatre jours.

Le Dr Garrel saisit la tête à pleines mains et la souleva pour sa démonstration. Vannina blêmit. Sur le chariot, l'intégrité du corps faisait encore illusion ; mais en empoignant la tête, le légiste dévoilait toute l'horreur du crime.

— Ici, on distingue clairement un enfoncement caractéristique d'un coup porté à l'aide d'un objet contondant. Le crâne est fracturé sur trois centimètres. Cette blessure a entraîné une perte de connaissance immédiate.

Garrel reposa la tête dans sa position initiale.

— Elle a subi une importante hémorragie cérébrale, ce qui a rapidement entraîné la mort.

Un silence glacial régnait dans la salle aseptisée.

— Pour le reste, je n'ai observé aucune autre contusion ni plaie. Pas de violence sexuelle.

— Et… il l'a découpée après l'avoir tuée ?

— Oui, c'est évident. S'il l'avait fait avant, elle se serait débattue, et nous retrouverions des hématomes, d'importantes traces de lutte, des coupures et des sections beaucoup moins précises. En fait, elle a été démembrée *post mortem* avec la même maîtrise que les animaux.

Brunier contemplait ce spectacle atterrant et tentait de lire dans le visage éteint. Qu'était-il arrivé ? Pourquoi elle ? Pourquoi l'avoir finalement charcutée ?

— On sait si elle a été découpée sur place ? Et les animaux ?

Sébastien prit aussitôt la parole.

— C'est probable, car malgré l'humidité, le BlueStar a permis de révéler de nombreuses traces sanglantes au sol et même sur certaines parois de la grotte. Mais le lieutenant Lafargue est la seule capable ici de le confirmer.

La morpho-analyste des traces de sang, restée muette et concentrée depuis le début, articula ses premiers mots :

— Je devrais pouvoir reconstituer l'ensemble du déroulement des opérations grâce à la forme et à l'angle des projections. Il faudra distinguer les traces passives, par l'effet de la gravitation et donc par simple écoulement, des traces actives, dues aux éjections provoquées par le tranchage des membres. Ensuite, j'attribuerai les traces à chacune des deux victimes, pour bien comprendre ce qui est arrivé à chacune d'elles. En ce qui concerne ce premier corps, vu les sections, je pense que…

— Inutile de perdre ton temps avec cette gamine, lâcha soudain Laurent Marceau.

Marion Lafargue et tous les collègues rivèrent aussitôt leurs regards sur lui.

— Et pourquoi on la négligerait, Zim ?

La morpho-analyste fulminait. Brunier pouvait sentir l'électricité dans l'air.

— C'est une victime collatérale. Elle n'a rien à voir avec le reste des mises en scène, tout ce que j'ai pu lire dans le dossier. Elle a été balancée avec les ossements d'animaux, elle ne vaut pas mieux. Elle a subi une seule blessure, nette et fatale. Elle aura dérangé le meurtrier. C'était peut-être une touriste, ou une fille du coin venue attendre son amoureux sur les galets. Elle était au mauvais endroit au mauvais moment.

— Mais il l'a découpée ! rétorqua Vannina.

— Et alors ? Il s'est peut-être fait la main sur elle avant de passer à sa véritable cible.

Et comme pour lui donner raison, le Dr Damien Garrel pivota vers la table de dissection, puis ôta le dernier drap d'un geste vif.

Brunier ressentit un haut-le-cœur. Par réflexe, Vannina bloqua sa respiration, tentant de faire obstacle aux exhalaisons putrides qui s'étaient brutalement épandues. Au contraire, Lafargue s'approcha, tenaillée par la curiosité. Quant à Zim, il décortiquait les restes immondes qui le contemplaient. L'anthropologue arborait les traits de l'expert insensible, dont l'intuition se confirmait.

La surface en inox supportait un patchwork de morceaux informes, dont il était pratiquement impossible d'affirmer qu'ils étaient d'origine humaine. Des os voisinaient avec des chairs, ou ce qu'il en restait. Quant à la tête, elle paraissait métamorphosée en une masse globuleuse aux teintes écœurantes, comme si l'intérieur du crâne avait été gonflé à l'hélium.

Le meurtrier s'était livré à un jeu de massacre, appliquant des traitements variés et nébuleux aux diverses parties de l'anatomie de la victime. Chacun saisit aussitôt ce qu'entendait Zim, face au contraste sidérant avec la précédente dépouille.

— J'ai passé du temps à reconstituer le cadavre, concéda le Dr Garrel. La vue d'ensemble est complexe, je peux simplement dire qu'il s'agit d'un homme âgé de trente à quarante-cinq ans. Mais c'est très approximatif, compte tenu de l'état déplorable du thorax et du crâne. Vous pouvez constater que la victime a été démembrée, comme la première, mais chaque partie du corps n'a pas subi le même traitement. Pour l'examen interne, le meurtrier m'a simplifié la tâche : le crâne a été découpé, de même que les côtes. Les points d'enfoncement sont assez réguliers. Il a fallu appliquer une très forte pression pour venir à bout du crâne.

Vannina Aquaviva et Marc Brunier changeaient lentement de couleur. Au contraire, les autres experts semblaient assister à un match de foot, et se réjouissaient du cas d'école exceptionnel qu'il leur était offert de découvrir.

— Il n'a pas utilisé de matériel comme nous pouvons en disposer en chirurgie. J'ignore combien de temps il aura mis pour couper l'ensemble des os. C'est assez étonnant, je dois le reconnaître. Sans compter les deux os longs que vous pouvez voir, entièrement dépecés de leur chair : le fémur de la cuisse gauche et l'humérus du bras droit. Et comme pour les ossements d'animaux, ces membres ont été cuits et ingérés. On retrouve les mêmes empreintes dentaires caractéristiques.

Un long silence s'ensuivit. Chacun mesurait la portée de cette affirmation, qui n'était qu'une triste confirmation des premières constatations de terrain.

Vannina posa la question qui brûlait toutes les lèvres :

— Il a donc mangé une partie de sa victime, c'est bien ça, docteur ? Du cannibalisme ?

— Absolument. C'est rare, mais je suis catégorique. Et les restes de cervelle retrouvés dans le crâne évasé l'attestent également.

Le légiste s'empara délicatement de la tête méconnaissable, couverte de renflements et parée de cette immonde langue verdâtre. Il retourna le crâne et désigna les chairs cendrées qui reposaient à l'intérieur.

— On retrouve environ la moitié de l'encéphale, qui paraît compatible avec la forme de la boîte crânienne, même si le volume du cerveau a nettement diminué en raison de la cuisson. Seules les analyses ADN pourront confirmer la correspondance à cent pour cent entre le cerveau et la victime. En tout cas, ce qui manque a été ingéré. On retrouve des traces de morsure, comme sur les os. Si le cerveau est bien celui de la victime, le meurtrier l'aura donc prélevé, cuit, puis en partie consommé. Si tel est le cas, nous avons donc clairement affaire à de l'anthropophagie, mais limitée à deux membres – bras droit et cuisse gauche – et une partie de la cervelle.

Les esprits s'échauffaient.

— Docteur, tout à l'heure vous disiez que le meurtrier n'avait pas utilisé les mêmes outils que vous pour découper le crâne. Mais comment s'y est-il pris, selon vous ?

Depuis la découverte de la tête, Vannina s'était posé cette question de manière lancinante… Scier un crâne à la main se révélait très difficile.

— Il a utilisé un objet perforant très dur, qui a entraîné une découpe irrégulière.

Tandis que le légiste répondait, Zim s'empara de la tête et scruta la béance avec une intense concentration.

— Mais selon vous, quel instrument précisément ? insista Brunier, tout aussi avide de découvrir le mode opératoire du dégénéré qui s'était servi du crâne comme d'un bol.

— Probablement un silex.

De nouveau, tous les regards confluèrent vers Zim. Il parlait peu, mais chacune de ses assertions valait dix mille points.

— Un silex ? répéta Vannina, hébétée.

— C'est très cohérent avec les marques de section. Ça ressemble aux crânes trépanés du néolithique que j'ai pu étudier. Il y a environ dix mille ans, les hommes ont découvert la mode de la trépanation. Ils faisaient de petites et de grosses perforations, parfois très larges, chez nombre de leurs congénères. Jusqu'au milieu du XXe siècle, on mettait ça sur le compte de la brutalité bestiale des hommes préhistoriques. Mais en réalité c'étaient des actes très maîtrisés, ciblés, et bien souvent du vivant des personnes opérées : on distingue clairement sur certains crânes la réossification partielle des orifices. Cela montre donc que les « patients » survivaient, ce qui prouve la maîtrise de la technique. D'autres fois, comme ici, c'étaient des prélèvements *post mortem*. Rien qu'en France, on a retrouvé plusieurs crânes du néolithique soigneusement trépanés, notamment dans le Bassin parisien et dans le site des Grands Causses en Lozère.

— Il a donc utilisé un silex, vous êtes absolument formel, docteur Marceau ?

— J'en mettrais ma main à couper au silex, oui.

Zim était fier de son bon mot. Mais face à l'absence de réaction – un vrai bide –, il enchaîna :

— Seuls les prélèvements effectués à la périphérie de l'orifice permettront de confirmer, par microscopie, si on retrouve bien d'infimes résidus de roche.

— Et... vous avez une idée du pourquoi ? Pourquoi un silex ? Encore une mise en scène façon préhistorique ?

— Nous y viendrons plus tard, si vous le voulez bien. Je préfère laisser le Dr Garrel achever son compte rendu. Les causes de la mort, que nous n'avons pas encore abordées, seront décisives, avant toute hypothèse de ma part.

— Justement, j'allais y venir.

Le légiste récupéra la tête monstrueuse entre ses mains.

— Le reste de la tête recèle une partie de l'explication. Comme on peut voir, les chairs sont tuméfiées, elles forment de véritables bulles par endroits, avec une alternance de teintes bleuâtres, parfois brunâtres. Et la langue est hypertrophiée et de couleur verdâtre... Certaines marques pourraient s'apparenter aux dégâts provoqués par une immersion prolongée dans l'eau. Mais on ne retrouve aucune trace qui pourrait le laisser penser : pas de diatomées, ni de résidus d'algues dans les poumons. Et puisque j'aborde le thorax, je vous confirme que le cœur que vous avez retrouvé ailleurs est bien celui qui a été prélevé dans la cage thoracique. Le volume, la forme et les jonctions veines et artères coïncident.

Vannina et Marc Brunier échangèrent un regard satisfait.

— En revanche, contrairement au soin apporté à la dissection du corps, le cœur a été arraché avec force, sans aucune précaution. Presque d'un geste de rage. L'aorte et les veines sont disloquées, et les ventricules sont comprimés, comme s'ils avaient été empoignés par une paume énorme.

Les yeux de Zim brillaient. Il ne cessait d'assembler les pièces d'un puzzle mental qui se révélait de plus en plus évident.

— Et maintenant, avant de revenir à l'aspect atypique du visage, regardez la jambe droite. Elle est très congestionnée et présente un gonflement particulier au niveau du mollet. Un renflement très dur au toucher. Et si vous observez bien, vous verrez une plaie profonde d'environ trois centimètres en son centre.

Toutes les blouses vertes s'agglutinèrent autour du membre. Une odeur pestilentielle s'en échappait, qui expliquait presque à elle seule la nature des relents nauséeux qui nimbaient le cadavre disloqué.

— La blessure a entraîné une fulgurante réaction allergique, qui a très rapidement colonisé la jambe et la cuisse. Et, si on regarde bien le visage, il est frappé du même type de réaction. Peut-être le résultat d'un empoisonnement ou d'une surdose toxique. Les seuls cas pour lesquels j'ai observé ce type d'œdèmes, associés à une langue hypertrophiée, c'était lors d'overdose de médicaments, notamment dans un contexte de suicide.

Vannina Aquaviva sondait la plaie, certaine qu'une partie du mystère résidait à l'intérieur.

— Alors quoi, docteur, la victime a été attaquée avec une lame empoisonnée ? Elle serait morte de ça ?

— Très probablement, oui. J'ai prélevé des échantillons dans la plaie et dans les organes qui concentrent les toxiques. Nous aurons le résultat sous quarante-huit heures, et nous découvrirons quelle substance a provoqué de tels dégâts. Petit détail : la plaie du mollet présente des lacérations, on a donc utilisé une lame dentée pour la pénétration, comme certains couteaux de chasse.

Brunier tiqua aussitôt :

— Vous pensez que le meurtrier pourrait être un chasseur ?

— C'est possible, d'autant qu'un chasseur est rompu aux découpes de gibier. Cela expliquerait son aisance au dépeçage des animaux comme des victimes.

Cette révélation ne constituait qu'une demi-bonne nouvelle. La moitié des Corses étaient chasseurs… Pendant ce temps, Zim examinait la plaie à l'aide d'une loupe, l'un des accessoires les plus simples mais des plus utiles dans l'arsenal de la médecine légale.

— Tu as vu les petits éclats blanchâtres dans la plaie ?

— Oui, on dirait du cartilage, ou plus certainement une substance osseuse, que j'attribuerais à une contamination de la scène de crime, compte tenu de tous les ossements enchevêtrés… De toute manière, je les ai prélevés, et tout va partir en anatomopathologie. On aura vite la réponse.

— Eh bien, moi, je te parie un sachet de graines de chia qu'il s'agit de débris du dard d'une raie armée.

— Un dard de raie armée ? répéta bêtement Brunier. Qu'est-ce que c'est, une raie armée ?

— Une espèce de raie dotée d'un dard très venimeux. En mer, si vous l'attaquez ou que vous marchiez dessus par inadvertance, elle balance son dard, vous le plante dans le mollet ou la jambe, et diffuse son venin. Et donc, je vous parie un kilo de quinoa bio qu'on va retrouver dans les prélèvements de belles traces de venin de raie armée, un poison qui diffuse rapidement dans le sang et peut entraîner d'imposants œdèmes. Et provoquer un arrêt cardiaque.

Marion Lafargue était désorientée.

— Et on peut savoir d'où tu sors ça, Zim ?

— C'est exactement de cette manière qu'est décédé Ulysse, le héros grec, après son retour à Ithaque.

Chapitre dix

12 mai 399 avant Jésus-Christ, Athènes

Hélios, le dieu Soleil, décochait ses premières flèches cuivrées sur l'acropole. De fines paillettes caressaient le Parthénon, jusqu'à la divine Athéna qui veillait sur la cité depuis son autel. En contrebas, s'éveillait l'agora. Quelques citoyens glissaient sur la voie sacrée, insouciants de la tragédie qui se jouait tout près d'eux. Les plus fidèles s'étaient rassemblés entre les colonnes du tribunal, les visages durement éprouvés par la fatigue et le chagrin.

Les plus fidèles, sauf un. La veille, anémié et bouleversé, Platon s'était affalé en pleine agora alors qu'il s'apprêtait à rendre visite au maître afin de lui révéler la terrible nouvelle. À sa place, Criton s'en fut porter le macabre message : le navire était revenu de Delos, et les onze magistrats avaient ordonné l'exécution pour le lendemain.

Les disciples quittèrent le tribunal en direction de la cellule du *Philosophos.* Ils formaient une procession semblable à une marche funèbre avant l'heure. Tandis qu'ils foulaient le parvis de la prison, un hurlement déchira le silence. Xanthippe refusait de quitter son époux, qu'elle voyait pour la dernière fois. Ses cris désespérés anéantirent un peu plus les jeunes adeptes, dont certains ne purent endiguer leurs sanglots. Criton, toujours le fidèle Criton, enlaça Xanthippe qui s'effondra dans ses bras. De ses yeux jaillissaient deux Rubicons de larmes. Le jeune Athénien s'efforça de contenir sa peine et de tarir sa révolte. Il la raccompagna jusqu'au foyer.

Dans sa cellule, le philosophe apparut parfaitement serein. Il était là, posé sur son tabouret, auprès de sa couche, enceint par quatre parois irrégulières de calcaire, qui ressemblaient bien plus à une caverne creusée dans la roche blafarde qu'à un cachot. La geôle était vaste et possédait même une annexe pour les ablutions et le bain.

Enfin, Socrate sourit à chacun de ses disciples, en tête desquels figuraient Phédon, Simmias, Cébès et Apollodore.

— Allons, cessez de montrer ces mines ! lança-t-il. Nos dialogues, si riches, si nombreux, n'ont donc laissé aucune empreinte en votre esprit ? Je suis l'homme le plus comblé, ce jour, puisque je vais accomplir l'œuvre même du philosophe. Souvenez-vous que philosopher, c'est s'occuper d'être mort, et de bien mourir, car l'âme est immortelle. La mienne va rejoindre les cieux et contempler l'intelligible, ce que nos sens, de notre vivant, ne peuvent connaître. Toute ma vie, je n'ai eu de cesse d'élever mon âme dans la vertu et la sagesse, pour m'approcher toujours plus près du Bien et du Beau, dans leur Forme la plus pure, tandis que le corps, lui, est voué à la putréfaction. Comment ne pourrai-je pas être heureux de toucher au but, à la purification ?

— Mais, Socrate, geignit Simmias, la peine prononcée par les cinq cents juges est profondément injuste ! Tu as fait preuve de vertu toute ta vie, délaissant les plaisirs et les soins du corps pour ne t'occuper que d'examiner l'âme des citoyens et leur faire prendre conscience que ce qu'ils croyaient savoir, ils ne le savaient pas. Que la seule chose qu'on pût vraiment savoir était qu'on ne savait rien. Et qu'il fallait avant tout se connaître soi-même… C'est cela qu'ils t'ont fait payer ! De les avoir placés devant leur ignorance, en les poussant toujours plus loin dans leurs contradictions. Un homme mérite-t-il de mourir pour cela ?

— Allons, mon bon Simmias, cesse de te lamenter. Si c'est pour rejoindre Orphée, le Musée, Hésiode ou Homère, je veux bien mourir mille fois…

Et, comme s'ils étaient réunis au gymnase du Lycée lors d'une journée ordinaire, Socrate et ses disciples entamèrent une ultime discussion quant à l'immatérialité de l'âme et sa transmission d'un être vivant à l'autre.

Mais tandis qu'il caressait les boucles d'or de Phédon, sagement campé à ses pieds, Socrate formula une demande bien mystérieuse. Il s'adressa à Criton qui était revenu :

— Je te charge d'une dernière mission. Va quérir Platon, et dis-lui que je dois absolument lui parler seul à seul avant de gagner les Enfers.

Une heure plus tard, du haut de son mètre quatre-vingt-dix, le jeune Platon pénétra, chancelant, dans la geôle du maître. Les autres disciples respectèrent la dernière volonté du philosophe et se retirèrent dans le calme et la tristesse.

— J'ai honte, Socrate, car j'ai manqué du courage d'assister à tes derniers instants tandis que toi, tu surpasses toute noblesse en t'apprêtant à mourir dignement.

— Je ne le crois pas, Platon. Car tu es venu, finalement, et c'est donc d'un grand courage que tu témoignes, malgré ta peine. Dans l'*Iliade*, Achille, Ulysse, Patrocle ou Hector ne bravent-ils pas la mort plutôt que de faire preuve de lâcheté en renonçant à combattre pour défendre honneur et patrie ?

— C'est juste, Socrate.

— Alors, selon Homère, le courage, c'est-à-dire le contraire de la lâcheté, n'est-il pas plus noble et plus important que le fait même de périr ?

— Absolument, tu dis vrai.

— Donc, qui est le plus noble de nous deux, Platon ? Toi qui as surmonté ta peine et fait preuve de courage pour venir assister à ma fin, ou bien moi qui vais mourir ?

— Je ne sais plus que penser, Socrate…

— Tu sais que j'ai raison, mon cher, et je te demande de bien m'écouter. J'ai besoin de toi et de ton courage. Après ma mort, il faudra poursuivre ma quête, et tu es le seul à pouvoir le faire.

— Et comment le pourrai-je, Socrate ?

— Je n'ai jamais rien écrit, tu le sais. Pas plus que je n'ai souhaité être précepteur, ni gagner ne serait-ce qu'une drachme en formant mes disciples.

— Et pourtant, les cinq cents juges t'ont condamné pour avoir corrompu la jeunesse, et pour avoir voulu détrôner les divinités de l'Olympe dans le but d'en imposer de nouvelles. Ils ont proféré tous ces mensonges pour se débarrasser de toi et de l'ombre que tu leur faisais !

Platon ne put réprimer un sanglot qui remontait du fond de son cœur, comme une lame déchaînée. Socrate sécha lentement ses larmes à l'aide de sa toge, résistant au désir d'étreindre son jeune élève qu'il aimait plus encore qu'Alcibiade et que Criton réunis. Puis, la parole voilée, Platon balbutia.

— Mais tu vivras éternellement, Socrate... N'as-tu pas longuement exposé à Phèdre que les âmes vivaient par cycles de dix mille ans, et se réincarnaient par périodes de mille ans ? Les mille premières années, elles errent, puis les neuf mille suivantes, elles se réincarnent dans des plantes, des animaux ou des hommes... Ainsi seras-tu éternellement parmi nous...

— Tu as une mémoire prodigieuse, Platon, c'est tout à fait ce que j'ai dit. Et donc, mon âme va sans doute errer mille années, avant de rejoindre un nouvel être vivant. Si j'ai de la chance, je pourrai entre-temps rejoindre l'île des Bienheureux. Alors j'atteindrai la plénitude et contemplerai les Formes pures. Mais une fois réincarné, je serai comme tous les vivants. Je serai déchiré entre mon corps, ses pulsions, ses désirs, ses colères et parfois sa haine ; tandis que mon âme, sa partie supérieure, celle qui loge dans la tête, tentera désespérément de m'élever vers le monde intelligible, le Beau et le Bien. Cette dualité de l'âme, tiraillée entre Dieu et les Démons, nous la connaissons tous, n'est-ce pas ?

— Sans doute, Socrate.

Le philosophe se pencha, au point d'effleurer la belle chevelure torsadée de son disciple. Puis il murmura sur un ton empreint de mystère :

— J'ai un secret à te révéler, Platon. Mais il faut d'abord me promettre de ne jamais le divulguer.

— Je te le promets, par Zeus.

— La partie supérieure de l'âme, où logent sagesse et vertu, nous a en fait été léguée par une race d'hommes aujourd'hui disparue.

— Ne veux-tu pas plutôt parler des divinités ? Ou de demi-dieux, peut-être ?

— Ils ressemblent aux dieux et aux héros des grands mythes, mais ce sont bien des hommes, comme toi et moi. Enfin, surtout comme toi... Les âmes ne se réincarnent pas par hasard. Elles nous choisissent, parce qu'elles savent que nous pourrons les abriter et tirer le meilleur d'elles-mêmes. Nous hébergeons, toi et moi, ainsi que la plupart de nos amis, des âmes chères qui proviennent de ces lointains ancêtres. Elles ont fait plusieurs cycles de dix mille ans avant de nous rejoindre.

Platon s'était imperceptiblement rapproché du maître ; son oreille chatouillait les lèvres de Socrate. Il ne voulait rien manquer de ses confidences.

— Qui étaient ces ancêtres dont les âmes nous ont choisis ?

— Te souviens-tu de ma longue discussion avec Timée de Locres ?

— Parfaitement, Socrate. Tu as exposé l'origine de l'univers et des êtres vivants. Tes démonstrations mathématiques m'ont ébloui.

— Et te souviens-tu de mon discours sur les Atlantes ? Nous en avions aussi parlé avec Critias.

Platon réfléchit. Il n'était plus très sûr.

— Parles-tu de ce peuple disparu, dont l'île gigantesque, l'Atlantide, aurait été engloutie sous la mer ?

— C'est bien cela.

Socrate quitta son tabouret. Il saisit une petite pierre et se mit à crayonner sur la paroi de calcaire dressée à sa gauche.

— Regarde, ça, c'est notre monde : l'Europe, avec en son centre Athènes ; à l'Est, l'Asie ; au milieu, la Méditerranée ; au sud et à l'ouest, la Libye. Et puis, tout au bout, entre l'ouest de l'Europe et la Libye, non loin du mont Atlas, s'élèvent les immenses colonnes d'Héraclès qui marquent l'embouchure de la Méditerranée lorsqu'elle se jette dans l'immense océan. C'est ici la fin de notre monde. Or, un peu plus loin, au milieu de l'Océan, surnageait l'île des Atlantes qui, depuis, a sombré sous les eaux. Et avec elle, son royaume, ses cités, et tous ses fabuleux habitants. Ils étaient vigoureux, forts, et très intelligents, tout comme toi. Contrairement à ce qu'on prétend, ils n'avaient ni agressivité ni velléité de conquêtes. Aussi, quand les Athéniens assoiffés de sang sont venus les combattre, ils ne se sont pas méfiés et ont été aisément défaits. Ils étaient pacifistes et préféraient recourir à leur raison plutôt qu'à la force, car la force est l'apanage des bêtes féroces.

— C'est exactement ce que tu as fait toute ton existence, Socrate. Recourir à la raison, toujours la raison.

— En effet, tu parles bien. Mais c'est parce que l'âme d'un Atlante est venue se réincarner en moi. Depuis, je suis en quelque sorte le garant de leur mémoire et de leur sagesse. Je suis comme le poète Homère, qui avait le premier reconnu les héritiers de ces colosses qui n'ont jamais tout à fait disparu. De qui parlait-il, selon toi, lorsqu'il narrait les demi-dieux, les Géants et autres Titans ? Qui étaient ses modèles, où puisait-il son inspiration ? Homère représentait les Atlantes tels qu'ils étaient, avant leur destruction, mais aussi tels qu'il avait côtoyé leurs derniers survivants. Et certains subsistent encore aujourd'hui…

Socrate avait prononcé ces dernières paroles en pénétrant Platon de son regard profond.

— Et voici comment je t'ai reconnu, Platon, et comment je t'ai choisi parmi mes disciples. Tu es l'un de ces Géants qui ont survécu. Tu abrites l'âme d'un Atlante, et tu as aussi hérité leur puissance.

— Moi, Socrate ? En es-tu bien sûr ?

— Sans l'ombre d'une hésitation. Ne t'es-tu jamais étonné de ton incroyable stature ?

— Eh bien… Si je suis grand et galbé, c'est que je m'entraîne chaque jour au gymnase.

— Pas seulement. C'est aussi en raison de ta nature, et de l'âme qui t'habite. N'est-ce pas d'ailleurs ton professeur de gymnastique qui t'a surnommé Platon, c'est-à-dire « le large », en raison de ta force et de ta carrure surnaturelles ?

— C'est vrai, mais cela remonte à bien des années…

— Et ne dit-on pas, dans tout Athènes, que ta lignée remonterait à Poséidon, qui veillait sur les Atlantes, voire que tu serais le fils du dieu Apollon en personne ? Que tu serais donc un demi-dieu ?

Platon rougit.

— Ce ne sont que pures légendes, je n'ai rien de divin…

— Pourtant, n'es-tu pas né le même jour qu'Apollon ?

Le jeune disciple ne savait plus que penser. Il se demandait surtout où son maître voulait en venir. Socrate regagna son vieux tabouret de bois.

— Ils nous habitent, Platon ; avant même que nous sortions du ventre de notre mère, ils nous confient leur savoir et nous insufflent leur sagesse.

— Fais-tu ainsi référence à ta théorie de la réminiscence ?

— Bien sûr. Nous n'apprenons rien de nouveau durant notre existence. Nous nous bornons à nous remémorer ce que nous savions avant notre naissance, c'est-à-dire ce que l'âme qui s'est insinuée en nous avait acquis durant ses précédents cycles. C'est ainsi que les Atlantes nous transmettent leur héritage. Ils nous montrent la voie. Nous devons continuer de porter leur parole, Platon, dans l'espoir d'imposer de nouveau l'âme de la race d'or en lieu et place de celle des hommes vils et jaloux qui nous dominent. Ils savent qu'un jour viendra où nous régnerons de nouveau. Ces lâches sentent déjà poindre la menace, et c'est d'ailleurs la raison pour laquelle ils m'ont condamné. Pour diffuser la sagesse des Atlantes, j'ai besoin de toi. De ta force, de ton courage et de ta mémoire fascinante.

— Et que dois-je faire exactement ?

— Je veux que tu te souviennes en détail de mes longues arguties avec Critias, Timée, Phèdre, Cratyle ou encore Ménon. Mais aussi des discussions que nous avons eues tous ensemble, avec nos amis, au gymnase ou ailleurs, sur l'amour, les lois ou la république. T'en souviens-tu parfaitement ?

— Bien sûr, je les ai bues comme l'agneau tète la brebis, et je pourrais les réciter par cœur.

— Parfait. Alors couche-les par écrit. Transmets ce savoir, et surtout les doutes, les interrogations qui sont nés de ces dialogues passionnés. Ce sera l'occasion de distiller, de manière très subtile, une partie du secret que j'ai percé, que j'ai hérité d'Homère, et des voix qui me parlent. Ce secret que j'ai tenté de vous révéler tout au long de nos échanges au Lycée. Il fera peut-être triompher les hommes nobles et vertueux tels que nous, héritiers de la civilisation engloutie sous les eaux, pour qui paix et sagesse sont au-dessus de tout.

Socrate empoigna soudain les mains herculéennes de Platon et les serra passionnément, comme pour appuyer sa dernière confidence solennelle.

— Mais souviens-toi toujours d'une chose : tu es de la race des Titans, l'héritier de la race d'or, et comme tous ces puissants qui ont disparu, méfie-toi du revers de la médaille. Tu seras tenté par la violence, la vengeance contre ceux qui veulent t'éradiquer, toi et les tiens. Ils seront toujours sur ta route, ces hommes faibles, cette race de fer dégénérée, qui s'est arrogé tout pouvoir, le droit sur toutes choses et tous les êtres vivants. Ceux qui ont détruit les Atlantes vont finir par se détruire eux-mêmes, tant leur arrogance les étouffe. Et s'ils ne le font pas d'eux-mêmes, les héritiers des Atlantes tels que toi s'uniront pour achever de débarrasser notre monde de ces nains sanguinaires et sans pitié.

Les yeux du grand philosophe étaient terrifiants et injectés de sang. Qui parlait à travers lui ?

— Aussi, je m'en remets à toi pour prolonger l'œuvre amorcée par Homère, et que j'ai moi-même tenté de poursuivre toute ma vie. Le sens profond des dialogues que tu coucheras par écrit ne sera vraiment compris que par les héritiers, qui se reconnaîtront.

À cet instant fatidique, le serviteur des Onze pénétra dans la cellule et brisa la confession. Platon se redressa, et s'écarta de Socrate. Personne ne devait saisir ne serait-ce qu'un mot de l'impérieuse mission que venait de lui confier le philosophe.

L'homme chancelait et peinait à s'exprimer.

— Socrate, au moins à toi je n'aurai pas à reprocher ce que je reproche aux autres : eux s'en prennent à moi et me maudissent quand je les invite, sur l'ordre des magistrats, à boire le poison. Mais toi, tu sais que je n'y suis pour rien. Les responsables, tu les connais. Tu es le plus noble, le plus doux, le meilleur de tous ceux qui sont jamais venus dans cet endroit. À présent donc, car tu sais bien ce que je suis venu t'annoncer : adieu ! Et tente de supporter l'inéluctable aussi facilement que tu pourras.

Puis, les yeux emplis de larmes, l'homme se détourna et quitta la geôle.

— À toi aussi, adieu ! Et nous ferons comme tu dis, lança Socrate sur un ton léger.

Platon demeurait pétrifié, hésitant entre une rage sourde et une insondable tristesse.

— Fais revenir les autres, lui intima le maître. C'est la fin.

Quelques instants plus tard, Socrate leur adressa un salut plein de tendresse, puis se leva.

— Mes amis, il est temps. Je vais prendre un dernier bain, car il me semble préférable de boire le poison après m'être baigné, afin d'épargner aux femmes la peine de laver un cadavre. Dès lors, mon corps sera prêt à être enseveli ou bien incinéré. Je vous laisse décider la méthode, cela ne revêt aucune importance pour moi.

Accompagné du fidèle Criton, le philosophe disparut dans la pièce du bain. Il y demeura plus d'une heure. Lorsqu'il reparut, toujours aussi serein, il demanda le poison. Aussitôt, un esclave lui porta la coupe emplie de ciguë finement broyée.

— Fort bien, mais que faut-il que je fasse ? C'est à toi de me l'apprendre.

— Quand tu auras bu, il faudra que tu marches jusqu'à ce que tes jambes s'alourdissent. Alors couche-toi sur le lit, et le poison agira lentement en remontant dans ton corps.

Sans l'ombre d'une hésitation, sous le regard horrifié de ses jeunes élèves, Socrate porta la coupe à ses lèvres et but d'une traite. Les cœurs commencèrent de battre la chamade, les larmes de couler, la colère d'affleurer. Le philosophe arpenta la cellule de long en large, jusqu'à sentir ses jambes de plus en plus pesantes. Il s'étendit alors sur sa couche. Ivres de chagrin, ses disciples se massèrent autour de lui. À sa gauche, Phédon, Simmias, Cébès, Apollodore, Criton et Platon. À sa droite, Critobule, Hermogène, Épigène, Eschine, Crysippe et Ménéxène.

Ainsi étaient-ils douze à le chérir une dernière fois, six de chaque côté, et Socrate en leur milieu qui tenait encore la coupe entre ses mains.

Ensuite, l'esclave palpa les pieds, les chevilles et les jambes de Socrate. Le maître ne sentait déjà plus rien.

— Il refroidit et devient raide, souffla l'homme. Lorsque le froid lui atteindra le cœur, il partira.

Criton murmura dans un sanglot.

— Socrate, n'as-tu rien à nous dire, en cet ultime instant ?

— Mon bon Criton… Nous devons un coq à Esculape. Payez cette dette, ne soyez pas négligents.

— Ce sera fait, ne t'inquiète pas.

Soudain, Socrate lâcha la coupe qui se brisa sur les dalles.

Sa poitrine se souleva dans un dernier soubresaut.

Puis son âme divine s'extirpa de son corps de mortel.

Chapitre onze

Lundi 10 février 2020, 14 h 20

Le colonel Verneuil écoutait attentivement le capitaine Aquaviva résumer les grandes lignes de l'autopsie. L'annonce, ou plutôt la confirmation des actes de cannibalisme auxquels s'était livré le meurtrier lui soutira une grimace de dégoût.

Autour des deux officiers, dans la vaste salle de visioconférence du bâtiment de la section de recherche, une dizaine de gendarmes tapotaient fiévreusement sur le clavier de leurs PC. Au bout de la table ovale, deux flics de la PJ grattaient à l'ancienne sur leurs cahiers d'écolier. Face à eux, la dalle LCD se trouvait scindée en deux. À gauche, l'écran projetait l'image pixélisée du major Rossini, de Carlier – alias Pierre Richard – et d'Alexandre Luciani, qui coordonnaient les investigations à Bonifacio. Sur la droite clignotaient deux silhouettes, deux fonctionnaires de la police judicaire en liaison chaotique depuis le site préhistorique de Filitosa.

Brunier, lui, demeurait prostré, les bras croisés. Il fixait l'anthropologue qui sirotait un improbable jus de carotte et de concombre. Il faudrait qu'il en apprenne plus sur celui qu'il surnommait déjà « Zim badaboum », l'homme des coups de théâtre tonitruants.

— Empoisonné par le venin d'une raie comment ?

Le colonel Verneuil était effaré.

Vannina laissa Laurent Marceau exposer sa théorie, tout en précisant que seule l'analyse toxicologique et celle des prélèvements effectués dans la plaie du mollet permettraient de confirmer son hypothèse.

— Donc la victime serait morte empoisonnée par le venin d'une raie, c'est bien ça ?

— C'est probable, confirma Zim. L'empoisonnement est une des pratiques les plus répandues dans l'histoire du crime, depuis plus de deux mille ans. C'est même un vrai raffinement. L'histoire regorge de nombreuses intrigues, comme l'incroyable série d'empoisonnements à la cour de Louis XIV, fomentés par la marquise de Brinvilliers.

— Oui, enfin là, on parle d'une piqûre d'animal, sans doute accidentelle… Je ne vois pas trop le rapport, le rabroua Verneuil.

Vannina s'interposa avec douceur :

— Ce que veut dire Laurent, c'est que le meurtrier a sans doute organisé lui-même la mise en contact avec la raie armée. Qu'il avait tout prévu. Il fallait que la victime meure de cette manière.

L'enquêtrice se plongea dans ses notes. Elle avait bûché, en bonne élève qu'elle avait toujours été.

— Au Moyen Âge, il arrivait qu'on exécute les condamnés en les jetant dans des fosses remplies de serpents. Et, des siècles auparavant, les Grecs de l'Antiquité employaient l'empoisonnement comme méthode courante de mise à mort. Chacun se souvient de Socrate, condamné à la peine capitale et contraint d'absorber la ciguë avant de périr entièrement paralysé.

Elle avait scandé sa dernière phrase avec aplomb, comme si personne ne pouvait ignorer cette anecdote.

Ses collègues échangèrent des regards penauds. Ils avaient entendu parler de Socrate, mais aucun n'avait eu vent des circonstances de sa mort.

— Alors quoi, reprit le colonel Verneuil, le meurtrier aurait obligé la victime à marcher sur une raie ? Tu es sérieuse ?

Vannina ne voulait pas froisser son chef, mais elle devait l'embarquer sur une voie de traverse. Le faire sortir des rails de sa rationalité viscérale.

— Ce que nous voulons dire, le Dr Marceau et moi, c'est que le meurtrier a probablement agi dans le cadre d'un rituel organisé : il a fait en sorte que l'animal agresse la victime et l'empoisonne. Il voulait qu'elle meure comme Ulysse. C'était capital.

— Et pourquoi ça ?

Verneuil restait inflexible.

— Disons que l'ensemble de la mise en scène plaide pour cette hypothèse : le cœur livré en offrande sur un site de l'âge du bronze, devant des statues-menhirs représentant les Shardanes, des guerriers contemporains d'Homère et des Grecs de l'*Iliade* et de l'*Odyssée*… Et puis surtout…

Vannina ne cessait de tourner les pages de son carnet constellé de pattes de mouche.

— … Et surtout, Ulysse a sans doute accosté à Bonifacio. Il a peut-être même foulé la petite plage de galets, voire pénétré dans la grotte.

Brunier s'étrangla et recracha violemment son café.

— Je sais que notre café n'est pas excellent, mais quand même…

Les enquêteurs sourirent, sauf le commandant de police.

— C'est vrai, le café est dégueulasse, mais là, le coup d'Ulysse à Bonifacio, c'est juste n'importe quoi !

Le policier était écarlate.

— Vous déconnez à plein tube ! Ce sont des tissus de conneries, des légendes plus vieilles que mes robes, et Ulysse, comme les autres cakes, je ne sais plus comment ils s'appellent, qui se sont mis sur la gueule pendant dix ans, n'ont jamais existé ! Alors ne nous prenez pas pour des cons, avec Ulysse à Bonifacio. Pourquoi pas le roi Arthur ou Guillaume Tell, tant qu'on y est ?

Un silence de plomb s'abattit sur l'assemblée. Personne n'osait moufter. Puis une voix souffreteuse grésilla dans les haut-parleurs de la télévision.

— J'ai pas compris : la victime s'appelle Arthur ou Guillaume ?

— Tais-toi, Carlier, siffla le lieutenant Luciani.

Le colonel Verneuil n'était pas mécontent que le vieux briscard de la PJ penche dans son sens. Vannina Aquaviva, elle, restait bouche bée : quelle mouche l'avait piqué ? Elle songea aussitôt à la « bibine » ; l'haleine de Brunier exhalait de puissants relents d'acétone, qui l'avaient immédiatement écœurée. Mais, en cet instant, peu importait son état : elle devait lui tenir tête. Il en allait de sa réputation, et surtout de son autorité de cheffe d'enquête.

— Marc, personne n'a dit que tout cela était vraiment arrivé. Je te parle de symbolique. De références mythologiques. De jeu de piste. Si tu avais lu l'*Odyssée*, tu saurais qu'Ulysse aborde une île qui ressemble trait pour trait à l'embouchure de Bonifacio.

La jeune femme fourra de nouveau son nez dans ses notes et cita :

— « Une double falaise, à pic et sans coupure, se dresse tout autour, et deux caps allongés qui se font vis-à-vis au-devant de l'entrée, en étranglent la bouche. » C'est exactement la configuration de Bonifacio. Et dans cette île, qui affronte Ulysse ? Les Lestrygons, un redoutable peuple de Géants qui détruisent ses navires et dévorent ses compagnons.

Le policier défronça les sourcils. Une lueur passa devant ses yeux vitreux.

— Oui, Marc, tu as bien entendu. Des anthropophages, des cannibales, des mangeurs d'hommes… Ça te rappelle quelque chose ? Tu te souviens de l'autopsie ? C'était ce matin…

Un murmure s'éleva parmi les enquêteurs qui, jusqu'ici, comptaient les points et s'attendaient à ce que l'affrontement tourne au pugilat. Vannina venait de marquer mille points.

— Et j'imagine que vous avez aussi une théorie fumeuse sur la signification de ces actes barbares ? lança Verneuil, sur un ton condescendant.

Zim grilla la politesse à sa jeune collègue. Il fallait moucher cet officier supérieur englué dans ses certitudes.

— Oui, bien entendu. Dans de nombreux peuples anciens, comme chez certaines tribus amérindiennes, les guerriers mangent le cerveau et certains membres de leurs ennemis, pour s'approprier leur force. Ils deviennent ainsi toujours plus puissants. Ici, le ou les meurtriers ont dévoré les muscles, signe de puissance et de force ; mais aussi une partie de la cervelle, siège de l'âme. On retrouve la même signification dans la mythologie. En particulier les Cyclopes et nos fameux Lestrygons, deux peuples anthropophages qu'Ulysse et ses compagnons ont affrontés : eux aussi mangent leurs ennemis pour gagner en force physique et mentale. On en revient toujours à l'époque d'Homère, et de ses poèmes fondateurs, l'*Iliade* et l'*Odyssée*.

— Capitaine ! éructa soudain le major Carlier par vidéo interposée.

Vannina, absorbée par le récit de Zim, soupira d'agacement. Elle redoutait une nouvelle gaffe verbale de Pierre Richard.

— Oui, Carlier ?

— La nautique vient de faire une découverte… L'adjudant-chef Maillard va vous expliquer.

Sur la dalle LCD, derrière la silhouette vacillante de Damien Carlier, surgit une ombre bleutée. Le plongeur de la brigade nautique était engoncé dans sa combinaison néoprène et dégoulinait encore. Sa cagoule lui mangeait le visage, et Vannina peinait à discerner ses traits. Il haletait et s'était d'évidence précipité ; c'est tout juste s'il n'avait pas encore le détendeur en bouche.

— Le maire nous a appris que la grotte où on a retrouvé le charnier communique avec des galeries sous-marines qui permettent d'accéder à deux lacs souterrains. Mais quelqu'un, peut-être notre cible, a obstrué l'accès avec de gros blocs. Le maire est formel : ce n'était pas bouché auparavant. On a essayé de les bouger, mais il faudrait du gros matériel, au moins des marteaux-piqueurs, on aurait perdu un temps fou. Du coup, on a dû pénétrer par la seule autre entrée connue, un immense puits de plusieurs dizaines de mètres de profondeur, le puits Saint-Barthélemy, dont l'accès se trouve dans l'enceinte de l'ancienne caserne militaire…

— Venez-en au fait : qu'est-ce que vous avez découvert ?

— Oui, pardon, capitaine… C'est… Enfin, on est encore sous le choc… Dans une des piscines souterraines, on a retrouvé une caisse en bois et une série d'objets à moitié pourris… D'après le maire, ça pourrait être lié au trésor de Rommel, au moment de la libération de la Corse en 1943…

Vannina arrondit deux orbites sidérées.

— Le trésor des nazis ?

— Oui, mais ce n'est pas tout : il y a aussi une cage là-dessous, dans la même zone. Et dedans…

— Accouchez, Maillard !

Vannina avait hurlé, elle n'y tenait plus.

— Des chairs en décomposition. Peut-être des abats… Il faudrait pouvoir les sortir de l'obscurité, de la vase. J'ai fait des photos, mais ça ne donne rien…

Tandis que Maillard parlait, un second plongeur de la nautique avait décadenassé le caisson étanche qui abritait un appareil numérique. Puis, avec dextérité, il connecta le reflex à l'unité centrale de l'ordinateur et téléchargea une série de fichiers. Des clichés obscurs et tourmentés emplirent soudainement l'écran LCD de la salle de visioconférence.

— Regardez, le contour foncé, c'est la cage, avec des mailles assez fines. C'est très sombre, mais je suis presque sûr que des restes sont à l'intérieur. La cage protège le contenu d'éventuels prédateurs, même si la faune est presque inexistante dans ces eaux saumâtres et privées de lumière.

— Il faut tout de suite la remonter, assena Vannina.

— C'est bien le problème, elle est bloquée, j'ai déjà essayé de la bouger. On dirait qu'elle est prise dans la roche, comme soudée. Même à deux on n'y est pas arrivés. Et on n'a pas trouvé comment l'ouvrir. Il faut y retourner avec des outils, mais c'est compliqué… Il nous faut l'appui du peloton de haute montagne, pour descendre le nécessaire en rappel. Ce sera difficile, parce que la galerie qui relie les deux lacs est très étroite, entièrement immergée…

— Sur le côté, là, c'est pas une inscription ?

Vannina avait parlé dans un souffle ; ses cils effleuraient le téléviseur.

Grâce à la vaste largeur de l'écran, il était possible d'apercevoir, sur la partie supérieure de l'image, des arêtes gravées à même la roche sous-marine. Elles semblaient esquisser des signes, peut-être même des lettres.

— Vous avez pu faire une photo de ces inscriptions ?

— Non, on n'a pas vraiment fait attention… On était focalisés sur la cage.

Aussitôt, la jeune femme s'éjecta de son fauteuil et fila d'un pas résolu vers son bureau. Elle récupéra son semi-automatique et sa parka.

Elle dirigeait l'enquête.

Elle devait se rendre compte par elle-même, et ne rien laisser au hasard.

Quitte à affronter la mort.

Chapitre douze

Lundi 10 février 2020, 15 h 56

Ces jours-ci, les pilotes enchaînaient pratiquement les trois huit. Les rotations aériennes entre Ajaccio et les scènes de crime étaient incessantes.

Les enquêteurs avaient emboîté le pas de Vannina. Ils étaient accompagnés de Marion Lafargue, la fameuse morpho-analyste de traces de sang. Depuis le matin, l'experte attendait l'occasion d'embarquer vers la scène de crime, afin de relever les traces sanglantes et de reconstituer les circonstances de la boucherie.

Brunier, lui, demeurait muré dans le silence, et ne cessait d'observer Zim. Avec son physique dégingandé, son inséparable sac à dos et ses chaussures de trekking, il détonnait et passait pour la pièce rapportée. En plus, l'anthropologue avait tout fait pour esquiver l'hélicoptère. S'était ensuivie une nouvelle engueulade avec sa collègue de Pontoise.

Pour quelle raison ? Qu'avait-il à cacher ? Pourquoi rechignait-il à suivre le mouvement ?

À son arrivée sur zone, le pilote aperçut les augustes bâtisses de la citadelle de Bonifacio. Mais au lieu de se poser en empruntant l'itinéraire habituel, il contourna la vieille ville pour contrer un dangereux vent de travers. Soudain, les majestueuses falaises se dressèrent devant le cockpit. L'escalier du roi d'Aragon dessinait une balafre qui lardait la muraille de haut en bas, suivant une diagonale d'une raideur spectaculaire. À ses pieds, comme des fourmis agitées, s'affairait encore une poignée d'uniformes qui se maintenaient dans un équilibre incertain devant l'entrée de la grotte. Les rafales d'embruns rendaient leur tâche ardue.

Au sommet, le choucas parvint péniblement à apponter sur le plateau qui supportait la citadelle. Vannina réalisa que, sous ses pieds, des millions d'années avaient sans doute été nécessaires pour sculpter le mille-feuille de calcaire qui constituait cette fascinante falaise dont parlait déjà, peut-être, le poète Homère huit cents ans avant Jésus-Christ…

Le ciel ténébreux teintait les eaux turquoise d'encre de Chine. L'hélicoptère allait sans doute rester cloué au sol jusqu'à nouvel ordre ; les risques de tempête s'accentuant à chaque instant.

Tandis que Damien Carlier accompagnait Marion Lafargue vers l'escalier pour la conduire jusqu'à la scène de crime, le major Dominique Rossini, le patron de la brigade de Bonifacio, guida les enquêteurs dans la direction opposée.

— Venez, l'entrée du puits est tout près…

Comme à son habitude, l'hélicoptère s'était posé dans la cour centrale de l'ancienne caserne de Montlaur. Or, en retrait, parmi les bâtiments désaffectés, s'élevait une tour décrépite, coiffée d'un toit pentu formé d'un seul tenant, comme si l'édifice avait été décapité comme on sabre le champagne.

À l'intérieur, plusieurs gendarmes du peloton de haute montagne, ceinturés de cordages arrimés à des mousquetons, discutaient avec trois plongeurs de la brigade nautique. Ils étudiaient un plan sur lequel figurait une longue cheminée de soixante mètres, qui s'enfonçait dans la falaise et débouchait sur deux lacs souterrains. Les plans d'eau étaient reliés par un siphon, une étroite galerie difficilement praticable.

Juste derrière eux, un muret démarquait l'orifice du puits qui plongeait à pic dans les entrailles de la Terre.

Vannina s'arc-bouta au-dessus de l'immense canalisation.

— OK, on y va. Filez-moi une combi.

Marc Brunier venait lui aussi d'abîmer son regard dans la béance, ravivant les flammes de l'enfer qu'il avait vécu deux années plus tôt. Son cerveau se noyait dans le souvenir des étroites galeries souterraines de Paris, où sa fille Sarah avait péri sous ses yeux. Sa lèvre supérieure, tout comme ses paupières, commençaient à trembler. La crise n'allait plus tarder.

Son malaise était doublé d'un terrible pressentiment.

Le visage blême et les jambes flageolantes, il s'interposa entre la jeune femme et les plongeurs.

— Non, Vannina. Ça ne sent pas bon du tout. T'as pas besoin d'aller remuer la merde. Laisse-les faire leur boulot. Attends qu'ils descendent avec les bons outils et qu'ils te remontent la cage. Qu'est-ce que ça change ?

Vannina considéra les préventions de Brunier avec une teinte de condescendance. Au contraire, elle s'apprêtait à relever le défi avec jubilation. En plus, l'opération constituait un excellent entraînement en vue de sa compétition Ironman.

— Je descends, point barre. C'est impératif pour la suite de l'enquête. Je rappelle à tous qu'on a un gros taré qui court dans la nature ; chaque élément nouveau peut être décisif.

Les plongeurs de la nautique prenaient l'officier de police nettement plus au sérieux que leur jeune collègue de la section de recherche. Les traits angoissés du policier les impressionnaient, et ils connaissaient les états de service de cet ancien ponte de la brigade criminelle de Paris.

— Capitaine, on ne peut pas vous laisser descendre, osa finalement Maillard. Vous n'êtes pas habilitée à…

— Je suis plongeuse de niveau III, siffla Vannina, et côté résistance physique, je vous prends en crawl et en apnée quand vous voulez, adjudant-chef.

— Vous savez très bien que nous ne sommes pas autorisés à faire descendre des plongeurs « loisirs »… Même de votre niveau. Uniquement des professionnels dûment formés. S'il arrive quoi que ce soit…

— J'en prends l'entière responsabilité, cingla Vannina sur un ton qui ne souffrait aucune contestation. Je vous signe n'importe quelle décharge. C'est clair ?

L'adjudant-chef Maillard croisa les bras et n'entendait pas se laisser faire. En cas d'incident, sa carrière était en jeu. Il risquait même une mise en cause judiciaire. Les doutes du commandant Brunier l'avaient définitivement refroidi.

— Ça va, je l'accompagne, et je vous couvre.

Le major Dominique Rossini surprit toute l'équipe. La plupart ignoraient que le patron de la brigade de Bonifacio avait été membre de la nautique dans les années 1990. Il était passé par le centre d'instruction d'Antibes et faisait figure de vétéran.

Le sous-officier connaissait les anfractuosités des falaises de Bonifacio sur le bout des palmes et pouvait aisément prévenir le moindre danger. Ses collègues de la nautique n'avaient ni la même expérience du terrain ni le même discernement que lui.

Dix minutes plus tard, Vannina Aquaviva et le major Rossini étaient enveloppés de leurs camisoles semi-étanches. Maillard zippa lui-même la fermeture dorsale de la combinaison de Vannina, avant de vérifier l'étanchéité des manchons qui recouvraient les poignets et chevilles de la jeune femme. Dans le même temps, les deux autres gendarmes de la nautique préparaient les équipements de plongée autonome, dont les précieuses bouteilles d'air comprimé, qui offriraient environ deux heures d'autonomie compte tenu de la faible profondeur du lac.

— Attention, quand vous aborderez le siphon entre les deux lacs, nous perdrons sûrement le contact visuel. C'est très vaseux, le moindre effleurement du sol et ça soulève un nuage opaque. On ne voit plus rien. Et, pour circuler, on est obligés de décapeler.

— Décapeler ?

Brunier, de plus en plus tendu, ne manquait pas une miette des préparatifs et voulait tout comprendre.

— Ça veut dire retirer son gilet de stabilisation et sa bouteille pour les faire glisser sous le ventre, de manière à se faufiler plus facilement dans la galerie. L'objectif, c'est d'éviter d'endommager la bouteille en la cognant sur les parois, sinon, on risque l'incident majeur.

Vannina déglutit mais ne dit mot. Elle ne voulait en aucun cas perdre la face. Elle détestait « décapeler ». Elle avait toujours soigneusement évité les plongées qui le nécessitaient.

Après les ultimes préparatifs, casque de sécurité vissé sur la tête et corde solidement arrimée, les quatre gendarmes se trouvaient enfin prêts à descendre en rappel.

L'adjudant-chef Maillard et le maréchal des logis-chef Lambron enjambèrent le parapet en premiers de cordée. Puis Vannina se lança à son tour, suivie du major Rossini qui refermait la marche. Très vite, l'équipe glissa dans l'obscurité.

Les militaires enclenchèrent leurs frontales et se laissèrent couler dans le tube de calcaire. Au-dessus d'eux, les équipements de plongée suivaient en file indienne.

Vannina s'aperçut qu'un escalier s'enroulait tout autour du puits, dont les volées de marches saturées de poussière devaient autrefois permettre aux personnels d'entretien d'accéder à l'ouvrage. Le goulet de circulation, au cœur de la cage d'escalier sculptée dans la roche, n'en était que plus réduit. Vannina ressentit une douloureuse impression d'enfermement, renforcée par le silence oppressant.

Soudain, elle devina une ombre dans l'escalier. Un spectre effrayant, qui glissa furtivement. Tétanisée, Vannina lâcha la corde et se laissa chuter, avant d'être immobilisée par son autobloquant.

— Ça va, capitaine ?

L'adjudant-chef Maillard avait encaissé les semelles de la jeune femme sur les épaules.

— Je… Oui, désolée… C'est rien, j'ai les mains moites, elles ont glissé…

Vannina tournait la tête comme une girouette, et finissait par perdre ses repères. Tout autour d'elle, l'escalier en colimaçon l'enserrait de toutes parts, si bien qu'elle se sentait piégée dans une ratière.

Mais rien ne bougeait.

Sans doute avait-elle rêvé.

Trois minutes plus tard, les quatre militaires sortirent du puits et tombèrent dans un mètre d'eau. Vannina ressentit un frisson lui parcourir l'échine ; la température du lac atteignait à peine dix degrés et, malgré sa combinaison, le froid mordait ses chairs.

Seules les projections des lampes frontales déchiraient l'obscurité. Autour d'eux, les roches formaient une voûte biscornue qui ceignait une piscine saumâtre, composée d'un mélange d'eau douce, issue des infiltrations de la pluie, et d'eau de mer, qui refluait depuis la petite plage de galets barrée par la grille de fer.

Les plongeurs alpaguèrent le matériel suspendu au-dessus de leurs têtes, puis s'équipèrent prestement. Vannina était fascinée par la montre-ordinateur de plongée confiée par la nautique : outre la profondeur, la pression ou le calcul des paliers de décompression, elle indiquait aussi le niveau d'air comprimé, un « manomètre électronique » relié à la bouteille par ondes radio. Autant dire une véritable assurance-vie pour ne pas suffoquer et périr noyé…

Enfin, Vannina logea son embout entre ses mâchoires avant de disparaître sous les eaux ternes.

Partout, des reliefs lunaires semblaient immergés depuis la nuit des temps. Quelques rares crevettes, capables de survivre malgré l'absence de lumière, batifolaient dans l'embrasure d'un rocher. Pendant de longues minutes, les plongeurs ratissèrent la zone, en vain. L'eau trouble ne dissimulait aucun indice particulier. Une bouche étroite se dessina alors entre deux parois. Vannina comprit aussitôt qu'il s'agissait de l'entrée du siphon. Il était temps de franchir l'obstacle et d'atteindre l'autre partie du lac. Comme prévu, les gendarmes de la nautique décapelèrent leurs gilets stabilisateurs puis calèrent leurs bouteilles de plongée sous l'estomac afin de pénétrer sans heurt dans l'étroit canal. Dominique Rossini fit de même, avec une aisance déconcertante.

Vannina, elle, hésita. Après avoir désanglé son gilet, elle finit par agripper sa bouteille et tenta de la faire pivoter sous la poitrine. La bombonne ripa et déséquilibra la jeune femme au point d'entortiller le flexible qui reliait son bloc au détendeur. Elle tira un coup sec pour le dégager et manqua d'arracher son embout. Quelques centilitres d'eau sapide s'infiltrèrent dans sa bouche, suscitant un stress incontrôlable. Ses pulsations cardiaques redoublèrent et elle commença de s'agiter avec frénésie. Elle, le sang-froid incarné, capable de maîtriser chacune de ses fibres musculaires pour atteindre l'excellence physique, perdait pied. Et si Brunier avait raison ? Si elle n'était qu'une gamine capricieuse et prétentieuse, incapable d'accepter l'évidence, de se conformer aux règles ?

Son instinct de *mazzera* lui dictait de faire demi-tour. De remonter à la surface.

Tandis que ces pensées parasites l'envahissaient, son pouls continuait de battre des records. Vannina luttait pour reprendre son souffle, mais le faible diamètre du flexible qui la reliait à sa bouteille était bien incapable de délivrer le débit d'air que ses poumons réclamaient à cor et à cri.

L'essoufflement gagnait du terrain, et menaçait désormais l'officier d'« hypercapnie », l'un des pièges les plus redoutables de la plongée sous-marine : l'incapacité de reprendre son souffle et l'irrépressible tentation d'arracher son détendeur pour inspirer une profonde bouffée d'air… au fond de l'eau.

Le geyser de bulles qui s'élevait autour du masque de Vannina alerta aussitôt Rossini. Il s'approcha de la jeune femme et l'aida à caler sa bouteille, tout en repositionnant le flexible. Puis il pivota juste en face d'elle ; les masques pouvaient presque se toucher. Il la fixa de longues secondes. Son regard distillait un calme olympien, comme un fluide sédatif.

Au bout d'une minute, tandis que la respiration de l'enquêtrice s'apaisait enfin, Rossini forma un cercle à l'aide de son pouce et de son index. Un signe bien connu des plongeurs : OK ? Tout va bien ?

La jeune femme, qui reprenait son souffle, finit par former le même signal. Chaque instant de panique et d'hyperventilation puisait dans les précieuses ressources de sa bouteille. Elle consulta l'écran à cristaux liquides de sa montre de plongée, et constata que ses réserves d'air comprimé avaient bien diminué…

Le passage du siphon se déroula lentement. Il fallait éviter les roches qui saillaient de toutes parts, et se faufiler avec habileté. Les gendarmes palmaient et donnaient des coups de bassin incessants pour se recaler et s'orienter tant bien que mal. Tout au long de ce corridor convulsif, des nuées de poussières opaques s'épandaient tout autour d'eux ; chaque contact avec le sol vaseux provoquait une éruption de particules noirâtres qui altérait la visibilité.

Le groupe déboucha enfin sur la seconde partie du lac. Vannina demeurait très concentrée, et réussit à recapeler son gilet et son monobloc sans incident. Elle sentait qu'elle touchait au but. Cette plongée en eaux troubles lui rappelait étrangement le climat de ses chasses nocturnes. Elle s'attendait à croiser une sorte de sanglier marin. Puis l'ombre terrifiante qui s'était glissée dans l'escalier du puits surgit en son esprit. Une nouvelle dose d'adrénaline jaillit dans ses artères ; son cœur s'emballa, et elle lutta pour ne pas s'essouffler de nouveau.

Au bout de quelques minutes, guidés par les professionnels de la brigade nautique, Dominique Rossini et Vannina Aquaviva découvrirent l'étrange amoncellement d'objets pourrissants qui gisaient au fond du lac. Parmi eux, contrairement aux débris disparates, une caisse de bois semblait intacte.

En éclairant le caisson, Vannina crut discerner l'empreinte d'une croix gammée… Pouvait-il vraiment s'agir des vestiges d'un trésor nazi, comme l'avait affirmé Maillard dans ses premières explications ?

Elle s'approcha du reliquaire de bois et s'étonna que l'immersion prolongée n'eût pas gâté les lattes jusqu'à les putréfier. Et si la caisse avait été récemment précipitée au fond du lac ? Le meurtrier avait-il lui-même disposé l'objet pour la mise en scène de son sordide jeu de piste ?

En inspectant l'intérieur, Vannina s'aperçut que des lambeaux de papier trempé se trouvaient piégés sous les clous rouillés. Elle tenta de les dégager, mais les fragments se délitèrent aussitôt en confettis.

Vannina ne voyait pas le temps s'égrener. Elle s'efforça de soulever le caisson, mais il semblait coincé. Elle chercha les autres plongeurs du regard afin de leur demander de l'aide, mais les trois gendarmes étaient absorbés par la cage qui reposait en contrebas. Eux-mêmes s'échinaient à mouvoir l'étrange panier à salade. Ils avaient pour mission de tout tenter pour le remonter.

La jeune femme s'approcha de ses trois collègues et se concentra sur la cage engoncée entre deux rochers. Malgré la piètre visibilité et l'agitation qui soulevait des torrents de poussière aqueuse, elle discerna des restes filandreux qui flottaient entre les mailles de fer.

Vannina leva le bras pour faire cesser l'agitation et mieux percevoir les chairs déliquescentes. Ses pupilles se dilatèrent au maximum afin de les observer le plus précisément possible.

C'est alors qu'une silhouette singulière la stupéfia.

Parmi les restes, elle fut certaine d'apercevoir la forme aplatie d'une raie, aboutée d'une longue tige cartilagineuse qui pouvait parfaitement s'apparenter à la queue effilée du vertébré marin. Son imagination lui jouait-elle des tours ? Ou bien se pouvait-il que le meurtrier eût retenu l'animal captif dans cet enclos de fortune, avant de l'utiliser contre la victime ?

Après avoir inoculé le poison à sa victime, il avait peut-être replacé l'animal dans l'enclos, à l'abri des regards. Quant aux autres chairs, il pouvait s'agir de restes de poissons ou de crustacés dont les raies se nourrissent. Le meurtrier avait sans doute élevé, ou du moins entretenu l'animal aussi longtemps que nécessaire avant d'en faire une arme redoutable…

Vannina était surexcitée par sa découverte, qu'il fallait désormais confirmer. Les gendarmes devaient absolument remonter l'étrange clapier marin. Elle saisit la cage et l'agita de toutes ses forces pour tenter de la faire céder. À eux quatre, ils y parviendraient sans doute.

La jeune femme s'éreintait : rien ni personne ne devait lui résister. Jamais. Sauf qu'elle n'était pas totalement libre de ses mouvements. Elle avait omis un gros détail : son bloc d'air comprimé.

Au même instant, son regard fut attiré par une lueur bleutée qui s'élevait de son poignet. Son ordinateur de plongée clignotait en mode « alarme ». La bouteille était pratiquement vide. À force de s'essouffler et de s'agiter, elle avait consommé ses réserves. À contrecœur, elle se rapprocha d'Alexandre Rossini et lui montra son écran. Le major lui tendit aussitôt son second embout, puis ordonna aux deux gendarmes de la nautique de refluer au plus vite vers le premier lac. Lambron se faufilait déjà dans le siphon.

Alors que Vannina pivotait pour palmer vers la sortie, un puissant remous la propulsa à plusieurs mètres. La plongeuse boula dans l'eau comme une astronaute bringuebalée dans le vide sidéral. L'embout s'arracha de sa bouche, tandis que l'onde de choc ne cessait d'éloigner Rossini. La jeune femme retint son souffle tout en sondant les alentours pour discerner l'origine de la houle dévastatrice.

Rossini tenta de rejoindre Vannina pour lui tendre de nouveau son détendeur de secours. Mais la jeune femme s'éloignait.

Elle était hypnotisée.

Elle l'avait vu.

Son regard d'un bleu phosphorescent l'avait littéralement transpercée.

Elle en était sûre, désormais.

Ils n'étaient pas seuls, et la *chose* avait sans doute plongé tout à côté, provoquant une onde impressionnante. L'agitation avait soulevé des quantités monumentales de vase, si bien qu'il était impossible de la décrire clairement.

De qui, de quoi s'agissait-il ?

Vannina, subjuguée, restait immobile et ne songeait même plus à palmer. Elle sombrait lentement, les pupilles rivées sur la forme incertaine. Elle ne mesurait ni la durée de son apnée ni la profondeur. Elle s'enfonçait dans un état second.

Au-dessus d'elle, il lui sembla que le major Rossini était aux prises avec l'être indiscernable, comme un corps-à-corps diffus, nimbé d'un nuage de particules opaques. Rêvait-elle ? N'était-elle pas une fois de plus confrontée à l'un de ses innombrables cauchemars ? Elle se trouvait incapable de faire la différence entre rêve et réalité.

Elle cédait à une douce euphorie, semblable à l'ivresse des profondeurs, cette narcose redoutée par tous les plongeurs. Son système nerveux, sous-alimenté en oxygène, ne répondait plus et altérait son jugement, jusqu'à ses perceptions sensorielles. Voyait-elle vraiment ce qu'elle croyait voir ?

N'était-elle pas couchée dans son lit, sur le point de s'éveiller ?

Dans un réflexe incontrôlé, au bout de ses capacités pulmonaires, Vannina ouvrit la bouche pour inspirer une profonde bouffée d'air frais.

Sans réaliser qu'elle se trouvait à sept mètres de profondeur.

Et qu'elle venait de signer son arrêt de mort.

Chapitre treize

Mercredi 12 février 2020, 9 h 40

Les huit batteurs de la musique municipale entamèrent les roulements de tambour. Puis le clairon fit retentir la sonnerie aux morts, solennelle et sinistre. Les gendarmes rassemblés dans la cour de la caserne Battesti, en plein cœur d'Ajaccio, furent aussitôt traversés par un frisson glaçant. Les poils se hérissaient jusque sous les parkas. Les visages étaient méconnaissables. Les yeux gonflés de larmes laissaient entrevoir leur peine immense face à l'adversité.

Face à la mort tragique de l'un des leurs.

Ils étaient venus de toute la Corse, ou presque. De Bonifacio, bien sûr, mais aussi de Porto-Vecchio, Corte, Bastia, ou de villages comme Petreto-Bicchisano, Cauro ou Zicavo. Les gendarmes portaient leurs uniformes de cérémonie, coiffés de leurs képis. Devant eux gisait le cercueil de leur collègue, revêtu du drapeau tricolore. En vis-à-vis, le préfet de Corse et le général de brigade Xavier Beaupin, la mine grave, écoutaient la mélodie funèbre au garde-à-vous. Le froid se faisait de plus en plus vif et une bruine neigeuse avait commencé de fondre sur la cité impériale. Luciani était effondré, tout comme Carlier, qui sanglotait discrètement.

Légèrement en retrait, Marc Brunier, tout de noir vêtu, regardait ses mocassins encore plus défraîchis que lui.

Il l'avait pourtant prédit. Il aurait suffi de l'écouter. Les souterrains étaient maudits, il en savait quelque chose. Chaque nuit, les cauchemars de huis clos sous terre l'embrasaient. Sa maladie empirait, et il ne faisait rien pour l'empêcher. Zim, juste à ses côtés, restait de marbre. Son visage émacié ne marquait aucune compassion particulière. Il était silencieux comme d'habitude.

Le préfet de Corse s'avança de deux pas. Sa casquette de cérémonie ajoutait à la solennité de la scène, tout comme ses gants immaculés. Un sans-grade s'approcha pour l'abriter sous un parapluie.

— Nous sommes ici réunis pour rendre un dernier hommage, celui de la République et de la nation, à un gendarme courageux, qui a payé de sa vie son engagement farouche contre le crime.

À cet instant, Vannina Aquaviva fondit en larmes.

— Nous ne vous oublierons jamais, major Dominique Rossini.

C'était elle, la coupable. La seule, l'unique. Elle l'avait condamné, en insistant mordicus pour plonger, et en ne lui laissant d'autre choix que de la seconder. Que n'avait-elle écouté Brunier ? Et son propre instinct ? Il était mort de l'avoir protégée. Tout était écrit : son dernier rêve de *mazzera* remontait trois jours précisément avant le drame. La règle des trois était de nouveau respectée, sauf que, cette fois, elle en était directement responsable.

C'était donc son tour à lui. Cela avait bien failli être aussi son tour à elle. Vannina était désemparée. Elle se trouvait incapable de retracer le fil des événements. Qu'était-il arrivé, exactement ? Elle se souvenait d'avoir repris conscience, au fond du lac, tandis qu'elle était sur le point de se noyer. Maillard, qui s'apprêtait à pénétrer dans le siphon, avait aperçu la jeune femme en pleines convulsions, et lui avait aussitôt confié son détenteur de secours. À son retour sur la terre ferme, étroitement épaulée par l'adjudant-chef Maillard, elle avait appris la nouvelle : le major Rossini avait été retrouvé sans vie, au cœur du siphon, bloqué par sa bouteille entre deux rochers. Ses réserves s'étaient entièrement épuisées. Personne ne l'avait secondé : d'un côté, Lambron était monté récupérer un nouveau bloc pour remplacer celui de Vannina, tandis que, de l'autre, Maillard portait secours à sa jeune collègue.

Le mystère demeurait entier : comment s'était-il retrouvé là, sans avoir décapelé ? Pourquoi avait-il abandonné son binôme, qui plus est en pleine détresse ? Maillard n'avait rien pu voir, sinon des tourbillons de vase, et, juste au-dessous, Vannina qui sombrait dans le néant. Il s'était concentré sur le capitaine de la section de recherche en passe de périr noyé, et n'avait rien perçu des circonstances des derniers instants du major Rossini, à quelques mètres de lui, englouti dans une pénombre crépusculaire.

L'autopsie pratiquée la veille, grâce à la présence du légiste de Pontoise qui n'avait pas encore regagné le continent, avait conclu à une noyade. Aucune trace de lutte, aucun traumatisme n'avait été décelé. Sans doute le gendarme avait-il mal anticipé le niveau de ses réserves d'air comprimé…

Quelqu'un, pourtant, détenait la clé du drame.

Une clé glaçante.

La vision remontait à l'avant-veille. Le lieutenant Marion Lafargue terminait ses relevés pointilleux dans la grotte, la scène du crime sordide qui avait sans doute abrité le meurtrier avant qu'il ne dépèce et ne dévore une partie de ses victimes. Elle achevait ses prises de cote, dans l'ignorance du drame qui se nouait à quelques dizaines de mètres d'elle. Tandis qu'elle examinait les traces sanglantes sur les blocs de granit qui obstruaient l'accès au lac souterrain, elle réalisa que des interstices laissaient pénétrer de fins rais de lumière de l'autre côté de la muraille. Elle avait grimpé sur l'un des rocs, plissé les yeux et perçu, baignés dans la pénombre, les reflets du lac souterrain qui reposait dans une profonde quiétude. Puis elle avait clairement vu l'un des plongeurs de la nautique tirer la corde de rappel pour se faire remonter. C'était Lambron, qui grimpait récupérer des blocs d'air comprimé. Mais quelques instants plus tard, elle avait discerné une forme impressionnante.

Un colosse, qui s'était élevé des eaux troubles. Il venait sans doute de s'extraire du siphon, probablement avec difficulté compte tenu de sa stature. L'obscurité avait empêché Marion Lafargue de détailler la silhouette qui se mouvait furtivement. Celle-ci s'était hissée avec une habileté déconcertante dans la cheminée du puits. La spécialiste en était demeurée pétrifiée. De quoi s'agissait-il ? Le mastodonte ne portait ni bouteille ni palmes et semblait aussi à l'aise qu'un mammifère marin. La jeune experte avait aussitôt confessé cette vision à son collègue anthropologue, le seul en qui elle eût suffisamment confiance pour confier une telle expérience aux confins du surnaturel. Zim, pour la première fois, avait paru décontenancé. Puis, au bout de quelques instants de réflexion, il lui avait fait promettre de ne rien dire. « Fais-moi confiance, c'est beaucoup trop tôt », avait-il affirmé.

Perdue et choquée par la mort du major Rossini, Marion s'était murée dans le silence. Mais, ce matin, deux jours après l'événement, le lieutenant Lafargue brûlait de parler. Tandis que l'hommage officiel s'achevait, et que les journalistes commençaient à cerner les officiels, la morpho-analyste s'approcha de Zim, qui n'avait toujours pas cillé.

— Laurent, je ne peux pas continuer à garder ça pour moi. Il faut que j'explique ce que j'ai vu. Il faut faire un signalement, même si… même si…

Au même instant, Brunier fendit la foule et fondit sur les experts de Pontoise. Il héla Vannina, toujours éplorée. L'enquêtrice s'approcha, les jambes lourdes et le cœur pétri de culpabilité. L'heure était grave, et les nouvelles aussi.

— Je viens de recevoir le rapport de la PTS[1] pour le site de Filitosa. On a des empreintes partout.

---

1. Police technique et scientifique.

Vannina haussa les sourcils. Ses COCrim, eux, n'avaient rien relevé de probant dans la grotte de Bonifacio. L'eau de mer avait tout ruiné. La PJ avait clairement un coup d'avance…

— D'après le rapport, il n'y avait qu'un seul individu, avec des paluches énormes. Le genre à vous dévisser la tête en une taloche. En plus il était pieds nus… On a trouvé ses arpions partout, trente centimètres du talon aux orteils. L'équivalent d'une taille quarante-sept. Un colosse. Je comprends mieux comment il a pu trimballer le granit et les bestiaux…

Lafargue planta un regard sidéré dans celui de Zim. Avec cette description, c'était le moment ou jamais de révéler ce qu'elle avait vu.

Alors que la jeune femme ouvrait la bouche, le téléphone de Brunier vibra. Celui de Vannina bourdonna à son tour.

Les pupilles rivées sur leurs textos, les deux officiers pâlirent.

Vannina articula la première :

— On vient de découvrir une scène de crime identique à la nôtre. En Espagne, à cent kilomètres de Saragosse.

Chapitre quatorze

Vendredi 7 avril de l'an 30, Jérusalem

L'aube déchirait lentement la voûte céleste. Yeshoua fixait le mur de son beau regard azuré. La lumière vespérale du matin perlait timidement sur la mosaïque qui lui faisait face. Une allégorie de la justice des hommes. Mais il savait bien, lui, que la seule loi qui valût n'était pas de ce monde.

En témoignaient les cris déchaînés qui traversaient les murs de l'immense salle du prétoire, malgré leur épaisseur. Ils avaient déjà scellé son destin.

Tandis que son disciple Jean se montrait de plus en plus nerveux, Yeshoua demeurait parfaitement stoïque. Il était assis dans une étrange position, jambes croisées, mains posées sur les genoux, paumes ouvertes vers le ciel. Il avait rapporté cette posture de son voyage au cœur des hautes montagnes indiennes, lorsqu'il avait reçu l'enseignement du Bouddha. Bien plus que ses miracles, cette capacité à se concentrer sur l'essence du monde, pour atteindre le Bien et la Sagesse, lui apparaissait comme le plus grand héritage qu'il laisserait à ses adeptes.

La voix du procurateur retentit une nouvelle fois :

— Allons, vas-tu répondre ? Est-il vrai que tu pervertis la nation, et que tu excites le peuple à la rébellion ?

Yeshoua sourit, et ne put s'empêcher de songer à Socrate et à son simulacre de procès. Les juges ne lui avaient-ils pas fait grief de vouloir pervertir la jeunesse ? Et de vouloir imposer de nouvelles divinités ? L'écho se révélait saisissant. Il savait que c'était là le destin des Sages, qui s'efforçaient de purifier l'âme de la race imparfaite et de la guider vers le Bien.

— Je ne fais que montrer la voie. S'ils se soulèvent, c'est qu'ils souffrent, ici-bas. Mais ils trouveront bientôt la lumière.

Il avait répondu de sa voix chaude et envoûtante, sur un ton d'une infinie douceur.

Ponce Pilate était désarçonné. Il avait maintes fois entendu parler de cet individu, qui prêchait à longueur de journée et suscitait l'admiration d'un nombre croissant de Juifs. Cet engouement n'était pas du goût du grand prêtre, Caïphe, ni du tribunal du Sanhédrin. Ils étaient ivres de rage et réclamaient sa mort à corps et à *Christ*.

— Et n'as-tu jamais proclamé qu'il fallait refuser de payer le tribut à César ?

L'administrateur avait parlé sans grande conviction.

Yeshoua désigna Jean de son index décharné.

— Demande-le à celui-là, ou à toute autre personne qui a entendu mon enseignement.

Aussitôt, Jean s'empressa de confirmer que sa communauté n'avait jamais failli à ses obligations. Elle payait l'impôt, tant à César qu'au trésor du temple.

Pilate arpentait la salle du prétoire de long en large. En cet instant, il eût tout donné pour se trouver à Rome, dans une villa douillette, loin de la Judée. Mais il était ici, et n'avait d'autre choix que de poursuivre cet interrogatoire.

— Et au sujet de la troisième accusation contre toi, es-tu le roi des Juifs ?

Yeshoua n'avait toujours pas cillé, ni amorcé le moindre geste. Sa concentration surhumaine fascinait Pilate, autant qu'elle l'agaçait.

— Ne perçois-tu pas que mon royaume n'est pas de ce monde ? S'il l'était, mes disciples se battraient sûrement pour que je ne sois pas livré aux mains des Juifs. Ma présence ici suffit pour montrer à tous les hommes que mon royaume est une domination spirituelle, la fraternité même des hommes qui sont devenus fils de Dieu par la foi et par amour.

Le procurateur demeura bouche bée, incapable de saisir la portée des propos du captif. Il sentit confusément que ce Yeshoua se croyait investi d'une mission divine, et qu'il perdait quelque peu la raison. Pourtant, sa propre épouse, qui avait entendu parler de cet homme par sa camériste, ne tarissait pas d'éloges à son propos. Lorsqu'elle avait appris son arrestation, la nuit précédente, grâce aux dénonciations d'un de ses disciples prénommé Judas, elle avait aussitôt mis son époux en garde : « Je te supplie de ne participer en rien à la condamnation de l'homme intègre et innocent que l'on appelle Jésus. J'ai beaucoup souffert en rêve cette nuit à cause de lui. Cet homme tient notre salut entre ses mains. Il est le passé et l'avenir de l'humanité. »

Il est le passé et l'avenir de l'humanité…

Il avait ressassé cette phrase toute la nuit, jusqu'au lever du jour et l'arrivée des prêtres du Sanhédrin qui rudoyaient l'accusé. Que voulait-elle dire ? Que croyaient-ils, sa femme et tous ses disciples ? Quel danger représentait-il, au point que Caïphe en personne réclamait sa mort ?

Jésus observait Pilate, déchiré par ses contradictions. Cet homme bouffi lui inspirait une profonde pitié. Mais ce que le procurateur et tous les autres ignoraient, c'est que lui, Yeshoua, était l'humble porte-parole d'une prophétie très ancienne, tout comme les précédents Sages : Homère, Socrate ou Bouddha. Les hommes vils avaient beau les ignorer, les condamner, et même leur ôter la vie : rien ne les arrêterait.

Jusqu'au *Grand Retour*.

Jésus savait exactement ce qui l'attendait. Là-haut, *Il* le lui avait dit. *Il* l'avait exhorté au sacrifice, comme Socrate ingérant la ciguë, pour marquer définitivement les esprits au fer rouge. Mais *Il* lui avait aussi annoncé l'impensable : *il reviendrait de parmi les morts.* Il demeurerait dans son tombeau du mont du Crâne, le Golgotha, avant de ressusciter, au bout de trois jours. Car il fallait respecter la sacrosainte règle des trois.

Face à l'attitude désarmante de Jésus, le gouverneur quitta la salle, laissant le prisonnier et son disciple Jean sous la surveillance de deux gardes. Parvenu au sommet de l'escalier, Pilate s'adressa à la foule :

— J'ai interrogé cet homme et je ne trouve aucune faute en lui. Je ne crois pas qu'il soit coupable des accusations que vous avez formulées contre lui. Je pense qu'il devrait être libéré.

Les Juifs hurlèrent de rage. L'un d'eux, n'y tenant plus, grimpa les marches et se hissa à hauteur du procurateur, avec un air de défi.

— Cet homme excite le peuple, en commençant par la Galilée et en continuant dans toute la Judée ! Il est un fauteur de désordre et un malfaiteur. Si tu remets cet homme mauvais en liberté, tu le regretteras longtemps.

Ponce Pilate semblait de plus en plus hésitant, redoutant la colère du peuple juif qu'il avait tant de peine à contrôler – ce dont César en personne lui avait déjà fait grief.

Tandis que le procurateur tergiversait au-dehors, Jésus se confiait pour la dernière fois à Jean, profitant du court répit qui lui était accordé. Après quoi, tel que les événements lui avaient été révélés en songe, il ne disposerait plus d'un seul instant jusqu'au dénouement tragique au sommet du mont Golgotha.

— Mon bon Jean, tu sais tout l'amour que je te porte, et la confiance que je place en toi.

— Oui, Maître, répondit le disciple dans un sanglot.

— Ce que je vais te demander, il te faudra le réaliser sans faute, et sans restriction. Me le promets-tu ?

— Bien sûr, Jésus, comment pourrais-je te désobéir ?

— Je vais expirer, dans quelques heures, mais je ne souffrirai que dans ma chair. Ma félicité sera grande ; car mon âme va rejoindre les cieux. Je retrouverai Homère, le Bouddha, Socrate, Platon…

Jean haussa les sourcils, s'étonnant de ces références terrestres, alors que l'enseignement du prophète ne désignait jamais qu'une seule entité purement divine.

— Et… tu rejoindras surtout Dieu le père…

— Bien sûr, mon bon, mais mon Père qui me parle et me guide est une Idée, un symbole. Il est la quintessence de la sagesse cumulée par les premiers Maîtres, et sa voix, qui me hante la nuit, et parfois même le jour, je la reçois comme celle de tous les Sages qui m'ont précédé. Mais de cela, il ne faut rien dire. Nous ne serions pas compris, n'est-ce pas ?

— Non, sans doute, acquiesça Jean sans vraiment saisir la subtilité du propos de Jésus.

— Tu m'as accompagné sans faillir, jusqu'au dernier souper avec tes onze frères, hier soir.

À cette évocation, Jean éprouva ce sentiment si humain, si profond : la colère, et même la haine, envers le traître qui avait osé dénoncer le Maître.

— Ne juge pas Judas, murmura Jésus avec tendresse.

— Mais comment pourrais-je ne pas le juger pour son acte ignoble !

Jean avait haussé le ton, si bien que Jésus leva la main pour l'apaiser. Aussitôt, son disciple recouvra paix et sérénité.

— Judas ne m'a pas dénoncé. Il m'a obéi.

Jean cessa de respirer net.

— Tout comme Socrate a voulu se défendre seul devant ses juges, et n'a jamais cherché leur clémence, j'ai voulu moi aussi précipiter mon départ d'ici-bas. J'ai demandé à Judas, mon plus fidèle comme tu sais, de se dévouer. Et c'était un immense déchirement pour lui. Je lui ai intimé l'ordre d'aller me dénoncer aux prêtres du Temple, pour me jeter en pâture au Sanhédrin, afin que mon martyre symbolise pour toujours l'oppression de la race imparfaite. Mon sacrifice ouvrira les âmes, les inondera de lumière, pour qu'elles se détournent des hommes vils qui cèdent si facilement aux imprécations du Démon plutôt qu'au Bien et à la parole du Père.

Jean songea à Judas, et ne pouvait cependant s'empêcher de le considérer comme Lucifer en personne.

— Ce qui va se produire, après ma mort, marquera l'humanité pour les siècles des siècles. Je te demande de ne jamais douter de ce que tu verras. Et d'accepter la Révélation.

Le disciple continuait d'opiner, bien qu'il n'eût aucune idée de ce qu'insinuait le Maître.

— Ensuite, tout comme Socrate l'a demandé à Platon, dans les mêmes circonstances qu'aujourd'hui, je te demande de continuer de porter mon message. Et de rédiger l'histoire que nous avons vécue ensemble ces dernières années. Tu n'omettras aucun épisode. Tu rapporteras ma rencontre avec Jean le Baptiste, et tout ce qu'il m'a enseigné. Tu conteras les miracles, comme à l'occasion des noces de Cana. Et tu iras jusqu'à relater mon martyre, ce jour. Et ce qui s'ensuivra. Tu n'omettras nullement les épisodes violents. Je ne suis pas pure bonté, ni pure sagesse. Je suis à l'image de tous les hommes. Tu diras comment j'ai chassé les marchands du Temple vers le mont des Oliviers, quelle était ma colère contre ces mécréants qui avaient transformé la maison de Dieu en maison de voleurs.

— Je n'oublierai rien, je t'en fais la promesse.

— En revanche, tu ne diras rien de mes années solitaires, jusqu'aux quarante jours que j'ai passés dans le désert, soumis à la tentation du Démon.

— Bien, il en sera ainsi.

— Mais à toi je peux le dire : avant cet épisode du désert, j'ai vécu comme vivent tous les hommes. J'ai pris une épouse, et j'ai beaucoup voyagé, jusqu'aux sommets infinis de l'Inde.

Jean élargit les paupières. Jésus n'avait jamais évoqué cette période de son existence. Sans doute la mort le poussait-il à d'ultimes confidences.

— Plus jeune encore, j'ai suivi mon père, lorsqu'il travaillait tout près de Nazareth, dans la cité de Sepphoris. Là-bas, les Juifs honoraient Dionysos, le dieu grec du vin, mais aussi de la folie et de la démesure. C'est là que j'ai conçu tout ce que représentait le feu éternel, ainsi que l'*hybris* dénoncé par Homère, le premier Maître. J'ai vu les tragédies inspirées de ses chants, de Sophocle ou d'Euripide. J'en ai conçu le sens de l'existence, et le message de sagesse qui transcendait les excès de la race imparfaite. Et c'est aussi là que j'ai réalisé que je n'étais pas comme les autres. J'entendais, déjà, cette Voix me parler. D'abord rarement, plutôt dans mes rêves. Puis de plus en plus souvent. Elle me disait que j'étais différent. Un jour, j'ai compris que j'étais une sorte d'héritier des temps passés. Connais-tu le poète Térence ?

— Non, Yeshoua, je n'en ai jamais entendu parler.

— J'ai vu jouer ses pièces. En particulier l'*Hécyre*, une parodie sans finesse. Et pourtant, je l'ai vécue comme une révélation. Il y était question d'un géant aux cheveux rouges et crépus, aux yeux bleus et au visage aussi pâle qu'un cadavre. Toute la foule a conspué ce barbare, ce monstre difforme. Mais qu'étais-je moi-même, sinon cette apparence de sauvage à la peau claire et aux yeux bleutés ? Alors, je te le demande, mon bon Jean, n'étais-je pas une sorte de monstre venu d'un autre monde, ou d'un autre temps ?

Jean ne pipait mot. Il était pétrifié par les confidences ahurissantes de son maître. Il comprenait mieux pourquoi Jésus avait toujours tu sa jeunesse.

— Voilà pourquoi le Père m'a élu. Je suis l'héritier de lointains ancêtres pétris d'une bonté et d'une sagesse oubliées. Et comme Socrate avec Platon, je t'ai choisi pour transmettre le message.

Jésus planta un regard terrifiant dans les pupilles dilatées de son disciple. Puis il songea que Jean avait toujours été un colosse, parfois colérique, à l'image de Platon et de ceux qui portaient le Message. Il était un héritier, lui aussi. Il ne s'était pas trompé en le cooptant.

Le prophète s'approcha plus près encore de son jeune adepte, et susurra :

— Jean, je te le dis : si les hommes ne retrouvent pas le chemin de la paix et de la bonté, qu'ils ne respectent ni les femmes, ni les faibles, qu'ils assèchent la terre et gaspillent les fruits que Dieu nous a confiés parce qu'ils font passer leurs plaisirs égoïstes, sans limites, avant le salut de leur âme ; alors, ils connaîtront la destruction. Comme les marchands du Temple, ils seront pourchassés et honnis. La Terre les reprendra, et les engloutira. Ensuite, avec de nombreux compagnons, je reviendrai, pour sauver ceux qui pourront l'être. Ceux qui auront été choisis, parce qu'ils auront accueilli l'âme des ancêtres que Dieu nous insuffle.

Jean trembla en entendant ces paroles effrayantes et sinistres. Était-ce bien Jésus qui s'exprimait, tout contre lui, qui annonçait de telles calamités et menaçait l'homme de destruction ?

— Il te faudra aussi porter cette parole, Jean, même si je perçois ton émoi et tes doutes. C'est une partie essentielle de la Révélation. Me le promets-tu ?

— Oui, je te le promets…

Les portes du prétoire s'écartèrent avec fracas.

Ponce Pilate était de retour, le visage bouffi de colère. Ces Juifs ne voulaient rien entendre, et demeuraient sourds à son jugement. Ils l'avaient même menacé de le dénoncer à César en personne. Ils voulaient sa fin, et ne reculeraient devant rien. Pilate voulait à tout prix contenir la révolte, et parer à toute nouvelle sédition de ce peuple ingérable.

— Je ne peux rien pour toi.

Jésus fut alors séparé de Jean, qui fondit en larmes. Dans un ultime élan, il tenta de se jeter aux pieds de son maître, mais les gardes prétoriens l'arrachèrent du sol et le jetèrent à plusieurs mètres. Les cris déchirants du disciple s'ajoutaient aux éclats de la foule, qui continuait de réclamer la mort de Yeshoua.

Ensuite, tout ce que Jésus avait connu en rêve se réalisa. Il fut abandonné à la horde du Sanhédrin, rejointe entre-temps par une foule déchaînée qui ne cessait de scander : « Crucifie-le ! Crucifie-le ! »

Jésus fit preuve d'un grand courage, lorsqu'il courba l'échine sous les assauts du fouet à nœuds, puis de la tige de roseau. Engoncé dans une ridicule robe de pourpre, il endura la couronne d'épines qui transperçait sa peau diaphane au point de faire tonner son crâne de battements assourdissants. Les croûtes de sang séché maculaient ses tempes et son visage.

Tout en hissant la croix sur ses frêles épaules, Jésus brava la mort, à l'image des demi-dieux Achille, fils de Thétis, ou Héraclès, fils de Zeus, dont la hardiesse irriguait l'œuvre du Grand Maître Homère. Au fond, qu'était-il lui-même, sinon un demi-dieu ? Le fils du Père, qui est aux cieux, et de sa sainte mère Marie ?

Après avoir enduré mille tourments sur le chemin de sa Passion, il finit cloué sur son immense croix, au sommet du mont du Crâne. Jusqu'à sa *première* résurrection.

Jean, bien des années plus tard, tint parole et conta les souffrances du Christ, mais aussi son grand message d'espoir. Avec Matthieu, Luc, ou encore son fidèle compagnon Marc, il s'était employé à rapporter la parole du Maître. Et, comme il s'y était engagé, il ne fit aucune impasse, pas même sur la menace qui planerait désormais sur l'humanité, jusqu'au point de rupture.

Alors, l'immense colère du ciel annoncerait la seconde résurrection, et le *Grand Retour* de la race d'or :

Et il y eut des éclairs, des voix et des tonnerres, et il y eut un grand tremblement de terre, tel qu'il n'y en avait jamais eu de pareil depuis que les hommes sont sur la Terre ; il n'y avait pas eu un pareil tremblement de terre, aussi grand.

Et toutes les îles s'enfuirent, et les montagnes disparurent.
Et une grosse grêle, comme du poids d'un talent, tomba du ciel sur les hommes ; et les hommes blasphémèrent Dieu

à cause de la plaie de la grêle, parce que cette plaie était très grande.

C'est pour cela que ses plaies viendront en un seul jour, et la mort, et le deuil, et la famine, et elle périra par le feu, car Il est puissant, le Dieu qui la condamnera.

L'Apocalypse de Jean, Nouveau Testament

Chapitre quinze

Jeudi 13 février 2020, Ajaccio, 8 h 01

Brunier se signa, puis remonta lentement la nef de la cathédrale de l'Assomption. À cette heure matinale, il était seul, comme à l'accoutumée. Autour de lui, les vitraux maussades reflétaient ses idées noires. La pluie glaciale jetait un voile mélancolique sur l'architecture baroque, les piliers carrés pétris de stucs dorés, les peintures Renaissance, jusqu'à l'immense coupole qui dominait la croisée du transept. Seul le scintillement des cierges rehaussait la tristesse de la Vierge Marie, qui tenait à bout de bras le cœur étincelant de Jésus. Le tableau, signé Eugène Delacroix, trônait depuis deux cents ans à l'entrée de la cathédrale, dans la chapelle Santa Maria del Pianto.

Comme Jésus sur la Croix, Brunier se sentait abandonné. Le Seigneur était-il près de lui ? Il en doutait, de plus en plus fortement. Sa peine ne cessait de croître, jour après jour. Aux deux tiers de la travée centrale damée de noir et de blanc, l'officier de police s'engouffra dans le confessionnal habituel.

— Bénissez-moi, mon Père, parce que j'ai péché.

De l'autre côté du grillage, l'ombre murmura d'une voix sépulcrale :

— Que le Seigneur vous inspire les paroles justes et les sentiments vrais pour confesser avec contrition vos péchés, mon fils.

Brunier demeura silencieux plusieurs secondes.

— Mon père, je ne me suis pas confessé depuis une semaine.

Le policier se tut à nouveau. Il lutta contre la tentation, contre le besoin de s'accuser. Encore, et toujours. Dans le compartiment central, derrière la porte de bois percée de fins croisillons, la respiration du prélat emplissait le silence.

— Mon père, je m'accuse d'avoir tué ma fille.

L'ecclésiastique soupira.

— Mon fils, cessez de vous torturer. Je vous ai déjà absous maintes fois pour ce péché qui n'est pas le vôtre. Vous ne l'avez pas tuée, et vous le savez.

Brunier éclata en sanglots.

— Si, mon père, je l'ai tuée ! Une fois, dix fois, mille fois ! Toutes les nuits, mon père, je la tue ! Mon esprit quitte mon corps, s'élève au-dessus du lit, et retourne au fond, dans la galerie. Toutes les nuits, je tente d'empêcher le drame. Toutes les nuits, je suis incapable de la reconnaître, de la voir s'avancer vers moi, et de me jeter sur elle pour recevoir les balles à sa place !

Il en était ainsi chaque jeudi, y compris en ces journées ternes et glacées : rien n'empêchait Brunier d'accomplir ce rituel. Pas même l'une des enquêtes les plus difficiles de sa carrière. En général, il ne se souvenait jamais des propos qu'il débitait dans l'isoloir. Pourtant, il ressentait chaque semaine ce besoin vital, irrépressible, de se rendre à confesse. Puis il attendait le jeudi suivant avec fébrilité, afin de purger de nouveau son esprit gangrené.

Depuis quelques jours, la situation empirait : sa confrontation avec l'énigme de Bonifacio et de Filitosa fissurait ses dernières digues. En plus de ses visions traumatiques du passé, il était visité, de nuit, par ce spectre aux mensurations hors normes, comme un double de lui-même. Son esprit dévasté par la tristesse et la dépression était alors gagné par une force inconnue, une énergie qui le poussait hors de ses retranchements. Les meurtres sordides, qui s'étaient répétés en Espagne, résonnaient en lui. Mais pour dire quoi ?

De plus, ces rêves étranges s'accompagnaient de phénomènes encore plus étonnants : tandis qu'il dormait, l'officier sortait de son corps, planait au-dessus de lui-même et s'évadait volontiers au-dehors des limites de sa bicoque. Il contemplait la plage, les vagues, les algues noires échouées sur la rive, et s'enfonçait dans le maquis. Souvent, il remontait le cours du temps et se retrouvait à Paris, à vingt mètres de profondeur, nez à nez avec sa fille. Et, depuis trois jours, il survolait aussi la grotte de Bonifacio, et le site de Filitosa. Il devinait une silhouette, au loin. Immense. Paisible. Bien loin d'un psychopathe assoiffé de sang. Chaque matin, ces manifestations le hantaient. Il avait même consulté pour s'en dépêtrer. Le Dr Ange Guidicelli l'avait reçu à plusieurs reprises pour tenter de le soulager. Le médecin avait rapidement apposé un nom sur ce phénomène spectaculaire :

— Vous souffrez d'autoscopie. L'autoscopie est un des effets secondaires de troubles cérébraux ou psychiatriques, comme l'épilepsie ou la schizophrénie. Vous avez subi un traumatisme, vous êtes sujet à des crises, votre cerveau vous joue des tours. Vous croyez quitter votre corps et vous promener n'importe où par la seule force de l'esprit. Mais c'est une pure hallucination. Cette impression de décorporation est assez courante dans les situations telles que la vôtre, vous savez.

Et Guidicelli avait ouvert son tiroir, saisi une ordonnance et gratté trois lignes illisibles. Encore des cachetons parfaitement inutiles, que Brunier s'était empressé de ne pas acheter. Pour le reste, comme le galimatias proféré en confession, il n'en avait aucun souvenir.

À 8 h 32, le policier recouvra ses esprits. Malgré le froid incisif et le vent qui sifflait sous la lourde porte de la cathédrale, il transpirait à grosses gouttes. Mgr Bourgeat stoppa discrètement son enregistreur numérique. Ici, et à cette heure, l'évêque d'Ajaccio se faufilait toujours incognito : hors de question de coiffer sa calotte violette qui l'eût aussitôt identifié aux yeux de tous. Personne ne devait savoir qu'il se hâtait comme un voleur tous les jeudis à huit heures précises en sa cathédrale. Lui qui ne confessait plus quiconque depuis des lustres.

Brunier lui-même ignorait que le prélat qui l'écoutait chaque semaine, derrière les croisillons discrets du confessionnal, n'était autre que le plus haut dignitaire ecclésiastique de l'île. Au début, le curé de la paroisse l'avait reçu en confession, avant de passer la main à Mgr Bourgeat, suivant en cela les consignes strictes du Saint-Siège.

L'évêque logea son enregistreur dans sa veste. Une heure plus tard, le fichier entrerait en possession de l'archevêque de Marseille. Puis, comme chaque semaine, Son Excellence l'adresserait personnellement au Vatican, avec les autres enregistrements collectés dans l'archidiocèse, à l'attention de la commission pontificale *Arcana Verba*.

Les autres diocèses procédaient de même, dans la plus grande discrétion.

En France, en Europe.

En fait, dans le monde entier.

Chapitre seize

Jeudi 13 février 2020, 8 h 43

Brunier luttait contre un vent à décorner les mouflons. Il glissa de la cathédrale, qui dressait sa façade ocre face à la mer démontée, jusqu'au cours Napoléon – les Champs-Élysées ajacciens. Puis il vira à gauche, à l'angle des jardins coquets de la préfecture. En moins de trois minutes, il avait rejoint l'hôtel de police.

Chaque matin, l'enquêteur avait l'impression de débarquer à l'hospice. La longue rampe de bois qui filait tout le long du couloir semblait conçue pour les pensionnaires les plus grabataires, dont il faisait clairement partie. Dans les bureaux, les collègues entonnaient la petite musique du matin, entre pronostics sportifs, recettes de cuisine, stupéfaction face au temps déplorable, et évocation du week-end qui approchait – lentement mais sûrement.

Comme chez les gendarmes, les OPJ de la Direction régionale de la police judiciaire n'étaient pas débordés. Le calme qui régnait sur l'île, particulièrement en cette saison morne, rimait avec chômage technique. Malgré cela, le divisionnaire Martin Vandroux était à son poste depuis sept heures, et resterait jusqu'à vingt heures – ou plus. Il était le taulier, il se devait de montrer l'exemple.

Brunier fila directement à son bureau déposer son imperméable, avant de rejoindre la *dream team* à moitié fissurée en salle de réunion. Mais, en franchissant le seuil de son bureau, il tomba sur Vannina. La jeune femme ne l'avait pas entendu entrer. Elle avait le nez plongé dans les affaires du policier : elle furetait dans les dossiers, et s'attaquait même à l'un des tiroirs.

— Qu'est-ce que tu fous là ? rugit Brunier.

Vannina sursauta et se retourna d'un bond. En trois secondes, son visage vira au cramoisi. La honte se lisait sur tous ses traits.

— Je… Je venais prendre du papier… J'ai oublié mon carnet… enfin mon cahier… et du coup…

— Tu te fous de ma gueule ? Tu ne pouvais pas t'adresser aux secrétaires ?

Au même instant, le divisionnaire Vandroux passa une tête.

— On t'attend, Marc. Ah, tiens, vous aussi, Aquaviva. Vos collègues se demandaient où vous étiez passée.

— Cherche pas, elle était en train de faire la perquise de mon burlingue. Ah non, pardon, elle cherchait du papier. C'est ça, Vannina ?

L'enquêtrice, toujours écarlate, se racla la gorge. Mais aucun son n'en sortit. Finalement, elle détala sans demander son reste.

Vandroux échangea un regard perplexe avec Brunier.

— C'est quoi, ces conneries ?

— Aucune idée. Mais si tu veux mon avis, il faut l'avoir à l'œil. Elle veut nous la mettre profond. Elle n'a toujours pas avalé la co-saisine. Et le rapport de la scientifique l'a flinguée. Elle est à poil. Ils n'ont rien, les cruchots, à part leurs élucubrations sur Homère, Ulysse et Tartanpion.

Le divisionnaire opina. Deux minutes plus tard, tous étaient installés dans la salle de réunion de la DRPJ. Le patron prit la parole tout en gardant Vannina à l'œil.

— On va se connecter avec les collègues de la Guardia civil espagnole.

Face aux enquêteurs trônait un plasma noir surplombé d'une caméra de visioconférence. Martin Vandroux manipula la télécommande et, au terme de quelques réglages, l'image d'un uniforme vert surgit à l'écran.

— *¡Buenos dias !* s'appliqua le divisionnaire, avec un accent à couper au couteau.

— Bonjour à tous, heureux de pouvoir vous parler.

L'officier de la Guardia civil s'exprimait dans un français impeccable. Vandroux, ravi d'épargner à tous son espagnol niveau débutant sous-doué, enchaîna aussitôt :

— Nous avons lu les premiers rapports transmis par Interpol. On a le sentiment, ici, que les mises en scène sont pratiquement identiques à celles que nous avons découvertes en Corse.

— Je vous le confirme, crachota le lieutenant González. J'ai lu vos conclusions aussi, et c'est impressionnant. Nous avons affaire à un tueur en série qui organise méticuleusement ses meurtres. Et je vous confirme aussi que nous avons des présomptions de... *Cómo se dice... canibalismo.*

Brunier était perplexe. Vannina, encore mortifiée, partageait le même sentiment d'incompréhension que le policier. Comment un ou plusieurs tueurs en série pouvaient-ils perpétrer de telles horreurs, nécessitant autant de préparation, d'un pays à l'autre ? Il leur avait fallu fuir la Corse, traverser la Méditerranée, et rejoindre l'ouest de Saragosse... Neuf cents kilomètres à vol d'oiseau. Et tout recommencer, en l'espace de quelques jours. Peut-être même de quelques heures...

— Nous avons deux lieux, comme chez vous. D'abord le cadavre dépecé, retrouvé au pied d'un arbre centenaire, dans le minuscule village de Beratón, à cent kilomètres de Saragosse. Et ensuite, le cœur de la victime, les inscriptions et des carcasses de béliers, à deux cents kilomètres plus à l'ouest, près d'une petite commune de deux cents habitants.

— Oui, des endroits peu fréquentés en hiver, comme Bonifacio, ou bien carrément déserts, comme Filitosa...

Et vous pouvez nous en dire plus sur l'arbre centenaire ? Ce ne serait pas un olivier, par hasard ?

— Non, un chêne du Portugal. Mais celui-ci est très spécial. On le surnomme « l'arbre de la croix des voleurs ».

— Pourquoi ?

— Parce qu'il comporte deux croix catholiques gravées sur son vieux tronc. *La Cruz de los ladrones* marque apparemment le lieu où furent enterrés, après avoir été pourchassés et lynchés, des bandits qui avaient dépouillé tout un village d'innocents il y a près de deux siècles. Mais le plus intéressant, c'est le second lieu. La commune abrite un site archéologique majeur en Espagne. Le site d'Atapuerca.

Zim manqua de tomber de sa chaise.

— Pardon ? Vous avez bien dit Atapuerca ?

— Oui… Atapuerca. C'est là que nous avons retrouvé le cœur de la victime, comme à Filitosa, mais pas dans un olivier. Simplement disposé sous trois pierres, à l'entrée d'une des grottes du site archéologique. La grotte de Gran Dolina.

Un éclair traversa les pupilles de Zim. Sans ménagement, il extirpa un énorme ouvrage de son sac à dos, et le posa avec fracas sur la table de réunion. Puis l'anthropologue tourna fiévreusement les pages.

Brunier chuchota à l'oreille de Lafargue.

— Il connaît pas les tablettes, votre pote ? Il sait qu'on a inventé Internet ?

Lafargue ne broncha pas. Elle était d'évidence parfaitement coutumière du style zimesque.

— C'est bien ce que je pensais. Gran Dolina, c'est dans cette grotte qu'ont été retrouvés les fossiles d'un des plus vieux hominidés de toute l'Europe. Il est apparu avant l'homme de Néandertal, avant celui de Denisova, et bien avant nous-mêmes, *Homo sapiens*. Du fait de cette antériorité, on l'a d'ailleurs baptisé *Homo antecessor*, c'est-à-dire « l'ancêtre », en latin. On a pu reconstituer un crâne. Regardez.

Le fossile possédait d'énormes orbites, surmontées d'arcades sourcilières proéminentes, tandis que la mâchoire supérieure semblait effacée. Ce crâne présentait de fortes ressemblances avec la morphologie du crâne d'ET, le célèbre extraterrestre du film de Steven Spielberg…

— Pas très sexy, souffla Vannina, comme pour elle-même.

— C'est vrai, concéda Zim, et pas très amical non plus. *Homo antecessor*, qui vivait il y a plus de huit cent mille ans, était un féroce anthropophage. Plusieurs fragments retrouvés dans la grotte prouvent que les morts de sa propre espèce étaient systématiquement dépecés, décharnés et démembrés pour être consommés. Il dévorait surtout les enfants et les adolescents, aux chairs sans doute plus tendres…

Les enquêteurs blêmirent. Zim, lui, était excité comme une puce.

— Et où avez-vous retrouvé les inscriptions ? Les carcasses de béliers ?

— Dans… Dans une autre grotte du site, répondit le gendarme de la Guardia civil. Parce que, en fait, Atapuerca, c'est une succession de grottes sur plusieurs centaines de mètres où ont été réalisées les plus grandes découvertes préhistoriques de toute l'Europe.

— Quelle grotte ? insista Zim.

— La grotte de Sima del Elefante.

— Bingo !

L'anthropologue avait éructé, les yeux rivés sur son vieux grimoire. Il était le seul à s'amuser follement.

— C'est là qu'on a retrouvé une mandibule vieille d'un million deux cent mille ans… Vous entendez ? Un million deux cent mille ans ! Elle provient d'une espèce d'hominidé inconnue à ce jour. Beaucoup d'hypothèses, mais aucune certitude quant à son origine. C'est un des plus grands mystères de la science…

Et Zim badaboum, songea aussitôt Marc Brunier.

Les propos de l'anthropologue résonnaient sans fin dans l'esprit des policiers et des gendarmes. Ils sentaient confusément que cette révélation valait de l'or, qu'elle orienterait tôt ou tard l'enquête de manière décisive. Mais, en l'état, l'information demeurait bien trop abstraite et déconnectée du terrain. Il fallait affronter les clichés sordides du charnier du premier site, Beratón, et les images d'Atapuerca, qui présentaient maintes similitudes avec Filitosa. Un cœur lové sous des pierres, une stèle gravée de signes mystérieux, et une fosse emplie de carcasses de béliers. Et, bien sûr, les images rebutantes de l'autopsie, montrant les membres sectionnés, et pour certains rongés, ce qui tendait à confirmer l'hypothèse de l'anthropophagie.

— Vous n'avez aucune idée de l'identité de la victime ? sonda Brunier.

— Aucune. On fait des recherches dans les fichiers de personnes déclarées disparues. Mais dans le coin, là-bas, les villages sont perdus au milieu de nulle part, dans une nature foisonnante : personne n'est porté disparu.

Vannina enchaîna. Elle n'allait pas laisser Brunier mener seul l'entretien :

— On a les causes du décès ?

— Il ne semble pas que la victime soit morte de mauvais traitements, de torture ou d'assassinat pur et dur. Le type a été découpé et en partie mangé seulement après sa mort… En fait, d'après le légiste, il aurait succombé à une maladie rare. Une maladie qui provoque un décollement progressif de la peau. Sa peau est partie littéralement en lambeaux.

Et comme pour illustrer ses dires, l'officier approcha l'une des photos de l'autopsie sur sa caméra. Ce qui ne se voyait nullement de loin apparut de manière fracassante : les chairs de la victime étaient à vif, sanguinolentes et fibreuses. Le spectacle, rebutant, soutira des grimaces de dégoût aux enquêteurs.

González poursuivit :

— Le légiste pense à une… allons, en français, ça doit donner quelque chose comme : une « pemphigoïde bulleuse ». C'est une maladie auto-immune, c'est-à-dire que l'organisme est attaqué par ses propres cellules immunitaires, qui se retournent contre lui.

Les yeux perçants de Zim brillaient.

— Comme Héraclès. Hercule, chez les Romains.

Brunier soupira. Après Ulysse, c'était désormais au tour du célèbre héros des douze travaux.

— Et il est mort comment, celui-là ?

— Empoisonné par le sang de l'hydre de Lerne. Je vous passe les détails, la jalousie de sa femme Déjanire, le sang de l'hydre qu'elle verse sur ses vêtements, et les brûlures atroces que cela lui occasionne. Sa peau part en lambeaux, et ses souffrances sont tellement insupportables qu'il veut mourir en se jetant dans les flammes d'un bûcher.

— Alors il est mort brûlé ! Pas de sa maladie de peau ! Brunier s'était exclamé avec un air victorieux.

— Sauf que Zeus arrache Héraclès des flammes pour le faire monter sur l'Olympe, parmi les dieux immortels. Il ne s'est donc pas immolé. Techniquement, il est monté au ciel tout dépiauté.

— OK, donc vous pensez sérieusement que ce taré a provoqué cette maladie de peau ? Il n'a pas pu lui injecter une maladie auto-immune ! Ce n'est pas comme un virus, que je sache !

Zim continuait de fureter dans son ouvrage et n'adressait pas même un regard au policier.

— Empoisonnement, comme la première victime. Je suis certain qu'en cherchant bien on trouvera le produit capable de provoquer ça.

Brunier insista.

— Ça ne tient pas : cela lui aurait pris trop de temps, ne serait-ce que pour attendre les effets du poison. Or le meurtrier était en Corse la semaine dernière !

— Mais qui vous dit qu'un seul et même meurtrier a opéré en Corse et en Espagne ?

Cette fois, l'officier de police éclata d'un rire sonore :

— Ah ben, oui, qu'on est cons : c'est une épidémie ! De pauvres types ont chopé le virus du mec-qui-tue-d'après-la-mythologie-et-bouffe-sa-victime.

L'anthropologue demeura de marbre. Puis un sourire déforma ses lèvres :

— C'est une hypothèse intéressante, commandant.

Un léger brouhaha s'éleva autour de la table. Zim renchérit :

— Techniquement, il était impossible à un seul meurtrier de faire tout ce qui a été accompli en Espagne si peu de temps après les meurtres de Bonifacio.

Cette fois, Vannina se rangea à l'avis de Brunier :

— Docteur Marceau, c'est bien gentil, mais ce ne sont que des supputations. Les scènes de crime, ici, en Corse, remontent au plus tard à la semaine dernière. Le meurtrier a très bien pu s'enfuir immédiatement, ce qui lui a laissé au moins une semaine devant lui.

Zim planta son regard sombre dans celui de Marion Lafargue. C'était le signal de la délivrance. La morphoanalyste ne se fit pas prier. Elle attendait cet instant depuis deux jours.

— J'ai quelque chose à vous dire... de très important.

Elle réfléchit un instant, le temps de trouver une parade pour ne pas mouiller Zim. Il lui fallait improviser, et mentir.

— J'ai gardé ça pour moi parce que je n'y croyais pas moi-même. Mais depuis que le commandant Brunier a évoqué les empreintes de main et de pied retrouvées à Filitosa, je suis sûre que je n'ai pas rêvé. Lundi, pendant que tu plongeais avec les autres, Vannina...

Marion Lafargue hésita ; l'évocation de cet épisode tragique et douloureux ne lui facilitait pas la tâche.

— ... donc, pendant que tu plongeais avec les autres, j'étais juste de l'autre côté, dans la grotte. Et... Et vers la fin de mes relevés, j'ai pu apercevoir le lac, à travers les rochers. Là, j'ai vu le premier plongeur... je ne sais plus comment il s'appelle...

— Lambron..., souffla Vannina.

— C'est ça, Lambron... il remontait prendre des bouteilles, je crois. Et juste après... j'ai vu... j'ai vu quelque chose qui remontait à son tour. Mais ce n'était pas… comment dire… un être humain comme vous ou moi. Il était beaucoup plus grand et puissant.

La stupéfaction marqua tous les visages. L'affaire prenait une tournure surréaliste.

— Et c'était quoi, alors ? Le monstre du loch Ness ? lança Brunier, goguenard.

Soudain, Vannina ressentit une violente secousse intérieure. Un flash, d'une force inouïe, venait de lui retourner le cerveau. Ou, plus exactement, de desserrer les mailles de sa mémoire. Ce qu'elle avait enfoui dans un compartiment de son subconscient refit brutalement surface. Elle le revit, elle aussi. Elle balbutia, dans un état second :

— Un colosse, de plus de deux mètres, des mains énormes, des jambes immenses…

— Des bras puissants, très puissants, enchaîna mécaniquement Marion Lafargue.

Les deux jeunes femmes étaient synchronisées.

— Je m'en souviens très bien maintenant, ajouta Vannina. En entendant Marion j'en suis sûre, moi aussi. Il nageait près de nous. Et je pense que Rossini s'est battu contre lui. Il est même sans doute mort à cause de ça. Il a dû épuiser toutes ses réserves dans la bataille avant de refluer vers le siphon, à moitié inanimé. Et de rester bloqué. Il a donné sa vie pour sauver la mienne…

Les enquêteurs encaissèrent sans ciller. Ils avaient atteint leur quota de stupeur.

— Allô, vous m'entendez ?

Sur l'écran du plasma, l'officier espagnol était toujours en ligne et suivait le *coming out* avec beaucoup d'attention.

— Si vous m'entendez, la créature était-elle poilue ? Enfin, très poilue ?

Vannina tergiversait ; Marion, elle, répondit sans hésiter :

— Oui, une longue chevelure et, pour ce que j'ai perçu, de longs poils aux bras, sur le torse, peut-être aux jambes.

— *Gracias.* Parce qu'on a retrouvé des boules de poils sur les deux scènes.

Le divisionnaire Vandroux hallucinait.

— Attendez ! s'écria le lieutenant Luciani.

L'adjoint de Vannina était demeuré silencieux depuis le début. Il semblait s'éveiller d'un mauvais rêve.

— Un géant poilu, en gros, c'est bien ce dont on parle ? En fait, j'ai plusieurs témoignages, recueillis par la brigade de Bonifacio, qui font état d'une sorte de yéti dans les parages. Autant vous dire qu'on n'a pas pris ça au sérieux. Je ne les ai pas mentionnés dans les rapports. Mais maintenant… Je ne sais plus que penser.

— Et à quand remontent ces témoignages ? s'inquiéta aussitôt Vannina.

Luciani consulta son ordinateur portable.

— Le dernier remonte à hier. Un truc de fou, il aurait été vu en train de grimper la falaise à mains nues. Je suis désolé, on a tout de suite classé ça, c'est saugrenu, et techniquement impossible… Et puis les gars de Bonifacio m'ont dit que la déclaration émanait plus ou moins de l'idiot du village…

— Les âmes les plus simples sont aussi les plus clairvoyantes, assena Zim sur un ton mystérieux.

Le cerveau de Luciani bégayait. Avait-il commis une erreur ? Ces témoignages étaient-ils recevables ?

Le patron de la PJ, lui, n'entendait prendre aucun risque :

— Bon, même si c'est dingo, tout laisse à penser que le meurtrier est encore sur place. J'appelle tout de suite le proc et le colonel Verneuil pour déployer la BRI et le PSIG[1] sur Bonifacio. Il faut stopper ce dégénéré avant qu'il s'en prenne de nouveau à des gendarmes, ou à n'importe qui d'autre. On a une description précise, des témoignages. Une baraque d'un tel calibre ne peut pas passer inaperçu. Sans compter qu'on a son ADN, ce qui permettra de le confondre. D'ailleurs…

1. Peloton de surveillance et d'intervention de la gendarmerie.

Le divisionnaire saisit le téléphone fixe qui gisait sur la table ovale et composa deux chiffres à la va-vite.

— Benoît ? rapplique en salle de visio.

Le major Benoît Garnier, chef du service régional d'identité judiciaire, déboula en moins de dix secondes.

Son bureau voisinait avec la salle de visioconférence. Comme les autres enquêteurs de la PJ, les experts partageaient de minuscules locaux au troisième étage, dans lesquels ils s'efforçaient de gérer les scellés, d'interroger les fichiers, ou encore d'étudier les traces papillaires ou les étuis percutés d'armes à feu découverts sur les scènes de crime. Garnier avait centralisé les prélèvements réalisés sur le site archéologique de Filitosa.

— On en est où du côté des analyses ADN ?

— J'ai tout envoyé à Marseille. Mais comme ils étaient débordés – ils en sont au soixantième règlement de comptes depuis le début de l'année –, ils ont remonté les scellés au labo central, à Écully.

— Et alors, ça donne quoi ?

— Ben rien. Le logiciel a rejeté l'ADN.

Les enquêteurs restèrent sans voix.

— Et pourquoi ? relança Brunier, en contenant ses nerfs du mieux qu'il pouvait.

— Eh bien, deux possibilités : soit l'ADN est trop abîmé pour être séquencé, parce que les prélèvements n'ont pas été bien faits, ou parce que les traces sont trop pauvres. Mais ça, je n'y crois pas, on avait de la matière à Filitosa. On a gavé les scellés d'écouvillons bien tamponnés.

Le divisionnaire Vandroux tapotait de ses longs doigts sur la table de réunion. Il perdait patience, lui aussi.

— L'autre possibilité, c'est que l'ADN n'est pas conforme. Qu'il n'est pas standard, si vous voulez.

Les officiers présents ne comprenaient rien. Seul Zim demeurait impassible, et semblait ne rien apprendre.

— Tu peux être plus clair, Garnier ?

— Eh bien, là encore, deux possibilités. Soit l'ADN est d'origine animale – aussi bien, ça peut être un sanglier. Mais bon, ça m'étonnerait. On a trouvé de l'ADN à des endroits où les sangliers vont rarement, du genre au sommet de la carrière de granit, ou bien sur l'olivier millénaire. Ou alors c'est un sanglier qui a appris à monter aux arbres.

Le patron de l'identité judiciaire pouffait, fier de son bon mot. Mais personne ne sourit. Garnier poursuivit sur un ton plus sérieux :

— Soit l'ADN est illisible parce qu'il recèle trop de mutations. Comme une accumulation de fautes d'orthographe dans un texte, si vous voulez, qui finissent par le rendre incompréhensible.

— Il faudrait envoyer les échantillons à Pontoise, s'empressa de suggérer Zim. À l'Institut de recherche criminelle, on pourrait sans doute le décrypter, et révéler la vraie nature de cet ADN.

Marion Lafargue darda un regard estomaqué sur Zim. Il mentait. Pontoise n'était pas mieux équipé que le laboratoire central de la police. Mais l'anthropologue avait une idée bien précise derrière la tête.

Brunier flaira l'arnaque. Il sentait que Zim voulait récupérer le précieux génome pour tirer la couverture à lui – et à la gendarmerie. Comme Vannina…

— Garnier, tu en penses quoi ?

— Pour moi, le mieux serait encore de tout envoyer chez Doutremepuich, à Bordeaux. C'est le meilleur, et depuis toujours. Alors, bien sûr, c'est un labo privé, et ça coûte un bras. Mais si le proc est d'accord…

— Inutile, finit par lâcher Zim. Cet ADN ne correspond à rien de connu. En tout cas de nos jours.

Chapitre dix-sept

Jeudi 13 février 2020, 15 h 20

Les uniformes s'étaient multipliés comme les pains par la grâce du Christ. Partout, les forces de l'ordre gesticulaient. Cela faisait cinq jours que les scènes de crime de Bonifacio et de Filitosa avaient été découvertes. Et quarante-huit heures pour celles de la région de Saragosse, en Espagne. En France, le juge d'instruction chargé de l'affaire, soutenu par le procureur de la République, avait donné son feu vert au déploiement des services d'élite : la brigade de recherche et d'intervention de la police nationale, et le peloton de surveillance et d'intervention de la gendarmerie.

Les deux corps s'entraînaient souvent ensemble, à l'entrée de la ville d'Ajaccio, au cœur d'une zone discrète cernée de chênes blancs et d'oliviers. Ils se connaissaient par cœur et n'eurent aucune peine à se coordonner.

Les patrons de la PJ et de la section de recherche, le commissaire Vandroux et le colonel Verneuil, entendaient diriger personnellement cette nouvelle phase de recherche musclée. Cette opération spectaculaire s'adressait avant tout aux journalistes et aux politiques. Le message se voulait clair et ferme : « Nous prenons les choses en main et ne lésinons sur aucun moyen. »

Devant le ruban jaune et la colonne de gendarmes mobiles qui barraient l'accès à la falaise de Bonifacio, les reporters des chaînes d'information continue caquetaient comme dans une basse-cour. Vannina Aquaviva, elle, redoutait qu'une description caricaturale du suspect ne circule. Elle imaginait la scène, surréaliste : le portrait-robot du yéti, façon *Tintin au Tibet*, sur les écrans de la France entière, accompagné de l'appel à témoins : « Si vous disposez d'informations concernant cet individu de deux mètres dix, cent cinquante kilos, dégoulinant de poils, contactez le 0 800, etc. »

Tous, ici, savaient qu'ils marchaient sur la tête. Les brigades spécialisées, au bout de cent vingt heures de recherches assidues, tiraient la langue. Le peloton de haute montagne, fort du témoignage du « yéti sur la falaise », se colletaient pour la onzième fois la descente en rappel de l'immense muraille de calcaire qui dominait la Méditerranée. Les bourrasques rendaient leur mission périlleuse, et, bien souvent, ils tanguaient sur les rochers comme le balancier d'une horloge. Ces conditions les empêchaient de relever des indices probants. Grâce aux révélations de la Guardia civil espagnole, ils finirent par saisir quelques boules de poils auxquels ils n'auraient, sinon, prêté aucune attention particulière.

Or elles constituaient un trésor inestimable. La traque allait basculer. Grâce aux poils, mais surtout grâce à une redoutable botte secrète. Jupiter sauta de l'hélicoptère à 15 h 43. Avec sa quarantaine de kilos, sa tête toute plissée et ses babines ruisselantes, il ressemblait bien plus à un gros toutou inoffensif qu'à une élite canine. Son aspect lourdaud et ses longues oreilles pendantes ne laissaient rien deviner de son arme fatale : sa truffe. Jupiter était le saint-hubert de la brigade cynophile des gendarmes du Gard.

Dans l'active depuis trois ans seulement, il avait déjà débusqué une centaine de personnes disparues, ainsi que plusieurs fuyards. Ses narines abritaient près de trois cents millions de cellules neuro-réceptrices ; bien plus que n'importe quel autre chien. Ses capacités dépassaient l'entendement : contrairement aux autres races, il pouvait discriminer une odeur corporelle parmi des milliers, et suivre une piste sur une dizaine de kilomètres, plusieurs jours après le passage de l'individu recherché. Jupiter avait l'habitude de sillonner la France, tant son odorat l'avait rendu célèbre chez les gendarmes de tout l'Hexagone.

À peine l'animal eut-il posé les pattes au sol qu'il s'ébroua, rua dans les brancards, et manqua de renverser deux gendarmes adjoints volontaires. Son maître, un cynotechnicien qui l'accompagnait nuit et jour, bondit à son tour dans la cour de l'ancienne caserne Montlaur. Il allait permettre à Jupiter d'offrir le meilleur de lui-même. Vers seize heures, après un briefing rapide au QG des enquêteurs, le maître-chien de Jupiter détenait entre ses mains les touffes de poils présumées du meurtrier. Le chien les renifla nonchalamment, puis flaira le sol comme un truffier. Après avoir sinué quelques minutes de gauche et de droite, il déguerpit en direction des remparts de la citadelle. Sans l'ombre d'une hésitation, il remontait la piste.

****

Marc Brunier se trouvait à plus de vingt kilomètres de l'épicentre des recherches. Zim avait exigé de voyager en voiture, plutôt qu'à bord de l'hélicoptère bicolore de la gendarmerie. Au début, le commandant de police avait subodoré une phobie des transports, comme pour le major Carlier. Il avait déjà noté les lourdes réticences de l'anthropologue, l'avant-veille, à grimper dans l'appareil afin de se rendre au puits Saint-Barthélemy. Sans doute Zim avait-il une trouille bleue de s'écraser. Mais la réalité était tout autre. L'officier s'en était aperçu au bout de quelques kilomètres. Tandis que le policier roulait prudemment sous les giboulées, les essuie-glaces en mode balayage apathique, Zim avait maugréé :

— Vous pouvez accélérer, commandant. À ce rythme, on arrivera demain.

Et l'anthropologue s'était plongé dans un gros volume – à la couverture mordorée, cette fois – sans un regard pour la route, même dans les épingles les plus revêches.

Zim se montrait impassible, comme à son habitude.

En approchant du village de Petreto-Bicchisano, Brunier avait fini par craquer. La question lui brûlait les lèvres depuis trois jours.

— Docteur Marceau… Je peux vous demander…

— … pourquoi on m'appelle Zim ?

— Oui, exactement…

— C'est un sobriquet dont les collègues de l'Institut de recherche criminelle m'ont affublé il y a des années. C'est l'acronyme de *Zero Impact Man*.

— *Zero Impact Man* ? balbutia Brunier, interdit.

— J'ai décidé de ne plus laisser aucune empreinte sur la Terre, pour cesser le massacre.

Et durant une heure, Zim avait fait l'article. L'officier de police avait suivi tant bien que mal, tout en prenant garde de ne pas se vautrer dans le ravin à flanc de montagne, en pleine descente vers Propriano.

— Nous détruisons la Terre à grand feu. Savez-vous qu'au 1er août de chaque année, nous vivons à crédit ? Que nous consommons plus de ressources naturelles que la Terre est capable d'en régénérer, et que nous rejetons plus de gaz à effet de serre que la planète peut en absorber en une année ? À partir du 2 août, vivre est, en soi, un acte criminel.

Brunier avait tourné deux orbites sidérées vers l'anthropologue, comme pour vérifier s'il parlait sérieusement.

— Marc, chaque bouffée de CO_2 que vous expirez, chaque poche de méthane que vous lâchez en pétant vient alourdir le bilan négatif de la planète. Beaucoup de gens feraient mieux de fermer leur grande gueule plutôt que de déblatérer et de raconter des tissus de conneries à longueur de journée. Ça économiserait des tonnes de CO_2 chaque année. Vous ne trouvez pas ?

Si, absolument, avait songé Brunier, sans oser l'avouer. Il venait de trouver un maître en matière de débinage de l'humanité. Lui-même se sentait parfaitement inutile, surnuméraire, encombrant, bref, à rayer d'un trait de plume à la première occasion. Combien de fois avait-il résisté à cette tentation sournoise de se pendre avec son holster ? De se tirer une balle de neuf millimètres en pleine bouche ? Il pouvait devenir, lui aussi, un *zero impact man*, du jour au lendemain. Brutalement. Proprement. Un *zero impact dead man.*

Mais il n'en avait jamais eu le courage. Car, en plus de ses innombrables qualités, c'était un lâche. Pour s'absoudre de sa couardise, il se répétait que le suicide était un péché, et que Dieu ne le lui pardonnerait jamais.

C'était bien pratique.

L'officier s'était ressaisi, puis avait tancé Zim.

— Mais vous aussi vous respirez, vous lâchez des caisses comme tout le monde… Du coup, vous laissez votre empreinte quand même, non ?

— C'est vrai, mais, à côté de ça, vous ne me verrez jamais dans un avion, et très rarement dans un hélicoptère – sauf le couteau sous la gorge… Vous savez que l'ensemble du trafic aérien mondial rejette vingt tonnes de CO_2 chaque seconde ? Six cent soixante millions de tonnes par an ?

Marc Brunier avait brusquement compris pourquoi l'anthropologue s'était pointé à pied dans un ferry, vingt-quatre heures après les autres.

— Quand je pense que Lafargue ne m'a même pas apporté de vélo électrique quand je suis arrivé dimanche, alors qu'Ajaccio est équipé d'un système de location public très efficace ! C'est dingue, non, de me faire chier comme ça !

Cette fois, Brunier avait pu décoder la scène de ménage au sortir du port de commerce.

— Quand on côtoie tous les jours, comme moi, les témoignages de l'archéologie, ou les peuples premiers qui vivent sans une once de pétrole, ni d'électricité ou d'eau courante, ne se fiant qu'à la seule mère nature, et ne tirant d'elle que le strict minimum pour survivre, on ne peut pas accepter notre mode de vie moderne. Nos ancêtres étaient mille fois plus respectueux que nous.

Voilà pourquoi l'anthropologue ne possédait ni téléphone mobile, ni ordinateur portable, ni connexion Internet… Rien qui pût consommer de l'énergie inutilement. Et surtout aucun équipement dont la fabrication imposât de puiser des métaux rares dans le ventre de la Terre – ou d'exploiter des enfants dans des mines.

Puis Zim avait décrit sa vie d'ascète de l'empreinte, ses centaines de kilomètres à pied, ses milliers de marches d'escalier en lieu et place de l'ascenseur, ses déchets réduits à l'échelle de l'atome, son potager en permaculture, ses citernes de récupération d'eau de pluie, ses factures d'électricité négatives – il était équipé de panneaux solaires et produisait plus qu'il ne consommait ; sa pratique locavore –, « aucun produit qui ne provienne d'une zone de plus de deux cents kilomètres à la ronde »… Le mode d'emploi détaillé de ses toilettes sèches, l'apothéose.

****

Jupiter courait, la langue pendante. Son maître-chien suivait au pas de course, entouré d'une dizaine de colosses noirs qui brandissaient des boucliers en Kevlar. Derrière eux, une trentaine d'hommes emmitouflés dans leurs tenues d'assaut, armés de pistolets-mitrailleurs et de fusils à pompe, s'avançaient en deux colonnes. Vannina et Luciani fermaient le bal, et tentaient d'apercevoir le chien qui reniflait à tout-va. Le saint-hubert changea de cap à maintes reprises, au point qu'il semblait perdu. La cible s'était-elle baladée un peu partout ? Parfois, Jupiter stoppait au bord du précipice, face au muret qui surplombait la falaise. Sans doute l'homme s'était-il glissé le long des parois abruptes qui plongeaient à pic dans la Méditerranée. Seuls quelques êtres d'exception, tel Alain Robert, « le Spiderman français », se trouvaient capables d'aborder de telles murailles en solo intégral, sans aucune sécurité ni cordage. Fallait-il chercher parmi ces surhommes ? La liste serait fort restreinte, et faciliterait le travail des enquêteurs.

Au-dessus des silhouettes d'ébène, l'hélicoptère bleu et blanc se maintenait en vol stationnaire. Trois membres du peloton d'intervention de la gendarmerie scrutaient le sol à l'aide d'imposantes jumelles, et filmaient la scène. Les images étaient ensuite répercutées en direct sur les écrans du QG des enquêteurs. Les vitres du local mis à disposition par la mairie de Bonifacio avaient été couvertes de panneaux noirs, pour se soustraire à la vue des curieux.

Enfin, les chiens de la brigade cynophile d'Ajaccio, intervenus dès le premier jour avant de rentrer bredouilles à la niche, s'élancèrent de nouveau, afin d'épauler le saint-hubert. Chacun s'attendait à affronter une force de la nature, si bien qu'une meute ne serait pas de trop pour tenir tête à la « bête ». Les jappements des bergers malinois criblèrent les tympans de Vannina de décibels hystériques. Saisie d'un étourdissement, elle bascula de nouveau dans l'atmosphère de ses chasses nocturnes, et s'imaginait, entièrement nue, sillonnant les ruelles de la vieille ville, en pleine traque du sanglier géant. C'est alors qu'elle ressentit sa présence. Comme à Filitosa. Elle fut traversée d'infimes vibrations. En mode *mazzera*, la jeune femme se trouvait aussi réceptive qu'une antenne radar. Elle s'immobilisa net et sonda la vallée. Puis elle interpella Luciani :

— Passe-moi les jumelles.

Son adjoint s'exécuta, tout en suivant du regard chiens et troupes d'élite qui se hâtaient vers les portes de la citadelle. Deux kilomètres en contrebas, depuis la vallée, deux pupilles perçantes observaient le spectacle avec une acuité stupéfiante.

****

Zim et Brunier n'étaient plus qu'à dix kilomètres de Bonifacio. Ils avaient déjà franchi deux barrages filtrants. Les collègues coupaient la circulation un peu partout pour permettre aux recherches de se dérouler sans encombre, et sans danger pour la population. L'officier de police, toujours aussi curieux, jetait des œillades fréquentes à l'encyclopédie qui reposait sur les genoux de l'anthropologue. Régulièrement, l'épais volume débordait sur le levier de vitesse, obligeant Brunier à d'improbables contorsions du poignet pour changer de rapport.

— Vous avez pu avancer sur la signification des symboles ?

— Je les ai décryptés dès le premier jour. Idem pour ceux de Saragosse. Niveau CM2. Mais la teneur des messages n'est pas le plus important.

Décidément, Zim avait le talent de stupéfier ses interlocuteurs.

— Comment ? Vous savez depuis le premier jour et vous n'avez rien dit ?

— Vous m'avez demandé quelque chose ?

— Ben non, mais…

— Alors quoi ? Ça ne vous intéressait pas des masses. Ni vous ni personne.

Plus le temps passait, plus Brunier trouvait que l'anthropologue la jouait franc-tireur. Il renâclait à partager ses informations avec les autres enquêteurs. La vraie question était : pourquoi ? Pourquoi taire des informations capitales, alors qu'elles contribueraient sans doute à faire progresser l'affaire de manière décisive ? Et comment avait-il toujours un coup d'avance ? Ne jamais paraître surpris par rien ? Postuler de manière fulgurante des comparaisons aussi fantasques et improbables que la mort d'Ulysse ou celle d'Héraclès ? Et comment pouvait-il affirmer que l'ADN présumé du meurtrier ne mènerait nulle part ? Brunier fronça les sourcils et ne dissimulait rien de ses doutes. Zim lisait en lui comme dans l'ouvrage ouvert sur ses genoux.

— Vous commencez enfin à vous poser les bonnes questions, commandant.

L'anthropologue semblait tout deviner de lui. Ne détenait-il pas un pouvoir divin ? Le policier le percevait comme une sorte d'estafette débarquée du ciel pour sonder son âme, avant de l'aiguiller vers sa destination finale : le purgatoire ou, plus vraisemblablement, l'enfer.

Instinctivement, l'officier palpa sa veste à la recherche de sa flasque de whisky.

— Vous ne devriez pas, Marc.

Brunier sursauta.

— Pour répondre à votre première question, les signes gravés à Filitosa correspondent à plusieurs alphabets. C'est ça qui m'intéresse. D'abord les runes.

— Les runes ? C'est pas un truc nazi ?

— Absolument, les nazis ont détourné les runes pour se donner des racines. À la base, c'est un alphabet à l'origine des langues germaniques, et qui remonte au début de notre ère, sans doute contemporain de Jésus-Christ, ou peu de temps après. Par exemple, regardez ces trois symboles.

— Dans l'alphabet runique, enfin l'un des alphabets – il y a eu des variantes –, le premier signe veut dire « homme » ; le X veut dire « cadeau » et le troisième signifie « bouche ». Mais, en phénicien, une langue beaucoup plus ancienne, le X veut dire « ici et maintenant ». Et il a des significations dans bien d'autres langues. C'est l'un des signes les plus primitifs de l'histoire de l'écriture. Nous avons donc affaire à un métalangage qui puise parmi les plus anciennes langues connues. Maintenant, regardez le message retrouvé en Espagne.

Brunier avait à peine observé le gribouillis reproduit dans les rapports transmis par Interpol.

Évidemment, ce charabia ne lui disait rien.

— Le plus intéressant, ce sont certains signes, comme le triangle, le I, et surtout l'espèce d'éclair, qui apparaissent dans plusieurs écritures primitives. Sans doute proviennent-ils, là encore, d'un langage bien plus ancien. Un langage primordial.

— L'espèce d'éclair, justement, ce n'est pas un truc nazi aussi ?

Brunier n'en démordait pas. Il se rattachait aux rares symboles qui signifiaient quelque chose pour lui. Et qui pourraient lui paraître utiles à l'enquête : il avait déjà travaillé sur des groupuscules d'extrême droite qui s'enorgueillissaient d'échanger des messages à l'aide de runes folkloriques.

— Vous avez raison : le double S stylisé, créé à partir de ce signe runique, était le symbole de la SS.

L'officier ressentit un frisson lui parcourir l'échine : quels tarés s'amusaient donc à reproduire la sauvagerie nazie, dans des scénarios hérités d'une interprétation délirante de la mythologie, assaisonnée de relents fascistes ?

— Et il veut dire quoi, le message espagnol, d'après vous ?

— Si je traduis au premier degré, en mêlant le phénicien aux runes, voire un peu de grec, ça voudrait dire quelque chose comme : « Sur le seuil de la maison, au jour levant, tu t'armeras contre les serpents. » C'est sans doute une métaphore pour parler de renouveau – le jour levant – et d'une forme de résistance au mal – tu t'armeras contre les serpents. Les serpents sont les symboles de la tentation, du mal personnifié, qui nous entraîne vers le vice. Le contraire de la vertu.

Quant au « seuil de la maison », c'est sans aucun doute une allusion à un lieu très précis, qui serait une sorte de point de ralliement.

Le policier manqua d'emboutir une semi-remorque qui avait dangereusement dérivé dans une épingle. L'officier klaxonna, furieux. L'incident lui fit perdre le fil des révélations de l'anthropologue, pourtant décisives.

Ils n'étaient plus qu'à cinq kilomètres de Bonifacio.

— Et le message de Filitosa, lui, il veut dire quoi ?

— Quelque chose comme : « Ici et maintenant, la tête de l'homme tournée vers le soleil rend hommage aux dieux. »

— Un rapport avec le cœur déposé dans l'olivier comme une offrande ?

— Sans doute. On est clairement dans le même registre. Mais si on analyse plus finement, il faudrait s'arrêter sur le visage de l'homme qui regarde vers le soleil. Parle-t-il du soleil levant, comme dans le message espagnol ? Ou bien le couchant, à l'ouest ? On l'apprendra sans doute dans le prochain message.

Brunier pila, mais, cette fois, aucun obstacle ne lui barrait la route.

— Pardon ? Le prochain message ? Qu'est-ce que vous voulez dire ?

— Vous m'avez très bien compris, Marc. Je suis convaincu que nous n'en avons pas terminé.

— Et… qu'est-ce qui vous fait dire ça ?

— Les béliers, par exemple.

— Ceux qu'on a déterrés derrière la carrière de Filitosa ?

— Exactement, et ceux découverts en Espagne aussi. Des béliers simplement égorgés. Aucun n'a été dépecé, ni consommé.

— Et alors ?

— C'est une hécatombe.

— N'exagérons rien, Zim. Il n'y en avait qu'une douzaine. Je sais que vous êtes obsédés par la protection de la nature, mais…

— Non, non ! Une vraie hécatombe, au sens étymologique. Un sacrifice sacré. À l'origine, il s'agit du massacre de cent bœufs pour plaire aux dieux, d'où la racine « hekatón », qui veut dire « cent », en grec. Mais tous les Grecs n'avaient pas les moyens d'occire autant d'animaux : généralement, ils se satisfaisaient de moins de bêtes, et d'espèces moins coûteuses que les bœufs. Dans l'*Iliade*, Achille promet, par exemple, une hécatombe de cinquante béliers en hommage à son compagnon le plus proche, Patrocle, tué par Hector.

— Et alors ?

— Alors, on a retrouvé douze béliers à Filitosa. Quinze à côté de Saragosse. Donc faites le calcul, on est loin des cent, ou même des cinquante dont parle Achille… Le sacrifice n'est pas terminé. Ni en bêtes ni en hommes…

La 308 hoqueta. Tout à son échange surnaturel avec Zim, Brunier avait négligé la jauge de son véhicule. Elle baignait dans le rouge depuis une vingtaine de kilomètres. Heureusement, le voyage touchait à sa fin. L'improbable duo venait d'atteindre les abords de Bonifacio, au bout de la route territoriale 40, et s'apprêtait à pénétrer dans la ville basse, au niveau de la marina. L'officier de police vira à gauche et s'engouffra dans la station Total qui s'érigeait à l'entrée de la cité.

À peine étira-t-il ses jambes en dehors du véhicule qu'il ressentit une urgence vitale.

— Zim, il faut que je pisse, soyez sympa, faites le plein.

Et avant que l'anthropologue eût le temps de réagir, Brunier disparut à l'intérieur de la station. Zim grimaça ; il ignorait totalement comment utiliser ces « machins » dégoulinant du pétrole dont on expurgeait les entrailles de la Terre à longueur de temps : un jour, elle se retournerait contre nous, c'était certain.

Dans la station, les toilettes étaient occupées. Brunier se tortillait et ne pouvait plus attendre. Malgré la pluie battante, il se rua à l'extérieur, en quête d'un bosquet pour se soulager le plus discrètement possible.

****

Jupiter s'était finalement élancé sur la route qui longeait la citadelle. L'asphalte glacé le faisait glisser. À trois reprises, il s'affala lamentablement. Ses poils détrempés lui conféraient un air encore plus pataud que d'habitude. Mais rien ne le détournait de sa mission. Après avoir tournoyé dans la citadelle, et s'être confronté à plusieurs pistes sans issue – au bord de la falaise, mais aussi dans la tour qui abritait le fameux puits Saint-Barthélemy –, il avait fini par dégoter un chemin sur la terre ferme. Derrière, les hommes cagoulés suivaient tant bien que mal la gigue canine.

Vannina sentit son cœur battre plus fort, plus vite qu'à l'accoutumée. Exactement la même sensation que dans ses cauchemars, au moment d'abattre le sanglier. Quelqu'un allait mourir. Sans crier gare, elle piqua un sprint spectaculaire. Elle dépassa la tête de colonne des forces spéciales et se trouva désormais sur le flanc droit de Jupiter.

Les images de ses songes nocturnes la parasitaient. Elle voyait double, comme un paysage en surimpression sur la réalité. La couverture nuageuse était si épaisse qu'il semblait faire nuit en plein jour. Tout la ramenait à ses rêves infernaux.

— Capitaine ! Reculez ! Capitaine !

L'un des gendarmes du peloton d'intervention hurlait dans le vide. La jeune femme n'était plus de ce monde. Vannina courait devant et le chien suivait. Celle qui remontait désormais la piste, c'était elle. Et nulle autre.

****

Bravant l'averse, Marc Brunier contourna le bâtiment de la station Total et s'enfonça dans la végétation. Il s'approcha d'un chêne, puis se dissimula derrière le tronc. Avec son mètre quatre-vingt-cinq et sa carrure de rugbyman, l'arbre ne masquait pas grand-chose. En cet instant, il songea à Adam, nu avec sa feuille de vigne – si l'on en croit la prude allégorie religieuse – au cœur du jardin d'Éden. Malgré la pluie ruisselante, la splendeur du maquis incarnait sans aucun doute la Terre primitive, dans sa beauté la plus originelle, avant toute défloration par l'homme. Et si Zim avait raison ? Si nous avions scellé le sort de la planète, et que nous devions tous renoncer à la vie moderne pour alléger notre empreinte ? L'officier haussa le regard et s'imagina saisir le fruit défendu. Pourquoi Adam et Ève avaient-ils croqué la pomme de la connaissance, capable de leur enseigner le bien et le mal ? Il se remémora alors un extrait des messages décryptés par Zim : « Tu t'armeras contre les serpents »… Était-ce une allusion au serpent tentateur qui poussa Adam et Ève à la faute ? Qui étaient les aspics qui poussaient aujourd'hui tant d'hommes et de femmes à outrepasser leurs droits sur la nature, la Terre, et *in fine*, tous les êtres vivants ?

Dieu les avait punis une première fois, en les excluant du jardin d'Éden, puis en les rendant mortels. Depuis, les souffrances provoquées par la commission du mal avaient ravagé les dizaines de milliards d'êtres humains qui s'étaient succédé depuis l'aube de l'humanité. Et Brunier savait de quoi il parlait. Il avait vu tant de crimes sordides, tant de meurtriers monstrueux. Ils représentaient tous une facette du Mal personnifié.

Soudain, tandis que le policier bouclait son ceinturon, un craquement sinistre s'éleva d'un bosquet. Il lui sembla percevoir une ombre. Malgré les trombes d'eau, l'officier s'approcha.

Pendant ce temps, Zim s'impatientait. Il s'élança sur les pas du commandant de police.

****

Vannina avait largement dépassé Jupiter et les dizaines de fonctionnaires qui lui collaient au jarret. Elle n'entendait plus les exhortations de ses collègues à rentrer dans le rang.

Dans la longue descente sinueuse qui plongeait vers la marina, elle manqua de trébucher à plusieurs reprises. Des torrents d'eau déferlaient sur la route, en plus des plaques de verglas qui s'étaient formées dans la nuit. Seule sa maîtrise exceptionnelle de son centre de gravité lui offrait de retomber sur les talons sans jamais se fouler un orteil.

Les vibrations s'intensifiaient.

Elle atteignit le port de plaisance en deux minutes à peine. La houle propulsait les coques les unes contre les autres, dans un spectacle de fin du monde. Elle courait sans s'essouffler. Ce n'était pour elle qu'une mise en bouche, un simple échauffement.

Au quartier général, les images de son échappée solitaire, captée par l'hélicoptère, éclaboussaient les moniteurs.

— Putain, mais qu'est-ce qu'elle fout ? s'étrangla le divisionnaire Vandroux.

— Je… Aucune idée, avoua le colonel Verneuil.

L'officier supérieur blêmissait à vue d'œil. Sa protégée flinguait tout le dispositif. Elle avait pété les plombs ; sans doute les conséquences de son choc au fond du lac. Un exemple de stress post-traumatique auquel se trouvent confrontés bien des militaires de carrière.

Au bout de cinq cents mètres à peine, elle commença à ralentir. Elle tournait la tête dans tous les sens, et tentait de rester connectée. Elle se sentait aimantée, comme Ulysse par le chant des sirènes. Elle sautilla quelques instants sur place ; une brume de gaz carbonique s'évaporait au-dessus de ses sourcils. Puis elle décampa en petites foulées. Jupiter s'approchait ; les troupes d'élite aussi. Enfin, Vannina s'immobilisa juste en face de la station Total. À flanc de colline, nichée dans la végétation, elle devina une immense cicatrice qui balafrait le talus de calcaire, à une vingtaine de mètres de hauteur. Ses pulsations cardiaques redoublèrent. Elle quitta la chaussée et grimpa à mains nues. La roche glissante l'empêchait de s'arrimer ; elle peinait à trouver des prises. À trois mètres de hauteur, de redoutables épines de figuier de barbarie s'enfoncèrent dans ses chairs. Elle ne ressentit aucune douleur malgré les plaies qui saignaient.

****

Zim grimpa le petit chemin escarpé à moitié emboué par le déluge qui s'abattait sur l'île. Il progressait avec difficulté, la vue troublée par les rigoles d'eau qui ravinaient son visage. Ses pieds s'enfonçaient dans la bourbe, et devenaient de plus en plus collants. Au terme d'efforts surhumains, il entrevit l'entrée d'une cavité, située à une vingtaine de mètres.

S'il avait emporté son précieux grimoire, il aurait appris qu'il se trouvait aux portes de l'abri préhistorique d'Arguina-Sennola. Un site qui avait offert la découverte archéologique la plus importante de Corse : la « dame de Bonifacio », un squelette en parfait état datant de sept mille ans avant Jésus-Christ. Il constituait le plus ancien vestige humain jamais mis au jour dans l'île. Cette pauvre femme, paralysée du coude et de la main gauches, s'était éteinte à l'âge de trente-cinq ans au terme d'une vie de souffrance. Un lieu mythique dans lequel Brunier s'apprêtait à s'engouffrer sans en avoir la moindre conscience… Pourtant, dans cette affaire, rien n'était dû au hasard. En s'aventurant sur les traces de l'ombre qui le devançait, le policier ne faisait que suivre son instinct.

Une fois dans la sombre grotte, il se courba pour ne pas s'écorcher le cuir chevelu. Le plafond de calcaire était très bas. L'eau cessa enfin de l'accabler. Il s'essuya les yeux d'un revers de manche, et fut aussitôt saisi par une vision. L'officier de police poussa un cri d'effroi et, dans un réflexe incontrôlé, se redressa. Son crâne percuta la roche avec violence et il poussa un râle de douleur.

À l'extérieur, Zim se figea, pétrifié par le hurlement de Brunier. Derrière lui, Vannina Aquaviva, les mains sanguinolentes et le visage strié de griffures, s'approchait à son tour du refuge. L'anthropologue tenta de la mettre en garde, mais la jeune femme, hypnotisée, n'entendait rien.

Brunier palpa son crâne ; ses doigts baignaient dans un liquide poisseux. L'entaille était profonde. Il manqua de perdre connaissance, puis tout se brouilla dans son esprit. Comme pendant ses nuits de décorporation, comme lors de ses confessions, il n'était plus lui-même. Deux iris bleutés, quasi phosphorescents, l'observaient. Était-ce un animal ? Impossible de le dire dans la pénombre.

— *Ka limi no*[1] ?

Le policier, englué dans son état second, s'exprimait dans un langage inconnu. La forme pivota sur le côté et lui répondit d'une voix calme.

— *Bo va kelo ravi nissa*[2].

Au même instant, Vannina s'avança sans un bruit. La pluie qui crépitait au dehors masquait ses pas. En tendant l'oreille, elle entendit Brunier parler une langue incompréhensible. Des sonorités rapides, gutturales. Des phrases syncopées. Il titubait, et se tenait tant bien que mal à la paroi rocheuse.

— *Ka limi no, vo ka ba ravi nissa*[3] ?

— *Lani faka sita, gapa bovi dana movono. Dino kaba va*[4].

Soudain, une lueur brilla au fond de la grotte.

La *chose* avait brandi deux lames effilées qu'elle tenait fermement dans ses énormes paumes. Brunier recula d'un pas, et, par réflexe, empoigna la crosse de son Sig Sauer. Mais il se sentait paralysé. Subjugué, même. Puis l'être insondable déploya ses deux bras musculeux en direction de l'officier.

1. Qui êtes-vous ?
2. Je ne suis pas ton ennemi.
3. Qui êtes-vous, alors, vous qui n'êtes pas mon ennemi ?
4. Tu l'apprendras bien assez tôt. Poursuis ton chemin, et reviens parmi nous.

Vannina distingua la silhouette.

Immense.

Menaçante.

Dans un geste d'une rapidité fulgurante, elle saisit son Glock et tira en direction de la *forme*. Un cri rauque envahit la grotte. La cible, toujours invisible dans la pénombre, se jeta vers la sortie, bousculant Vannina qui s'écrasa contre une paroi. Tout s'était passé tellement vite que ni Brunier ni la jeune femme n'avaient pu distinguer clairement la *chose*.

Elle était véloce et d'une agilité surprenante en dépit de sa blessure par balle.

Dehors, les chiens s'étaient immobilisés au pied du talus, et jappaient comme des furies. Les premiers commandos entamaient l'ascension, et n'allaient plus tarder à débarquer.

Mais le suspect s'était évaporé.

Il avait grimpé sur la montagne et s'était dissous dans le maquis.

Personne n'avait pu l'identifier.

Personne, sauf Zim.

Chapitre dix-huit

Mardi 10 mars 1548, Rome

Les pavés tout neufs étaient nappés d'une fine pellicule de givre. À cette heure tardive, les ouvriers avaient tous regagné leurs foyers. Seul *il Maestro* vérifiait encore les dernières fenêtres disposées sur les consoles qui ceignaient la cour intérieure du *palazzo*. Malgré l'obscurité, il leva le menton pour diriger son regard vers les hauts murs. Ce simple mouvement le cloua de douleur. L'architecte venait d'entrer dans sa soixante-quatorzième année, et il endurait nuit et jour les stigmates des milliers d'heures passées la tête lourdement inclinée en arrière. À jamais son goitre et sa nuque meurtrie porteraient-ils le sceau des innombrables journées consacrées à l'ornement des plafonds de la chapelle Sixtine.

Depuis, son brio irradiait plus que jamais l'Occident tout entier, d'autant qu'il ne souffrait plus d'aucune concurrence, après que Raphaël et Léonard de Vinci furent passés de vie à trépas. Cela faisait deux ans maintenant que Michelangelo Buonarroti avait hérité du chantier. Il n'avait pu refuser : il s'agissait du grand œuvre commandé, trente années plus tôt, par le cardinal Alexandre Farnèse, devenu depuis le très Saint-Père Paul III… Ce palais, *il Palazzo Farnese*, comme disaient déjà les Romains, flirtait avec les rives du Tibre à l'ouest, tandis qu'à l'est, son imposante façade s'érigeait à l'extrémité de l'immense place du Campo di Fiori.

Malgré la vieillerie, la fortune et la célébrité, *il Maestro* n'avait jamais assez de vingt-quatre heures *per diem* pour accomplir tout son labeur. En plus du chantier du palais Farnèse, le pape lui avait aussi confié celui de la basilique Saint-Pierre, qui jouxtait le palais du Vatican. Il s'agissait tout bonnement d'édifier la plus grande église du monde, sous laquelle reposait la sépulture de l'apôtre saint Pierre en personne.

Chaque fois qu'il franchissait le seuil de la basilique en gestation, Michel-Ange s'imaginait croiser Jésus et ses disciples. Quelles leçons le Messie pouvait-il dispenser ? Comment parlait-il ? Était-il vraiment le fils de Dieu ? Avait-il accompli tous ces miracles ? Mais à peine cédait-il à ces flâneries qu'il lui fallait retourner œuvrer au palais Farnèse, encore et toujours. Tel un pendule immuable, le génie oscillait sans cesse d'un chantier à l'autre.

Néanmoins ce soir-là, Michel-Ange ne retournerait pas à Saint-Pierre, pas plus qu'il ne rentrerait chez lui, fourbu, pour se pencher sur quelque plan dont les contours vacilleraient à la lueur de ses bougeoirs ruisselant de cire : il avait rendez-vous juste à côté du palais.

Il arpenta une trentaine de mètres sur les pavés, en se gardant de glisser. Seul dans la pénombre, *il Maestro* frappa trois coups sur la lourde porte de l'église Santa Brigida.

Un prélat blafard, coiffé d'une mitre pompeuse, entrouvrit l'épais vantail. Il sonda l'horizon de ses iris cristallins, s'attardant sur le seuil du palais, ainsi qu'aux abords du bassin de granit égyptien dont les eaux s'étaient figées sous l'effet du gel. La place paraissait tout à fait déserte.

— Je vous attendais, mon fils.

L'ecclésiastique balbutiait un italien mâtiné de latin aux forts accents nordiques.

Depuis quatre ans, Olaus Magnus était officiellement l'archevêque d'Uppsala. Il avait dû fuir la Suède en raison de la Réforme protestante qui gangrenait sa nation. Il lui était impossible de regagner son pays, et il se mourait à petit feu au monastère Sainte-Brigitte.

Depuis deux ans, son existence s'était égayée de la présence du *Maestro*, qui dirigeait les travaux sans fin du palais Farnèse.

Michel-Ange était un fervent pratiquant, si bien qu'il venait chaque jour se recueillir dans l'église qui flanquait son chantier. C'est ainsi qu'il avait fait la connaissance du prélat.

Et ils s'étaient trouvé bien des points communs : l'un comme l'autre étaient passionnés par la question des origines. Que fallait-il lire entre les lignes des saintes Écritures ?

Tandis qu'il peignait les grandes scènes de la Genèse sur le plafond de la Sixtine, Michel-Ange avait passé quatre années à s'interroger sur le sens caché des récits qu'il animait, et sur la réalité ou non de certaines figures qui les nourrissaient.

La culture canonique encyclopédique d'Olaus Magnus étanchait sa soif de connaissances. Ils avaient discouru de longues heures d'Adam et Ève, du jardin d'Éden, du fruit défendu et du Déluge. Noé avait-il existé ? Avait-il transporté tous ces animaux et ses trois fils sur les flots démontés, avant de repeupler la Terre ? Mais qui préexistait, alors ? Quelle était cette race disparue, d'abord idyllique et parfaite, qui finit par sombrer dans la déchéance la plus totale au point d'être éradiquée par Dieu tout-puissant ?

Michel-Ange ne cessait d'imaginer quelque ancêtre primordial, capable de vivre dans l'indolence des divinités antiques du mont Olympe.

Parmi les fresques magistrales de la Sixtine, il avait dépeint Dieu, barbe et chevelure chenues qui ourlaient son beau visage grec pimenté d'un nez aquilin. Depuis les cieux, alangui parmi les anges, il tendait l'index vers celui d'Adam, aussi nu qu'un ver. Il aimait croire en cette connexion directe entre le Créateur et sa première créature, presque aussi parfaite que lui.

Avait-elle existé ? Demeurait-il quelque chose d'elle en nous ?

— Votre génie, *Maestro,* atteste que vous êtes l'un des plus dignes dépositaires de la *primordialibus perfectum*, et que vous possédez la *divina essentia.*

Olaus Magnus avait répondu sans déférence particulière. Michel-Ange détenait une parcelle de Dieu. C'était un fait, voilà tout. Mais, ce soir-là, ils ne se retrouvaient nullement pour débattre de son génie, ni d'un épisode de la Création : Olaus Magnus avait convié le Maître à la demande d'un hôte de marque. Une personnalité hors normes qui souhaitait s'entretenir avec les deux hommes, l'archevêque et l'artiste.

Au même instant, une ombre glissa le long du pilier qui se dressait sur le flanc droit de Michel-Ange. Un visage creusé de rides se matérialisa sous la lumière pâle des cierges. L'homme arborait une moustache, un collier de barbe poivre et sel, et quelques rares cheveux qui se disputaient le sommet du crâne. Son regard brillait d'une lueur espiègle. Ses lèvres rouge sang semblaient maquillées, et prêtes à s'arquer dans un rire tonitruant.

— Je vous présente le docte François Rabelais, annonça Mgr Magnus.

Michel-Ange Buonarroti haussa les sourcils. Il connaissait ce nom. Il avait fait couler beaucoup d'encre… L'impertinent, le caustique, le provocateur, celui qui s'était taillé une réputation de paillard scandaleux dans toute l'Europe pour avoir conté les heurs et malheurs de Gargantua, puis de son fils Pantagruel et de son ami Panurge. Qui n'avait jamais lu ses œuvres délirantes, pétries d'insanités et d'invitations à la débauche, dont on dit qu'elles s'étaient mieux vendues que la Bible elle-même ?

— *Buonasera*, lança l'homme malicieux. Monseigneur dit vrai, je me nomme François Rabelais, mais vous pouvez tout autant m'appeler Alcofribas Nasier, l'anagramme de mon nom. Cela n'a aucune importance et, à la fin, tout n'est qu'illusion et trompe-l'œil. La vie n'est qu'un immense jeu de miroirs et de pensées qu'on peut déformer et reformer à l'envie, ne croyez-vous pas ?

Olaus Magnus n'était clairement pas de cet avis. Il se méfiait du Français, insaisissable libre-penseur capable d'affirmer sa foi tout en critiquant vertement l'Église et ses représentants à travers des personnages outranciers. Lire entre les lignes de Rabelais conduisait à traîner le pape et tous les dignitaires ecclésiastiques dans la fange. Et pourtant, cet homme de lettres, dont la jovialité perçait derrière les rides, était aussi un moine bénédictin ! Et ce n'était pas tout : Rabelais était également un grand médecin. Et même, selon certains, un espion à la solde du nouveau roi de France, Henri II. Ainsi, apparaissait-il insaisissable et aussi multiple que le jeu de miroirs qu'il s'amusait à citer en exemple.

— Pour ma part, enchaîna Michel-Ange, j'ai dévoré les aventures rocambolesques de vos géants sans gêne et sans manières, si puissants qu'ils peuvent décrocher les cloches de Notre-Dame et balayer des armées entières d'un simple éternuement ! Mais où donc puisez-vous toutes ces sornettes ? Quelle imagination !

Avant que Rabelais répondît, Olaus Magnus invita les deux prodiges à remonter la nef jusqu'à la croisée du transept. Il jetait des coups d'œil tout autour de lui, redoutant d'être surpris par quelque moine amorphe. Il vira sur la gauche et désigna une petite porte dérobée. Les trois hommes quittèrent l'immense église glaciale, baignée dans la pénombre des cierges, pour se réfugier dans la sacristie, où crépitait un feu revigorant. Ils frottèrent leurs mains au-dessus des flammes ; leurs visages regagnèrent quelque couleur. Autour d'eux, point de décorum ni de pompe. Seul un Christ cloué sur une longue croix de bois les observait avec attention.

— Je suis fort aise, *Maestro*, que vous ayez lu mes pitreries, et que vous louiez mon imagination. Mais je n'ai rien inventé ! Prenez mon nouvel opus, le *Quart Livre* dont je viens de publier les premiers chapitres. Je narre un grand voyage, d'île en île, où mes personnages bravent monstres et tempêtes. Pour cela, je me suis bien sûr inspiré de l'*Odyssée* d'Ulysse. Et pour le long parcours qu'ils accomplissent, je me suis fié aux récits du grand explorateur grec Pythéas. Voilà des siècles, il a décrit les terres situées au « septentrion lointain », tout près du pôle. Savez-vous qu'il est le premier à avoir mentionné l'existence d'un territoire ancestral, primordial ? Une région alliant le feu et la glace, où le soleil brille six mois l'année ? D'autres savants grecs ont décrit ces terres reculées et glacées. Et, contrairement à l'Atlantide chère à Socrate et Platon, cette île des origines n'aurait point disparu.

Soudain, Rabelais riva deux pupilles angoissantes sur celles de l'archevêque. Le prélat, pétrifié, comprit aussitôt ce que le Français était venu quérir. Le motif de cette rencontre, en compagnie du *Maestro*. Tout s'expliquait, désormais.

— Vous disposez d'un trésor inestimable, n'est-ce pas ? grinça l'écrivain sur un ton inquiétant.

Michel-Ange assistait à la scène, médusé. Que se passait-il ? C'est alors qu'Olaus Magnus poussa son tabouret jusqu'au buffet qui faisait face aux braises. Il grimpa sur le trépied et tendit le bras au-dessus du meuble, avivant une nuée de poussière. L'ecclésiastique éternua et manqua de s'affaler. Il se retint *in extremis* à une moulure, puis s'empara enfin de ce qu'il cherchait. Il redescendit, nanti de son précieux butin.

Face aux regards éberlués de Rabelais et de Michel-Ange, il déploya une immense carte laminée de pliures. Ses contours dépassaient les limites de la table. Ses couleurs vives la rendaient presque réelle. Comme si les terres et les mers qu'elle dépeignait vivaient là, sous leurs yeux.

— La *Carta marina*, balbutia Rabelais, au bord des larmes.

Michel-Ange resta sans voix. Il découvrait ces grandes terres nordiques, aux confins du monde connu, qui ceignaient le pôle. Outre la Suède d'Olaus Magnus, il discernait l'Écosse, les Shetlands, les îles Féroé ou encore l'Islande. Il n'avait jamais vu ainsi représentée cette région du monde, confinée au « septentrion lointain ».

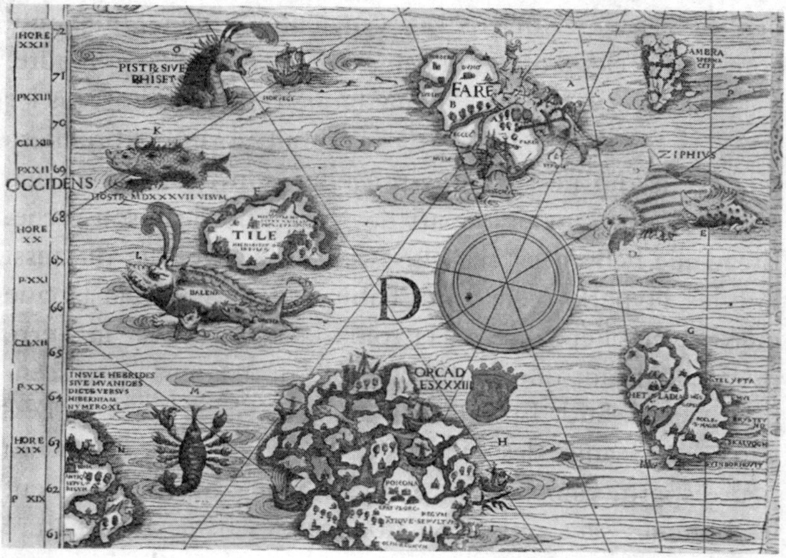

Rabelais pointa l'index sur une petite île. C'est elle qu'il était venu trouver. C'est elle qui portait la Vérité. Le territoire se situait tout près du pôle et semblait posé sur un reptile cornu, à la queue fourchue. Tout autour figuraient d'autres espèces fantastiques, comme sorties tout droit des aventures de Pantagruel et de son ami Panurge. Elle était là, et portait la mention *Tile*.

— L'île de Thulé, souffla Rabelais. C'est donc elle.

— Mais… d'où provient cette carte ? articula Michel-Ange.

Olaus Magnus murmura :

— Je l'ai conçue avant de quitter la Suède pour m'exiler à Rome. J'ai mis douze années à la composer. Quelques exemplaires ont été imprimés, mais la plupart ont disparu. J'en conserve ici l'une des dernières copies. J'ai voulu représenter le plus fidèlement possible les terres qui entourent ma contrée.

— Mais… cette île que vous pointez, Rabelais… L'île de Thulé… N'est-ce point… ?

Le génie italien, sensible aux récits légendaires, friand des mythes des Anciens qui venaient réveiller l'humanité après des siècles d'obscurantisme, commençait à comprendre.

— … N'est-ce point l'île mythique des Hyperboréens ?

— Si fait, *Maestro.* Cette île aurait abrité la première race, celle qui nous a tous précédés. On dit aussi qu'elle aurait été le point de départ de Noé, à bord de son arche. Et qu'elle hébergeait ses fils, avant le Déluge. On dit aussi que les Hyperboréens qui l'habitaient parlaient la langue mère, avant l'épisode de la tour de Babel. C'est la Terre originelle, avant que les hommes ne dégénèrent en descendant vers le Sud. Ensuite, les derniers Hyperboréens, l'espèce des Géants, des Titans si chers aux Grecs, ont peu à peu disparu, vaincus par les races avilies qui pourfendent les hommes sans pitié, ponctionnent les bêtes et la nature sans le respect dû au vivant, et qui entendent éliminer tous ceux qui s'opposent à eux. Ne voyez-vous point l'œuvre satanique de Charles Quint ? Avec ses expéditions vers les terres lointaines du Nouveau Monde, ses soldats tuent tous les indigènes qui les entravent dans leur quête de richesses indécentes. Ils s'arrogent l'or et les trésors des sauvages, sans vergogne. Mais un jour, ils paieront.

Rabelais avait les yeux injectés de sang. Sa voix s'était transformée et chevrotait comme celle d'un vieillard :

— Car les derniers Géants veillent ! Ils ne sont jamais loin. Ils se raviveront et déclencheront la colère des cieux. Prenons garde : un jour, comme l'a annoncé Jésus, nous pourrions connaître un nouveau Déluge, et disparaître. Les dieux ne sauveront que ceux qui en sont dignes. C'est la leçon du passé, et des textes que nous avons hérités des Anciens, jusqu'aux saintes Écritures, pour qui sait les déchiffrer.

L'écrivain planta son regard halluciné dans celui de Michel-Ange, qui esquissa un mouvement de recul.

— Vous-même, *Maestro*, ne l'avez-vous pas annoncé dans votre fresque saisissante du Jugement dernier ?

Michel-Ange songea à son œuvre titanesque, achevée sept ans plus tôt. L'immense représentation du Jugement dernier couvrait tout le mur de l'autel de la chapelle Sixtine. L'artiste avait tout tenté pour se soustraire à cette tâche colossale… Mais deux papes successifs l'y avaient contraint.

— Allons, renchérit Rabelais, votre chef-d'œuvre n'est-il point l'annonciation la plus explicite de la catastrophe qui nous guette ?

L'incroyable fresque, de fait, suscitait le malaise. Parfois, elle provoquait même l'effroi. L'œuvre fourmillait de quatre cents personnages tiraillés entre le Paradis et l'Enfer : d'un côté, les démons arrachaient les âmes damnées vers le Feu éternel, tandis que, de l'autre, les anges guidaient tant bien que mal les morts ressuscités vers l'Éden. L'ensemble traduisait une vision tourmentée et bien inquiétante du Jugement dernier.

Le génie commençait à s'interroger : et si Rabelais disait vrai ? Si Dieu avait parlé à travers lui, et avait annoncé l'ultime Jugement pour la race dégénérée qui semait la mort et la terreur ? Personne, avant lui, n'avait représenté cet épisode avec tant de solennité et de menace. Était-ce une prémonition ?

Au centre de la fresque trônait un Jésus musculeux. Disproportionnément musculeux… Le Seigneur en personne avait-il guidé sa main ? L'avait-il poussé à représenter le Sauveur comme l'un des Géants dont parlait le Français ?

— Tout n'est point perdu, reprit Rabelais. Il nous faut tenter d'apaiser leur colère. Sans quoi, elle sera l'égale de celle des dieux et des héros homériques. Les Géants verseront dans l'*hybris*, la démesure, et nous engloutiront dans les flots, tel le fleuve Scamandre de l'*Iliade* qui a bien failli tout avaler.

L'archevêque s'était ratatiné sur son petit tabouret. Il savait tout cela. Il partageait, lui aussi, ce lourd secret des origines, et du danger qui guettait l'humanité si elle ne retrouvait pas le droit chemin.

— Et… que faut-il faire ? souffla finalement Michel-Ange.

Le Français se pencha sur la carte.

— Il faut les retrouver. Il reste des survivants. Ils sont sans doute bien peu nombreux, confinés dans des lieux secrets, loin de la folie des hommes.

Rabelais pointa de nouveau l'île de Thulé sur la *Carta marina.*

— Il nous faut envisager une expédition vers vos contrées, monseigneur Magnus.

Michel-Ange affichait une mine grave.

— Les Géants seraient encore sur Thulé ? Vous pensez que nous devrions organiser un périple, comme celui d'Amerigo Vespucci ou de Jacques Cartier ?

— Vous en avez le pouvoir, en effet. Vous avez l'oreille du pape, et de bien des puissants. Et Mgr Magnus pourrait vous y aider, en mobilisant ses réseaux en Suède. Quant à moi, je pense être en mesure de convaincre notre roi Henri II de participer.

— Mais… Rabelais, voyons, comment être sûrs de les retrouver ? Nous ignorons tout d'eux. Nous ne savons même pas à quoi ils ressemblent.

L'écrivain s'empara d'un sac qu'il traînait depuis son arrivée, à côté de sa besace. Il en extirpa une masse informe soigneusement enrubannée d'un linge blanchâtre. Il déposa délicatement l'objet sur la table, sans prendre la peine d'écarter la carte marine. Sous les yeux stupéfaits d'Olaus Magnus et de Michel-Ange, il dénoua lentement l'étoffe comme on déshabille une momie.

— Vous savez sans doute que je suis médecin, docteur de l'université de Montpellier. J'ai longtemps pratiqué l'art d'Hippocrate à l'Hôtel-Dieu de Lyon. J'ai beaucoup enseigné. Et disséqué des cadavres humains.

La chose était pourtant interdite, et constituait un grand blasphème. Mais en cet instant, Olaus Magnus n'avait cure des dogmes. Michel-Ange, lui, avait toujours rêvé d'assister à l'ouverture d'un corps. Plus il en apprenait sur l'anatomie intime de l'homme, plus il pouvait peindre avec justesse la moindre subtilité du corps humain.

Rabelais ôta complètement le linge et sous le regard pétrifié de ses deux compagnons, se matérialisa un crâne aux proportions herculéennes.

— Il m'a été apporté par un marin, du nom d'Antonio Pigafetta, qui avait pris part à la célèbre expédition de Magellan autour du monde. Pigafetta a été l'un des rares survivants de cette épopée. Tandis qu'il venait me consulter pour une vilaine blessure, ce marin me confia que son équipage et lui avaient rencontré des hommes prodigieux dans la ville de San Julián, aux confins du Nouveau Monde. Leurs pieds étaient immenses, et ils dévoraient sans cesse de la viande crue. Un peuple de géants, que Magellan décida de baptiser les Patagons. Les hommes atteignaient facilement une taille de dix pieds[1], tandis que les femmes dépassaient allègrement six pieds[2]. Ci-gît le crâne d'un jeune, sans doute un adolescent, que Pigafetta et les siens ont découvert dans une sépulture. J'ai aussi récupéré un fémur, d'une taille tout aussi impressionnante. Et des vertèbres, des phalanges, plusieurs côtes. Chaque os est stupéfiant.

Michel-Ange et Olaus Magnus ne pouvaient détourner leurs regards du crâne spectaculaire qui trônait devant eux. La mâchoire puissante était enchâssée de dents immenses, sans doute capables de déchiqueter un membre d'une seule morsure.

— Et… où vivent les Patagons ? Dans le Grand Nord, comme vous le supposez ?

— Nenni point. Ils vivent aux Antipodes. C'est bien ce qui me fait penser que les Géants sont disséminés. Qu'ils vivent ici ou là, et attendent le signal pour converger. Lorsque Pigafetta m'a fait le récit de sa rencontre avec les Patagons, mon imagination s'est aussitôt enflammée. Et vous savez maintenant ce qui a déclenché mon désir de conter les aventures de Gargantua et de Pantagruel, et de tous leurs amis. Je n'ai rien inventé. Je vous l'avais dit.

---

1. Trois mètres.
2. Deux mètres.

Soudain, des bruits étouffés envahirent la sacristie.

— C'est l'heure des complies[1], s'affola l'archevêque. Vite, remballez ce crâne et sortons, sinon tout sera découvert.

Avant que les trois hommes ne s'évaporent dans la nuit, ils passèrent un pacte.

Celui de retrouver, partout où ils nichaient, les Géants survivants. Et de laisser dans leurs œuvres, les récits de Rabelais, les peintures de Michel-Ange ou les cartes d'Olaus Magnus, tous les indices qui permettraient aux prochaines générations de poursuivre cette quête.

Il en allait de la survie de la planète, et de la fraction la plus noble du genre humain…

1. Dernière prière du jour avant le coucher.

Chapitre dix-neuf

Vendredi 14 février 2020

Vannina était épuisée. L'épreuve de la veille avait anéanti ses dernières forces. Bien sûr, ses collègues l'avaient longuement interrogée. Cuisinée, même. Elle s'était révélée incapable de rapporter les faits avec précision. Pourquoi s'était-elle élancée, seule, au-devant du chien et des troupes d'élite, en contrevenant à toutes les règles de sécurité ? Comment avait-elle su que le suspect se trouvait dans cette cavité dont l'occupation remontait au néolithique ?

Heureusement, son comportement dans la grotte avait permis de sauver la vie de Marc Brunier. Et, par ricochet, il lui sauvait aussi la mise. Ses confrères l'avaient vite libérée, et même félicitée pour son geste. Le capitaine Aquaviva avait accompli ce qu'on attendait d'elle. Pourtant, l'espace d'une fraction de seconde, elle avait hésité. Une voix intérieure lui dictait de ne rien faire. Comme si la *chose* ne représentait aucun danger. Bien au contraire… Et puis ses réflexes militaires avaient pris le dessus.

Mais avait-elle eu raison ? Ce soir, les doutes la rongeaient. Elle perdait tous ses repères. Il lui fallait des réponses, qu'une seule personne au monde était capable de lui apporter.

Après l'interrogatoire, Vannina avait aussitôt filé vers son village natal de Vico. Sous une pluie battante, elle avait atteint le col Saint-Antoine, à cinquante kilomètres au nord d'Ajaccio, avant de redescendre la chaussée sinueuse, en direction du massif de la Sposata. Le village avait surgi au détour d'un virage. Il était sculpté à flanc de colline et ses belles demeures de granit s'élevaient tout le long du relief. Entre elles couraient d'étroits escaliers de pierre, et la plupart des ruelles débouchaient sur de modestes placettes endormies. Tout autour, châtaigniers et chênes verts enduraient la fureur des cieux. À leur pied, arbousiers et bruyères se gorgeaient d'eau.

À peine Vannina s'était-elle engagée dans la rue principale que l'averse s'était tarie. Ici, le ciel semblait nimbé d'un invisible bouclier barrant les assauts du mauvais sort. Les contreforts du Monte Rotondo abritaient des forces telluriques forgées par l'esprit de ses ancêtres. Enfant, Vannina était certaine que, dans chaque écrin de maquis, des elfes chtoniens, des farfadets et autres sylphides évanescentes dansaient autour de son village et de sa maison. Tous la protégeaient et lui avaient sans doute insufflé, cadeau empoisonné, cet étrange pouvoir d'annoncer la mort.

Elle traversa la grand-place puis se gara tout près de l'église. Elle glissa le long du bitume détrempé et se faufila dans une vieille bâtisse. L'épaisse porte de bois surmontée d'un magnifique linteau n'était jamais close. Ici, chacun pouvait entrer. L'hospitalité était gravée sur chaque pierre.

— Oh, *carina*[1] ! Mais tu ne m'as pas prévenue de ta visite !

Sa grand-mère Angèle s'était péniblement relevée de son fauteuil. Elle ployait sous les années comme le roseau qui plie mais ne rompt pas. La vieille femme s'empara de la cafetière italienne qui sommeillait sur la table du salon. Ses doigts biscornus peinaient à tenir l'anse, tant l'arthrose mortifiait ses phalanges. Sans rien demander, comme un rituel immuable, elle servit à Vannina une tasse de café tiède. Elle déposa deux sucres sur la soucoupe.

---

1. Petite chérie.

— Tu sais bien que je ne prends jamais de sucre, *mina*. C'est mauvais pour la santé…

— *Aïo ! Ci vole bè a mora di qualcosa*[1].

Vannina s'assit et sourit : pour ça, la mort savait varier les plaisirs et le choix des armes, et, au bout, elle gagnait. Toujours.

Angèle plongea son regard ténébreux dans celui de sa petite-fille. Elle s'engouffra dans son esprit comme dans une faille.

— Tu penses à lui ?

La jeune femme acquiesça. Arnaud. Il était venu dans cette même maison, quand elle n'avait qu'une quinzaine d'années. L'arrière-grand-père de ce jeune homme était originaire du village, si bien qu'il visitait parfois ses cousines, et profitait des beautés envoûtantes des montagnes, jusqu'aux plages idylliques du golfe de Sagone. Elle l'avait aussitôt admiré et s'était décidée à marcher dans ses pas. Il serait le père, le grand frère, l'amant, peut-être ? Il ne l'avait pas jugée, malgré son surpoids, ses piercings. Sa souffrance. Il incarnait l'autorité, la volonté, la force physique, et n'était jamais aussi beau que lorsqu'il revêtait son uniforme d'officier de gendarmerie.

Elle s'était alors surpassée, s'adonnant au sport quatre à six heures par jour, faisant fondre un à un tous ses kilos excessifs. Elle ne visait plus qu'un seul et unique objectif : intégrer l'école des officiers de la gendarmerie. Bien sûr, elle avait dû renoncer à ses piercings, et cesser de se colorer les cheveux. Arnaud, lui, avait toujours gardé un œil sur cette gamine au caractère bien trempé, convaincu qu'elle ferait un excellent élément. Aussi, dès sa sortie de l'école, il l'avait appelée auprès de lui.

À l'époque, il dirigeait la compagnie de gendarmerie d'Avranches. Tout juste élevée au rang de lieutenant, Vannina fut propulsée adjointe du commandant. Elle vécut trois

1. Il faut bien mourir de quelque chose.

années exceptionnelles auprès de son mentor. C'est lui qui la promut au grade de capitaine.

Au-delà de leur mission, qu'Arnaud considérait comme un sacerdoce, elle gardait le souvenir de leurs interminables footings, à l'aube, le long des plages bruineuses de la Manche. Lui aussi était un sportif opiniâtre, adepte de courses sans fin ni soif. Il l'avait poussée au-delà de toutes limites – dans ces cross extatiques, Vannina Aquaviva portait très bien son patronyme : « l'eau vive » dévalait les sentiers comme un torrent démonté ravine tout sur son passage –, mais il était parti, et ses forces avaient fini par l'abandonner.

Des larmes roulèrent sur ses joues. L'aïeule enveloppa Vannina de ses bras osseux et la serra contre sa poitrine.

— Tu sais, *mina*, cela va bientôt faire deux ans. Dans un mois, exactement.

Le sanglot enfla.

— Je sais, *ciucciarella*[1], ne pleure pas. Il t'observe, là-haut, tu sais.

La mort violente d'Arnaud surgissait par flashs incontrôlables. La simple évocation de sa disparition représentait une épreuve insoutenable : il avait été égorgé comme un chien, par l'un de ces cafards décérébrés, alors qu'il s'était substitué à un otage du supermarché. Tous les Français avaient suivi, pratiquement en direct, la tragédie. Les journaux en avaient fait leurs choux gras pendant plusieurs jours. Une belle cérémonie républicaine avait rendu hommage au héros, dans la cour des Invalides. À titre posthume, on l'avait élevé au grade de colonel, et même gratifié de la Légion d'honneur.

La belle affaire. Il était parti, et ne reviendrait jamais. Comment des hommes pouvaient-ils se comporter de la sorte ? Que restait-il d'humain dans des actes d'une telle barbarie ?

La jeune femme en était venue à penser qu'elle ne valait plus la peine, l'espèce humaine. Elle s'enfonçait, chaque jour

1. Mon petit oiseau.

un peu plus, dans une noirceur abyssale. Elle tutoyait désormais les Enfers. Et elle finirait par payer. Quelqu'un, quelque chose, allait la rayer de la carte. C'était inéluctable.

Vannina sécha ses larmes et empoigna les mains noueuses de sa grand-mère.

— *Mina*, j'ai des visions, des pressentiments… La mort rôde autour de moi. Avec ce qui m'arrive depuis quelques jours, je suis certaine que quelqu'un m'en veut. Par moments, je me sens comme possédée… Je veux que tu me fasses l'œil.

Sans rien dire, sa grand-mère se leva. Elle allait reproduire ces gestes transmis depuis la nuit des temps. Angèle revint de la cuisine munie d'une assiette creuse. Elle la déposa sur la table, à côté d'une cruche d'eau et d'une coupelle emplie d'huile d'olive. Avant de se rasseoir, elle pivota derrière la nuque de Vannina et coupa une belle mèche de ses cheveux noirs.

La vieille femme n'était pas seulement, tout comme sa petite-fille, une *mazzera* capable d'annoncer la mort prochaine des autres. Elle était aussi *signadora*[1]. Tous les habitants du village le savaient et venaient régulièrement lui rendre visite pour se faire « enlever l'œil ». Cette tradition remontait à des temps immémoriaux, bien avant le christianisme. Peut-être lorsque les hommes n'étaient encore que des chasseurs-cueilleurs s'efforçant d'éloigner les mauvais esprits, pour préserver leur force et leur virilité. Ce rite de l'*ochju*[2] ressemblait à ceux pratiqués par les chamanes dans bien d'autres civilisations. Ici, en Corse, les premiers fossiles humains remontaient au néolithique, mais peut-être des ancêtres bien plus lointains avaient-ils importé ces traditions dans leurs besaces.

Angèle alluma trois grosses bougies dont la cire sculptait des visages torturés. Elle logea ensuite trois bûchettes dans sa cheminée, puis gratta une seule allumette qui suffit à embraser le foyer. Enfin, la vieille femme baissa

1. Celle qui « signe » pour conjurer le mauvais sort.
2. L'œil, en corse.

l'interrupteur, plongeant la pièce dans un clair-obscur inquiétant. Des ombres dansaient sur les murs ; peut-être le reflet des esprits qui commençaient à se masser dans la pièce. Tout était prêt.

Angèle plaça la mèche de cheveux sous l'assiette creuse, avant de la remplir d'eau. Vannina posa ses doigts sur les bords de l'écuelle. L'aïeule plongea l'auriculaire dans la nappe d'huile, puis projeta trois fois son doigt tout imbibé au-dessus de l'assiette. Trois gouttes giclèrent sur la nappe d'eau. Les deux femmes retinrent leur souffle. Les gouttelettes peinaient à surnager. Elles se disloquèrent lentement, avant de sombrer au fond de l'assiette, dans un chaos minuscule. Vannina blêmit. Son pouls s'accéléra ; elle se sentait basculer de nouveau dans un état second.

****

Ils couraient dans les sentiers, en traînant des femmes et des chèvres au bout de leurs chaînes. La pluie pesait sur leurs peaux de brebis et de renard, et les faisait transpirer à grosses gouttes. Même la suie de chêne-liège dont ils s'étaient enduit le visage finissait par s'estomper, laissant entrevoir leurs traits inquiétants. Les enfants poussaient des cris sauvages. La plupart des hommes portaient d'amples cloches qui tintaient à tout-va, et finissaient par devenir dissonantes et assourdissantes. La confusion la plus totale régnait, et la panique gagnait tous les villages.

À leur tête, les chefs portaient de saisissants masques de bois, surmontés de véritables cornes de vache qui leur donnaient l'allure de géants. Parfois, ils parlaient une langue qui n'était ni du corse ni du latin.

Soudain retentit une corne de brume. Ils se figèrent comme un seul homme. La battue était terminée. Ils étaient parvenus à chasser les esprits maléfiques, et à rapatrier les bonnes âmes dans le monde des vivants. Elles allaient pouvoir les protéger de nouveau.

Au-devant de l'attroupement, l'un des chefs ôta ses longues cornes acérées. Son crâne était enrubanné dans un bandage. Derrière la suie à moitié rincée se dessina le visage blafard de Marc Brunier. Il s'essuya les joues, puis se frotta les tempes à l'aide d'un linge humide. Julien Agostini, le gérant du site archéologique de Filitosa, se nettoyait à côté de lui. Brunier ne l'avait pas revu depuis sa visite avec Vannina Aquaviva, et la découverte du cœur dans l'olivier millénaire et des inscriptions mystérieuses dans la carrière de granit.

— C'est crevant, ces conneries. Ça ne t'a pas redonné mal à la tête ?

Brunier se massa le cuir chevelu.

— Ça va. Hier, j'ai vu trente-six chandelles et j'ai eu droit à neuf points de suture. Mais aujourd'hui, je ne ressens presque plus rien.

L'officier de police s'était rapidement remis de son choc dans l'abri d'Arguina-Sennola, face à l'étrange créature qui s'était carapatée plus vite que son ombre. Il avait ensuite perdu toute mémoire de leur échange. Ses collègues avaient insisté, mais rien à faire. Il avait tout oublié.

— Alors, tu m'expliques maintenant pourquoi tu as voulu m'accompagner, à la dernière minute, à cette répétition générale ?

— C'est pour l'enquête.

Brunier tourna les talons et s'éloigna. Il voulait se mêler au reste des participants. Dès la découverte du cœur à Filitosa et de toute la mise en scène qui l'entourait, avant même la mise au jour des corps dépecés à Bonifacio, ses soupçons s'étaient portés sur ces gaillards. Les descriptions du suspect, son accoutrement et sa taille anormale n'avaient fait qu'accentuer sa suspicion. Tout coïncidait.

Avec leurs peaux de bêtes et leurs masques, ces hommes venaient de Sardaigne, la grande sœur de l'île de beauté, qu'elle prolongeait au sud. Seul un détroit d'une dizaine de kilomètres séparait Bonifacio de l'extrémité septentrionale de la terre sarde : quoi de plus simple que de traverser ce bras de mer, de nuit par exemple, afin de gagner la Cité des falaises et commettre ces crimes sordides – pour ensuite se fondre dans la foule des carnavaliers ?

Car chaque année, le lendemain du Mardi gras, à l'occasion des « Cendres », des dizaines de Sardes défilaient dans les rues d'Ajaccio pour animer l'étrange carnaval des Mascaras. En ce jour de pénitence marquant le début du carême, les participants singeaient les battues des premiers habitants de la Sardaigne, au paléolithique.

Brunier observa les Sardes un à un.

La plupart trouvèrent son comportement pour le moins étrange.

Il cherchait un regard.

Un regard qui l'avait transpercé, et qu'il n'oublierait jamais.

****

Vannina manqua de défaillir. Elle avait « l'œil », sans aucun doute. Elle était ensorcelée par quelque esprit malin qui lui voulait du mal. Peut-être même sa mort. Angèle enchaîna aussitôt. Il ne fallait pas tergiverser.

— Que le maléfice soit conjuré !

Puis, de son doigt encore imprégné d'huile, elle brouilla l'eau et dessina plusieurs croix dans le liquide tourmenté. En même temps, elle psalmodia une étrange prière.

Vannina n'en saisit pas le moindre mot, car la supplique demeurait un secret solidement gardé, ne pouvant être transmis qu'une seule fois dans l'année : la nuit de Noël, la seule nuit durant laquelle les esprits malins n'écoutent pas, et ne peuvent intercepter la litanie sacrée. L'impétrante, future *signadora*, doit alors apprendre par cœur, et en une seule fois, la prière libératrice. Si elle échoue, elle ne pourra jamais « signer ». Angèle avait maintes fois proposé à Vannina de l'initier, ce que la jeune femme avait toujours refusé. Le fardeau de *mazzera*, sorcière capable de prédire la mort, était amplement suffisant.

Après son injonction et les signes de croix, la vieille femme jeta l'eau dans le foyer crépitant, puis remplit de nouveau l'assiette. Et recommença le rituel. De nouveau, les trois gouttelettes d'huile, au lieu de rester bien rondes à la surface de l'eau, se désagrégèrent mollement et s'abîmèrent au fond de l'assiette.

Angèle « signa » encore et encore le liquide impur, et répéta plusieurs fois la prière.

Mais rien n'y fit.

****

Marc Brunier avait dardé son regard intimidant sur tous les participants du carnaval des Mascaras. La répétition générale était terminée, et tous s'apprêtaient à regagner leur île, avant le vrai défilé, quelques jours plus tard. Même si la suie couvrait encore bien des visages, aucun ne possédait ces iris pénétrants, et ces pupilles en amande. Comme des pupilles de chat, qui s'étaient profondément gravées dans son esprit. Pour autant, le policier ne voulait prendre aucun risque. L'ambiance préhistorique, et la passion de ces carnavaliers pour les mythes, les traditions, et même la mythologie, les rendaient particulièrement suspects.

Au bout du sentier des douaniers, le long des îles Sanguinaires, quatre officiers de police judiciaire attendaient les Sardes et leurs accompagnateurs corses. Vérification des identités, interrogatoire sommaire sur leur emploi du temps dans les jours précédents et relevé des pointures. En cas de doute, convocation pour un prélèvement ADN. Ça râlait sévère dans les rangs, mais tous se plièrent au contrôle.

— Qu'est-ce que tu fous, Marc ?

Julien Agostini hallucinait. Il avait été instrumentalisé, et sentait l'opprobre des carnavaliers peser sur ses épaules. Chacun connaissait l'amitié qui le liait au policier.

Une amitié qui remontait à des mois, peu de temps après l'arrivée de Brunier sur l'île : ils s'étaient rencontrés au sortir d'une messe, sur le parvis de la cathédrale d'Ajaccio. Agostini faisait partie d'une des soixante confréries catholiques de Corse – sans doute la plus importante. La confrérie du Saint-Sacrement avait été fondée en 1539 par une bulle du souverain pontife Paul III. Cet enracinement historique avait fait rêver Brunier, en perte d'identité et en quête de sens. Il avait songé à la Renaissance, aux splendeurs artistiques, à Michel-Ange et ses fresques resplendissantes de la chapelle Sixtine.

— C'est quoi, ce guet-apens ? insista Agostini. Tu veux me faire passer pour une balance ou quoi ? Tu sais qu'on en plombe pour moins que ça ici ?

Brunier ne releva pas. Il suivait, de loin, le petit manège des contrôles au bout du sentier. Il espérait que l'un de ces hommes tenterait de fuir, et qu'il apparaîtrait de manière évidente comme le suspect numéro un. Il espérait même voir émerger plusieurs cibles, ce qui expliquerait la complexité des mises en scène, les déplacements de roches énormes, et leur présence simultanée sur plusieurs lieux.

Ce souhait tenait de la pensée magique, comme un gosse persuadé qu'en fermant les paupières le vœu qu'il vient de formuler se réalisera en une seconde. Mais aucun miracle ne s'était produit. Les Sardes et les Corses du carnaval s'agglutinaient sagement en file indienne ; aucun n'avait tenté d'échapper au contrôle.

Pourtant, il fallait faire vite. Brunier avait un très mauvais pressentiment. Ses nuits tournaient au cauchemar, et ses décorporations finissaient de plus en plus fréquemment dans des lieux sombres et glaçants.

Toute cette affaire n'était qu'une partie émergée d'un iceberg titanesque. Il le sentait. Il le savait.

Soudain, son vieux smartphone bêla.

— Brunier, j'écoute.

Son visage se décomposa.

****

La vieille Angèle était désemparée. Sa petite-fille adorée, chair de sa chair, avait « l'œil ». L'âme de Vannina était inexorablement tirée vers le néant. Une force insondable avait fondu sur elle, et refusait de lâcher prise.

— *Mina*, qu'est-ce que ça veut dire ? *Mina*, réponds-moi !

C'est alors que le portable de la jeune femme vibra. Vannina décrocha, à moitié comateuse.

— Aquaviva, j'écoute.

Ses traits délicats se fanèrent.

Le coup de grâce.

Chapitre vingt

Samedi 15 février 2020, Paris

La berline aux vitres teintées filait à cent trente kilomètres-heure sur le boulevard périphérique détrempé. Les radars automatiques flashaient en cascade. Devant, les motards ouvraient la voie et manquaient de déraper à chaque virage. Partout, des gerbes giclaient sous les roues, rendant la visibilité presque nulle.

Depuis plusieurs jours, des trombes d'eau s'abattaient sur Paris. Les berges de la Seine se trouvaient entièrement immergées, tandis que caves, parkings et sous-sols se voyaient menacés de submersion. L'eau s'infiltrait si rapidement que plusieurs stations de métro et de RER avaient déjà baissé leur rideau. Les spécialistes redoutaient une nouvelle crue du siècle. Le niveau de la Seine dépassait déjà le précédent record de 2016. Ces événements catastrophiques tendaient à se multiplier, comme s'ils annonçaient la fin du monde…

Vannina et Brunier regardaient la Ville Lumière disparaître sous le déluge. Ce naufrage était à l'image de leur propre existence.

Tout avait basculé la veille au soir et le parquet national antiterroriste s'était emparé de l'affaire. Les magistrats spécialisés avaient prétexté une atteinte grave à la sûreté de l'État, et soupçonnaient une action terroriste menée par des nationalistes corses, coordonnée avec celle des nationalistes basques en Espagne. Le procureur de la République d'Ajaccio avait aussitôt engagé une procédure de dessaisissement, et fait remettre tous les actes d'instruction à ses collègues parisiens.

Vannina, Marc et Zim avaient été exfiltrés dans la nuit, escortés par des hommes encagoulés et armés jusqu'aux dents. Ils avaient atterri à l'aube sur la base de Villacoublay, au sud de la capitale, à bord d'un Falcon 900 de la République française. Ils n'avaient aucune idée de ce qui les attendait, pas même la raison de leur convocation *manu militari* sur Paris. Ils avaient simplement reçu, chacun leur tour, ce coup de fil les intimant de se rendre toutes affaires cessantes à l'aéroport Napoléon-Bonaparte, et de se soumettre à l'autorité des policiers antiterroristes. Ils avaient aussi dû remettre leurs armes de service. À cet instant, ils avaient basculé du statut d'enquêteurs à celui de simples citoyens.

Depuis, c'était silence radio. Les hommes en noir n'avaient pipé mot. Ni dans l'avion ni dans la berline. Brunier connaissait bien ses collègues de la section antiterroriste. Avant son départ pour la Corse, il partageait avec eux les bureaux étriqués du Quai des Orfèvres, car ils dépendaient tous de la célèbre brigade criminelle. Depuis, les « antiterro » avaient migré, comme tous les autres, dans l'impersonnel building flambant neuf du 36, rue du Bastion, au sein du quartier excentré des Batignolles. Le déménagement au cœur de cette nouvelle cité judiciaire avait aggravé les tendances dépressives du commandant de police, qui avait toujours refusé ce déracinement. Comme tant de vieux limiers, quitter le Quai des Orfèvres s'apparentait à une séparation déchirante.

Deux ans plus tôt, au-delà du drame vécu à vingt mètres de profondeur, dans une galerie souterraine de Paris, l'expropriation du mythique 36 l'avait définitivement convaincu d'accepter sa promotion-placard en Corse. Mais, en scrutant les regards des molosses caparaçonnés dans leurs armures de Kevlar, il ne reconnut aucun de ses anciens camarades. Il était certain que ces hommes mutiques n'avaient rien à voir avec la Crim'. Ils n'avaient pas les mêmes codes.

Assise face à Brunier, Vannina Aquaviva semblait dévitalisée. Son enveloppe se trouvait dans la voiture, mais son âme vagabondait du côté de Vico. Elle ne cessait de songer à la séance d'exorcisme qui s'était soldée par un fiasco sidéral. Elle restait surtout marquée par le visage de sa grand-mère, empreint de terreur. Quel message les esprits avaient-ils voulu transmettre ? Juste avant son départ en trombe pour l'aéroport, la vieille Angèle avait balbutié des propos énigmatiques : « Ils sont de retour. Prends garde à toi, et ne te trompe pas de camp. » Depuis, elle ruminait cette mystérieuse mise en garde. Que voulait-elle dire ?

À ses côtés, Zim demeurait impénétrable. Rien ni personne ne paraissait jamais le surprendre. Il avait juste maugréé pendant le vol vers Paris, calculant que cette petite virée allait provoquer le rejet de deux cents kilos de dioxyde de carbone par passager, c'est-à-dire un total de deux tonnes de CO_2, ce dont on aurait très bien pu se passer.

La berline fonçait toujours sur le périphérique extérieur. Puis, tandis qu'elle filait plein nord, elle gicla sur la bretelle de sortie vers la porte des Lilas. Marc Brunier haussa les sourcils en quête d'un repère. Son regard buta sur un panneau mentionnant le musée des Vampires et des Monstres. Par réflexe, il se signa la poitrine, puis porta sa petite croix de baptême à ses lèvres.

Juste après avoir franchi les rails du tramway, le convoi ripa sur le boulevard Mortier et ralentit enfin le long d'un mur de pierre hérissé de barbelés et de pointes acérées. Des caméras de surveillance visaient tous les angles de la chaussée et du trottoir. Ils stoppèrent devant un ample portail blanc encadré de façades vitrées, qui raccordaient deux vieilles bâtisses style pavillon de chasse… Le contraste était saisissant.

Brunier percuta enfin.

— La DGSE[1] !

L'instant d'après, les trois enquêteurs s'extirpèrent du véhicule. À l'intérieur, derrière une vitre blindée, une dizaine de colosses en uniforme les dévisagèrent. Ils portaient tous oreillettes, gilets pare-balles et pistolets-mitrailleurs : la scène ressemblait à un mauvais film américain.

L'un après l'autre, ils subirent un scanner complet dans un tube sphérique. Après quoi ils déposèrent téléphones portables et papiers d'identité auprès d'une hôtesse peu amène. Hors de question de pénétrer dans le sanctuaire de l'espionnage français, munis de leurs effets personnels. Ici, ils n'étaient plus que des numéros. Et sans plus aucune possibilité de communiquer avec l'extérieur. Enfin, sous une pluie farouche, ils fendirent l'esplanade centrale qui menait au bâtiment principal.

Vannina songea à la série *Le Bureau des légendes*, et ne pouvait s'empêcher d'imaginer les surnoms baroques des analystes et autres officiers traitants de l'institution. « Moule à gaufres », « Bachi-bouzouk » ou « Cyclone » peuplaient sans doute les bureaux discrets de la maison, ou bien travaillaient sous « légende », munie d'une identité fictive, partout dans le monde, afin de collecter des informations stratégiques aussitôt classifiées secret-défense.

Ruisselants de la tête aux pieds, les trois officiers furent conduits dans une salle de réunion. Plusieurs écrans plasma habillaient les murs, de même qu'une dizaine de pendules indiquant l'heure des principales capitales mondiales.

— Qu'est-ce qu'on fout là ?

Vannina perdait patience et se sentait prise en otage.

— Aucune idée, reconnut Brunier. Officiellement, on est censés être interrogés par les antiterro, je ne vois pas le rapport.

Zim contemplait l'extérieur. Un rideau de pluie obstruait la vue.

---

1. Direction générale de la sécurité extérieure, en charge du renseignement français à l'étranger.

Puis un homme en uniforme militaire pénétra dans la salle. Un colonel, d'après ses galons à cinq barrettes. Cheveux courts poivre et sel, quelques ridules en patte-d'oie. Rasage impeccable. Et un regard bleuté qui tirait vers la transparence.

— Veuillez vous asseoir.

Les deux gendarmes s'exécutèrent. Brunier prit son temps, et planta ses pupilles dans celles de cet officier supérieur.

— Vous êtes désormais soumis au secret-défense. Rien de ce qui se dira ici ne doit en sortir, sous peine de mise aux arrêts. Je vous rappelle que compromettre le secret-défense est passible de cinq ans d'emprisonnement, et que le fait de divulguer des informations qui pourraient porter atteinte à la sécurité nationale est passible de quinze ans d'emprisonnement. Au moindre écart, vous tombez.

Le colonel de la DGSE souleva son porte-documents et en retira une chemise écrue, barrée du cachet écarlate « secret-défense ». Il feuilleta lentement le dossier, puis exhiba d'étranges photos. Elles dévoilaient un site archéologique, plus vaste que celui de Filitosa, et très différent de celui d'Atapuerca. Les clichés aériens présentaient une disposition en cercle plus organisée et, pour tout dire, impressionnante.

Zim murmura, comme pour lui-même.

— Stonehenge…

— Bingo, docteur Marceau ! Stonehenge, le célèbre site archéologique situé à cent vingt kilomètres à l'ouest de Londres. Votre thèse de doctorat portait sur ce site, n'est-ce pas ?

Zim se raidit. L'officier avait épluché son pedigree, et bénéficiait d'une machine de guerre capable de décortiquer sa vie jusqu'à sa dernière constipation.

Qu'avait-il découvert ? Pourtant Zim avait pris d'infinies précautions…

— Allons, docteur Marceau, ne soyez pas modeste. Faites-nous profiter de vos lumières. Je cite quelques lignes de votre thèse, dans l'introduction : « Stonehenge est un lieu fascinant, un ensemble de structures mégalithiques concentriques pratiquement uniques au monde. Un grand cercle de grès sarsen, composé de trente monolithes qui forment un magnifique cromlech de trente-trois mètres de diamètre. »

Vannina échangea un regard furtif avec Brunier. Zim était sur la sellette. Où cet homme voulait-il en venir ? Le colonel enchaîna sur un ton badin :

— J'avoue avoir appris un mot : cromlech… Qu'est-ce que c'est, exactement ?

Laurent Marceau jaugea son adversaire. Garder le silence ne ferait qu'accroître la méfiance de la DGSE. Zim décida d'entrer dans son jeu, ne serait-ce que pour gagner du temps.

— Un cercle de menhirs qui forme une large enceinte de pierres levées.

— Des pierres debout comme celles de Filitosa ? s'étonna Brunier.

— Oui, enfin… Plus massives encore. Il y a plusieurs trilithes qui atteignent six à sept mètres de hauteur. C'est très spectaculaire.

Le policier contempla l'amoncellement de vieux rocs, et s'attarda sur les fameux « trilithes » : des constructions composées de deux pierres droites soutenant une pierre horizontale, semblable au linteau d'une porte. Les plus petites formaient les vestiges d'une enceinte, tandis que les plus imposantes se dressaient au centre.

— Docteur Marceau, pouvez-vous expliquer à vos collègues ce que représente cet édifice préhistorique ?

— On n'a aucune certitude. Il y a une vingtaine d'hypothèses, la plupart liées à l'astronomie. La disposition des pierres, leur alignement et l'ouverture du cercle à l'est semblent liés au solstice d'hiver. Les hommes, il y a plus de trois mille ans, rendaient sans doute là hommage au soleil le jour le plus court de l'année, pour lui demander de briller le plus possible à la belle saison, afin d'assurer de bonnes récoltes. C'étaient des cultes païens assez répandus.

L'officier de la DGSE sourit avec une teinte de satisfaction.

— Et ces cultes n'ont pas complètement disparu, n'est-ce pas, Marceau ? Vous les avez étudiés, eux aussi. Plusieurs années de suite…

Zim déglutit. Il se sentait comme le condamné à mort poussé sur l'échafaud, et dont le regard venait de croiser la lame effilée de la guillotine. Il s'efforça de garder son calme.

— Eh bien, chaque année, le 22 décembre, des druides et des sorcières célèbrent toujours le solstice d'hiver à Stonehenge.

Vannina sursauta.

— Des druides et des sorcières ?

— Oui, des druides et des sorcières. Et alors ? Il n'y a pas que des prêtres, des rabbins ou des imams sur Terre. Chacun ses croyances. Les religions monothéistes n'ont pas tout balayé. Par exemple, il existe encore des chamanes, un peu partout.

L'anthropologue se tourna vers Vannina et la crucifia du regard.

— Même en Corse, que je sache ? Des *mazzere* et des *signadore*, c'est bien comme ça qu'on les appelle, capitaine ?

Vannina blêmit. Comment savait-il ? Qui était-il ?

L'officier de la DGSE applaudit bruyamment.

— Bravo, docteur Marceau ! Belle parade pour détourner l'attention. Vous n'avez jamais songé à faire du renseignement ?

L'officier de renseignements avait parlé en fixant Zim droit dans les yeux. L'anthropologue se décomposa. Pour la première fois, il perdait pied. Alors il se mura dans le silence.

— Ce que Laurent Marceau ne vous dit pas, c'est qu'il a étudié les fossiles humains retrouvés sur le site et à proximité. C'est son travail, les fossiles, les squelettes. Les cadavres. Savoir les disséquer. Les analyser. Vous l'avez vu à l'œuvre lors de l'autopsie, n'est-ce pas ?

Zim restait aussi muet qu'un monolithe. Brunier et Vannina hallucinaient. Le colonel enchaîna rapidement :

— Docteur Marceau, j'ai une question à un million de dollars. Vous qui connaissez parfaitement le site, où auriez-vous symboliquement placé les restes d'un cadavre démantibulé et en partie dévoré, comme ceux retrouvés en Corse et en Espagne ?

Vannina et Brunier ouvrirent de grands yeux. Une nouvelle scène de crime ? Zim ne bronchait toujours pas. Il flairait un grand danger. Chaque mot pourrait se retourner contre lui.

L'officier de la DGSE exposa de nouvelles photos, des plans beaucoup plus serrés. Le policier et sa collègue s'emparèrent lentement des clichés dans un silence de mort. La scène était aussi répugnante que celles de Bonifacio et de Beratón en Espagne. Le corps, entièrement disloqué, gisait au pied du plus grand trilithe de Stonehenge, bien en face de l'entrée du cromlech, dans l'alignement du lever du soleil. Certains membres n'étaient plus que squelette, si bien que le meurtrier s'était d'évidence livré, une fois de plus, au cannibalisme. La tête était méconnaissable, livide et desséchée, comme si elle s'était vidée de tout son sang, et même de toute son eau.

De nouvelles inscriptions avaient été gravées sur les piliers du trilithe. Zim les interpréta aussitôt mais n'en révéla rien. Le message était pourtant très clair. Et très menaçant. La prophétie était en train de s'accomplir. Il restait peu de temps avant que tout bascule.

— Et… connaît-on les causes de la mort ? Je veux dire, avant le jeu de massacre ?

— Excellente question, commandant Brunier. Regardez.

L'officier de renseignements dévoila un gros plan du pied gauche de la victime.

— Il a été transpercé par une flèche, au niveau du talon.

— Comme Achille ? s'exclama Vannina.

Le meurtre en Corse s'apparentait à celui d'Ulysse, tandis que celui d'Espagne mimait clairement les circonstances de la mort d'Héraclès. Aussi, la comparaison avec ce nouveau héros grec s'imposa d'elle-même.

— Absolument. Dans l'*Iliade*, en pleine guerre de Troie, Achille l'invincible succombe en raison de sa seule faiblesse, la seule partie de son corps qui n'était pas immunisée. Ce qui a donné la fameuse expression « le talon d'Achille ».

Le colonel consulta une note dactylographiée qui figurait dans son dossier.

— D'après le légiste britannique, la flèche a pénétré par le talon avant de ressortir par la cheville. Elle a transpercé l'artère plantaire médiale, ce qui a provoqué une lente hémorragie. La victime s'est vidée de son sang. La mort a été… longue et douloureuse.

L'officier de la DGSE s'assombrit. Il semblait personnellement affecté par cet assassinat immonde. Après un bref silence, il reprit d'une voix terne :

— Ce n'est qu'ensuite que le meurtrier s'est déchaîné sur le cadavre. C'est un agent du MI6 qui a découvert les restes, il y a trois jours, à l'aube. Rien n'est sorti, et rien ne sortira.

— Un officier du MI6 ? Les services secrets britanniques ? Mais… qu'est-ce qu'il foutait là ?

Brunier hallucinait.

L'officier supérieur se leva et contourna la table ovale. Il hésitait à poursuivre.

— Eh bien… Ce que je vais vous révéler est une information classifiée TSR. Mais j'ai l'autorisation exceptionnelle de vous la dévoiler.

Marc Brunier fronça les sourcils. Cet acronyme ne signifiait rien pour lui. Les deux militaires de la gendarmerie, en revanche, saisirent aussitôt. TSR désignait une information de la plus haute confidentialité, « très secret rubis », dont seuls le ministre de la Défense et ses proches conseillers étaient officiellement habilités à révéler l'existence. Une information susceptible de mettre la sécurité de la nation en péril.

Le colonel extirpa trois nouveaux clichés de son dossier. Des visages en gros plan, trois hommes bien vivants.

— Ces hommes étaient tous des agents de renseignements. Le premier, retrouvé à Bonifacio, appartenait au MI6 britannique. Le deuxième, la victime de Beratón en Espagne, était du Mossad israélien. Quant au troisième, retrouvé à Stonehenge… c'était un agent traitant de la DGSE.

Tous saisirent aussitôt pourquoi le colonel peinait à évoquer les conditions abjectes de la mort de la victime retrouvée en Angleterre.

— C'est pour ça qu'on pataugeait complètement sur l'identité des victimes ! s'écria Vannina. Rien dans les fichiers, et aucune disparition inquiétante dans un large périmètre autour des scènes de crime…

— Absolument. Vous auriez tout au plus découvert leur *légende*. Notre agent, par exemple, était officiellement professeur de français dans un lycée de Novossibirsk, en Sibérie.

Marc Brunier leva le bras, comme pour sonner la fin de la récréation.

— Attendez un peu. Pourquoi nous révélez-vous des informations aussi sensibles ?

Le visage de l'officier de renseignements s'assombrit.

— C'est uniquement parce que vous êtes les seuls, tous les trois, à avoir vu de très près l'un des meurtriers. Nous avons besoin de vous pour l'identifier, et le retrouver.

Le colonel marqua une pause et peinait visiblement à poursuivre.

— Il a liquidé l'un de nos agents les plus précieux… Vous savez, la DGSE, c'est une vraie famille. L'élimination de l'un des nôtres est vécue comme un coup très dur, en interne, et comme une menace considérable contre la France, à l'extérieur.

Brunier ne cillait pas.

— Nous parlons dans le vide. Nous avons déjà tout expliqué à nos collègues, nous n'avons rien de plus à dire. Pour ma part, je ne me souviens de rien.

Le haut gradé se leva et se posta juste en face de lui.

— Commandant, on ne s'est pas très bien compris. Il va falloir que vous fassiez un gros effort. D'autant que c'est très étrange, cette amnésie qui ne touche que les minutes de votre face-à-face avec la cible, non ?

L'officier de police se leva à son tour. Son visage effleurait celui du militaire.

— Qu'est-ce que vous insinuez ? Que je suis complice ? Et le Dr Marceau aussi ? Tout à l'heure, vous étiez sur le point de l'accuser d'avoir participé à la mise en scène du meurtre de Stonehenge. Si vous avez perdu l'un des vôtres, nous n'y sommes strictement pour rien. Nous sommes dans le même camp.

« Nous sommes dans le même camp »… Vannina ressassait l'imprécation de sa grand-mère : « Ne te trompe pas de camp. »

— Notre agent était comme un frère. Et pour moi… comme un fils. Ce n'est pas facile de perdre un enfant, n'est-ce pas, commandant ?

Brunier s'empourpra. Son cœur pulvérisa un record d'accélération, et, en trois secondes à peine, il se trouva à deux doigts de perdre le contrôle. L'officier de la DGSE assena le coup de grâce.

— Vous devez comprendre ce que je veux dire, commandant, vous qui avez laissé mourir votre fille sous vos yeux…

Marc Brunier explosa et saisit sauvagement le colonel à la gorge.

Vannina se précipita et s'efforça de séparer les deux hommes.

— Marc ! Tu es fou ! Arrête !

Mais les mots de la jeune femme s'évanouirent dans un vide sidéral. Le policier n'était plus lui-même. C'est alors qu'il prononça des paroles incompréhensibles. Des borborygmes monosyllabiques. Zim eut aussitôt un mouvement de recul et fixa Brunier. Il était pétrifié. Lui seul paraissait comprendre le sens de ces termes.

Vannina était incapable de calmer le commandant de police. Le militaire lui assena finalement un violent coup de poing au thorax, le projetant à deux mètres. Le policier s'effondra contre le mur, la respiration coupée. Vannina lui porta aussitôt secours, desserrant son col et lui prodiguant des soins dérisoires.

Les deux hommes haletaient.

Le colonel, qui peinait à recouvrer ses esprits, allait-il lâcher ses sbires et faire jeter Brunier au fond d'un trou ? Chacun redoutait la réaction du ponte de la DGSE.

Profitant de la confusion, Zim s'était emparé du dossier confidentiel et en feuilleta les pages. Puis, en parcourant l'un des documents, il murmura :

— Les suspects possèdent tous un ADN altéré par plusieurs milliers de mutations et d'épimutations…

Ce constat corroborait les résultats de la police scientifique. Le génome du suspect ne correspondait en rien à celui d'un homme normal… C'était aussi la confirmation de son intime conviction.

Vannina se releva et se dirigea vers Zim. Elle lut par-dessus son épaule.

— Qu'est-ce que ça veut dire, colonel ? Qu'est-ce que c'est que cette histoire de mutations génétiques ?

L'officier de la DGSE se rassit en se massant la gorge.

— Celui que vous avez vu – comme ceux qui ont laissé leur ADN sur les scènes espagnole et britannique – sont porteurs d'un nombre incalculable d'anomalies génétiques et épigénétiques. Nous pensons qu'ils sont des agents spéciaux du SVR, les services de renseignements russes… Des hommes…

Il peinait toujours à retrouver son souffle et parlait de manière hachée.

— Des hommes aux capacités sensorielles et physiques exceptionnelles, rendues possibles grâce à ces modifications de leur ADN… Nous pensons qu'ils ont été formés dans les anciens goulags de Sibérie, reconvertis en camps d'entraînement des forces spéciales russes. Notre agent à Novossibirsk était sur le point d'aboutir et de pénétrer dans ce centre secret… Il nous transmettait chaque jour des informations codées. Et puis… plus rien. Les Britanniques et les Israéliens ont connu le même problème.

Ce que l'officier taisait, c'était que ces *hommes hors normes* étaient soupçonnés d'une série de massacres en Sibérie, rapidement étouffés par les autorités russes. Mais les agences de renseignements en avaient eu vent, et tentaient d'élucider ces actes odieux : des victimes charcutées, le cœur arraché, et dont certains membres avaient été dévorés…

Les services secrets occidentaux soupçonnaient leurs confrères russes et tentaient de débusquer ce groupe sanguinaire – avant que le piège ne se referme sur eux. Ils avaient pu prélever de l'ADN sur certaines scènes de crime sibériennes, et découvrir que les meurtriers présentaient nombre d'anomalies génétiques. Les Russes avaient joué avec le feu en créant des monstres qui se répandaient maintenant dans la nature…

Les charniers de Bonifacio, Beratón ou Stonehenge n'étaient donc pas les premiers, même s'ils se révélaient bien plus sophistiqués, avec leurs mises en scène dans des sites préhistoriques, leurs sacrifices d'animaux et leurs inscriptions énigmatiques… Ces meurtres revêtaient une puissante signification symbolique, qui laissait craindre le pire aux espions de plusieurs nations.

Une femme d'une quarantaine d'années entra sans frapper, et sans un regard pour les trois enquêteurs. Elle entraîna son supérieur à l'extérieur. Quand il reparut, le colonel avait repris toutes ses couleurs.

— Suivez-moi !

Ils obtempérèrent tous les trois sans poser de questions. Mais tandis que Zim s'apprêtait à sortir avec les autres, le colonel lui barra la route.

— Non, pas vous, docteur Marceau. Nous allons vous raccompagner chez vous.

Chapitre vingt et un

Samedi 15 février 2020, 12 h 40

Le temps s'était encore détérioré.

Des coulées de boue avaient emporté des dizaines d'habitations dans l'Aude et les Pyrénées-Orientales. D'heure en heure, le bilan sordide des intempéries s'alourdissait : déjà sept morts et de nombreux disparus. Dans les Vosges, les premiers flocons s'étaient paisiblement posés vers cinq heures du matin, avant de laisser place à la tempête. La plupart des axes de circulation étaient coupés, et les déneigeuses débordées. Les pompiers croulaient sous les appels de détresse. Sur BFMTV, des climatologues expliquaient une nouvelle fois que les épisodes cévenols, les crues, voire les mini-tornades, tendaient à se multiplier avec le réchauffement climatique. Et, de fait, les Français le constataient à leurs frais depuis plusieurs années. Paris, lui, disparaissait littéralement sous les flots.

Malgré les sirènes hurlantes et les rampes de gyrophares, les six transporteurs blindés plafonnaient à trente kilomètres-heure. Des rivières de pluie dévalaient la chaussée et rendaient la ville impraticable. Des véhicules étaient abandonnés sur le bas-côté, et parfois même en pleine rue.

— On va où exactement ?

Vannina s'impatientait. Elle ne pouvait supporter d'être ballottée sans la moindre information. C'était contraire à son éthique, et à son caractère corse. Le colonel consentit à lui répondre. Il était à peine plus bavard que ses sbires.

— On essaie de s'acheminer sur zone.

— Super. Et quelle zone ?

— On a peut-être repéré une cible. En tout cas, vous allez nous aider à le confirmer. Vous êtes les seuls à en avoir vu un de très près.

Brunier et Vannina échangèrent un regard stupéfait.

— Il serait ici, à Paris ? Mais… Il aurait débarqué de Corse ?

— Il n'a sans doute rien à voir avec celui que vous avez vu. Plusieurs individus répondant au même signalement ont été aperçus, en France et en Europe, ces trois dernières semaines. Des témoignages que les services de police et de gendarmerie ont classés sans suite. Ils se marrent un bon coup, et assimilent ces déclarations à « J'ai vu la Vierge », « J'ai vu une soucoupe volante » ou « J'ai vu le yéti ». Sauf que certaines descriptions sont très conformes aux relevés qui ont été réalisés sur les scènes de crime. Pointures des pieds, des mains… Aspect massif… Déplacements furtifs, inhabituels… Nous prenons désormais chaque déclaration au sérieux.

— Et… il y en aurait aussi à Paris ?

— Nous avons localisé une cible aux abords de la capitale, depuis trois jours. C'est aussi pour ça que nous vous avons demandé de venir.

— Ordonné de venir, et exfiltré comme de vulgaires prévenus, précisa Vannina sur un ton glacial.

Le colonel ne releva pas.

— Il nous file entre les doigts comme une anguille. Il est d'évidence doté d'une ouïe et d'une vue exceptionnelles. Il s'est carapaté en banlieue. Il grimpe les murs, saute de toit en toit… Mais là, nous l'avons enfin en visuel, grâce aux caméras de surveillance de la ville de Paris. Une stature impressionnante, qui apparaît et disparaît sans cesse sur les immeubles. Nous peinons à le suivre malgré le maillage vidéo. Il se déplace comme un poisson dans l'eau et comme un lézard sur les façades.

Brunier se pencha en avant.

— Il faut mobiliser le groupe d'intervention et de protection basé à Vincennes. Les gars sont capables d'évoluer n'importe où. Ils emploient les cadors de la brigade de gymnastique, des athlètes de haut niveau et d'une agilité à toute épreuve.

— Merci, commandant, mais nous travaillons avec des forces spéciales de l'armée de terre, bien plus entraînées. Je crois qu'on peut très bien se passer de vos collègues en justaucorps.

Ce mec est définitivement un connard, songea Brunier.

— Ils sont peut-être mieux entraînés, mais ils ne connaissent pas Paris comme les brigades de la PP[1]. Ici, c'est ni la Syrie ni le Yémen.

L'officier de la DGSE esquissa une moue dubitative. Au même instant, une énorme gerbe d'eau se fracassa sur les vitres teintées du transporteur.

— Et puis, plutôt que l'armée de terre, vous auriez mieux fait de mobiliser la marine.

Vannina ne put réprimer un fou rire. Pour une fois que Brunier lui inspirait autre chose que de l'agacement… Cet instant de légèreté les ressoudait. Ils allaient se serrer les coudes dans l'adversité. Mais le troisième de la bande leur manquait… Pourquoi Zim avait-il été écarté ?

****

Zim avait regagné son domicile des Hauts-de-Seine, non sans difficulté. La météo déplorable avait considérablement ralenti son chauffeur. À peine avait-il pénétré dans son trois-pièces qu'il se posta à la porte-fenêtre afin d'épier la rue : la berline

1. Préfecture de police de Paris.

des services secrets finit par repartir, les roues immergées dans un torrent d'eau.

L'appartement de l'anthropologue était presque vide. Une table basse trônait en plein milieu du salon. Autour, deux chaises, cinq cartons et une dizaine de moulages de crânes à l'allure simiesque. La cuisine était tout aussi dépouillée. Quant à ses deux chambres, l'une était peuplée d'enveloppes kraft, l'autre comportait un simple matelas gonflable au pied duquel traînait une lampe torche.

Zim passa la main sous la table et palpa toutes les lattes. Il souleva les chaises et les observa l'une après l'autre. Il fit de même avec le matelas. Dans la cuisine, il souleva chaque objet. Puis il songea à dévisser le plafonnier de l'entrée. C'est là qu'il le découvrit. Un petit micro, très discret. Il revissa la plaque de verre et se dirigea sans bruit dans la salle de bains. Il referma la porte et se dévêtit.

Il devait s'affronter. Une nouvelle fois. Il leva les yeux jusqu'au miroir du lavabo et soutint une vision glaçante. Écœuré, il se badigeonna le corps d'un gel bleuté, puis saisit son rasoir.

La *régression* avait déjà commencé. Et il n'était sans doute pas le seul à se transformer ainsi.

****

Après avoir dépassé le cimetière du Père-Lachaise, les fourgons noirs franchirent la place de la République et enquillèrent la litanie des grands boulevards. Les façades des théâtres défilaient tristement sous les trombes.

Le convoi ralentit à proximité des grands magasins du boulevard Haussmann. Les quartiers bobos de l'est parisien laissaient place au Paris chic de la rive droite, dominé par l'opéra Garnier qui s'érigeait en majesté comme un phare.

Les six transporteurs blindés s'agglutinèrent sur la voie de bus. En ce samedi après-midi, des milliers de clients déambulaient dans les rayons des Galeries Lafayette et du Printemps Haussmann. Beaucoup n'étaient que des réfugiés climatiques qui fuyaient le déluge.

Impossible de faire évacuer les cent mille mètres carrés des deux navires amiraux de la consommation parisienne, d'autant que la cible, furtive, pouvait apparaître et disparaître n'importe où, et à tout moment.

C'est tout Paris qu'il aurait fallu vider…

Vannina observa pour la première fois les immenses façades des Galeries Lafayette. Elle avait rarement mis les pieds dans la capitale. Ses deux années de formation d'officier à Melun avaient suffi à lui donner une image détestable de la région parisienne. La grisaille, la tristesse qui se lisait sur les visages blafards des citadins épuisés par des heures de transport et la pollution de l'air l'avaient poussée à fuir l'Île-de-France.

Quelqu'un toqua sur la tôle du transporteur. Le colonel entrouvrit la porte coulissante et laissa monter un homme qui n'avait rien de commun avec les cerbères de la DGSE. Il était assez petit – la même taille que Vannina – et n'était vêtu que d'un sweat noir et d'un étrange pantalon bouffant. Il ôta sa capuche détrempée.

— Je vous présente Érasme. C'est l'un des coachs des troupes d'élite de l'armée de terre en parkour et *free-running*. C'est lui qui va prendre le commandement.

— Parkour et *free-running* ? répéta Brunier. C'est ces trucs d'ados, les acrobaties sur les toits et les murs, c'est ça ?

Érasme sourit en coin. Il avait l'air aussi zen qu'un Bouddha miniature. Son visage, avec ce faux air de l'acteur Mathieu Kassovitz, semblait familier à Vannina.

Elle connaissait bien le parkour. Comme athlète, elle s'était intéressée aux fameux yamakasis et leurs émules, depuis le début des années 2000. Leur incroyable habileté à sauter d'un obstacle à l'autre en milieu urbain suscitait l'admiration de milliers de jeunes, qui rêvaient tous de leur ressembler. Dans le jargon, on les appelait les « traceurs ».

Brunier, lui, pensait que ce jeunot n'avait rien à faire dans cette enquête d'adultes.

— Mon colonel, nous avons confirmation. La cible se déplace de toit en toit en ligne droite, et arrive à proximité des Galeries.

— OK. À vous de jouer.

Le *free-runner* ajusta son micro-casque.

— Code 27, souffla-t-il dans la bonnette noire.

Aussitôt, une dizaine d'hommes jaillirent des transporteurs voisins. Ils étaient dans la même tenue qu'Érasme et détalèrent à l'intérieur du grand magasin. Ils sautèrent dans un ascenseur et attinrent rapidement le septième et dernier niveau. Ils déboulèrent sur l'immense « rooftop » de huit cents mètres carrés, une terrasse panoramique offrant une vue imprenable sur les toits de l'opéra Garnier, la butte Montmartre, et la tour Eiffel qui fendait l'horizon. Mais ils devaient composer avec leur pire ennemi : la pluie. Ils préféraient les terrains secs, surtout sur le zinc et les ardoises lisses des toits parisiens. Le moindre dérapage incontrôlé, et ce serait la chute fatale, à plus de quarante mètres de hauteur.

****

Zim referma la porte de son appartement sans un bruit, laissant derrière lui son poste de radio vociférer à tue-tête pour faire croire à sa présence dans les lieux. Il dévala les escaliers et emprunta la sortie de secours située à l'arrière de l'immeuble. Il héla un taxi et s'engouffra sur la banquette arrière.

— 1, rue René-Panhard, à Paris.

Le chauffeur darda un regard sidéré dans son rétroviseur. Depuis trois jours, la ville était bloquée. Les taxis évitaient les bords de Seine et, si possible, Paris intra-muros.

— C'est où, ça, René-Panhard ?

— Une petite rue perpendiculaire au boulevard Saint-Marcel, tout près du Muséum d'histoire naturelle et du Jardin des plantes.

— Désolé mais c'est le merdier complet par là-bas. Le jardin est inondé, la circulation est impossible.

— C'est une question de vie ou de mort.

Nouveau regard médusé de l'artisan taxi.

— De vie ou de mort ? Pour vous ?

— Pour nous tous.

Devant la mâchoire béante du chauffeur, l'anthropologue brandit une liasse de billets et la jeta sur le siège passager.

Le taxi s'ébranla.

****

L'officier de la DGSE, Brunier et Vannina avaient suivi Érasme dans le fourgon Volkswagen qui les devançait. À l'intérieur, une vingtaine de moniteurs couvraient les vitres teintées et retransmettaient les images provenant des caméras de surveillance du quartier, ainsi que des GoPro des forces spéciales. La cible était apparue au nord-ouest de Paris. Elle approchait des grands magasins et, si elle conservait son cap, finirait par atterrir tout droit dans la cour du Louvre. La DGSE la soupçonnait de vouloir tenter un coup d'éclat dans ce temple de l'art et de la grande histoire, qui renfermait de nombreux vestiges antiques. Mais Vannina n'en croyait rien. Elle prolongea l'itinéraire virtuel de la cible et s'aperçut qu'il aboutissait au jardin des plantes et au Muséum d'histoire naturelle. La jeune femme songea aussitôt que le Muséum et ses nombreux fossiles préhistoriques constituaient un objectif bien plus logique.

Tandis que les enquêteurs spéculaient, une forme massive surgit sur les écrans, à quelques mètres des *free-runners.*

— Regardez ! C'est pas lui ? Commandant, capitaine : vous confirmez ?

Brunier et Vannina plissèrent les paupières. L'image était balayée par les rideaux de pluie, si bien qu'il était impossible d'affirmer quoi que ce soit.

— Je… Je ne sais pas du tout…, balbutia Vannina.

Pourtant, au fond de son ventre, une boule douloureuse commençait de s'aviver.

Brunier demeurait tétanisé. Il était sûr, lui aussi, de voir la *chose*. Mais il était incapable d'articuler le moindre mot. Des flashs resurgirent dans son esprit. Il recouvrait la mémoire, par bribes : les iris d'un bleu profond qui l'avaient envoûté et ces deux lames verdâtres que le meurtrier avait déployées, avant le coup de feu. Pourtant, le policier n'avait ressenti aucune menace… Comme si l'*autre* voulait les lui confier…

Le colonel avait parfaitement perçu l'émoi de Vannina et la sidération de Brunier. Ils étaient plus éloquents que n'importe quel aveu.

— C'est bon, glapit l'officier supérieur.

Aussitôt, Érasme lança le signal de l'assaut.

Là-haut, perchés à quarante-trois mètres, les traceurs s'élancèrent en direction de la cible. À leur côté, brillait l'immense coupole de verre style Art nouveau qui coiffait le sommet des Galeries Lafayette. L'effet était saisissant.

La terrasse était encombrée : un restaurant d'été et un bar à tapas occupaient l'essentiel du « rooftop ». Avec ce temps, personne ne traînait à l'extérieur. Mais, à quelques mètres, se dressaient deux immenses bulles de glace, des sphères vitrées aux dizaines de facettes abritant l'Ice Cube Bar. À l'intérieur, fourmillait une foule de clients campés bien au chaud sous le vitrage, profitant d'une vue qui tenait plus de la fin du monde que de la carte postale.

— Faites évacuer le bar sur le toit ! gronda Hérodote dans son micro.

Au même instant, les clients aperçurent les silhouettes élastiques des *free-runners* qui commençaient à se déployer. Ils avaient travaillé des heures pour se tenir prêts à l'affronter. Ils avaient lu les rapports des enquêteurs corses, espagnols et britanniques, et décortiqué les relevés techniques et scientifiques. Les traces de leur passage témoignaient de l'agilité de ces *choses*, capables de grimper à mains nues sur des parois vertigineuses ou de sauter plusieurs mètres sans élan.

La DGSE en avait conclu que seuls des traceurs, entraînés par le meilleur de tous, étaient aptes à prendre l'objectif en chasse et à le stopper. Ils allaient utiliser leurs techniques les plus spectaculaires, quitte à prendre des risques considérables pour laisser leur trace dans les annales du parkour. La *team* se scinda en trois. Le premier groupe grimpa sur le parapet suspendu au-dessus du vide. Le deuxième contourna l'immense coupole, tandis que le troisième fondait frontalement sur la cible. La *bête* écarta les bras et se mit à éructer ; des cris rauques terrifiants qui firent vibrer les poitrines des traceurs. Mais, au lieu de s'enfuir, elle se mit à courir en direction des forces d'élite.

La plupart des clients du bar s'étaient massés contre les vitres et suivaient le manège. Un brouhaha s'élevait, au moment même où une dizaine de policiers débarquaient en hurlant à tous de quitter les lieux.

La cible approchait des *runners*.

Dans son fourgon, Érasme n'en menait pas large.

— Diodore, Hérodote, Xénophon, Plutarque : ripez !

Les deux premiers réalisèrent un « saut de press », pieds joints et sans élan, sur le muret qui délimitait la terrasse. Les deux autres effectuèrent un passement rapide au-dessus d'une rampe métallique, en prenant appui d'une seule main et en sautant les deux jambes sur le côté avec une agilité stupéfiante.

La cible continuait son chemin et semblait se diriger vers le toit du second building des Galeries Lafayette, dans la continuité du boulevard Haussmann.

Les traceurs le reprirent en chasse et resserrèrent les rangs. En moins de dix secondes, l'armoire à glace s'était trouvée acculée au bord du précipice. L'autre bâtiment se situait à plusieurs mètres. Impossible de sauter pour l'atteindre, la distance était bien trop grande. Au-dessous, la rue de Mogador était encombrée de véhicules, comme le reste du quartier. Entre les deux bâtisses, seule une passerelle permettait le passage d'un bâtiment à l'autre pour éviter aux clients de passer par l'extérieur. Mais, depuis le toit, elle se situait au moins trente mètres en contrebas, reliant le deuxième étage des deux immeubles…

Les traceurs s'étaient immobilisés. Ils étaient tout près de leur cible et l'encerclaient. L'un d'eux brandit un fusil hypodermique équipé d'une cartouche de gaz anesthésiant. Il visa la *bête*, mais avant qu'il eût le temps de tirer, le *monstre* grimpa sur le parapet, fléchit les genoux et se jeta dans le vide.

****

Zim avait terminé la route à pied. Ou plutôt, au pas de course. Sa carcasse émaciée de randonneur et ses longues jambes lui offraient d'enchaîner de belles foulées. Ses baskets glissaient sur le tapis d'eau qui ruisselait partout. Du boulevard Saint-Marcel, à deux pas du Muséum, il bifurqua sur la minuscule rue René-Panhard où se dressait l'Institut de paléontologie humaine.

La bâtisse de pierre de taille et de brique orangée était coiffée d'un imposant toit pentu, flanqué de deux tours carrées monumentales. L'ensemble donnait l'impression d'un château viennois du XIXe siècle oublié dans le Paris décadent de 2020.

Sur les murs, une longue frise sculptée représentait des peuples premiers et des hommes préhistoriques dans des scènes de leur vie quotidienne. Ces bas-reliefs plongeaient dans l'atmosphère unique de ce sanctuaire de l'histoire de l'homme.

L'anthropologue traversa le hall puis se dirigea vers la grande galerie, frôlant les vitrines ornées de fossiles. À chacune de ses enjambées, il laissait une flaque d'eau et souillait les mosaïques qui tapissaient le sol. Des svastikas noires, identiques aux croix gammées des nazis, émaillaient les minuscules carreaux teintés d'ivoire.

Il songea au commandant Brunier. C'était un homme intelligent. Les évocations du trésor de Rommel dans le lac souterrain de Bonifacio, ou les caractères runiques détournés par Himmler, retrouvés sur les sites archéologiques, l'avaient aussitôt lancé sur la piste nazie. Son instinct le guidait. L'anthropologue était convaincu que le policier pouvait devenir un allié. Son langage primitif, lorsqu'il basculait dans un état second, comme dans la grotte de Bonifacio, ou au siège de la DGSE, le démontrait. Il se rapprochait de l'âme des *bêtes*.

Zim grimpa les marches quatre à quatre. Il se donnait de l'élan en s'agrippant à la rampe décorée de superbes ferronneries. Il atterrit au premier niveau et pénétra sans frapper dans la grande salle des collections de paléontologie humaine.

À l'intérieur, le spectacle était édifiant : d'amples vitrines horizontales abritaient des centaines de crânes de toutes formes, des plus lointains ancêtres de l'homme jusqu'à *Sapiens*. Dans l'une d'elles reposaient même des moulages de cerveaux de chimpanzés et d'orangs-outans. Les murs étaient tapissés de tiroirs de bois qui s'élevaient jusqu'à la mezzanine. Là-haut, nichées à près de sept mètres, s'alignaient des collections de crânes modernes, glanés au XIXe siècle sur tous les continents. Ces vitrines formaient une sorte de catacombe cosmopolite.

— Bonjour, Laurent.

Zim se retourna. Une sexagénaire se tenait à quelques centimètres de lui. Ses lunettes cerclées de fer et son chignon poivre et sel lui donnaient un air sévère. Mais ses traits fins, creusés de rides tendres, exhalaient sagesse et quiétude.

Lorraine Serthe-Baptiste était ici chez elle. Elle dirigeait le département de paléontologie humaine, et s'était illustrée sur les plus grands terrains de fouilles à partir du milieu des années 1970. Au côté de son directeur de thèse, Yves Coppens, elle avait même contribué à la découverte des ossements de l'arrière-grand-mère de l'humanité, l'australopithèque Lucy.

— J'ai vu un spécimen, s'empressa d'affirmer Zim. Il s'est échappé sous mes yeux, de la grotte de la dame de Bonifacio.

La chercheuse demeura sans voix. Elle espérait cette annonce depuis toujours.

— Et… à qui s'apparentait-il ?

Zim s'approcha des grandes vitrines et observa les crânes, les uns après les autres. Il s'immobilisa un long moment devant un fossile étiqueté « Ngandong ».

— D'après son torus sus-orbitaire[1] très marqué, il n'était pas loin de ça…

— L'homme de Solo, retrouvé sur l'île de Java en Indonésie ? Tu es sûr ?

Lorraine Serthe-Baptiste ajusta ses gants de latex et ouvrit la vitrine. Elle saisit délicatement le crâne, dont il ne restait que la partie supérieure. Fosses nasales et mâchoire inférieure manquaient.

— C'est sans doute le tout dernier *Erectus* de l'histoire. Il a donc évolué à partir de la première sortie de l'homme d'Afrique, bien avant l'expansion d'*Homo sapiens*. Il serait apparu il y a quatre cent mille ans, et on a longtemps cru qu'il avait vécu jusqu'à cinquante mille ans avant notre ère.

— Au moment où *Sapiens* supplante tous les autres homininés encore vivants, dont Néandertal et l'homme de Denisova…

— C'est ça. Le moment où il liquide tous ses cousins avant de dominer la planète. Mais les dernières datations semblent attester que l'homme de Solo aurait disparu avant, vers cent quarante mille ans avant notre ère.

Zim fronça les sourcils. Cela ne pouvait coller. Aussi se dirigea-t-il aussitôt vers les fossiles qui l'obsédaient depuis deux jours… C'était l'évidence, mais il n'osait y croire. Pourtant, tout convergeait. Il stoppa devant une série de crânes. Il avisa l'arcade sourcilière épaisse, bien sûr, mais aussi la boîte crânienne en forme de ballon de rugby, et l'ample fosse nasale qui dénotait un nez épaté.

La ressemblance était bien plus frappante.

L'homme de Néandertal.

1. Os de l'arcade sourcilière.

****

Les huit traceurs étaient penchés au-dessus du parapet, et tentaient de discerner la rue de Mogador, quarante mètres en à-pic.

— Vous l'avez ? lança Diodore dans son micro.

— Négatif, bruissa son oreillette.

Les militaires postés dans la rue n'avaient aucune trace du cadavre démantibulé qu'ils s'attendaient à ramasser.

— Regarde ! Là-bas, sur le toit de la passerelle !

Xénophon venait de repérer une cible mouvante et massive.

— Mais… Comment… Il a pas pu…

Hérodote hallucinait. La passerelle se situait à près de trente mètres au-dessous de leurs pieds et, qui plus est, déportée sur la droite. Il aurait donc fallu sauter en diagonale et réussir une réception à une hauteur telle que même un chat surentraîné se briserait les pattes, ou bien subirait un traumatisme thoracique sévère.

Pourtant, il était là. Titubant, hésitant, mais vivant. Il avait effectué l'une des figures les plus exigeantes et dangereuses du parkour, un « saut de la mort », mais à une altitude techniquement impossible.

Les traceurs échangèrent des regards éberlués. Puis ils se jaugèrent. L'un d'eux oserait-il ? Au fond, la cible y était parvenue… Cette prouesse sonnait comme un défi. Ils étaient les meilleurs. Il en allait même de leur réputation.

— N'y pensez même pas, crachota leur chef dans les oreillettes.

Mais il était trop tard. Diodore s'était lancé, devant les visages terrifiés de ses sept coéquipiers. C'était la tête brûlée de l'équipe. Le plus jeune aussi, et qui avait beaucoup à prouver à ses aînés.

— NON ! hurla Érasme.

Dans le transporteur, Brunier, Vannina et le colonel de la DGSE cessèrent de respirer. Ils assistaient en direct au suicide du militaire, qui manqua de peu la passerelle, et s'écrasa quarante mètres plus bas sur le toit d'une voiture. Érasme arracha son casque et courut aussitôt dans la rue de Mogador. La scène était d'une telle violence que Vannina sortit à son tour et vomit dans le caniveau.

Brunier, plus blême qu'un linge, s'affala sur un siège.

— Ils sont complètement tarés, vos hommes… Vous les droguez ou quoi ?

L'officier de la DGSE demeurait prostré, face aux écrans vidéo. Tout semblait figé. Là-haut, les sept traceurs sentirent leurs cœurs se vriller. Les larmes inondaient leurs visages déjà détrempés par la pluie. Sur la passerelle, la cible avait brisé une vitre et pénétré dans le magasin « L'homme », la dépendance des Galeries Lafayette consacrée à la mode masculine. Sans un mot, Hérodote déguerpit vers la terrasse. Les six autres suivirent comme un seul homme. Ils s'engouffrèrent dans le centre commercial constellé de lumière. Ils se faufilaient avec une telle agilité que les clients les apercevaient à peine. Avec leurs capuches et leurs vêtements trempés, ils avaient l'air d'une escouade de zombies sortis des égouts pour mener une expédition punitive contre les vivants.

Comme des toupies enragées, ils avalèrent les étages qui se dessinaient tous en arrondi autour d'un immense vide central, coiffé de la coupole de verre illuminée de couleurs bigarrées et scintillantes. Xénophon jeta un œil au-dessus des balustrades et aperçut, au rez-de-chaussée, les centaines de présentoirs aux couleurs des plus grands parfumeurs et bijoutiers de la place. Tout était magnifiquement agencé, dans un luxe qui détonnait avec la vie des *free-runners*, parachutés de banlieue et qui ne fréquentaient que grisaille et béton.

Parvenus au deuxième étage, ils foncèrent droit vers la passerelle. Dans l'autre bâtisse, les cris d'orfraie des consommateurs les guidaient ; l'état des présentoirs et des vitrines défoncées aussi. L'image de l'éléphant dans un magasin de porcelaine n'avait jamais été aussi adaptée. La *bête*, féroce et blessée, ne faisait pas dans le détail.

Dans son fourgon, boulevard Haussmann, le colonel de la DGSE se décomposait en regardant les images renvoyées par les GoPro des traceurs. Des centaines de témoins avaient entrevu la *chose*… Ce qu'il avait absolument voulu éviter. Pour peu que certains l'eussent filmé à l'aide de leurs smartphones, tout pouvait basculer. Heureusement, elle allait vite, très vite. Trop vite. Il faudrait saisir les images de vidéosurveillance du magasin pour éviter qu'elles ne circulent, et alors peut-être s'en tirerait-il à bon compte. Ensuite, ses collègues créeraient une *fake news* pour expliquer le phénomène, comme l'évasion d'un gorille du zoo de Vincennes, puis la feraient circuler de manière virale sur les réseaux sociaux. Et tous la goberaient, comme d'habitude.

****

Dans la salle de paléontologie humaine, plusieurs crânes avaient été extraits des vitrines. Lorraine Serthe-Baptiste avait même ouvert deux tiroirs emplis de longs os des membres supérieurs, radius, humérus et autres cubitus, provenant des mêmes Néandertaliens que ceux qui avaient fourni les crânes.

Ces manipulations ne conduisirent pourtant à aucune certitude. Il aurait fallu pouvoir comparer le squelette d'un spécimen pour tirer des conclusions rigoureuses. Or ils n'en disposaient pas. Les seuls individus connus étaient bien vivants, et leur glissaient entre les doigts comme des savonnettes humides.

Zim ouvrit son sac à dos et en extirpa une épaisse serviette de tissu. Il déplia les pans du linge pourpre et révéla deux lames de bronze magnifiques. Le Pr Serthe-Baptiste enfila des gants de latex neufs et s'empara de la première antiquité. Elle plaça l'objet sous la lampe du petit bureau de bois logé sous la grande fenêtre. Elle soupesa la lame, la retourna plusieurs fois et l'effleura même de la pulpe de son index. Elle fit de même avec la seconde. Enfin, elle les reposa sur le linge.

— Comment les as-tu obtenues ?

— Avant de s'enfuir, l'individu les a laissées tomber, sans doute volontairement, au pied de l'officier de la PJ d'Ajaccio en charge de l'enquête sur le charnier de Bonifacio. Il était complètement sonné, il ne s'en est pas aperçu, et, dans la confusion, pendant que les autres lui portaient secours, je les ai récupérées.

— C'est bien celles qui avaient été volées dans le petit musée du centre archéologique de Filitosa ?

— C'est exact, et dessus sont gravées des inscriptions que je n'ai pas pu décoder. Ce sont des caractères étranges, qui ressemblent à ceux que les spécimens ont laissés sur les sites archéologiques, mais en plus primitif.

La spécialiste observa les marques.

— On dirait du linéaire A.

— Du linéaire A ? Ces hiéroglyphes crétois qui n'ont jamais été décryptés ?

— Absolument. C'est pour ça que tu n'y comprends rien. L'écriture aurait été utilisée par les Minoens entre 2000 et 1400 avant Jésus-Christ. Avant les invasions grecques de la Crète. Et, pour ce qu'on en sait, il pourrait s'agir du langage qui se rapproche le plus de la langue mère. La langue originelle de toute l'humanité.

Zim n'avait-il pas lui-même songé à la langue mère en étudiant les messages gravés à Filitosa, à Atapuerca et à Stonehenge ?

— Suis-moi, je vais te montrer quelque chose, souffla Lorraine Serthe-Baptiste.

****

La gorge serrée, les larmes affleurant sous les paupières, les sept traceurs s'étaient relancés. Perdre l'un des leurs revenait à les amputer d'un bras ou d'une jambe. Malgré cela, mus par la révolte et la haine, ils enchaînaient les figures pour contourner les obstacles. Ils formaient une *team* célèbre dans le monde du parkour et du *free-running*. Personne ne savait qu'ils collaboraient avec les forces d'élite de l'armée et leurs visages restaient masqués par leurs capuches.

Xénophon courait en tête et faillit buter sur une longue table de présentation couverte de chemises sens dessus dessous, poussée en plein milieu de l'allée par une force colossale. Par réflexe, il exécuta un double saut de chat, avant d'atterrir de l'autre côté de la table par une roulade sur le sol. Ses six coéquipiers firent de même, sans bavure.

Plus loin, c'était l'apocalypse. Les clients couraient de manière erratique, entre panique et incompréhension. La cible avait renversé une dizaine d'étagères pour obstruer le passage.

Hérodote et Plutarque décidèrent de défier les lois de la gravité. Ils réalisèrent un fantastique « passe-muraille », s'élançant avec élan sur le mur, imprimant de belles marques de semelle sur la cloison immaculée, avant de retomber de l'autre côté des barricades.

Rien ne semblait pouvoir les arrêter.

La cible n'était plus très loin ; les cris des clients en témoignaient.

— Il descend au premier étage !

Érasme avait repris son poste dans le transporteur noir et guidait ses camarades à l'aide des images de vidéosurveillance des Galeries.

Les traceurs sautèrent sur les rampes des beaux escalators blancs qui trônaient au centre du magasin. Ils passaient au-dessus des têtes et des épaules des clients, jambes écartées, comme sur deux patins à roulettes. À peine touchèrent-ils le seuil du deuxième étage qu'ils abordèrent aussitôt l'escalator suivant.

— Apparemment, il s'est précipité dans le seul resto du magasin… Une enseigne Big Fernand… Je ne sais pas ce qu'il fout…

Les cuisines du spécialiste des hamburgers « revisités » donnaient directement sur les tables du restaurant. Le personnel avait vu une tornade s'abattre sur eux et s'était enfui en criant. Tous les clients avaient fait de même. Les forces de l'ordre venaient de pénétrer dans le bâtiment et poussaient tout le monde dehors. Cette partie des Galeries était plus simple à évacuer que l'immense bâtiment « Coupole ». En quelques minutes, l'étage s'était vidé.

À l'extérieur, rue de Mogador, les secours ramassaient le corps désarticulé de Diodore.

****

Lorraine Serthe-Baptiste et Zim avaient quitté la salle de paléontologie humaine pour pénétrer dans celle de préhistoire, située sur le palier d'en face. Sous leurs pieds, les planchers centenaires grinçaient comme dans un mauvais film d'épouvante. Une nouvelle série de vitrines anciennes s'étalaient à l'horizontale, emplies d'outils et d'armes préhistoriques, dont les plus anciens dataient de plus de cent mille ans.

De longs alignements de bifaces, de propulseurs et d'objets artisanaux comme de petites Vénus gravées sur des silex se succédaient à perte de vue. Zim avait maintes fois contemplé ce trésor, le fruit de dizaines de fouilles réalisées pendant près de deux siècles dans toute l'Europe et le Proche-Orient… La valeur de ces objets était inestimable.

Ces pierres taillées témoignaient surtout de l'habileté de nos lointains ancêtres. Certaines présentaient une impressionnante symétrie des deux faces. Plusieurs étaient attribuées à l'homme de Néandertal.

— Néandertal n'avait rien du sauvage dont on nous rebat les oreilles. Il était beaucoup plus évolué qu'on veut bien le dire, observa Zim.

— C'est juste. Il était capable de fabriquer des bijoux, et même des parures. Il dessinait de jolis motifs sur les grottes. Je pense même qu'il a peut-être enseigné à *Sapiens* comment dessiner. Avec quels pigments, et quelles techniques. Il occupait toute l'Europe depuis au moins deux cent mille ans, avant que l'homme moderne ne vienne l'en déloger brutalement. Il a eu le temps d'évoluer de manière considérable. Souviens-toi qu'il avait une boîte crânienne plus volumineuse que la nôtre. Regarde ce silex, par exemple.

Zim se pencha sur la vitrine de verre. Soudain, il discerna deux signes étranges.

— Mais... On dirait...

— Oui, ce sont les mêmes signes que ceux gravés sur tes lames de bronze. Et on en retrouve aussi un peu partout sur les sites préhistoriques. Donc la question est posée : qui a inventé le langage ? Qui a proféré les premiers sons à l'origine de nos milliers de langues ? Et les premiers signes écrits ?

Lorraine Serthe-Baptiste déambulait entre les vitrines.

— Mais la vraie grande question, Laurent, c'est : que veulent nous dire ces hommes ? Et pourquoi maintenant ?

— Eh bien, je crois qu'ils nous adressent un message qui remonte à la nuit des temps. Leurs rituels morbides, comme le cannibalisme, rappellent clairement des pratiques ancestrales, comme celles de Néandertal ou d'autres qui ont peuplé la Terre avant la domination de *Sapiens*. Les sites archéologiques choisis ont tous une profonde valeur spirituelle. Ils suivent une direction logique, dans le sens des aiguilles d'une montre : la Corse, l'Espagne, l'Angleterre...

— Et les allusions à la mythologie ? La mort des héros grecs ? Les offrandes, les hécatombes ?

— Une symbolique de puissance, peut-être. Qui veut punir les héros, ces hommes qui se prennent pour de vrais dieux et sont allés trop loin dans l'atrocité ? Des bêtes sanglantes capables des pires massacres, comme pendant la guerre de Troie ?

— L'*hybris*, la démesure, murmura Lorraine Serthe-Baptiste. Mais tu m'as bien dit qu'il y avait plusieurs individus, et qu'on ne sait pas d'où ils viennent. Ni comment ils se synchronisent, ni où ils se rencontrent...

Zim s'approcha de la paléontologue et la fixa droit dans les yeux.

— Parfois, les choses se font parce qu'elles doivent se faire. Certaines techniques de taille de silex sont apparues en même temps un peu partout, sans que les peuples aient pu se parler ni même s'approcher. Ils étaient à des milliers de kilomètres les uns des autres. Et la maîtrise du feu n'est-elle pas apparue à peu près en même temps dans ce qui forme aujourd'hui la France, la Chine ou Israël ?

Lorraine Serthe-Baptiste réfléchissait.

— Eh bien... oui, plus ou moins en même temps. Tu as raison.

Zim s'était approché de la fenêtre et regardait à travers. La pluie poursuivait son inlassable mitraille, et l'eau continuait de ruisseler sur le bitume de la rue René-Panhard.

— De la même manière, peut-être qu'ils répondent à un signal inconscient. Quelque chose qui les guide et les pousse à agir individuellement dans le même but.

— Alors il faut poursuivre la quête, Laurent. Remonter la piste. Des indices se trouvent forcément dans d'autres sites archéologiques et préhistoriques.

— Et... où me conseilles-tu de chercher ?

— Là où nous avons découvert des fossiles d'homininés qui présentent un mystère. Par exemple, dans la grotte de Qafzeh, en Israël. On y a mis au jour les sépultures de six adultes et de huit enfants. Ce seraient des hybrides *Sapiens*-Néandertal. La clé se trouve peut-être là-bas...

— Qafzeh... C'est bien la grotte située tout près de Nazareth ?

— Absolument. À trois kilomètres de la ville où vivaient Marie et Joseph, et où fut élevé Jésus-Christ. La grotte se trouve dans le mont du Précipice. À l'endroit même où des habitants de Nazareth qui ne reconnaissaient pas Jésus comme leur messie ont tenté de le précipiter du haut de la falaise.

****

Les sept traceurs approchaient lentement, sans faire de bruit.

Depuis l'arrière-cuisine de Big Fernand, des claquements de mâchoire traversaient les cloisons : la cible était là, tapie derrière le mur, à trois mètres des *free-runners*.

Xénophon extirpa son fusil hypodermique, bien décidé, cette fois, à ne pas manquer son objectif. Il fit un signe à Plutarque qui entraîna trois coéquipiers dans son sillage. Il fallait faire sortir la *bête* de sa tanière. Ils n'étaient plus qu'à cinquante centimètres de la porte qui donnait sur les réserves. C'est alors qu'ils l'aperçurent : elle se goinfrait, elle ingurgitait des kilos de bœuf, des steaks destinés aux hamburgers, gobés les uns après les autres. Un appétit d'ogre. Un physique d'ogre. Soudain, la cible planta ses yeux bleu paon dans ceux de Plutarque. Pendant une seconde, les deux êtres se jaugèrent. Puis, malgré sa jambe blessée, la *chose* bondit avec une détente stupéfiante, comme un kangourou en plein élan.

Plutarque eut à peine le temps de plonger au-dessus du buffet qui séparait la salle du restaurant de la cuisine ouverte. Il n'avait jamais effectué de figure aussi rapide et précise, ni sauté sans élan avec une telle puissance. L'instinct de survie.

Les trois autres traceurs s'étaient trissés avec la même énergie du désespoir. La bête se trouvait maintenant en visuel direct et frontal de Xénophon qui la tenait bien en joue.

Le *free runner* pressa la détente.

L'aiguille vint se planter en pleine poitrine de la cible.

Malgré la dose, la *chose* ne s'effondra pas dans l'instant. Elle poursuivit sa course quelques mètres, puis tout son corps ralentit. Son regard se vitrifia.

Elle fit un dernier pas, avant de s'affaler dans un tumulte pétrifiant, pratiquement aux pieds de Xénophon et d'Hérodote.

C'était terminé.

Chapitre vingt-deux

Samedi 22 février 1817, 12 h 40, Paris

— Messieurs, j'ai l'honneur de présenter à l'Académie les organes génitaux de cette femme, de manière à ne laisser aucun doute sur la nature de son *tablier*, à savoir ses lèvres pendantes et son clitoris phénoménal.

Une clameur s'éleva sous la grande coupole de l'Institut de France. L'éminent Pr Georges Cuvier se tenait fièrement devant son bocal de formol, renfermant quelques chairs mutilées de sa dernière dissection. Celle d'une femme, aux mensurations hors normes, et dont tous avaient entendu parler : la Vénus hottentote.

Elle était décédée à la veille de la Noël 1815. Le grand savant avait obtenu sans difficulté du préfet de Paris de récupérer sa dépouille afin de la charcuter à loisir. Il faut dire que Cuvier, à la faveur d'une carrière fulgurante, était, depuis des années déjà, le secrétaire perpétuel de l'Académie royale des sciences, mais aussi le directeur du Muséum d'histoire naturelle. Aucun honneur ne lui faisait défaut ; personne n'osait défier son autorité.

Il voulait démontrer, preuve à l'appui, que son intime conviction n'était que pure vérité. Il s'était forgé son opinion lorsqu'il avait pu brièvement observer la sauvage, encore bien vivante, dans l'une des salles du Muséum, dont les hautes fenêtres donnaient sur l'immense Jardin du roi[1]. Mais la timidité et l'obstination de l'Hottentote à ne point se laisser voir entièrement nue n'avaient pas permis de parfaire l'examen. Cette fois, enfin morte, elle n'avait opposé aucune résistance.

Il avait méticuleusement préparé sa communication. Il ne voulait rien omettre, et s'attendait à faire grande sensation. Ce matin du 22 février, tandis que la ville s'éveillait sous une température frissonnante de trois degrés, Cuvier avait traversé à grands pas ses appartements du Muséum. Il avait planté un regard triomphateur dans son miroir à bascule, tout en ajustant sa coiffure aux mèches soigneusement bouclées, et surtout, en époussetant sa magnifique croix de grand officier de la Légion d'honneur, remise par Napoléon Ier en personne.

C'était le grand jour ; il allait une nouvelle fois marquer la science de son empreinte. Tout autour de lui s'alignaient des dizaines de vitrines emplies de pièces anatomiques rapportées par des voyageurs qui s'étaient rendus dans les colonies. Lui, le grand Cuvier, n'avait jamais mis un orteil en dehors de l'Europe. Il prétendait pouvoir tout étudier depuis son laboratoire. Ainsi, pour se livrer à ces disciplines qu'il avait inventées, la « paléontologie », et l'« anatomie comparée », il disposait d'une impressionnante quantité d'ossements. Son grand œuvre était clair : « comparer les squelettes des Nègres et des Blancs », ce qu'aucun n'avait accompli, faute d'échantillons significatifs.

Il s'était donc constitué un trésor, en exhortant les voyageurs à récupérer les dépouilles des « sauvages », dès lors qu'ils assistaient à une rixe mortelle aux colonies. Il leur remettait même, avant leur départ, un petit *vade-mecum* : « Prenez les corps, faites-les bouillir dans une solution de soude ou de potasse caustique, et détachez les chairs au bout de quelques heures. »

---

1. Actuel Jardin des plantes.

Grâce à ces recommandations, il avait recueilli une multitude d'os en tout genre et de toutes provenances. Il avait donc pu aisément comparer l'Hottentote à ses autres squelettes, qu'ils fussent humains ou animaux.

À neuf heures, Cuvier avait quitté ses appartements et franchi le portail du Jardin royal. Il avait marché d'un pas décidé, le long des magnifiques potagers traversés par la Bièvre, cette petite rivière qui sinuait dans Paris et se jetait dans la Seine, juste au pied du Jardin royal. La vue était bucolique et bien odorante, sans commune mesure avec les relents putrides qui s'épandaient des ruelles malfamées des faubourgs avoisinants. Cuvier avait jeté un œil au-delà des potagers et avait aperçu le marché aux chevaux, à l'endroit même où, un siècle plus tard, allait s'ériger l'Institut de paléontologie humaine.

Parvenu sur les quais, il avait hélé un fiacre et avait rejoint l'Institut de France en longeant la Seine sur un peu plus de deux kilomètres. Outre ses précieuses notes, il avait emporté plusieurs os, de différentes origines, ainsi que des bocaux de formol garnis des chairs de la sauvage. La mise en scène devait être parfaite, et époustouflante.

— Les grandes lèvres forment un ovale de quatre pouces[1] de longueur. De l'angle supérieur descend entre elles une proéminence demi-cylindrique d'environ dix-huit lignes[2] de longueur sur six lignes[3] d'épaisseur : le clitoris. Voyez !

Cuvier avait brandi les parties génitales qui baignaient dans le liquide translucide. De nouvelles exclamations retentirent sous la grande coupole. Jusqu'à la Révolution, elle abritait encore une chapelle consacrée, celle du collège des Quatre-Nations. Il fallait espérer que Dieu avait définitivement débarrassé le plancher, car cette vision était des plus sacrilèges.

1. 11 centimètres.
2. 4 centimètres.
3. 1,35 centimètre.

Les savants de l'Académie royale des sciences avaient tous quitté les travées pour s'approcher des pièces anatomiques stupéfiantes. Personne n'avait vu de telles mensurations pour des lèvres et un bouton. Pensez, un clitoris de quatre centimètres ! Ce n'était pas une femme, mais un monstre.

— Mes amis, ce n'est point tout ! J'ai pu disséquer les énormes masses de graisse qui lui tenaient lieu de fesses. Et, après comparaison, elles offrent une ressemblance frappante avec celles qui surviennent aux femelles des mandrills[1] et des papions[2], et qui prennent à certaines époques de leur vie un accroissement vraiment monstrueux.

Et, pour enfoncer son clou, Cuvier présenta l'un des fameux dessins exécutés à l'occasion de l'étude de la sauvage au Muséum, quelques mois avant sa mort.

Parmi les barbons de l'Académie, deux personnages se tenaient légèrement à l'écart. Le premier jubilait. Étienne Geoffroy de Saint-Hilaire était à l'initiative du fameux examen de la sauvage, en mars 1815. C'est lui qui avait attisé la curiosité de Cuvier à son sujet. Si Saint-Hilaire s'était intéressé à l'Hottentote, c'est parce qu'elle avait défrayé la chronique. Ses difformités l'avaient rendue célèbre au point d'être présentée dans les foires comme une bête sauvage, durant des années. Des milliers de Londoniens, puis de Parisiens, avaient payé l'obole pour découvrir les formes monstrueuses de cette « négresse », venue du fond de l'Afrique. Plusieurs avaient même eu le privilège de toucher ses fesses faramineuses. Quelques-uns avaient abusé d'elle. La Vénus noire suscitait tant de fantasmes… Était-elle vraiment humaine ? Là était toute la question. Lui, en tout cas, avait été le premier à comparer l'Hottentote aux babouins.

---

1. Singes de la famille des babouins.
2. Famille de singes dont font partie les babouins et qui présentent une tête semblable à celle des chiens.

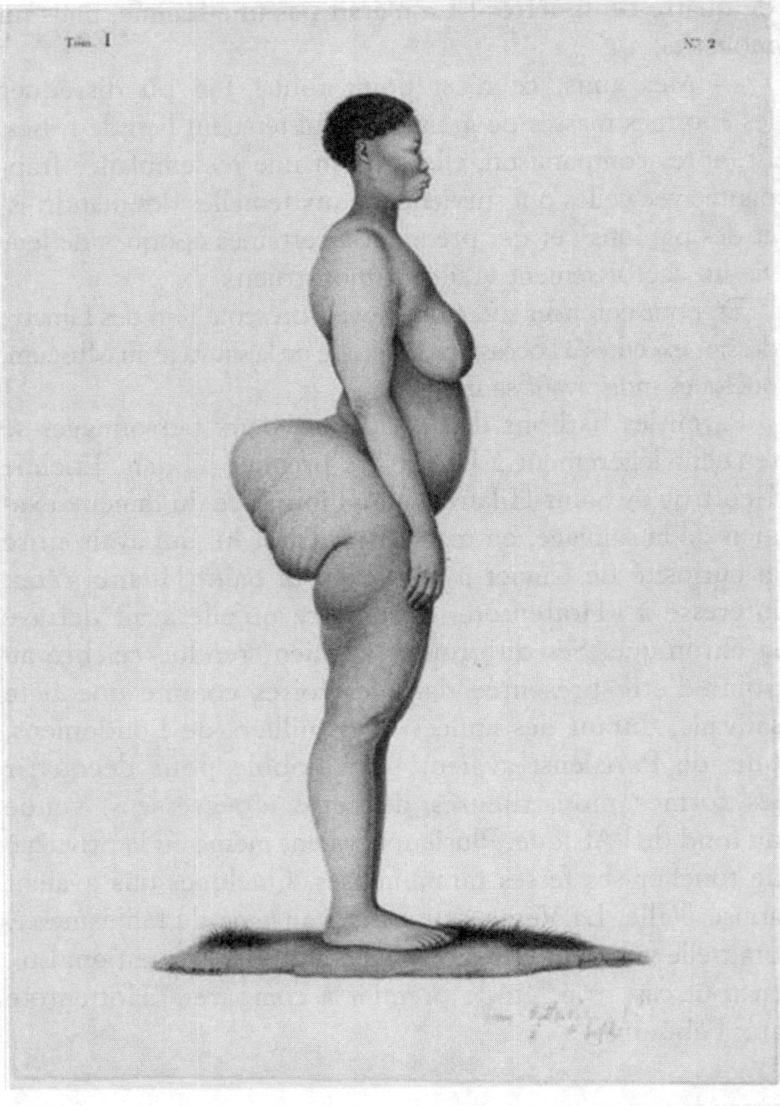
Tom. I
N° 2

L'autre savant, qui se tenait à l'écart, ne nourrissait pas du tout les mêmes sentiments. À soixante-treize ans, Jean-Baptiste de Lamarck comptait parmi les plus vieux académiciens et faisait office de patriarche. Au siècle précédent, il avait été coopté à l'Académie grâce à l'appui du grand Buffon en personne. Comme Cuvier et Saint-Hilaire, il était professeur au Muséum, mais depuis bien plus longtemps qu'eux… Il avait inventé un mot utile : la « biologie ». Par ce terme étrange issu de racines grecques (*bios*, la vie, et *logos*, la science), il entendait désigner l'étude de tout ce qui vit, de l'infime microbe à l'homme. Il pensait qu'existait un continuum entre ces différentes formes de vie, et que l'homme lui-même s'était lentement « transformé ». Il voyait dans les espèces une capacité à s'adapter en fonction des âges, des climats et des contraintes du milieu.

Ces idées révolutionnaires, qui inspireraient un certain Darwin quelques décennies plus tard, n'étaient pas du goût des vieux caciques de l'Académie, pour qui toute forme de vie avait été fixée une fois pour toutes par Dieu, lors de la Divine Création. Avec sa vision dynamique du vivant, Lamarck s'opposait donc aux avis tranchés et sectaires de Cuvier, qui rangeait les êtres dans des boîtes bien étanches, sans lien les unes avec les autres. C'est exactement la manière dont était appréhendée cette pauvre femme découpée en mille morceaux…

Le secrétaire perpétuel de l'Académie, dont l'ambition ne connaissait nulle limite, poursuivit ses comparaisons sans ciller :

— Les humérus, au contraire des hanches, sont singulièrement grêles et délicats, mais ils m'ont offert une particularité assez rare dans l'espèce humaine : c'est que la lame qui sépare les fossettes cubitales antérieure et postérieure n'est pas ossifiée, et qu'il existe un trou à cet endroit, comme dans l'humérus de plusieurs singes. Je veux parler nommément du pongo de Wurmb[1], de tout le genre des chiens et de quelques autres carnassiers.

1. Espèce d'orang-outan.

Cette fois, Lamarck ne put se retenir et sortit de ses gonds :

— Allons, Cuvier, après le singe, le chien ? Cette femme serait-elle donc une espèce de chienne ?

Cuvier lui retourna un regard assassin. Plusieurs académiciens s'émurent : comment osait-il ?

— Du chien, certes point, mais du singe, assurément ! Et s'il fallait encore vous le démontrer, Lamarck, sachez que la tête donne des moyens plus sûrs de distinction, parce qu'on l'a mieux étudiée. C'est d'après elle que l'on a toujours classé les nations, n'est-ce pas, et, à cet égard, notre Hottentote offre aussi des différences très remarquables et très singulières. Je n'ai jamais vu de tête humaine plus semblable aux singes que la sienne.

Cuvier avait lourdement insisté sur ces derniers mots, pour clouer le bec de l'impudent Lamarck. Ce n'est pas parce qu'il était plus ancien qu'il pouvait tout se permettre.

— Or donc, Cuvier, vous affirmez que cette Hottentote est une bête, et non une femme ? C'est cela que vous annoncez solennellement devant l'Académie ?

Un silence gêné planait dans l'enceinte de la grande salle des séances. La lumière pâle de l'hiver pénétrait timidement à travers les vitraux de la coupole. Sur l'autre rive de la Seine, juste en face, paradaient les immenses murailles du Louvre. Chacun retenait son souffle. L'affrontement, larvé jusqu'ici, semblait vouloir prendre la forme d'un duel au sommet. Mais Geoffroy de Saint-Hilaire se dressa et vola au secours de son ami :

— Monsieur de Lamarck, réfutez-vous les différences entre les races ? Les Égyptiens, les Caffres, les Calmouques, les Bochimans et les Caucasiques sont-ils tous identiques selon vous ?

— Non point, ils présentent des différences que chacun peut voir. Mais ils appartiennent tous à l'espèce humaine, et remontent tous à Adam et Ève. N'en êtes-vous point convaincu, Saint-Hilaire ? Ou bien remettez-vous en question le modèle de la création divine ?

Lamarck marquait des points. Il ne croyait nullement en la fondation du monde en six jours, pas plus que la Terre avait été créée six mille ans auparavant, comme l'affirmait la Bible – et comme le répétait Cuvier à loisir. Il était convaincu que tous les êtres vivants, et donc nous, les hommes, dérivaient d'« infusoires », des organismes primitifs fort simples. Les espèces se seraient ensuite progressivement complexifiées au fil du temps.

Mais en louant Dieu et la Création, Lamarck mettait Saint-Hilaire dans la difficulté et le poussait à la contradiction.

— Disons que, si Dieu a créé Adam et Ève, dont nous, les Blancs, sommes les enfants, je pense que l'Hottentote était une création *différente*. Car elle est encore bien plus éloignée des Blancs que ne le sont les Nègres. Et, inversement, elle est plus proche de l'orang-outan que tout autre. Et Dieu l'a voulu ainsi. C'est donc une race très inférieure par nature, et que je place tout en bas de la hiérarchie, juste au-dessus du singe, ou peut-être, *tout à côté*.

— Bravo ! cria Cuvier, au comble de l'extase. Aussitôt, toute l'Académie se leva et applaudit à tout rompre.

Lamarck dodelina de la tête, l'air dépité. Saint-Hilaire, entraîné par Cuvier, qui comptait parmi les plus prestigieux savants de tout le pays, s'enfonçait dans l'erreur, l'ignorance et la bêtise. Mais lui en était convaincu : tous les hommes, malgré leurs différences, provenaient des mêmes ancêtres, qui avaient lentement évolué. Aucun ne pouvait être « singe » ou « inférieur » par essence. Les hommes avaient tous suivi leur chemin, s'adaptant à leur milieu, leurs contraintes. Les classer relevait de la mystification scientifique. Pourtant, il fallait bien des arguments savants pour justifier la supériorité de l'homme blanc sur les « sous-hommes » des colonies… Pour les exploiter, les spolier… Lamarck était de plus en plus convaincu d'être instrumentalisé au profit des ambitions coloniales malsaines des monarques de la vieille Europe. Considérer les indigènes comme des sauvages, voire des singes, leur ouvrait un boulevard : tout était permis, sans nul égard pour ces « sous-races ». Et les savants qui l'attestaient bénéficiaient de tous les honneurs, comme Cuvier le démontrait aisément.

Finalement, il laissa le savant tout imbu de lui-même déblatérer devant ses collègues béats, puis bascula dans ses rêveries cotonneuses…

Son esprit vagabonda au côté de celui du regretté Buffon, qu'aucun ne devait égaler, et Cuvier moins que tout autre. Ce grand homme avait transformé un simple jardin d'apothicaire en véritable pépinière exotique, glanant des arbres et des essences venus du monde entier. Le cabinet de curiosité du roi s'était métamorphosé en un temple magnifique, que nous enviaient les autres nations.

Lamarck se souvint de leur dernière rencontre, qui bouleversa son existence. Au petit matin du 15 avril 1788, Georges-Louis Leclerc, adoubé comte de Buffon par Louis XV, l'avait reçu dans ses appartements du Jardin royal des plantes médicinales, qu'il administrait depuis un demi-siècle ! Autrefois, Buffon était un vrai dandy qui ne renonçait jamais à ses redingotes brodées d'or, ni à ses manchettes en dentelle, et moins encore à sa perruque parée de frisures impeccables. Mais ce matin-là, le géant n'était plus qu'un vieillard souffreteux.

— Maître, souffrez-vous ?

Lamarck avait parlé la gorge nouée, tant son mentor l'apitoyait.

— Non point, Jean-Baptiste… Depuis cinq jours que je suis alité, j'alterne entre l'écriture du dernier volume de mon *Histoire naturelle* et les jouissances de ma mémoire. Savez-vous que les tableaux agréables de mes souvenirs sont un délice qui vaut bien les plaisirs de la jeunesse ? Je me sens apaisé, et mes regrets s'envolent, car ils ne sont que les derniers élans de cette folle vanité qui ne vieillit jamais.

Lamarck demeura silencieux. Les mots du maître coulaient comme le miel, mais ils résonnaient aussi comme le bourdon du temps à l'approche de la mort.

— Moi qui vous croyais immortel, je ne puis me résoudre à vous voir partir… La science a tant besoin de vous… Le monde va perdre l'un de ses plus grands esprits.

— Souvenez-vous, Lamarck…

Buffon ânonnait plus qu'il ne parlait. À chaque expiration, il sifflait comme un phtisique.

— … Souvenez-vous de la maxime de Cicéron : « La mort est un bien suprême refusé aux dieux » ! Je vais connaître la félicité et rejoindre l'Éden céleste, après avoir œuvré toute ma vie à tenter d'édifier l'Éden terrestre.

— Oui, maître, votre jardin extraordinaire est notre fierté à tous. Et les trente volumes de votre *Histoire naturelle* marqueront l'humanité à jamais.

— Jean-Baptiste… Vous le savez, je n'ai confiance qu'en vous, et en votre jugement. Vous seul pouvez me comprendre. Je dois vous révéler un secret…

Lamarck haussa les sourcils. Ce ton empreint de mystère n'était pas coutumier du géant.

— Bien entendu, maître, vous avez ma parole de gentilhomme.

— Bien… Vous connaissez mes idées sur l'histoire de l'homme, qui m'ont valu quelques problèmes avec l'Église et m'ont contraint, ensuite, à plus de prudence.

Lamarck songea à l'édifiante *Histoire naturelle de l'homme* dans laquelle Buffon avait présenté des faits peu crédibles.

— Voulez-vous parler de votre théorie de la « dégénération » ?

— Si fait, Jean-Baptiste, si fait… Je sais votre méfiance, comme celle de tous vos collègues. Ces idées m'ont valu des quolibets et beaucoup d'incompréhension. J'ai conscience d'avoir transgressé bien des certitudes, et je suis sans doute en avance sur mon temps.

Lamarck était embarrassé. La fin qui s'approchait poussait le maître à ressasser de vieilles lubies dont il s'était pourtant lui-même affranchi, depuis des années.

— Eh bien… Je crois me souvenir, Maître, de ces mots qui ont fait couler beaucoup d'encre… Vous affirmiez qu'il n'y a eu originairement qu'une seule espèce d'hommes, qui, s'étant multipliée et répandue sur toute la surface de la Terre, a subi différents changements par l'influence du climat, par la différence de la manière de vivre…

Buffon toussa brutalement et manqua de s'étouffer. Lamarck se précipita et le redressa du mieux qu'il put. Il remonta son oreiller garni de plumes d'oie.

— Maître, voulez-vous que je fasse mander un médecin ?

— Non, non ! Il faut que je vous parle, encore, Jean-Baptiste… Ces mots, que vous citez brillamment, ont plu à quelque philosophe, n'est-ce pas… ?

— Certes. Jean-Jacques Rousseau a écrit dans son *Discours sur l'inégalité* qu'il vous avait lu avec attention et qu'il en déduisait que, si l'homme était né bon et pur, avant de « dégénérer », c'est alors que la civilisation l'avait perverti. L'homme serait naturellement bon, mais aurait perdu toute son innocence en raison des méfaits de la société.

— Parfaitement… Et je le pense toujours, Jean-Baptiste.

Un nouveau silence plana. La respiration du géant s'écourtait de plus en plus. Lamarck ne savait nullement où le maître voulait en venir. Ces vieilles idées semblaient oubliées, et même niées. Pourquoi en parlait-il au moment d'expirer ?

— Jean-Baptiste, je vous en conjure : oubliez les plantes, et intéressez-vous à l'homme, et à ses changements. Car il dégénère de plus en plus. Au début, à en croire la Bible, Adam et Ève étaient deux âmes d'une pureté infinie. Mais ensuite, dès que l'homme a commencé à changer de ciel et qu'il s'est répandu de climat en climat, sa nature a subi des altérations ; elles ont d'abord été légères, mais lorsque, après des siècles écoulés, il a voulu s'habituer dans les climats extrêmes et peupler les sables du Midi et les glaces du Nord, les changements sont devenus si grands qu'il y aurait lieu de croire que le Nègre, le Lapon et le Blanc forment des espèces différentes.

Lamarck se massa le menton. En tant que botaniste, il ne s'était jamais penché sur les origines de l'homme, ni n'avait réfléchi à ses diverses branches.

— Vous pensez donc que nous avons tellement divergé de notre nature profonde, que nous formons désormais des lignées différentes ?

— Non point, au contraire ! Si le Nègre et le Blanc ne pouvaient produire ensemble, il y aurait alors deux espèces bien distinctes : le Nègre serait à l'homme ce que l'âne est au cheval. Mais le Blanc et le Nègre, si dissemblants, peuvent cependant s'unir et propager en commun la grande et unique famille de notre genre humain.

Le jeune savant se remémorait chaque terme de cet échange crucial. Les paroles du sage allaient bouleverser sa vie, et entièrement réorienter ses recherches.

— Aussi, méfiez-vous des faux-semblants, Jean-Baptiste… Et luttez contre les évidences. Autour de vous, certains pensent tout le contraire, et vont tenter de vous entraîner sur une pente dangereuse. Celle qui porterait la division des hommes, les classerait selon leurs races supposées, et leur plus ou moins grande proximité avec l'animal.

— J'entends, mais… pourquoi dire que l'homme est dégénéré si nous sommes tous égaux, et le fruit du même couple originel ?

Le conte de Buffon se redressa dans ses draps souillés de sueur. La fièvre ne faisait que s'attiser, et il tournait au rouge écarlate. Lamarck lui tendit son verre de cristal et le maître y trempa les lèvres avec grand-peine.

— C'est que nous n'avons pas dégénéré des premiers hommes, d'Adam ou Ève. Mais de même que le Blanc, le Lapon ou le Nègre peuvent produire ensemble, nous avons croisé la route d'autres hommes, aujourd'hui disparus, il y a fort longtemps. Et c'est d'eux, ces êtres d'exception qui nous ont transmis nos qualités morales, notre génie et notre grandeur, que nous avons divergé.

Buffon parlait avec une intensité remarquable. Il était comme pénétré par sa propre glose. Ses globes oculaires se tissaient de fines veinules orangées.

— Voyez les Hottentots, avec leur corpulence excessive et leurs coutumes ancestrales. Ils sont plus proches de nos origines les plus lointaines que ne le sont la plupart d'entre nous. Nous avons plus dégénéré qu'eux.

Lamarck écarquilla les paupières. Comment le maître pouvait-il parler ainsi ? Malgré son ouverture d'esprit, il peinait à le croire.

— Et les Patagons ? Avez-vous entendu parler des Patagons, Jean-Baptiste ?

— Si fait, Maître. Du reste, vous en parlez vous-même longuement dans votre *Histoire naturelle de l'homm*e. Vous citez le grand voyage de Bougainville, il y a vingt ans. Vous rappelez qu'ils ne sont pas de si grands géants que ce qu'on a prétendu, mais dépassent tout de même les six pieds[1] sous la toise. Ils peinent à galoper sur leurs bidets[2] tant ils doivent tendre les jambes en avant, les pieds en l'air, pour éviter de toucher le sol…

— Ces Patagons, sur les terres de feu, sont aussi de fidèles héritiers des grands hommes disparus, et sont moins dégénérés que nous. Et, sur les terres de glace, à l'autre extrême, comme s'ils avaient tous fui le plus loin possible notre civilisation, survivent d'autres héritiers. Ouvrez le troisième tiroir de ma commode…

La requête du maître était bien intrigante. Lamarck s'exécuta et découvrit un document tout jauni plié en huit.

— Ouvrez-le et étalez-le sur l'édredon. Allez !

Lamarck déplia une carte illustrant les terres polaires.

— C'est la *Carta marina* d'Olaus Magnus. Et ici, c'est l'île de Thulé, où vivraient, aujourd'hui encore, les Hyperboréens. Personne ne les a vus, ils se cachent de nous, car ils nous

1. Plus d'1,85 m.
2. À l'époque, petits chevaux d'origine espagnole.

craignent. Ils ne sont peut-être plus que quelques-uns. Qui sait ?

— Mais… d'où provient cette carte ? Elle semble fort ancienne, peut-être même s'agit-il d'un original…

Lamarck était tout autant fasciné par le document que par son contenu.

— Elle a été transmise à l'Université, d'abord celle de Montpellier, puis celle de la Sorbonne, et porte l'écriture autographe de François Rabelais.

Le jeune naturaliste en resta bouche bée.

— Jean-Baptiste, entendez-moi : il faut retrouver ces hommes. Remonter jusqu'à nos origines. Découvrir ceux qui détiennent la clé. Ils possèdent les caractères perdus, la noblesse de l'espèce ancienne, bien avant qu'elle dégénère. Il faut les protéger et tenter de les « cultiver », sans doute s'unir à eux, pour régénérer notre espèce et lui rendre tout son lustre. Sinon, nous serons tous perdus. Notre genre humain ne cesse de s'enfoncer dans la folie et la perversion. Il a déjà créé l'esclavage et semé tant de souffrances, par la guerre et la cruauté. Bientôt, nous serons punis. De grands événements s'abattront sur nous et nous plongeront dans la tourmente. Il faudra se tenir prêts, et raviver l'espèce des origines. En attendant, il faut en protéger les derniers représentants. Préparez-vous, Jean-Baptiste : relisez les textes d'Homère, le *Timée* de Platon, le Nouveau Testament, ou encore Rabelais et ses histoires de géants. Tous recèlent de précieux indices pour retrouver la trace des derniers individus issus de nos plus illustres ancêtres. Croyez-moi, ces textes contiennent la clé de notre passé, mais aussi celle de notre avenir.

Jean-Baptiste de Lamarck était tétanisé. Il fixait la vieille carte racornie et admirait la calligraphie du grand Rabelais. Les imprécations du maître lui paraissaient, en cet instant, parfaitement insensées. Pourtant, elles allaient résonner en son esprit durant de longues années…

— Je présente enfin une tête de Guanche, de ce peuple qui habitait les Canaries avant la conquête des Espagnols.

Les mots avaient tempêté contre les voussoirs de la grande coupole. Lamarck fut catapulté hors de ses songes et de ses souvenirs. Il atterrit brutalement en 1817, et découvrit Cuvier, en majesté, exhibant une tête décapitée, enrubannée de bandages déliquescents.

Cette vision barbare lui soutira un violent haut-le-cœur. Le secrétaire perpétuel de l'Académie royale des sciences manipulait ces restes comme de vulgaires objets, et poursuivait ses éructations :

— Quelques auteurs, ajoutant foi aux contes du Timée sur l'Atlantide, regardent ces Guanches comme des débris de l'ancienne nation des Atlantes. Leur habitude de conserver les corps par une espèce de momification pourrait plutôt les faire considérer comme tenant de loin ou de près aux anciens Égyptiens. Quoi qu'il en soit, il est certain que leurs têtes, comme celles des momies ordinaires, présentent une origine caucasique.

Cuvier se rassit enfin, sous un tonnerre d'applaudissements. L'éminent professeur se montrait fort satisfait de sa démonstration, dont Lamarck avait manqué l'essentiel. Celui-ci songea que Cuvier était un fieffé représentant des « dégénérés » qui abîmaient l'espèce humaine dans les profondeurs du néant. Il mentionnait l'Atlantide avec distance et mépris, et cherchait de vaines ressemblances avec les Égyptiens, ignorant que nos origines les plus nobles remontaient bien plus aux Atlantes qu'à toute autre civilisation. Mais Lamarck le savait : l'arrogance de Cuvier, et de tous ceux qui suivraient ses traces, finirait par mener l'humanité vers une fin certaine.

Chapitre vingt-trois

17 février 2020, 15 h 13

Le cortège fusait sur la nationale 118, direction plein sud. Malgré la pluie et le trafic enlisé, les dizaines de véhicules fonçaient les uns après les autres sur la bande d'arrêt d'urgence, défiant toute règle de sécurité. Les transporteurs noirs étaient encadrés par une kyrielle de véhicules blindés, tous parés de rampes de LED bleutés. Au centre, un véhicule sanitaire transportait la cible, maintenue sous sédation profonde.

Les sirènes assourdissantes dissonaient, et finissaient par rendre Vannina complètement dingue. Elle développait une hyperacousie, une ultrasensibilité de l'audition qui rendait chaque son strident aussi douloureux que la perforation du tympan par une lame effilée. Elle se bouchait les oreilles et jurait en corse entre ses dents.

Depuis deux jours, elle ne maîtrisait plus rien. L'enquête lui échappait. Sa vie lui échappait. Et elle sentait une transformation intérieure qui la rendait plus irascible que d'habitude – c'était dire… Elle se posait de nombreuses questions, et l'image de la *bête* ne cessait d'interférer avec ses pensées. Elle lui paraissait si proche… Dans ses embardées nocturnes, elle voyait désormais la tête de la *chose* vissée sur le corps du sanglier géant. Pourtant, bien qu'elle fût programmée pour chasser, quelque chose l'en empêchait. À Bonifacio, elle avait tiré, pour sauver la vie de Brunier. Mais elle avait hésité. Personne ne devait jamais l'apprendre.

L'enquête tournait à l'irrationnel, et l'empêchait de se concentrer sur les faits. La DGSE ne s'embarrassait d'aucun état d'âme. Sans doute avaient-ils raison… Ces *monstres* étaient-ils vraiment des créatures des services secrets russes ? Et dans ce cas, quel était leur but ? Pourquoi une telle boucherie ? Que signifiaient les références à l'Antiquité grecque, et les symboles gravés ? Elle s'interrogeait sans cesse sur le cerveau de l'affaire, capable d'organiser cette série de meurtres rituels, d'un pays à l'autre. Et l'un après l'autre. Quelqu'un – ou quelque chose – les guidait. Chaque nuit, ses cauchemars lui montraient la voie et distillaient des indices improbables…

L'enquête se déroulait autant à l'extérieur, avec ces rebondissements incessants, qu'à l'intérieur d'elle-même. Une forme d'introspection involontaire l'embarquait loin de ses repères. Si Arnaud était là, il lui dirait quoi faire, sans l'ombre d'une hésitation. Mais elle était seule, et ne pouvait compter que sur Brunier, ce qui achevait de la déprimer. Car ces deux-là formaient un duo improbable. Il était aussi grand qu'elle était petite. Il était flic, elle était gendarme. Il était continental, elle était corse. Il était un père déchiré par la mort de sa fille ; elle était une fille perdue en quête de l'image du père. Bien sûr, ils tentaient de surnager dans une affaire qui les dépassait tous les deux. Ils n'avaient d'autre choix que de se reposer l'un sur l'autre ; deux béquilles plantées dans des sables mouvants.

Car Brunier vivait le même enfer psychique. Il pensait avoir touché le fond, depuis la mort de sa fille. Mais ses crises d'épilepsie, ses trous de mémoire en pleine action et ses accès de colère l'enfonçaient un peu plus chaque jour. Il voulait lutter contre la *bête* qui sommeillait en lui et n'attendait qu'un signal pour s'animer. Ce *monstre* qu'il s'efforçait d'étouffer, qui croissait dans son esprit meurtri et qui s'exaltait dans ses crises d'épilepsie.

Depuis deux ans et la disparition de Sarah, son état avait empiré et il se trouvait au bord de la rupture. De quoi serait-il capable si les dernières digues cédaient ? Sa violence sourde, qu'il peinait à contenir, l'effrayait... Il devait se contrôler. Reprendre le dessus. Depuis le début, cette affaire revêtait une importance fondamentale pour lui. Il le savait. La résoudre le sauverait sans doute du marasme total, voire lui rendrait ses lettres de noblesse.

Inconsciemment, il voulait redevenir ce grand flic admiré de tous ces collègues. Le *seigneur* du Quai des Orfèvres. Son exil contraint, sa déchéance lamentable n'étaient pas dans sa nature profonde. Le policier avait toujours été taciturne, mais il aimait les défis. Il savait débusquer les lièvres et suivre son instinct. Jamais aucune affaire corse ne l'avait stimulé. Il flairait la piste, et la dimension inattendue de l'enquête le réconciliait timidement avec ses heures de gloire. Il venait de rentrer au bercail, à Paris. Et n'avait pas dit son dernier mot.

Le convoi accélérait encore dans les lignes droites. Comme disent les Corses, ils roulaient *ciarbellu in bocca*, le cerveau dans la bouche. Au bout d'une quinzaine de minutes de ce train d'enfer, ballottés dans les gerbes d'eau qui jaillissaient sous les pneus, les véhicules finirent par emprunter la sortie Saclay et ralentirent enfin à l'abord d'un rond-point. Vannina et Brunier ressentirent un frisson leur parcourir l'échine. Un immense Christ en bois dominait le carrefour. Il fixait les enquêteurs, avec un air de profonde réprobation. Qu'étaient-ils en train de faire ? De quel crime se rendaient-ils complices ? Après avoir péniblement dépassé le « Christ de Saclay », ils fondirent sur une départementale parfaitement droite.

Tout autour d'eux, le néant. Une plaine infinie, ensemencée de cultures céréalières en hivernage. Puis, au bout d'une minute à peine, une île de fer et de béton surgit au milieu de l'océan agricole. Des clôtures de barbelés couraient à perte de vue et culminaient à plusieurs mètres de hauteur.

Des caméras balayaient la route et le désert agraire. Ni Vannina ni Marc Brunier ne connaissaient cet endroit. Le plus grand centre de recherche du CEA, le Commissariat à l'énergie atomique. Ils franchirent l'entrée surprotégée, bordée de guérites et cernée de soldats en treillis. Le centre de Saclay n'abritait officiellement que des activités civiles, mais le CEA, chargé de la conception et de la fabrication de l'arsenal nucléaire français, se trouvait étroitement contrôlé par les militaires.

Quelque deux cents bâtiments s'étageaient le long de voies rectilignes, formant une succession de blocs géométriques, comme autant de transistors et de condensateurs soudés sur un circuit imprimé. L'emprise du site, sur plus de deux cent vingt hectares, était simplement monumentale. Les véhicules longèrent lentement l'avenue centrale, puis bifurquèrent sur la route dite du cyclotron. Ils stoppèrent devant le bâtiment 532, fraîchement rénové. Un panneau annonçait : « Institut de biologie et de technologies ».

Après un hall impersonnel, ils grimpèrent dans un monte-charge et s'enfoncèrent jusqu'au troisième sous-sol. Là, ils franchirent une succession de portes blindées uniquement actionnables par empreinte digitale et scanner de l'iris. Enfin, ils atterrirent sur le seuil d'une immense salle. Avant d'entrer, chacun dut revêtir une combinaison stérile, des surchaussures et une charlotte bouffante, le summum de l'élégance. Cet uniforme Polyclean ressemblait à celui de la police technique et scientifique.

À l'intérieur, tout était blanc, des dalles au plafond, en passant par les murs, le mobilier, les instruments. Au centre trônait une sorte d'aquarium géant, dans lequel fut conduite la cible inanimée. Son corps débordait du solide brancard à roulettes. Deux employés fermèrent la porte du sas d'admission, maintenu en surpression relative. Puis ils verrouillèrent le blockhaus de verre, à l'aide d'un volant semblable à celui des portes de sous-marins. Enfin, sur un petit écran LED, ils contrôlèrent la pression de l'air au sein de l'aquarium. L'espace de confinement était classé « L2 », afin d'éviter toute contamination virale ou bactérienne. Des opérateurs s'activèrent aussitôt autour du corps massif. Ils étaient engoncés dans des combinaisons bien plus imposantes qu'à l'extérieur et portaient des masques à cartouches filtrantes. Ils s'attaquèrent d'abord aux vêtements, en les découpant à l'aide de ciseaux de chirurgie.

Vannina s'approcha du cube de glace. Elle s'aperçut que le vitrage était très épais, sans doute réfractaires à toute tentative d'intrusion comme de destruction. Le commandant Brunier la rejoignit, tout aussi fasciné par le ballet clinique des scaphandriers. Le colonel de la DGSE laissa les deux officiers assister à l'ensemble des opérations. Il avait besoin d'eux, et les observait plus qu'il ne surveillait la cible elle-même… Soudain, les deux enquêteurs échangèrent un regard effaré. Sous la tunique du suspect s'épanouit un pelage brun, comparable à celui d'un grand singe. Les techniciens prélevèrent plusieurs poils à l'aide d'une pince à épiler. La *bête* remua. Malgré les doses massives de sédatif, elle semblait reprendre conscience.

L'un des opérateurs s'empara du bras droit puis le retourna. Il rasa le pli intérieur du coude, et désinfecta la peau rugueuse. En un tournemain, il noua un garrot autour du bras, tapota la veine céphalique, et y introduisit une aiguille afin de collecter plusieurs millilitres de sang. Mais avant que le technicien n'arrime son tube au corps de pompe, la piqûre irritante provoqua un réflexe brutal. La *bête* replia les deux bras. À gauche, la perfusion de sédatif s'arracha, tandis qu'à droite, sous la pression du biceps contracté, le garrot claqua comme un élastique. Le sang commença de gicler dans le vide.

C'est alors que la cible ouvrit un œil d'un bleu cristallin.

****

À trente kilomètres plus à l'est, une moto-taxi ralentit aux abords d'un long portail coulissant. À sa droite, l'étendard tricolore et celui de l'Union européenne ondoyaient à la cime de deux mâts métalliques. Derrière se dressait une bâtisse aux faux airs d'hôtel de la Costa Brava, dont le toit parfaitement plat se trouvait coiffé d'une enseigne kitsch : « Genoscope ». Juste au-dessous, l'inscription « Centre national de séquençage » s'étalait en lettres azurées.

Zim descendit de la Honda Goldwing, ôta son casque intégral et récupéra son sac dans le top-case. Il était trempé, même si la pluie s'apaisait enfin. Après que le motard fut reparti, il vérifia que personne ne l'avait suivi. Il finit par badger le portillon vert et se dirigea vers l'entrée du bâtiment. Le Genoscope, c'était la Mecque du séquençage de l'ADN en France. C'est ici qu'avait été décrypté le quatorzième chromosome humain, participant ainsi à l'effort mondial pour séquencer le génome de notre espèce, au tournant du millénaire. À l'époque, treize années de labeur et trois milliards de dollars avaient été nécessaires pour y parvenir. En pénétrant discrètement dans le hall, Zim songea qu'il ne fallait plus désormais que quarante-huit heures pour la même opération, et pour moins de mille dollars…

Le Centre national de séquençage trônait au cœur de l'immense Génopole d'Évry, dans la banlieue sud de la capitale. Tout à côté siégeait l'Association française contre les myopathies, qui levait chaque année des dizaines de millions d'euros grâce au célèbre Téléthon. Ici, tous luttaient inlassablement contre les maladies génétiques, et préparaient les outils de la médecine du futur. Aucun autre site ne concentrait autant de biotechnologies dernier cri.

Parvenu au deuxième étage, Zim franchit une nouvelle porte sécurisée, qui donnait sur une immense salle. Partout s'alignaient des machines sophistiquées aux lignes épurées, qui ressemblaient à des frigos futuristes flanqués de postes informatiques : une forêt de séquenceurs de la firme Illumina, les plus performants et rapides du monde.

Une silhouette longiligne surgit d'une rangée de machines, munie d'une plaque garnie de microtubes. Zim s'avança fébrilement. L'homme stoppa net, le visage défait. L'angoisse imprégnait tous ses traits. Puis il finit par murmurer :

— Personne ne t'a suivi ?

— Personne. Et tu sais que je n'ai aucun fil à la patte. Même pas de carte bleue. Rien.

Zim serra l'homme dans ses bras. L'effusion dura de longues secondes.

— Je crois qu'on touche au but, souffla-t-il.

Il brandit le linge qu'il avait remisé dans son sac en quittant l'Institut de paléontologie humaine. Il le dénoua soigneusement et révéla les deux lames de bronze antiques.

****

Les opérateurs réagirent immédiatement. Ils étaient formés, et clairement briefés sur leur hôte. Ils saisirent une seringue hypodermique et plantèrent aussitôt l'aiguille dans l'épaule du suspect. Sans ciller, ils injectèrent un shoot de pentobarbital. Le produit, mal dosé, pouvait conduire à une mort certaine. Il était d'ailleurs couramment utilisé pour pratiquer l'euthanasie.

Aussitôt, les contractions nerveuses cessèrent et le colosse se détendit complètement.

Marc Brunier ressentit une douleur lui cisailler la poitrine. Depuis sa rencontre dans la grotte de Bonifacio avec l'un de ces étranges énergumènes, le policier ne pouvait réprimer une certaine empathie à leur endroit, malgré les crimes abominables dont plusieurs s'étaient d'évidence rendus coupables. Ils avaient tué. Découpé leurs victimes. Dévoré certains de leurs membres. Pourtant, quelque chose clochait. Brunier le savait.

Vannina se sentait tout aussi mal à l'aise. Cette mise en scène digne d'un film américain lui déplaisait fortement. Cet homme, aussi singulier fût-il, était traité comme un animal de foire. Médecins et biologistes se succédaient dans le bloc de glace pour le scruter sous toutes les coutures. Il était entièrement nu ; personne ne se souciait de sa pudeur. C'était une bête curieuse, rien de plus. Tout autour des enquêteurs, techniciens et médecins s'affairaient. Ils récupéraient des données, des prélèvements, et l'immense salle blanche tournait à la ruche effervescente.

Certains opérateurs portaient d'étranges gilets frappés d'un motif glaçant : un cercle entouré de trois triangles noirs sur fond jaune. Le symbole de la radioactivité… Ce signe pétrifia Brunier. Il s'emplafonna l'officier de la DGSE :

— On est dans une zone radioactive ici ? Vous manipulez des radiations sans nous en informer ? Vous nous prenez pour des merdes ou quoi ?

Le colonel se raidit.

— Je vous prierai de surveiller votre langage, commandant. Et puis le danger ne vient pas de nous, mais de lui.

Et il pointa un index menaçant vers la forteresse vitrée.

— Qu'est-ce que c'est que ces conneries ? C'est pas Marie Curie, que je sache ? Il a pas bouffé du radium toute sa vie au point de pisser des becquerels ?

— Ne vous en déplaise, commandant, nous avons toutes les raisons de penser que cet individu et les autres suspects ont été soumis à d'intenses radiations. C'est ce qui expliquerait leurs nombreuses mutations génétiques.

Le policier fut séché sur place. Il était incapable d'embrasser la portée de cette information. Était-il possible de « bombarder » quelqu'un de radiations sans le tuer ? Au point de le transformer ? Sans être spécialiste, cela lui paraissait impossible. La DGSE cherchait à les enfumer, lui et sa collègue. Il en était convaincu.

Vannina n'était pas plus avancée. En cet instant, elle regretta d'avoir été si cancre au lycée, délaissant la science pour la littérature. Elle s'attacha donc à mémoriser un maximum d'éléments afin de les soumettre à Zim, dès qu'elle parviendrait à le recontacter. Car, sans portable, ni aucune technologie moderne, l'anthropologue évoluait tel un sous-marin furtif. Il demeurait indétectable, jusqu'à ce qu'il daigne reparaître.

Mais il était l'expert, le représentant de la Mecque de la gendarmerie scientifique. Elle n'avait pas le choix : lui seul pouvait décoder les informations techniques qu'elle espérait glaner.

— Donc, d'après vous, ses mutations génétiques seraient dues à une exposition prolongée à des radiations ? C'est ça, votre hypothèse ?

— Exactement. D'après nos renseignements, ces hommes seraient d'anciens liquidateurs de Tchernobyl. Ou bien des enfants de liquidateurs de Tchernobyl, qui ont hérité des mutations paternelles, à travers les spermatozoïdes très altérés de leurs pères. Vous savez sans doute que les radiations ont notamment pour effet de « casser » la molécule d'ADN et d'induire de nombreuses anomalies du code génétique. Cela explique pourquoi nous menons nos investigations avec les équipes du CEA.

Vannina hallucinait. Elle sonda la ruche qui bruissait tout autour d'elle, et finit par river son regard sur le « cobaye » ensommeillé.

— Des liquidateurs de Tchernobyl ? Vous faites allusion à la catastrophe de la centrale nucléaire russe, c'est ça ?

L'enquêtrice en avait entendu parler, mais l'événement remontait loin.

— Biélorusse, rectifia le militaire. L'explosion du réacteur numéro 4 de la centrale biélorusse de Tchernobyl. C'était le 26 avril 1986.

La jeune femme se liquéfia. 26 avril 1986. La veille du jour de sa naissance. Par réflexe, elle tendit discrètement l'index et l'auriculaire de sa main droite. Le symbole des « cornes », l'un des moyens de se protéger de l'œil, tout comme la main de Fatima en corail, qu'elle dissimulait toujours sous son pull. En Corse, les cornes, ainsi que la main de corail, faisaient office de paratonnerre contre les esprits malins.

L'officier de la DGSE, qui n'avait pas perçu son émoi, poursuivit :

— Dans les jours et les mois qui ont suivi cet accident majeur, des centaines de milliers d'hommes – je dis bien, des centaines de milliers – ont été envoyés au casse-pipe pour éteindre l'incendie et éviter bien pire encore : une série d'explosions en chaîne. Ils ont aussi bricolé une espèce de sarcophage autour du réacteur. On les a baptisés les « liquidateurs », mais, en fait, on aurait tout aussi bien pu les appeler les « liquidés ». Parce que la plupart se sont sacrifiés. Ils se sont jetés dans les flammes de l'Enfer et ont été transpercés par des radiations capables de décimer des troupeaux d'éléphants. On estime que vingt-cinq mille hommes sont morts, parfois en quelques jours, des conséquences des doses astronomiques de rayons ionisants qu'ils avaient reçues.

Les deux enquêteurs encaissèrent. Ils n'avaient jamais eu connaissance du nombre de victimes de ce désastre.

— Ces hommes avaient donc accepté une mission suicide, pour en sauver des millions d'autres. Parmi les liquidateurs qui ont survécu, la plupart sont tombés gravement malades. Mais… un petit nombre, les « résistants », ont, semble-t-il, développé des aptitudes hors normes. Et ce, malgré les mutations génétiques profondes provoquées par les radiations émises par le cœur du réacteur en fusion.

L'officier de la DGSE marqua une pause. Il réfléchissait à la métaphore qui conviendrait le mieux pour traduire les conclusions des scientifiques qui s'étaient penchés sur l'ADN des meurtriers.

— C'est comme une sélection naturelle, si vous voulez. Ces survivants ont acquis un avantage sélectif, un avantage qui leur permet de nous surclasser dans plusieurs domaines. Et nous devons tout faire pour en apprendre plus sur eux. Pour mieux les connaître, et découvrir, peut-être, leurs faiblesses. Leur *talon d'Achille*…

Au même instant, un médecin s'approcha. Il était plus blême qu'un iceberg. Il tenait des radios entre les mains et des paperasses qui ressemblaient, de loin, à des résultats d'analyses sanguines.

— Colonel, il faut absolument que je vous parle.

Tout en balbutiant, l'homme avait lentement tourné son visage vers la prison de verre. Comme pour s'assurer que le suspect dormait toujours. Des gouttes de sueur perlaient le long de ses tempes.

****

Depuis une heure, le biologiste s'affairait sur les lames de bronze pour en extraire les traces d'ADN. Il recourait aux mêmes techniques que celles de la police technique et scientifique, ou que celles de l'Institut de recherche criminelle de la gendarmerie. Et pour cause. Avant d'intégrer le Centre national de séquençage, ce solide gaillard de près de deux mètres avait dirigé le laboratoire central de la gendarmerie, lorsqu'il se situait encore au fort de Rosny-sous-Bois. C'est là qu'il avait fait la connaissance de l'anthropologue. Une solide amitié s'était nouée entre eux.

Le Dr Manuel Guerra était espagnol. Ses parents avaient fui la dictature de Franco. Enfant, il avait souffert de son statut d'immigré sans ressources, perdu dans un petit village du Lot. Mais la France lui avait offert un spectaculaire ascenseur social. Fils de simple éleveur, il était devenu médecin, et avait décroché un doctorat en biologie moléculaire à l'université de Montpellier. En parallèle, le traumatisme des années d'oppression pendant la dictature du *Caudillo*[1] l'avait poussé à s'enrôler dans l'armée, jusqu'à devenir officier de réserve. Il avait appris à se défendre, dans le but de prendre les armes contre toute nouvelle atteinte à la démocratie. Et Dieu sait que les menaces se précisaient, un peu partout… Mais ce qui rapprochait Zim du Dr Guerra, c'était avant tout son intime connaissance des grottes préhistoriques du sud-ouest de la France, tout comme celles du nord de l'Espagne et

1. Surnom de Franco, littéralement « seigneur de guerre ».

du Portugal. Passionné par le récit de nos origines, il s'était peu à peu spécialisé en génétique des populations. Pour comprendre qui nous étions. D'où nous venions.

— Tu as pu l'isoler ?

Zim parlait comme une pendule. Il fallait faire vite. Plus que jamais.

— On a beaucoup de chance. Quand ta collègue lui a tiré dessus, quelques gouttelettes de sang ont giclé sur l'une des deux lames. Cela va nous faire gagner beaucoup de temps. La qualité de l'ADN est excellente, bien plus que sur des traces papillaires.

Manuel Guerra, avec une dextérité déconcertante, initia le processus physico-chimique d'extraction et d'amplification de la précieuse molécule en double hélice. Grâce aux moyens spectaculaires du Genoscope, une vingtaine de minutes suffirent pour mener l'opération à bien. Aussitôt, il enfourna ses plaques encore chaudes dans l'un des séquenceurs flambant neufs et initia la procédure du *Whole Genome Sequencing*. En moins de quarante-huit heures, ils disposeraient des mêmes informations que la police scientifique, et surtout que la DGSE.

— J'ai d'abord programmé le séquençage du chromosome Y, indiqua Guerra. Je pense qu'une partie de l'énigme se niche là.

L'œil de Zim brilla. C'était une brillante idée. Le chromosome Y était l'un des plus petits du double brin d'ADN ; il ne comportait qu'une centaine de gènes – sur les vingt mille du génome humain –, ce qui le rendait rapide et aisé à déchiffrer. Le résultat tomberait en moins d'une heure.

****

L'officier de renseignements était revenu auprès des deux enquêteurs. Vannina, toujours déterminée à collecter le plus d'informations possible, l'alpagua aussitôt.

— On peut savoir ce qu'il se passe ?

— Désolé, je ne peux rien vous dire.

Brunier contempla l'homme inerte, esseulé dans sa geôle de verre. N'avaient-ils pas forcé la dose ? Allait-il jamais se réveiller ? Il se refusait, lui aussi, à « lâcher le morceau » – et abandonner la *bête* à son triste sort.

— Il a fait un arrêt cardiaque, c'est ça ? Vous l'avez carrément shooté…

Le policier avait pris sur lui. Il s'était efforcé de parler le plus calmement possible, même s'il ne rêvait que d'une chose : lui coller son poing au milieu de la figure, pour lui écraser proprement le nez. Un joli craquement des cartilages, et plus rien. Un trou, une béance qui le ferait ressembler aux crânes qu'il avait contemplés dans les catacombes parisiennes. Le colonel n'était pas dupe. Il sentait la haine comme un torrent de phéromones qui déferlait sur lui.

— Non, commandant. Inutile d'insister. Restez ici, j'aurai besoin de vous plus tard.

— Alors c'est donnant-donnant, lâcha Vannina, tout aussi excédée que le policier. Si vous souhaitez qu'on coopère, dites-nous ce que vous a révélé le toubib. Sinon, on ne bougera pas un cil.

L'officier de la DGSE hésita quelques instants. Il se massa le menton, et comprit que la jeune femme ne bluffait pas. Les deux pieds nickelés n'avaient rien à perdre. Espérer leur aide en leur dissimulant l'essentiel ne pouvait fonctionner.

— Bon… Les radios montrent que certains os ont une taille anormale, qui ne correspond pas aux proportions anatomiques humaines. La cage thoracique est plus large, plus volumineuse. Son cœur et ses poumons aussi, ce qui lui confère sans nul doute une forte endurance, mais aussi des capacités respiratoires exceptionnelles, lui offrant par exemple la possibilité de supporter la très haute altitude, ou encore de tenir longtemps en apnée.

L'image de la *bête* déchaînée dans le lac souterrain de Bonifacio s'engouffra dans les replis du cerveau de Vannina.

— Ne vous foutez pas de nous, colonel. Son physique de lanceur de marteau tchétchène et ses performances en apnée, je connais. On l'a même vu sauter de trente mètres de haut et s'érafler à peine la jambe. Apprenez-nous quelque chose que nous ignorons.

L'agent de la DGSE fixa l'enquêtrice d'un regard sombre. « La garce. » Brunier savourait l'instant.

— OK. Mais je ne vous refais pas le topo du secret-défense…

— Voilà, non, on risque de passer quinze piges au placard, c'est bon, on a tout coché. Accouchez.

— Docteur Brénac, s'il vous plaît.

La blouse blafarde s'approcha.

— Expliquez-leur. Ils sont habilités.

Le médecin haussa un sourcil et se lança :

— Le sang de l'individu présente une anomalie majeure de concentration en sulfure d'hydrogène.

Vannina tombait des nues.

— C'est quoi, le sulfure d'hydrogène ?

— Le gaz qui pue l'œuf pourri, lâcha le médecin.

Ses talents de vulgarisation impressionnèrent la jeune femme.

— C'est pas un truc qu'on manipule au lycée ? Je me souviens de mes TP de chimie, avec cette odeur immonde…

— Bien sûr, capitaine. C'est l'expérience ultime, très simple, et qui fait toujours sensation. Vous mélangez du soufre avec de la limaille de fer, et ensuite vous versez n'importe quel acide dessus. C'est l'ébullition garantie avec des fumerolles de H_2S, le sulfure d'hydrogène. En général, toute la classe beugle, à cause de l'odeur répugnante.

C'était exactement le souvenir de Vannina.

— Et… Il a ça dans le sang ?

— Absolument. En fait, il nous arrive à tous de produire du sulfure d'hydrogène. Certaines bactéries de notre flore intestinale finissent par macérer et elles se dégradent en H_2S.

Ensuite, il faut que ça sorte… C'est ce qui donne leur charmante odeur à nos flatulences.

Vannina fit une grimace de dégoût. Le médecin, lui, poursuivait tranquillement ses explications fétides.

— C'est le principe de la méthanisation. Vous voyez, le lisier de porc en Bretagne ? À force de cuire sans contact avec l'air, ils finissent par synthétiser du sulfure d'hydrogène, avec cette odeur d'œuf pourri caractéristique. Ou alors avec les algues vertes, toujours en Bretagne, qui s'étaient accumulées sur les plages au point de les défigurer. Elles finissaient par dégager d'importantes quantités de H_2S.

— Mais… c'est pas toxique, du coup ? poursuivit Brunier.

— Si, justement. Prenez les algues vertes, dont je vous parlais. Un cheval est tombé raide mort en les inhalant. Et son cavalier n'était pas très frais non plus.

Tout en parlant, le médecin exhiba une sorte de manuel, et tourna quelques pages.

— Voilà : ce gaz fait l'objet de treize mises en garde majeures. Par exemple, H400 : très toxique pour les organismes aquatiques. P315 : en cas d'inhalation, consulter immédiatement un médecin. H220 : gaz extrêmement inflammable. Et le plus explicite : H330 : mortel par inhalation.

Le praticien retourna le livre afin d'exhiber le terrifiant pictogramme qui surplombait la fiche signalétique du sulfure d'hydrogène : un crâne posé sur deux fémurs, logé au centre d'un losange rouge. « Danger de mort ».

— Mais… il fait comment pour vivre avec ça dans le sang ? Il aurait dû mourir mille fois, non ? intervint Brunier.

— C'est toute la question, en effet. Sans doute dispose-t-il d'une mutation génétique qui lui permet de vivre avec. Le plus dingue, c'est que le sulfure d'hydrogène entre directement en compétition avec l'oxygène. Le sang véhicule moins d'oxygène, qui est remplacé par le H_2S. En principe, c'est hautement toxique pour les cellules. Ses organes devraient être très altérés, certains même nécrosés, en déficit critique d'oxygène. Mais ce n'est pas le cas.

Tandis que le médecin terminait son cours, Marc Brunier riva son regard vers la « cible ». Il se mit à bégayer.

— Il… Il se réveille ! Regardez !

Le « cobaye » venait de planter ses deux iris pénétrants dans ceux du policier.

****

Au cœur de la salle de séquençage du Genoscope, le « graal » semblait à portée de main. En moins de cinquante minutes, le chromosome Y du suspect de Bonifacio avait été entièrement déchiffré. Le Dr Manuel Guerra se jeta aussitôt sur le flot de données.

— Alors ? interrogea fébrilement Zim.

Une litanie ininterrompue de A, de T, de C et de G, l'alphabet élémentaire de la génétique, se succédait sur les dizaines de pages d'écran. Le code brut était tout simplement illisible.

— Ce qui m'intéresse, ce sont les séquences répétitives. Ces séquences permettent de remonter l'arbre généalogique de toute l'humanité. Leur nombre et leur structure varient de manière homogène d'une population à l'autre. Et en plus, elles permettent d'établir la chronologie : qui descend de qui, et à quelle époque. C'est tout simplement l'histoire de l'homme qu'on peut lire à travers ces millions de petits caractères.

Zim jubilait.

— Bon, comme tu sais, le Y est l'un des deux chromosomes sexuels, avec le X. Le Y est spécifiquement masculin. Il n'est donc transmis que par les pères, de génération en génération. Depuis des centaines de milliers d'années… Étudier sa structure permet de découvrir toutes les bifurcations des lignées paternelles humaines d'une époque à l'autre, et surtout d'une région du monde à l'autre. Et grâce à ce petit jeu, on a pu démontrer que le plus récent ancêtre commun à toute l'humanité actuelle aurait probablement vécu en Afrique, il y a trois cent trente-huit mille ans. Un homme, un seul, aurait donc vécu dans l'insouciance, et surtout dans l'ignorance de son rôle immense : celui d'être notre arrière-grand-père à tous.

Zim était fasciné. Il connaissait grossièrement cette théorie, mais ne l'avait jamais étudiée en détail.

— C'est lui qu'on appelle l'Adam Y-chromosomique, c'est ça ?

— Absolument. Et il existe aussi une Ève, une mère commune à toute l'humanité. L'Ève *mitochondriale*. Pour remonter jusqu'à elle, on étudie un petit ADN qui ne se trouve pas dans le noyau des cellules, mais à l'extérieur.

— Il y a donc réellement eu un Adam et une Ève, comme dans la Bible…

Zim était de plus en plus troublé.

— En tout cas, c'est comme ça qu'on les a baptisés. C'était pratique. Depuis, tous les êtres humains qui peuplent la Terre conservent un petit quelque chose de cet homme et de cette femme dans leur ADN. Ils sont le dénominateur commun. Ensuite, on a fait des choses très sophistiquées. On a distribué l'espèce humaine en groupes distincts, selon leurs migrations et leurs divergences génétiques : on appelle ça les « haplogroupes ». C'est cette analyse que je viens de lancer. Nous allons enfin apprendre à qui ce spécimen est apparenté. À quel groupe d'hommes appartient-il ? Qui sont ses ancêtres ?

Zim se montrait de plus en plus impatient. Sa théorie pouvait se valider, ou bien s'effondrer, en l'espace de quelques minutes. Des hypothèses stupéfiantes, que rien ni personne ne pourrait jamais croire, sauf à disposer de preuves scientifiques irréfutables. C'est exactement ce qu'il était venu chercher.

****

Neuf molosses en tenue de combat s'étaient engouffrés dans le bunker de verre. Les résultats d'analyse n'ayant révélé aucune contamination particulière, ni de radioactivité suspecte, il n'était plus nécessaire de prendre d'infinies précautions avec le suspect. Et puis, ils n'avaient plus le choix. Une fois éveillé, *l'homme au sang empoisonné* représentait un vrai danger. Le reflet des pistolets-mitrailleurs sur les vitres, canons pointés sur la cible, détonnait avec l'univers feutré de l'enceinte de confinement. L'homme n'avait étrangement opposé aucune résistance, et s'était laissé cornaquer sans rechigner. Il enfila même quelques vêtements, avec une certaine gaucherie.

Depuis qu'il avait levé les paupières, il n'avait jamais dévié ses iris perçants de Marc Brunier. Son regard fascinait l'officier qui ne pouvait, lui non plus, détourner ses pupilles du prisonnier, jusqu'à son extraction vers une pièce voisine. Trois hommes en uniforme s'étaient assis face à lui. Aucun autre personnel n'était habilité. Tous suivaient désormais l'échange sur des écrans déportés, au beau milieu de la salle blanche.

L'interrogatoire débuta en russe. Le captif, solidement menotté, restait aussi impassible qu'une statue de cire. Son regard visait l'horizon de béton et s'abîmait contre le mur grisâtre. Les agents qui l'interrogeaient lui paraissaient transparents. Après le russe, ils tentèrent trois langues slaves.

L'un des agents dévisageait le suspect. Il détaillait ses énormes pataches, sa carrure de bodybuilder gavé d'amphétamines et surmontée d'une tête aussi épaisse que bombée. La mâchoire plutôt fuyante détonnait avec le nez épaté et les sourcils broussailleux. Ses cheveux clairs formaient des gerbes désordonnées. Il n'avait clairement jamais fréquenté de coiffeur. Le plus troublant restait ses prunelles cerclées d'un disque de lapis-lazuli. En l'observant plus attentivement encore, il discerna un léger étirement des paupières. Ses yeux étaient à peine bridés. Aussi l'agent bafouilla-t-il quelques bribes de langue asiatique.

Brunier et Vannina assistaient à la scène, et constataient l'incapacité des militaires à communiquer avec leur détenu. Le suspect semblait débranché. C'est alors que Vannina fut traversée par le souvenir du face-à-face à la grotte de Bonifacio. Brunier était parvenu à parler avec l'armoire à glace. Quelle langue, ou quel langage codé avait-il utilisé, que les meilleurs spécialistes de la DGSE ignoraient ? Visiblement, elle n'était pas la seule à se poser la question.

— Commandant Brunier, c'est à vous de jouer.

Le colonel avait fait sursauter le policier. Ce dernier haussa les sourcils, et s'apprêtait à envoyer paître l'officier de renseignements lorsque le haut-parleur vibra.

— *Baka chté akwa. Baga ké tapa vika !*

Le silence s'abattit sur tout l'étage. L'instant d'après, une demi-douzaine d'agents se précipitèrent sur une rangée de micro-ordinateurs. Des fréquences vocales remplissaient les écrans et s'illuminaient au passage du curseur. Ils passaient et repassaient ces quelques mots enfin prononcés par le prisonnier. Les algorithmes tournaient. Puis la réponse tomba : « UNKNOWN[1] ».

Les linguistes et autres polyglottes des renseignements extérieurs, les meilleurs dans leur domaine, échangèrent des regards stupéfaits. Ils poussèrent l'analyse. En quelques instants, une série de langues défila sur les écrans. Le langage du prisonnier présentait des « chevauchements » et des « appariements » avec une centaine d'idiomes à travers le monde, depuis une langue vernaculaire du nord de la Sibérie jusqu'aux dialectes des Papous et des aborigènes d'Australie, en passant par les Bochimans du Kalahari. Des pourcentages d'occurrence figuraient face à chacun des sons articulés par le détenu.

L'un des termes, « akwa », fut aussitôt traduit par « eau ». C'était le seul qui matchait avec plus de deux cents langues et dialectes du monde entier. Sans doute s'agissait-il d'un des mots les plus anciens jamais prononcés par un homme…

— Apportez-lui de la flotte ! hurla aussitôt le colonel.

---

1. « Inconnu ».

Dans la minute, un soldat pénétra dans la salle d'interrogatoire muni d'une bouteille de plastique. Le détenu ne bougeait plus. Il avisa la bouteille et la saisit. Mais il la serra si fort qu'elle se broya dans sa paume puissante.

— Commandant Brunier, ne vous faites pas prier. Allez-y. Maintenant.

Le visage de l'officier de police vira au pourpre.

— Vous commencez à me faire carrément chier ! Vous croyez quoi ? Que je parle ce charabia imbittable ?

Sa lèvre supérieure trembla, tandis que sa paupière droite tressautait. Il entrait dans une fureur sourde et s'apprêtait à exploser, une bonne fois pour toutes.

— Marc..., articula timidement Vannina. Tu sais, j'étais dans la grotte quand... quand tu étais avec l'autre. Et... tu as parlé sa langue.

Le policier darda deux pupilles effrayantes sur la jeune femme.

— Tu joues à quoi ? Tu es comme lui ? Tu veux me faire passer pour un taré ? Un traître ? Un extraterrestre ?

Le colonel saisit un gobelet d'acier rempli d'eau qu'un soldat avait rapporté de l'extérieur. Puis il le tendit à Marc Brunier.

— Commandant, portez-le-lui vous-même. On verra bien. C'est notre seule chance d'entrer en communication avec lui. Faites-le.

Le policier empoigna le récipient avec un geste d'humeur et tourna les talons sans mot dire. Sa paupière tressaillait toujours. Les prémices inquiétantes d'une nouvelle crise. Il obtempéra pour masquer cette faiblesse, et tenter de contenir le déferlement électrique qui allait embraser son cerveau malade. Il entra dans le local.

— Sortez.

L'ordre ne souffrait aucune contestation. Les trois agents, penauds, s'exfiltrèrent sans discuter. Marc Brunier se campa bien en face du détenu. L'homme s'anima enfin. Son regard cristallin se riva aussitôt sur celui du policier. Brunier poussa le gobelet sur le bureau métallique. L'homme l'agrippa et le porta à ses lèvres. Il but d'une traite.

— *Oga !*

Le policier récupéra le verre qui grinça sur la tôle.

— Apportez-moi une bouteille, un tonneau, une citerne s'il le faut. Et à mon avis, de la bouffe, aussi. Beaucoup de bouffe.

****

Manuel Guerra compulsait ses données dans un silence de plomb. Zim, lui, creusait une tranchée à force de faire les cent pas. Il se demandait ce que pouvaient bien fabriquer le commandant Marc Brunier et le capitaine Vannina Aquaviva, dans le sillage de la DGSE. Avaient-ils remonté une piste vers l'un des spécimens ? En avaient-ils même capturé un ? Dans ce cas, le temps était plus que compté. L'anthropologue et ses quelques confrères dans le secret des dieux se trouvaient engagés dans une redoutable course contre la montre. Ils devaient trouver la clé avant les services de renseignements et l'armée.

— C'est un vrai bordel, cet ADN.

Le généticien avait marmonné dans sa barbe. Zim accourut aussitôt près de lui. Ils étaient tous deux penchés sur l'écran d'un des séquenceurs.

— La plupart des séquences que j'ai pu analyser présentent une mutation, une introgression, ou une réversion allélique. Ce sujet devrait être lourdement handicapé, et présenter de très nombreuses anomalies métaboliques.

Zim ne bougeait pas. La DGSE avait déjà postulé le même constat. Il espérait beaucoup plus de son collègue.

— Ou alors…

— Quoi ? s'impatienta Zim.

— Ou alors c'est une matrice légèrement différente de la plus commune de l'humanité. Notre modèle standard, basé sur plus de cent trente millions de variants génétiques, n'est peut-être pas adapté.

— Je ne comprends rien, Manuel. Sois plus simple.

— Pour bâtir nos modèles de génétique des populations, il a fallu séquencer un millier d'ADN. Mais on s'est surtout intéressé aux grandes populations, et beaucoup moins au plus petites. On a très peu de données sur les Bochimans, par exemple, et aucune sur les Sentinelles qui vivent au large de l'Inde.

— Les Sentinelles ? Tu parles de ce peuple des îles Andaman, dans l'océan Indien, qui n'a jamais accepté aucun contact avec le reste de l'humanité ? Celui qui reste complètement isolé du reste du monde, sur son île ?

— Exactement. Ce sont eux qui avaient criblé de flèches un missionnaire américain qui avait tenté de les approcher pour les évangéliser. C'était il y a deux ans, je crois.

Zim connaissait bien cette peuplade dont seules quelques images satellites avaient permis d'apercevoir les silhouettes. Quelle langue parlaient-ils ? Comment vivaient-ils ? Pour un anthropologue tel que lui, ces derniers peuples « non contactés » représentaient le Graal, le rêve ultime. Ces hommes vivaient sur de minuscules îles, ou bien dans des territoires reculés tels que la Papouasie, ou le cœur de l'Amazonie. Mais pour combien de temps encore ? Car, malgré leurs efforts inouïs pour éviter tout contact avec l'espèce dominante et assassine, nous, les hommes « modernes », nous apprêtions à les anéantir. En détruisant leurs forêts, comme en Amazonie, ou bien en les entraînant dans notre chute, en faisant monter le niveau des mers, au point d'immerger leurs îlots, ou bien en les asphyxiant, à cause de l'effet de serre et de la pollution globale. Sans les toucher, sans même tirer une seule balle, nous allions les éradiquer.

Nous n'étions que des Destructeurs.

Nous l'avions toujours été.

Mais nous venions de mettre au point l'arme ultime. Planétaire, insidieuse, bien plus puissante que cent mille bombes atomiques : l'arme atmosphérique et climatique.

— Tiens, encore un exemple. J'ai cherché la mutation M168. Elle est commune à tous les hommes, en dehors des Africains. Elle désigne donc les *Sapiens* sortis d'Afrique et qui se sont répandus dans le monde entier. Eh bien… je ne la trouve pas.

— Qu'est-ce que ça veut dire ?

— L'une des explications serait que le spécimen est un Africain, d'une origine très ancienne, dont l'ancêtre remonte aux premiers hommes qui sont apparus là-bas. Donc pas ceux qui sont sortis, autour de deux cent mille ans avant Jésus-Christ, pour coloniser le monde.

— Asservir, dominer et soumettre le monde, rectifia Zim.

Manuel Guerra haussa les sourcils. Mais il partageait cette sombre opinion.

— Cette hypothèse ne tient pas, reprit Zim. Je l'ai vu. Il a les yeux bleus et les cheveux clairs. Pour la DGSE, c'est un Russe qui aurait subi des mutations génétiques, et aurait été entraîné dans les goulags de Sibérie. Dressé pour tuer.

— Rien que ça ? Qu'est-ce qu'ils fument, à la DGSE ?

L'anthropologue sourit.

— Bon, cela étant, s'il n'est pas africain… Je ne sais que dire. Cela dépasse nos modèles et ne correspond à aucune matrice. Je… Je pense qu'il faudrait créer un groupe spécifique pour cet individu, et peut-être pour les autres spécimens qui lui ressemblent. Ils présentent une origine patrilinéaire inconnue…

Zim sentit son cœur s'emballer. Il touchait au but.

— Manuel, tu te rends compte de ce que ça veut dire ? Que son Adam à lui n'est pas le même que le tien, le mien, ou même que celui de n'importe quel Africain ! Il n'est pas un *Sapiens*, en tout cas un des *Sapiens* qui a donné vie à tous les peuples connus aujourd'hui !

Le généticien rectifia :

— C'est possible si on ne considère que les peuples dont nous avons recueilli et étudié l'ADN. Mais je t'ai dit que les modèles connaissaient des lacunes, que nous n'avons pas effectué de prélèvement chez tous les peuples du monde.

— Oui, mais si son chromosome Y n'était pas *Sapiens* ? insista Zim. Tu imagines, Manuel ?

Le Dr Guerra resta sans voix. Il lui était impossible de postuler une telle hypothèse. C'était irrationnel, et donc impossible, du moins dans le monde dans lequel il vivait. Il existait une explication, forcément. Il se trouvait juste confronté à une rareté statistique. Il suffisait de créer une nouvelle « boîte », une nouvelle nomenclature. Et tout irait pour le mieux.

****

L'homme avait siphonné trois bouteilles et dévorait une douzaine de sandwichs sous vide. Il marquait une légère préférence pour le pain suédois. Marc Brunier assistait au spectacle avec un zeste de fascination. Le prisonnier semblait n'être jamais rassasié. Pouvait-il s'agir des effets de ses mutations ? Son métabolisme était-il particulièrement énergivore ? Ou bien son « anomalie » au sulfure d'hydrogène impliquait-elle un apport calorique exceptionnel ?

Sa carrure démente et son corps massif suffisaient peut-être à expliquer cet appétit d'ogre. Au bout d'une dizaine de minutes, le policier s'efforça de communiquer à l'aide de gestes. Le détenu se trouvait manifestement à l'aise, et bien plus coopératif depuis l'immixtion de l'ex-cador de la brigade criminelle.

À l'aide de son pouce, Brunier mima la tétée d'un goulot de bouteille.

— Aqua ?

C'était le seul mot qu'il avait mémorisé, et qui lui rappelait ses cours d'italien. Mais la soif du captif semblait enfin étanchée.

— Boko gva mé pola, kamé raka sété kossi.

L'homme se lança dans une diatribe.

Dans la salle blanche, le colonel et les autres agents de la DGSE espéraient un miracle. Que le commandant de police comprenne et s'engage dans un dialogue qui permettrait d'interroger le suspect. Il fallait lui faire cracher la vérité sur les camps d'entraînement de Sibérie, et sur le plan sordide que les Russes avaient fomenté pour nuire à l'Europe. Trois agents de renseignements avaient déjà péri ; jusqu'où iraient-ils ? Mais rien ne vint. Brunier restait coi. Il écoutait la litanie de sonorités gutturales tomber comme des glaçons au fond d'un verre, et ne saisissait rien à ce galimatias.

Vannina était à la fois désolée et rassurée que le policier n'eût pas totalement versé dans la quatrième dimension. Le mystère de la grotte de Bonifacio demeurait entier. Le suspect, lui, semblait penser que Brunier comprenait parfaitement ce qu'il disait. Il s'animait de plus en plus, et multipliait les gestes. Ses poignets entravés par les pinces argentées s'agitaient dans des volutes expressives.

— Bam !

Il avait hurlé. L'onomatopée résonnait encore contre les parois de béton. Brunier avait sursauté, et même esquissé un léger mouvement de recul. D'évidence, le détenu décrivait une scène violente, qui finissait mal. Était-elle déjà advenue ? Ou bien annonçait-il quelque événement tragique ?

— Bam ? répéta le policier.

— Ra, bam, bambam, bambambam.

Et l'homme dessina plusieurs carrés à l'aide de son index.

Un silence de mort régnait de part et d'autre des murs de la salle d'interrogatoire.

Vannina ressentit un flot d'ondes négatives l'envahir. Elle commençait à sombrer dans son état second, et s'efforçait de contenir la vague qui s'apprêtait à la submerger. Elle voulait demeurer consciente et, surtout, se tenir prête. Car son instinct de *mazzera* lui dictait que quelque chose de grave allait se produire. Même si elle ne comprenait rien au langage du prisonnier, les intonations, les expressions, jusqu'aux « bam » répétés indiquaient clairement l'approche d'un danger. Désarmée, elle ne pourrait pas défourailler pour voler au secours du policier. Elle ne lui sauverait pas deux fois la vie.

Sans crier gare, le colonel débarqua dans le local, au beau milieu des sachets de sandwich et des bouteilles vides.

— Bon, ça assez duré, cette comédie. Commandant, traduisez immédiatement ce qu'il vous a dit ou je vous colle au trou pour complicité d'atteinte à la sûreté de l'État.

Vannina s'était levée d'un bond et s'apprêtait à fondre sur la salle d'interrogatoire. Trois cerbères casqués lui barrèrent aussitôt la route.

— Qu'est-ce que c'est que ces conneries ? hurla l'enquêtrice, enragée.

Vannina était passée en mode warrior, et l'envie de prodiguer une bonne raclée aux « trois connards » qui l'empêchaient d'avancer la démangeait sérieusement. Outre ses capacités d'endurance hors normes, quinze années de tatamis lui avaient conféré une certaine aptitude aux « branlées ». À l'occasion des évaluations physiques annuelles de la gendarmerie, elle envoyait systématiquement ses collègues au tapis.

Brunier, lui, s'était dressé comme un diable s'éjecte de sa boîte. La fureur, mêlée à la crise naissante, le rendait plus terrifiant que jamais.

— Foutez le camp ! Vous ne comprenez rien à rien ! Vous n'êtes qu'une merde !

Le colonel saisit le policier par le col et le plaqua contre le mur. Et puis tout bascula. Le prisonnier bondit et poussa le bureau contre la porte blindée. Le meuble, un énorme bloc de métal, pesait le poids d'un âne mort. Il l'avait mû sans l'ombre d'une difficulté, et malgré ses entraves aux poignets.

L'officier de la DGSE, passé l'instant de sidération, saisit la crosse de son arme pour mettre l'enragé en joue. Avant même qu'il n'achève son geste, la brute décocha un puissant coup de pied dans l'estomac du colonel qui s'effondra. Le détenu ripa derrière le militaire agonisant, passa ses mains enchaînées au-dessus de son crâne et enserra violemment son cou à l'aide de ses bracelets. L'officier vira instantanément au pourpre. Plus aucune once d'oxygène ne filtrait dans ses poumons. La *bête* tirait si fort qu'elle manqua de lui déchirer la trachée, comme on casse un cure-dent.

Brunier, tétanisé, sombra. Il convulsait au sol, victime d'une des plus violentes crises d'épilepsie qu'il eût jamais subies. Un filet d'écume s'écoulait de ses lèvres.

Dans la salle blanche, la panique s'était emparée de tous les fonctionnaires. Cinq soldats surarmés du service action de la DGSE se ruèrent sur la porte. Ils eurent beau s'acharner, taper comme des sourds, défoncer le battant à coups de pied, la porte tremblait à peine.

Brunier, toujours au fond du gouffre, balbutia :

— *Vaka… bvo néké bala !*

Le prisonnier se retourna. Ses yeux injectés de sang ne laissaient guère de doute sur ses intentions. Il ne voulait rien entendre. De l'autre côté du mur, tous couraient ; les téléphones et les talkies-walkies grésillaient ; des demandes de renfort fusaient dans tous les sens. Finalement, le prisonnier relâcha sa prise et se releva. Aussitôt, un gradé, qui suivait la scène depuis son écran vidéo, hurla à s'en dégosiller :

— Tirez à travers la porte, à hauteur d'homme ! Flinguez-moi cette pourriture !

Les rafales assourdissantes des HK-416 crépitèrent sans discontinuer. Les balles se logèrent dans la porte ; le blindage résistait malgré le feu nourri à bout portant. La violence de la fusillade rendit le détenu plus déchaîné que jamais. Il tournait le visage en tous sens, en quête d'une solution. Il était fait comme un rat, sans autre issue que la porte blindée. Des cloques bullaient à la surface du panneau, si bien que la cuirasse finirait par céder. L'énergie des projectiles crachés par les fusils d'assaut faisait déjà rougir l'acier.

Le colonel, à l'article de la mort, tendit ses doigts tremblotants vers son semi-automatique, qui était tombé tout près de lui. Avec l'énergie du désespoir, il saisit l'arme et tenta de viser la *bête* furibonde. Puis il pressa la détente.

Le coup de feu passa inaperçu parmi les salves d'armes automatiques. La balle de neuf millimètres se vrilla dans l'épaule du forcené. Ce dernier tressauta à peine. Il planta ses pupilles enflammées dans celles du colonel qui se mourait. Il fracassa la caméra de vidéosurveillance, privant les militaires de tout contrôle sur le déroulement des événements à l'intérieur de la ratière.

— Cessez le feu ! hurla le gradé qui ne voulait prendre aucun risque pour la sécurité des officiers à terre.

Un silence de mort s'abattit. Tous retenaient leur souffle. Puis des hurlements féroces déchirèrent le silence. Des cris rauques mêlés à des plaintes de terreur. Brunier et le colonel râlaient avec une telle détresse que tous les personnels en eurent le cœur transpercé. Vannina se précipita sur la porte, et tapa des poings et des pieds comme une enragée. D'autres militaires firent de même, dans des gestes désespérés. Des artificiers déboulèrent enfin dans la salle blanche, pour faire sauter la porte.

Mais, tandis qu'ils s'affairaient, une dernière plainte bouleversante lacéra les tympans.

Et puis, plus rien.

Chapitre vingt-quatre

17 février 2020, 19 h 20

Zim s'exfiltra du Genoscope, muni d'une enveloppe brune. Il la pressait contre sa poitrine, comme un précieux trophée. Dans la rue, la pluie s'était tarie et laissait apparaître de nouveaux paysages. Les routes s'étaient muées en lagunes, bordées de berges désertes. Avant son départ, l'anthropologue avait emprunté le mobile de Manuel Guerra, puis tenté de joindre Vannina à plusieurs reprises. Une voix d'outre-tombe avait fini par répondre.

— C'est horrible, Zim…

L'enquêtrice, pourtant vaccinée contre l'effroi, s'était trouvée incapable de raconter. Aucun mot, en cet instant, n'avait franchi ses lèvres. Ils étaient restés sous une chape d'images indicibles. Ils s'étaient donné rendez-vous dans Paris. Mais avant de le retrouver, Vannina se rendit à l'hôpital de la Pitié-Salpêtrière. Une fois dans sa chambre, elle ne put détourner son regard de Marc Brunier. Elle resta assise, immobile, devant son lit. Autour de lui, les moniteurs de signes vitaux émettaient des bips glaçants et de fines courbes sinusoïdales ondulaient sur les écrans. Une perfusion s'égouttait dans ses veines, pendant qu'un oxymètre mordait son index pour capter son niveau de saturation d'oxygène. Tous craignaient une intoxication au sulfure d'hydrogène, au contact du sang du détenu. Car, du sang, il en avait coulé. Beaucoup.

Vannina ressassait le film inouï des événements. Après le dernier hurlement déchirant, les artificiers avaient fini par faire sauter la porte. Aussitôt, le Service Action avait criblé le *monstre* de plusieurs rafales d'armes automatiques. Les projectiles de quarante-cinq millimètres de longueur, véritables ogives propulsées à mille mètres-seconde, avaient perforé les chairs, éclaté les organes et déchiré les muscles dans un fracas assourdissant. Le bain d'hémoglobine s'était mêlé aux flaques noirâtres qui baignaient déjà le corps de l'officier de la DGSE, et celui de Marc Brunier. L'homme s'était affalé d'un bloc.

Les médecins et autres personnels scientifiques étaient sonnés par la déflagration des pains de plastic, autant que par les détonations traumatisantes des fusils d'assaut. L'atmosphère était saturée d'odeurs de gomme, celles de la plastrite utilisée pour faire sauter la porte.

Le spectacle de terreur s'était lentement révélé, par touches impressionnistes. Trois hommes à terre, inertes. Le détenu perdait son sang comme une barrique éventrée. Son corps vibrait encore de quelques soubresauts ; de purs réflexes physiologiques qui suffisaient à tétaniser les forces de l'ordre. L'espace d'un instant, le chef du Service Action avait hésité à *finir l'enflure* de plusieurs balles dans la tête.

À l'intérieur, ce n'étaient pas les relents de gomme qui dominaient, mais ceux du sang qui agressait violemment les narines. Les exhalaisons ferreuses du sang humain, mais aussi une puanteur d'œuf pourri dégagée par l'hémoglobine du *monstre*. Derrière lui, gisait le corps recroquevillé de Brunier. Bravant le cocktail d'odeurs répugnantes, Vannina s'était précipitée sur le policier. Elle avait empoigné son visage et l'avait lentement retourné. Il était aussi blême que le mobilier de la salle blanche. Mais il respirait, faiblement.

— Les secours, vite ! Magnez-vous, bordel !

Puis elle avait opiné vers le colonel de la DGSE. Sans vraiment le vouloir. Il n'avait plus de figure. Il ressemblait à l'une de ces gueules cassées de la Grande Guerre. Il lui manquait les yeux, une mâchoire, et ses joues semblaient à moitié déchiquetées. C'était tout juste si Vannina n'apercevait pas sa cervelle à travers ses orbites évidées. Quant au reste du corps, il était écrasé sous l'énorme masse du meurtrier. La jeune femme devinait ses côtes brisées, son bassin fracturé, et n'osait imaginer l'état de ses organes vitaux. Brunier, lui, s'en était miraculeusement sorti. D'évidence, la *bête* avait choisi de l'épargner.

Vannina se demandait si le *monstre* n'avait pas cherché à protéger le policier. Il était entré dans une furie phénoménale au moment même où l'officier de la DGSE s'en était pris à l'enquêteur : quel lien singulier pouvait donc unir les deux hommes ? Le mystère s'épaississait à chaque instant. Elle n'était pas la seule à s'interroger sur les étranges relations nouées entre la *bête* et Brunier. À l'entrée de la chambre, deux agents montaient la garde. La DGSE avait l'intention d'interroger le policier dès son réveil. Il avait une nouvelle fois parlé le même langage que l'assassin féroce ; il ne pourrait plus se dérober. Le fait même qu'il survive offrait une preuve de sa connivence…

Tandis que Vannina se triturait les méninges, Brunier, lui, vivait un nouvel épisode de décorporation. Le traumatisme enduré démultipliait cette faculté aussi mystérieuse que surréaliste. Bien sûr, de nombreux médecins et chercheurs s'étaient penchés sur le phénomène de l'« autoscopie », et l'associaient à des dérèglements psychiques provoqués par un choc, ou bien à un excès de stress et de fatigue. Brunier cumulait l'ensemble. Mais les « OBE », « Out of Body Experience » ou expérience de sortie du corps, se révélaient bien plus fréquentes qu'on ne pouvait l'imaginer. Une personne sur dix se trouve confrontée à cette manifestation au moins une fois au cours de son existence. L'expérience se révèle particulièrement troublante en état de « mort imminente », en plein coma, tandis que le sujet tutoie la mort…

Marc Brunier se trouvait dans cet état second, comme si son âme hésitait à l'abandonner, pour s'élever auprès de sa fille qui ne cessait de l'appeler. Chaque nuit, depuis de longs mois. Il visualisait la chambre, ses vêtements sur le dossier d'une chaise, et la mine cadavérique de Vannina. Il parvenait même à traverser les murs, si bien qu'il tomba nez à nez avec les deux sbires qui menaient une garde statique devant sa chambre.

— Il paraît qu'ils vont le transférer à Bégin[1] pour le cuisiner tranquille, dans une chambre interdite aux civils. Ils vont l'enchrister dès qu'il se réveille.

Ces confidences le catapultèrent aussitôt dans son corps. Il s'engouffra dans sa boîte crânienne comme un courant d'air, puis s'éveilla en sursaut. Il se dressa dans son lit et inspira profondément.

— Marc ? Ça va ?

La voix chétive de Vannina était à peine audible.

— Ouais… Mieux que toi, apparemment.

La jeune femme mima un pâle sourire.

— J'ai dû dormir quatre heures en trois nuits…

— Rien de mieux qu'une bonne crise d'épilepsie pour te clouer au pieu. Tu devrais essayer.

Les lèvres de la jeune femme dessinèrent une moue qui oscillait entre amusement et réprobation.

— Tu ne prends jamais tes traitements ?

— Je dois sortir d'ici.

Il avait parlé d'une voix tranchante, qui ne laissait aucun doute sur sa détermination.

— Mais… Tu plaisantes ? Le doc a dit que…

— Rien à branler du toubib. Dehors, la DGSE veut me la faire à l'envers. Ils cherchent à me coller le carnage sur

1. Hôpital d'instruction militaire situé à Saint-Mandé (Val-de-Marne), sous tutelle du ministère de la Défense.

le dos. C'est leur bavure, pas la mienne. Il faut que je décarre, et plus vite que ça.

Depuis la boucherie du CEA, Vannina ressentait la même menace planer sur l'officier de police. Ils ne lui laisseraient aucun répit.

— Mais comment tu veux leur échapper ? Tu vas sauter par la fenêtre, peut-être ?

— À toi de jouer. Détourne l'attention des deux abrutis dehors, et ensuite, je me débrouille.

Tout en grognant, Brunier arracha sa perfusion, ôta son oxymètre puis décolla ses électrodes. Dans un geste aussi rapide que précis, il débrancha le moniteur pour empêcher l'alarme de retentir. Sans pudeur, il déchira la tunique bleue dont les soignants l'avaient revêtu à son arrivée et bondit de son lit aussi nu qu'un ver.

Vannina piqua un fard et détourna le regard.

— Et tu vas aller où comme ça ? On se retrouvera comment ?

— Au 36, ronchonna le policier tout en enfilant son slip.

— Le quai des Orfèvres ? L'ancien siège de la Crim' ? Mais c'est vide maintenant, ils ont tous déménagé rue du Bastion, dans le 17e…

— *Presque* vide. Il reste la BRI. Et la plupart sont encore des potes, même si on s'est un peu perdus de vue. C'est encore là que je me sens le plus en famille. Et le plus en sécurité. Maintenant, vas-y, occupe-toi des deux poireaux dehors, on n'a pas la nuit devant nous.

La jeune femme ne goûtait nullement l'improvisation. Une fois de plus, elle était déstabilisée, loin de ses zones de confort de l'île de Beauté. Si seulement ses collègues d'Ajaccio étaient là, tout serait différent. Elle n'évoluait jamais aussi bien qu'en équipe.

C'est alors qu'une clameur s'éleva dans le couloir. Brunier se figea. C'était terminé : ils arrivaient. Ils allaient l'embarquer à l'hôpital militaire, sous bonne garde. Il ne pourrait plus s'enfuir. Au contraire, le visage de Vannina s'illumina.

— Recouche-toi !

Brunier plongea sous les draps. La porte s'ouvrit avec fracas.

— Ah, te voilà enfin ! C'est un scandale de t'avoir associée à ce fiasco ! Tu aurais pu perdre la vie, et Marc Brunier aussi !

Le colonel Verneuil !

Il était là, devant elle. Elle s'était pourtant contentée d'un simple texto, après avoir récupéré son arme et son téléphone. Elle voulait rassurer son équipe, et avait indiqué qu'elle se trouvait au chevet du policier.

— Le DGGN[1] a tapé du poing sur la table, c'est remonté jusqu'au ministre. Maintenant, tu rentres avec nous.

À l'extérieur, les militaires de faction se trouvaient aux prises avec deux gendarmes. La jeune femme reconnut aussitôt le timbre inimitable du major Damien Carlier, alias Pierre Richard, qui piaillait comme une poule courroucée. À ses côtés, le lieutenant Luciani, son adjoint de la section de recherche d'Ajaccio, jurait en corse. Une litanie fleurie qui signifiait : « Va pisser en enfer, espèce de mange-merde ! Et toi (à l'autre soldat), va te faire bouffer le cul par les corbeaux ! » Heureusement, les deux plantons n'avaient aucune notion de corse…

Vannina poussa aussitôt le colonel Verneuil hors de la chambre et interpella à son tour les deux gardes. La scène tournait au pugilat. Dans la confusion, Brunier sauta de son lit, enfila ses chaussures en un tournemain et rampa le plus discrètement possible dans le couloir, avant de riper dans un monte-charge.

Trois minutes plus tard, il s'exfiltra par une issue de secours et tomba dans une allée cernée de pavillons. La Pitié-Salpêtrière formait une ville dans la ville. Il se mêla au ballet des familles de malades et du personnel soignant, en tâchant de rentrer le plus possible la tête dans les épaules. Il aperçut deux véhicules banalisés, les mêmes que ceux

1. Directeur général de la gendarmerie nationale, un général d'armée (5 étoiles).

de la DGSE. Il rebroussa chemin et s'engouffra dans un taxi qui patientait devant les urgences stomatologie.

— Vous êtes miro ou quoi ? Le lumineux est rouge, j'attends un client. Encore un connard de touriste qui connaît rien à rien…

— Et mon poing dans la gueule, tu veux le connaître ?

Mais plutôt qu'un uppercut, Brunier brandit sa carte tricolore. Les capitales POLICE imprimées en rouge sang firent aussitôt leur effet. Les services secrets lui avaient subtilisé son portable et son arme, mais pas son précieux sésame. Le chauffeur grommela un truc du genre : « Les gilets jaunes auraient dû tous vous défoncer sur les Champs-Élysées », et il démarra. L'officier se coucha sur la banquette pour que personne ne l'identifie. La voiture emprunta la sortie du boulevard de l'Hôpital, puis longea le majestueux Jardin des plantes. Parvenu sur les quais de Seine, Brunier se releva, jeta un œil en direction de la rue Buffon, avant d'apercevoir l'auguste bâtisse du Muséum d'histoire naturelle. Le taxi remonta la Seine sur deux kilomètres et atteignit en quelques minutes l'île de la Cité, et le 36, quai des Orfèvres.

Chapitre vingt-cinq

17 février 2020, 19 h 40

— Du sulfure d'hydrogène, tu es sûre ?

— Aussi sûre que je suis là, devant toi. J'ai même noté le symbole : H_2S. La fiche signalétique que le spécialiste nous a montrée était revêtue d'une tête de mort.

L'anthropologue s'affala sur la banquette du Train bleu, le regard rivé sur les sublimes verrières Art déco qui enluminaient le célèbre restaurant de la gare de Lyon.

— Zim, c'est quoi, le truc ? Ça veut dire quoi ?

— Eh bien… C'est très inattendu… Mais cohérent avec les premières analyses génétiques… Chez lui, tout est tellement différent… C'est sans doute l'expression d'une adaptation de très long terme à des conditions et des contraintes environnementales très fortes.

— Tu peux traduire ?

Vannina exécrait les circonvolutions.

— On a découvert que les ours produisaient du sulfure d'hydrogène l'hiver et que ça leur permettait d'entrer en hibernation. Et on a reproduit artificiellement l'expérience sur des souris et des rats.

— Et… tu en conclus quoi ?

— Rien, ce serait trop prématuré. J'attends l'analyse complète de son génome.

— Zim, tu as forcément une hypothèse.

L'anthropologue héla un garçon et commanda un grog. Le froid s'ajoutait aux torrents d'eau qui dévalaient les rues. Même si la pluie s'était apaisée, de véritables rivières transformaient la capitale en une Venise monstrueuse.

— Eh bien… Il n'est pas impossible que cet homme et peut-être les autres aient hiberné pendant une partie de leur existence. Ou bien qu'ils soient capables, en cas de besoin – lorsqu'ils se cachent longtemps, par exemple –, de se mettre en « shutdown » ou en « blackout » et de se débrancher, en quelque sorte. En attendant le signal.

— Le signal ? Quel signal ?

Zim haussa les pupilles vers les cumulonimbus qui menaçaient de déverser de nouvelles trombes sur Paris.

— Peut-être un signe du ciel…

Vannina observa à son tour le plafond nuageux, et songea qu'elle était en train de perdre Zim. Lui, pourtant si rationnel, en venait à verser dans le mysticisme. Elle décida de lui faire rapidement recouvrer ses esprits. Elle saisit son portable et fit défiler ses photos.

— Bon, quand on est arrivés au CEA, ils m'ont rendu mon téléphone. J'avais tiré sur la cible pour sauver Marc, et la *bête* avait été capturée… Bref, ils me l'ont rendu – mais pas mon arme, enfin, pas tout de suite. Et, dans la panique générale, après la fusillade, j'ai pu choper les radios qui ont été réalisées sur le prisonnier quand il était shooté. J'ai pris des photos comme j'ai pu, on ne voit pas grand-chose, mais peut-être que ça va te parler…

L'anthropologue se ranima aussitôt. La jeune femme était parvenue à le faire redescendre sur Terre. Il manipula les clichés opaques, en zoomant sur l'écran tactile à l'aide de son pouce et de son index.

— La cage thoracique est plus robuste que la moyenne. Et le cœur et les poumons sont hypertrophiés ! s'exclama-t-il.

Zim était de nouveau dans la bataille.

— Oui, et, d'après eux, ça lui donnerait des capacités respiratoires hors normes.

— Tu m'étonnes ! Il faudrait faire une série d'explorations fonctionnelles, en particulier des tests de spirométrie, et surtout la CVF, la capacité vitale forcée, pour voir le rapport du débit par volume d'air…

— Eh, Zim, t'emballe pas. Je te rappelle qu'à l'heure qu'il est, sa capacité vitale est celle d'un steak haché.

L'anthropologue grimaça. Il poursuivit son analyse minutieuse des radios.

— Regarde, incroyable ! Tu vois ce que je vois ?

Zim exhibait un cliché du pied droit, dont les phalanges et le métatarse se détachaient à peine de l'arrière-plan noirâtre. Vannina avait vraiment pris ses photos « à la truelle » et regrettait son manque de soin.

— Et… qu'est-ce qu'il faut voir ?

— Regarde l'hallux, enfin, ce qu'on appelle plus communément le gros orteil. Il est très légèrement décollé.

L'enquêtrice saisit l'appareil et plissa les paupières. Elle poussa la luminosité à fond.

— Mouais. Et alors ?

— Et alors ? Mais ça veut dire que le gros orteil est légèrement « opposable » ! Chez nous, les *Sapiens*, et le genre *Homo* en général, l'hallux est bien collé aux autres orteils. Mais chez nos lointains ancêtres, ou chez les singes, les pieds sont comme des pinces.

Et Zim dressa la main droite et agita le pouce, d'avant en arrière.

— Tu vois : le pouce est opposable, c'est-à-dire qu'on peut l'opposer à tous les autres doigts. Il peut toucher chacun d'entre eux. Il a toute sa liberté de mouvement. Eh bien, c'est la même chose pour le pied chez les grands singes : le gros orteil est articulé et peut, par exemple, permettre de saisir une branche comme tu le ferais avec la main. Bon, la radio montre que c'est une opposition très légère, qui s'apparente à un stigmate, un lointain souvenir. Et d'ailleurs, si le gros orteil était vraiment opposable, notre homme ne pourrait pas courir correctement. Or on voit aussi sur la radio que le pied est très courbé, ce qui, au contraire, lui confère une grande aptitude à la course. Et je dirais que le mélange de ces diverses qualités explique comment et pourquoi ces spécimens réussissent à la fois à détaler comme des lapins et à grimper aussi facilement sur des talus, ou sur une falaise abrupte. Quant aux poumons, ils expliquent leur aisance sous l'eau et leurs apnées prolongées. Comme à Bonifacio.

Par réflexe d'élève studieuse, Vannina notait chaque information sur un petit carnet d'écolier. Autour d'eux, la ruche du Train bleu bourdonnait, tandis que l'écho lointain des annonces de la SNCF s'évanouissait sous les voûtes de la brasserie mythique.

Zim continuait d'observer les photos bâclées des radiographies. Il gardait pour lui l'essentiel de ses remarques.

— Et qu'est-ce qu'ils ont lâché d'autre, au CEA ? Ils sont revenus sur cette histoire d'irradiation par les services secrets russes ?

— Oui, enfin, c'est un peu plus subtil que ce que je craignais. Ils prétendent que ces hommes, plutôt jeunes, seraient les enfants des « nettoyeurs » de la centrale de Tchernobyl, après la catastrophe de 1986.

L'anthropologue haussa deux sourcils sidérés.

— Et que c'est pour ça qu'ils présenteraient autant de mutations génétiques. Les plus résistants, ceux qui ne seraient pas morts malgré l'exposition massive aux radiations juste après l'explosion, seraient capables de performances exceptionnelles. Des facultés qu'ils auraient transmises à leurs enfants, lesquels auraient développé des qualités physiques uniques. Et ces enfants auraient ensuite été enrôlés, puis entraînés dans les anciens goulags de Sibérie dans le but d'en faire des machines à tuer.

Tandis que Zim s'apprêtait à répondre, un serveur lui fourra son grog sous le nez.

— N'importe quoi ! glapit-il.

Le garçon fronça les sourcils.

— Ce n'est pas ce que vous avez commandé ?

— Si, si, c'est pas vous ! C'est à cause de Tchernobyl.

— Tchernobyl ? répéta stupidement le serveur.

— Laissez tomber.

Il se pencha en avant, dans une posture prompte aux confidences. Il savait que les murs possédaient de grandes oreilles, y compris dans un endroit aussi fréquenté et bruyant que le Train bleu. Il se méfiait même du serveur, qui posait trop de questions – alors qu'il n'en avait posé qu'une seule, sans lien aucun avec leur conversation.

— N'importe quoi ! reprit-il à voix basse. Pour que de telles mutations apparaissent, il faudrait un concours de circonstances inimaginable. L'évolution a mis des millions d'années avant de transformer les premiers hominidés en *Sapiens*. Donc, toutes ces mutations, toutes ces différences visibles n'ont pas pu apparaître par un seul coup de baguette magique, en une génération, grâce à l'irradiation aveugle – et donc non dirigée, non orientée – d'un accident nucléaire. C'est comme si tu me balançais une bassine pleine d'eau à la figure en espérant que ça ne me mouille qu'un cil et deux cheveux bien précis. Et même s'ils étaient plusieurs milliers de nettoyeurs, les chances que les radiations mettent dans le mille n'étaient que d'une sur des milliards.

La jeune femme tordit le nez. Son édifice rationnel s'effondrait, si bien qu'elle repartait de zéro.

— Alors quoi ? Ils auraient sciemment modifié l'ADN de ces types ? Les savants russes auraient utilisé des outils de génie génétique pour manipuler les embryons et leur faire développer des aptitudes exceptionnelles ?

Zim ricana, bouffi d'une suffisance qui blessa Vannina.

— Encore plus délirant, ma chère ! On est incapables de reprogrammer l'embryon humain avant de le réimplanter dans le ventre d'une mère.

La jeune femme fulminait.

— Ah non ? Et les embryons chinois ? Ils n'ont pas été modifiés, peut-être ? Ça a provoqué un vrai scandale, il y a deux ans.

Vannina était fière d'elle. Elle suivait l'actualité tant bien que mal, et avait été très marquée par cette annonce.

— Tu parles des travaux du Pr Jiankui, de l'université de Shenzhen ? C'est un irresponsable. Et il n'a modifié qu'un seul gène chez les embryons qu'il a implantés dans le ventre de la mère. Et puis je te rappelle qu'on parle d'expériences foireuses menées après 2015, alors que nos spécimens sont nés quelque part dans les années 1980…

Le capitaine Aquaviva, cheffe d'une enquête impossible, rongeait son frein. Elle détestait ne rien comprendre, encore moins se trouver totalement larguée. Ce n'était ni dans son tempérament, ni dans ses habitudes. Elle se considérait comme une *killeuse*, une *winneuse*. Elle n'était jamais avare d'expressions anglo-saxonnes pour se définir.

— Vannina, crois-moi : nous ne serions confrontés qu'à un seul type, une sorte de monstre vivant, une aberration telle que la nature peut en produire parfois, comme un Quasimodo, je ne dis pas. Mais là, ils sont combien ? Il y a des faits qu'on ne peut nier. L'évolution, ça prend des milliers, voire des millions d'années. On ne produit pas des caractères, des *phénotypes* comme disent les généticiens, en un claquement de doigt. Regarde.

L'anthropologue saisit le carnet de la jeune femme et dessina une sorte de tige verticale.

— Ça, c'est le tronc commun de tous les hominidés. Il y a douze millions d'années environ, une première branche donne l'orang-outan.

Et Zim ébaucha un rameau à la base du tronc. Puis, juste au-dessus, il griffonna une deuxième ligne.

— Vers dix millions avant notre ère, une nouvelle dérivation donne les gorilles.

Le scientifique continuait de crayonner ses ramifications, qui s'étageaient tout le long du tronc des hominidés.

— Et puis vers sept millions d'années apparaît l'embranchement qui conduira à *Sapiens*. Plus tard, enfin, il y a environ un million d'années, deux derniers rameaux donneront le bonobo et le chimpanzé commun. Nous sommes donc très proches de ces singes, que nous considérons comme nos cousins. Ils ont dérivé du même ancêtre commun, il y a environ sept millions d'années.

Vannina observait le schéma d'un œil distrait.

— Donc, ici – Zim pointa la mine de son crayon à la base de la branche qui dérivait vers *Homo sapiens* – nos ancêtres directs ont progressivement quitté l'état de singe pour rejoindre celui de l'homme moderne. Et cela a pris des millions d'années.

Zim avait de nouveau insisté sur cette notion de durée. Il tourna prestement la page du carnet et commença de crayonner au verso. Il traça une ligne bien verticale, qu'il fractionna en unités de l'ordre du million d'années.

— Voilà, tout en bas, tu as Toumaï, découvert au Tchad en 2001. On a retrouvé un crâne façon puzzle, et on l'a patiemment reconstitué. Et il remonte à sept millions d'années. Toumaï marchait sur deux pieds, une partie du temps ; mais il se déplaçait aussi fréquemment comme un gorille, avec ses quatre membres. C'est vraiment un chaînon essentiel entre le singe et nous.

Vannina visitait les grandes découvertes de la paléoanthropologie sans vraiment comprendre où Zim voulait en venir.

— Ensuite, tu as Orrorin, un vieillard de six millions d'années, découvert au Kenya.

Le chercheur colora une nouvelle case, juste au-dessus de la première.

— Le fémur mis au jour prouve qu'il était bipède, mais le pouce tend à montrer qu'il montait encore aux arbres.

L'anthropologue poursuivit son exposé, évoquant des noms barbares comme les « ardipithèques », vieux de cinq millions d'années, ou bien les célèbres australopithèques – dont la fameuse Lucy – qui vécurent environ trois millions d'années avant le présent. Il aborda enfin le genre *Homo* : *habilis*, *erectus*, et *sapiens*. C'est alors que ses dessins s'embrouillèrent. Il colorait des cases dans tous les sens, qui se chevauchaient les unes les autres.

— Bon, Zim, c'est super, ce cours sur les origines de l'homme, mais on a d'autres chats à fouetter. Il faut qu'on découvre ce qu'ils préparent, où ils se terrent, qui ils sont…

— J'y viens, justement. Tu vois, grâce aux découvertes de ces dernières décennies, on sait que plusieurs *races* d'hommes ont vécu en même temps. Néandertal, l'homme de Denisova, Sapiens… Ils ont vécu plusieurs milliers d'années en parallèle, et partageaient parfois les mêmes territoires.

Le scientifique coloria trois cases pratiquement côte à côte.

— Ils ont coexisté entre soixante mille et trente mille ans avant notre ère environ. Ils se sont même hybridés. Ils ont fait des bébés ensemble.

— Je suis au courant, toute la presse en a parlé. Des croisements entre l'homme moderne et Néandertal, et aussi avec l'autre là… que tu as cité…

— Denisova.

— Oui, c'est ça. On l'a découvert parce qu'on a décrypté leur ADN.

Vannina n'était pas peu fière. Et puis, secrètement, ces histoires de créatures disparues, d'ancêtres qui hantent notre passé l'avaient toujours fascinée…

— Exact ! C'est la révolution de la paléogénétique. Maintenant, on dispose d'ADN de certains de nos grands frères aujourd'hui disparus. Enfin… pas tout à fait disparus, justement.

Et soudain, d'un grand trait appuyé, Zim prolongea la case de Néandertal, de même que celle de Denisova, jusque dans le présent. L'enquêtrice se décomposa. C'était tout bonnement impossible.

Inimaginable.

— Tu penses sérieusement que les Néandertaliens et les Dénisoviens n'ont pas disparu ? Que s'ils ont vécu en même temps que nous, à une lointaine époque, il pourrait en rester quelques spécimens de-ci, de-là ?

Zim consultait les radios presque illisibles sur le petit écran du smartphone. Il extirpa l'un des clichés qui l'avaient sidéré quelques minutes plus tôt.

— Regarde son crâne : il présente un léger allongement qui le fait ressembler à un ballon de rugby. Comme chez lui.

Le chercheur écrasa la mine de son crayon sur la case de l'homme de Néandertal.

— Quant à sa boîte crânienne, elle est un peu plus volumineuse que celle d'un homme moyen.

L'anthropologue tapota de nouveau son crayon sur la case de Néandertal.

— Tout comme lui. Et c'est la même chose pour sa cage thoracique. Quant à son pouce… Il fait plutôt penser à un homme qui se situerait plus loin, disons… Ici.

Et Zim pointa un gribouillis situé à quatre millions d'années.

— Et n'oublions pas qu'ils reviennent sur des lieux mythiques de la paléontologie. Comme s'ils rendaient hommage à leurs ancêtres, ou qu'ils leur vouaient un culte. En Espagne, à Atapuerca, dans la grotte de la Sima del Elefante, on a retrouvé les plus vieux ossements de toute l'Europe de l'Ouest : un million deux cent mille années. Sans doute le vestige du premier passage d'un *Homo erectus*, sorti peu de temps auparavant d'Afrique, qui débutait son installation sur le continent. Peut-être le premier *Homo* qui ait jamais foulé le sol européen ! Tu imagines ? Et, de ce premier homme dont on ne sait presque rien, ont peut-être dérivé Néandertal, voire Denisova…

Vannina fixait Zim. Avait-il sombré dans la folie pure ? Mais l'expert renchérit :

— Et en Angleterre, c'est pareil ! Non loin de Stonehenge, on a retrouvé des traces de pas vieilles de huit cent mille ans ! Tu imagines ? Sans doute la trace des tout premiers hommes qui ont pénétré sur ce territoire. À l'époque, la Grande-Bretagne n'était même pas encore séparée du reste du continent…

Vannina était prête à tout entendre, sauf ce tissu d'aberrations. Bientôt, Zim lui expliquerait que des ovnis avaient déjà atterri dans le hall de la gare, et que c'était tout à fait normal. Au plus profond d'elle-même, la jeune femme ne voulait surtout pas y croire. Elle le refusait. Elle luttait tant, la nuit, contre ces images envahissantes, qui semblaient héritées d'un lointain passé, lorsque l'homme n'était encore qu'un chasseur-cueilleur, qu'elle ne pouvait succomber aux mêmes délires de jour. Elle se buta, et envoya bouler l'anthropologue :

— Ça n'a aucun sens ! Et puis ils ne sont pas complètement débiles, à la DGSE, ni dans les services étrangers qui collaborent avec eux ! Ces colosses sont surentraînés. Ils appliquent un protocole à la lettre : les cadavres dépecés, à moitié dévorés, les références mythologiques sophistiquées, leur langage codé : ils ont tout appris pendant de longues séances de bourrage de crâne, typiques du bon vieux KGB ! Tu ne peux pas nier leur plan implacable ! Tout se recoupe, ils dessinent quelque chose. Ils bâtissent un rébus macabre. La Corse, l'Espagne, l'Angleterre… Des mises en scène soignées, histoire de dézinguer tranquillement des espions qui s'apprêtaient à révéler l'existence de la nouvelle machine de guerre des Ruskovs.

Zim ne bronchait plus. Il la laissait déblatérer. Elle n'était pas encore *prête*. Mais elle allait basculer, tôt ou tard. Il en était convaincu.

— Et puis… Les Soviétiques avaient stupéfait la Terre entière quand ils avaient envoyé le premier homme dans l'espace ! Qui pouvait imaginer qu'ils maîtrisaient les technologies spatiales, des années avant les Américains et le reste de la planète ? Hein ? Qui ?

— Personne.

L'anthropologue avait répondu avec un petit sourire énigmatique. Il regardait Vannina s'agiter et songeait qu'elle en faisait trop. Elle luttait contre elle-même…

— Alors voilà, on ne sait pas. On ne sait rien, Zim. Les Russes sont toujours les plus secrets et les plus imprévisibles du monde. Même les Chinois sont plus prévisibles.

Le scientifique, lui, ne songeait plus qu'à une chose : se rendre en Allemagne, à l'Institut d'anthropologie et d'évolution de Leipzig. Ce laboratoire détenait la clé : c'est lui qui avait séquencé l'ADN de Néandertal, et aussi celui de l'homme de Denisova.

Lui seul pouvait apporter la preuve.

Et l'Allemagne était au cœur du système, elle tirait les ficelles.

Depuis toujours.

Zim était bien placé pour le savoir.

Chapitre vingt-six

Weimar, le 19 juillet 1899

— Je suis Dieu ! Dieu est mort ! Je suis mort !

Les mots avaient tonné dans le salon de la villa Silberblick, en plein centre de Weimar. À cette date, l'aliéné n'était encore qu'un nain à côté du « plus grand Allemand de tous les temps », dont l'ombre tutélaire planait partout sur la ville : le poète Goethe. Mais Elisabeth, c'était sûr, allait inverser la vapeur. Elle allait faire de son frère l'un des plus illustres philosophes et penseurs de l'histoire de la glorieuse Allemagne, en pleine édification depuis sa victoire de 1870 contre la France. Elle avait de l'ambition pour deux. Et même pour dix. Elle prenait soin du héros, lui qui avait pourtant toujours honni le concept même de héros. Il parlait d'hommes supérieurs et, au-dessus de tout, de *surhomme*. Mais qu'y comprenait-elle, au fond, aux théories alambiquées, déconcertantes et provocatrices de son frère ? Rien. Peu importait. Seule comptait la légende, qu'elle s'apprêtait à écrire en trahissant la pensée du géant. Elle allait commettre, avec ses complices, l'une des plus grandes forfaitures de l'histoire de la pensée. Une œuvre de faussaire au service de la pire idéologie.

En attendant, elle régnait sans partage sur l'héritage intellectuel du *vieux fou*, devenu aussi inoffensif qu'une mouche opiomane. De temps à autre, victime d'un ouragan neuronal, il éructait. Vociférait, même. Avant, lorsqu'il succombait à une crise, sa vieille mère Franziska se précipitait et s'efforçait de le calmer. Mais elle s'était éteinte, deux ans plus tôt.

Elisabeth, elle, n'en avait cure. Son frère gisait comme un légume blet sur son fauteuil molletonné, devant la fenêtre. Toute la journée. Il portait une chemise blanche festonnée et un plaid élimé sur les genoux. Son regard dément semblait viser deux points divergents. Comme l'immense poète Homère, qu'il avait tant lu, sa myopie sévère l'avait rendu aveugle, si bien qu'il ne discernait plus rien, ni ne reconnaissait personne. Il était emmuré dans son esprit gangrené par la folie.

Allait-il finir comme son pauvre père ? D'un brutal accident cérébral qui mettrait un terme à cette plongée abyssale dans le délire ? Mais *délire* résonnait avec *désir*, et, enfin, il s'approchait du Graal insensé de son existence. Libérer tous ses désirs, briser les chaînes de la morale judéo-chrétienne, inverser toutes les valeurs, tourner le dos à la volonté de puissance et vivre comme Dionysos dans la jouissance pour lui-même et en lui-même. Devenir un *Übermensch*, un *surhomme*.

Elisabeth le laissait s'agiter. Un filet de bave ruisselait le long de son menton, se confondant avec son épaisse moustache qui retombait comme les poils d'un vieux balai. Tout son visage était mangé par ces broussailles encore bien noires. C'est qu'il n'avait que cinquante-cinq ans. Tandis que le savant se ratatinait dans son fauteuil, Elisabeth farfouillait dans les milliers de feuillets qu'il avait noircis de pattes de mouche illisibles. Elle avait récupéré les droits sur l'ensemble de ses écrits, au grand dam de ses éditeurs, et préparait des éditions augmentées de ses plus grands textes, tels que *Ainsi parlait Zarathoustra*, *Par-delà le bien et le mal*, *Le Crépuscule des idoles* ou encore l'inquiétant *Antéchrist*. Elle allait les agrémenter de préfaces sans intérêt, parfaitement à côté de la plaque, mais qu'elle signerait de son nom à elle : Elisabeth Förster-Nietzsche. La seule et unique dépositaire de la pensée du fou.

Quelqu'un sonna à la porte de l'imposante villa de brique rouge, dont le fronton arborait fièrement : « Nietzsche-Archiv ».

Elisabeth sursauta. Qui allait donc encore la déranger ? La veille, elle avait déjà dû supporter ce photographe venu saisir les derniers clichés de son frère abêti. Elle avait dû mimer des mamours forcés, feindre l'affection sans bornes, saisir ses mains glacées, tâter son front. Face à ce rare témoignage d'affection, il l'avait stupidement appelée « Cosima », du nom de la veuve du grand Richard Wagner et, accessoirement, la fille de Franz Liszt. Il ne s'était jamais remis de sa rupture avec le couple Wagner.

Tandis que le photographe s'apprêtait à partir, Nietzsche, pourtant jusque-là demeuré doux comme un agneau, s'était mis à aboyer : « Bismarck, honte à toi ! Fossoyeur de la culture allemande ! Je n'aurais jamais dû te créer ! » Puis il avait jeté l'anathème sur l'empereur Guillaume II en personne, « engeance de cette race dégénérée des Hohenzollern qui précipite la vraie Allemagne au fond de l'abîme ». Elisabeth, fort gênée, avait raccompagné en toute hâte l'opérateur, en lui faisant jurer de ne rien dire de ce qu'il avait entendu. Après son départ, elle avait conspué son frère qui avait fondu en larmes.

Qu'allait-elle devoir endurer aujourd'hui ? La cloche retentit de nouveau. Le visiteur s'impatientait. Dehors, la lumière du soleil perlait entre les feuilles des frênes, et projetait de jolis motifs japonais sur la façade : c'était une belle journée. Celle des retrouvailles – les dernières, sans doute. Lou nourrissait l'espoir de tout découvrir, tout comprendre. Peut-être apprendrait-elle enfin la vérité. Lorsque Elisabeth ouvrit la grande porte, elle se décomposa. Son rictus forcé, ce stupide sourire qu'elle affichait en toutes circonstances, s'effaça en une fraction de seconde.

— Bonjour, Elisabeth.

Lou s'était efforcée d'user du ton le plus neutre possible, quand bien même elle brûlait déjà de l'étrangler. Face à elle,

Elisabeth restait sans voix. Puis elle vira lentement du blême à l'écarlate. Lou poussa Elisabeth à l'intérieur, sans lui laisser le temps d'éclater, encore moins de lui barrer la route. Elle se dirigea aussitôt vers le grand salon.

Elle n'avait jamais mis les pieds dans la demeure, acquise deux ans plus tôt, juste après la mort de Franziska Nietzsche. Mais elle sentait la présence du philosophe comme un irrépressible aimant. Dans son dos, l'ire se déversa dans un torrent de haine.

— Espèce de garce, comment osez-vous ! Après tout ce que vous lui avez fait ! Sortez ! Sortez !

Elisabeth avait hurlé, ne faisant aucun cas des nerfs fragiles de son frère qui tremblait de terreur. Il lui fallait du calme. Beaucoup de calme. Lou, elle, ignorait l'usurpatrice. La falsificatrice.

— Friedrich, mon ami…

Elle avait déjà emmitouflé les mains du penseur dans ses paumes réconfortantes. Elle se mit à genoux, au pied du fauteuil au dossier incliné et recouvert d'un épais oreiller de plumes. Nietzsche était nerveux. Les cris de sa sœur le mettaient en panique.

— Du calme, Friedrich… C'est moi. Lou.

À l'énoncé du prénom, l'homme se figea. Une étrange lueur traversa son regard perdu, semblant reconnecter quelques circuits de secours.

— Lou ? C'est toi ? C'est vraiment toi ?

Elisabeth se pétrifia. Se pouvait-il qu'il reconnût cette nymphomane arrogante ? Lui, ce débilitant qui confondait tout et tout le monde ?

Le parfum de la jeune femme avait tout ravivé. Cette fragrance sensuelle, si intimement liée à la personne de Lou, avait d'abord réactivé son système limbique, sa mémoire profonde, héritée des plus lointains ancêtres de l'homme. Ensuite, une symphonie romantique avait embrasé son encéphale, comme on rallume des rangées de néons dans un hangar abandonné depuis des lustres. Il s'imagina aussitôt Lou Andreas-Salomé, comme au premier jour. Ils avaient fait connaissance à Rome, au pied de la basilique Saint-Pierre, grâce à l'entremise de leur ami Paul Rée. Elle n'avait alors que vingt et un ans. Elle était plus lumineuse que les fresques de la chapelle Sixtine qu'ils avaient longuement admirées.

Dans sa vie, il y avait un avant-Lou et un après-Lou. Nietzsche l'avait maintes fois martelé. Au grand dam de sa sœur. Car Lou, cette Russe rousse d'une beauté ravageuse, fleurait le scandale à plein nez. Pourtant, ses airs de femme fatale dissimulaient une grande froideur. Elle n'aspirait qu'à des relations platoniques, et abhorrait les rapports charnels. Elle n'avait jamais consommé son mariage. Elle méprisait les vils qui cédaient à leurs pulsions physiques. L'abstinence, valeur qu'elle partageait avec le philosophe, démontrait sa grande maîtrise de soi.

Ils s'étaient entendus dès le premier instant.

Quelque chose s'était produit, juste à la verticale du chef-d'œuvre de Michel-Ange. Sous le doigt de Dieu, cet index languide qui frôlait celui d'Adam. Comme un message, un héritage, la transmission d'une mission qu'ils devraient accomplir ensemble et qui remontait à la nuit des temps.

« Dieu est mort » : ils en étaient tous deux convaincus depuis le décès brutal et prématuré de leurs pères respectifs. Et si la divinité musculeuse de Michel-Ange, juste avant de périr, entendait transmettre son secret aux mortels, et leur confier une partie de ses pouvoirs ? Qu'il leur offrît de reprendre leur destin en main ? D'accomplir leurs désirs, et d'atteindre le stade de *surhomme* ?

Pétrie d'émotion, les larmes aux yeux, Lou détaillait les mains de Nietzsche. Elle les avait toujours admirées. Malgré la folie, elles demeuraient incomparablement belles et fines, au point qu'il avait toujours cru lui-même qu'elles trahissaient son génie.

Pendant ce temps, Elisabeth fulminait. Elle ressassait sans cesse cette photo abjecte et ignominieuse : Nietzsche et son ami Paul Rée, campés devant une charrette comme deux chevaux de trait, tandis que l'odieuse provocatrice, derrière eux, manipulait un fouet à la hauteur de leurs postérieurs ! Le cliché sadomasochiste avait profondément scandalisé la famille.

Le spectacle avait assez duré.

— Si vous ne déguerpissez pas immédiatement, je vous jette moi-même dehors !

Lou se figea.

— Tais-toi, Richard ! Tu n'es qu'un pitre, un pianiste de salon, un amateur !

Elisabeth fusilla son frère du regard. Voilà qu'il la prenait maintenant pour Wagner en personne…

Lou se retourna lentement, le regard glacial.

— Si j'étais vous, je n'en ferais rien. Je sais tout, Elisabeth. Pour quelles raisons vous avez fui le Paraguay.

La sœur du philosophe fut séchée sur place.

— Vous et votre mari, vous avez voulu créer cette pseudo-colonie aryenne au Paraguay. Vous aviez promis au gouvernement de faire venir des centaines de soi-disant représentants de la race supérieure, de « vrais Allemands », pour forger une société « idéale ». Les autorités vous ont crus. Ils vous ont prêté beaucoup d'argent. Mais personne – ou presque – n'est venu s'installer. Désespéré, votre mari s'est donné la mort. Depuis, vous êtes criblée de dettes. Et maintenant, de retour en Allemagne, vous voulez spolier votre frère pour honorer vos créanciers…

Plus encore qu'Elisabeth, Lou haïssait son entourage, une bande d'antisémites notoires, chantres d'une nouvelle Allemagne aux antipodes de celle que Nietzsche appelait de ses vœux. Ces « Aryens » fossoyaient la vraie culture et projetaient de dominer le monde. De broyer les Juifs et les faibles. Encore et toujours cette inextinguible soif de puissance. Qu'adviendrait-il si, d'aventure, l'un d'eux finissait par accéder au pouvoir ? Lou chassa cette pensée funeste.

Elisabeth, terrassée, s'affala sur le siège qui traînait devant le bureau. Elle n'osait plus faire un geste ni prononcer le moindre mot. Si cette garce révélait quoi que ce soit, c'en était terminé.

La jeune femme réajusta son enivrante chevelure fauve avant de se tourner vers le philosophe, de nouveau claquemuré dans ses pensées. Elle extirpa un carnet de son sac à main et le compulsa fiévreusement. Elle poursuivait un but précis, et ne sortirait d'ici qu'après l'avoir atteint. Les pages étaient peuplées de notes et de références puisées dans les souvenirs de leurs échanges passionnés, mais aussi dans les ouvrages du philosophe. Elle avait tracé des flèches pour relier plusieurs idées entre elles. Dans cette jungle tortueuse et torturée, elle avait décelé un motif qui l'avait terrifiée. Elle en était désormais convaincue : si Nietzsche était devenu fou, c'était parce qu'il avait percé un secret vieux de plusieurs millénaires. Elle avait eu le temps d'y réfléchir. Elle avait rompu avec le penseur quinze années auparavant, puis avait publié ce livre, *Friedrich Nietzsche à travers ses œuvres*, qui proposait une première interprétation de la pensée du maître. Ensuite, elle avait poursuivi son enquête – tout en se renseignant sur sa sœur afin de la neutraliser en cas de besoin. Personne ne devait se mettre en travers de sa route.

— Friedrich, tout a commencé quand tu as étudié Homère pendant de longues années, n'est-ce pas ?

Le regard lunaire du penseur s'obscurcit. Il se focalisa soudain sur un angle du plafond.

— Homère... Ce vieux fou devenu aveugle, tout comme moi... Il a lui aussi préféré tourner son regard en dedans. Il a cherché la vérité en lui-même. La vérité n'est pas extérieure à nous. Elle est inscrite dans notre être le plus profond.

Lou haussa les sourcils. Nietzsche semblait vouloir lui faciliter les choses.

— Et... qu'as-tu découvert en étudiant Homère dans le texte ?

Car le philosophe avait été, des années durant, l'un des meilleurs hellénistes au monde. Sa thèse inachevée portait même sur Homère, et son « concurrent » Hésiode. La langue et les textes du poète n'avaient aucun secret pour lui. Il était l'un des seuls capables d'en discerner les soubassements invisibles. Les références impalpables pour le commun des mortels.

— Homère a décrit les dieux comme des va-t-en-guerre tyranniques… Ils ont manipulé les hommes tels des pions sur un échiquier…

Nietzsche murmurait, le visage impassible, comme le porte-voix d'une âme errante qui lui soufflait son texte.

— Il a dépeint des héros pétris d'orgueil, succombant à l'*hybris*, la démesure. Achille, Héraclès… Il avait déjà décelé la fracture au sein de l'espèce.

— Quelle fracture ?

— Celle qui marque la fin d'un cycle, débuté il y a cent mille ans.

Lou retint son souffle. Même Elisabeth se trouvait captivée par l'échange surréaliste entre cette traînée et son frère. Elle ne voulait rien en manquer.

— La fin d'un cycle ?

Nietzsche se tut. Ses yeux enflaient légèrement ; comme saisis d'une vision d'effroi.

— Friedrich, quelle fin de cycle ? insista la jeune femme.

Elle touchait au but, elle le savait. Le fruit était mûr. Les dernières barrières érigées par le philosophe s'étaient profondément fissurées, dix ans plus tôt, lorsqu'il avait sombré dans la démence. Lou allait les faire céder entièrement.

— Celle de l'*Homo sapiens*, voyons, Lou… C'en est bientôt terminé de notre race dégénérée. Tu le sais, toi, Lou, n'est-ce pas ?

La jeune femme était pétrifiée. Proclamer le trépas de Dieu revenait-il à signer l'arrêt de mort de ses créatures, nous, les hommes ?

— Il est temps d'inverser les valeurs, celles des judéo-chrétiens qui n'ont jamais saisi le véritable message de Jésus, et ont poussé l'homme à attiser sans cesse sa volonté de puissance à mauvais escient. À nous, désormais, de revenir sur nos pas, lorsque nous n'étions pas encore des hommes modernes.

Il est temps de redevenir ce que nous étions, Lou… *Devenir ce que nous sommes vraiment*, au fond…

La jeune femme bouillonnait : tout prenait sens. Nietzsche faisait allusion à la citation qu'il avait placée en exergue de son ouvrage *Ainsi parlait Zarathoustra.* Une pythique du poète Pindare : « Deviens ce que tu es »… Comme si un terrible secret, logé au fond de nous, n'attendait qu'une étincelle pour s'embraser et nous révéler notre véritable nature. Nous entraîner dans une lutte éperdue pour renouer avec les nobles valeurs d'un passé révolu.

La jeune femme se replongea dans ses notes.

— Friedrich, certains hommes sont-ils déjà devenus *ce qu'ils sont vraiment* ?

— Socrate… C'était un homme supérieur. Il aurait pu *redevenir* un surhomme… Mais, comme la plupart de ceux qui approchent la vérité et veulent la révéler, il a été supprimé.

— Supprimé ?

— Il a été contraint de boire la ciguë parce qu'il avait commencé à dévoiler la vérité à de nombreux citoyens d'Athènes, en les invitant à *regarder en eux-mêmes*.

— « Connais-toi toi-même »…

— Oui, et Pindare disait : « Deviens ce que tu es, *quand tu l'auras appris.* » Tout commence donc par la connaissance de ce que nous sommes *vraiment*. Ensuite et seulement, nous pourrons nous transcender, revenir aux valeurs des origines, par-delà le bien et le mal. User de la volonté de puissance pour nous dépasser, et non pour exercer de vils pouvoirs, imposer un commandement aveugle, ou céder à la pitié dangereuse. La clé de notre renaissance triomphante est inscrite au fond de nous. C'est aussi ce qu'a voulu annoncer Jésus…

— Jésus ?

Lou n'avait jamais compris la bienveillance de Nietzsche pour le Messie, pourtant considéré comme le père de la religion qu'il étrillait avec rage dans tous ses ouvrages.

— Jésus était l'homme le plus noble que la Terre eût jamais porté ! Il était aussi le seul vrai chrétien. Tous les autres n'ont fait que dénaturer son message. Les Évangiles sont une falsification de sa parole ! Le christianisme n'est qu'une énorme mystification, un mensonge éhonté !

Les propos du philosophe résonnaient dans l'esprit de la jeune femme. Ils reprenaient mot pour mot sa violente diatribe de *L'Antéchrist*, publié trois années auparavant.

— Jésus a vécu dans la béatitude, la paix intérieure, la gentillesse, l'incapacité à l'hostilité… Il a révélé une bonne nouvelle, la seule qui vaille : le royaume de Dieu est en nous. Et qu'ont fait les chrétiens, après lui ? Ils ont prétendu que le royaume de Dieu n'était qu'une promesse, un paradis que seule une vie de souffrances, empreinte de morale et de contraintes, pouvait nous permettre d'atteindre après la mort ! Ils ont tout déformé. Mais Jésus l'avait pourtant clairement annoncé : la vérité, la liberté, le paradis sont en nous. Au fond de nous.

Nietzsche répéta plusieurs fois « la vérité est au fond de nous », en dodelinant de la tête.

Lou tourna plusieurs pages de son carnet, compléta ses notes et traça de nouvelles flèches. Tout se confirmait.

— Et… cette vérité, c'est aussi celle qu'annonce ton Zarathoustra, quand il harangue les foules, n'est-ce pas ?

— Bien sûr ! Il est le dernier prophète, et il cherche à révéler cette vérité aux hommes pour tenter de sauver ceux qui le peuvent encore…

Soudain, Nietzsche riva ses deux orbites injectées de sang dans les pupilles de Lou. Il possédait la clairvoyance des vieux sages frappés de cécité, tel le grand Démocrite.

— Mais, comme Homère, Socrate ou Jésus, personne n'écoute Zarathoustra ! Personne !

Puis il se mit à hurler.

— Pourquoi ne l'entendent-ils pas, Lou ? Pourquoi ? Sont-ils tous inconscients ? Ils courent à leur perte ! Car tout est terminé, tu entends ? C'est *terminé* !

Le philosophe sombra brutalement dans une léthargie agitée de soubresauts, comme en proie à une crise d'épilepsie. Lou songea à l'étymologie du mot « épilepsie ». En grec, *epilambanein* signifie « attaquer par surprise ». Une force invisible s'était-elle jetée sur le penseur pour le faire taire ? Voulaient-ils l'empêcher lui aussi de révéler la nouvelle ?

— Friedrich ? Friedrich ?

Paniquée, la jeune femme se tourna vers Elisabeth.

— Faites quelque chose ! Il s'étouffe !

La sœur du philosophe afficha un sourire méprisant.

— La grande Lou von Salomé aurait finalement besoin de moi ?

Elle s'empara nonchalamment d'une fiole dont elle versa le contenu dans un verre de cristal. Elle s'approcha de son frère et lui ouvrit la bouche sans ménagement, en s'efforçant de lui faire absorber la potion en dépit de ses mouvements incontrôlés.

— Qu'est-ce… Qu'est-ce que vous lui donnez ?

— De l'hydrate de chloral. Ça va le calmer.

Et, de fait, quelques instants plus tard, Nietzsche était devenu aussi flasque qu'une limace.

Pendant qu'Elisabeth prodiguait des soins dérisoires à son frère amorphe, Lou fouina dans les feuillets qui s'entassaient sur le bureau. Elle survola des dizaines de lettres échangées par le savant avec de nombreux correspondants, pendant ses années de lucidité. Ou plutôt, de *semi*-lucidité.

Elle découvrit une missive du 21 août 1885 adressée à son ami Peter Gast. Nietzsche expliquait qu'il avait projeté, à bien des reprises, de se rendre en Corse. Une terre fertile en hommes d'« exception », des hommes supérieurs, comme Pascal Paoli, père de la première constitution démocratique de l'histoire, ou encore l'éternel Napoléon. Des personnages qui montraient la voie vers le *surhomme*, doté d'une foi inaltérable en lui-même, capable de transcender les valeurs morales pour les renverser. Au lieu de se laisser « châtrer » par une société docile, fondée sur la pitié et la médiocrité, le *surhomme* réussit à imposer, au sommet de tout, la virilité, la force, et, finalement, la liberté. Napoléon n'avait pas été loin d'atteindre cet idéal.

Ces lignes, une fois de plus, faisaient écho aux louanges que Nietzsche prodiguait à l'île de Beauté. Lou avait déjà lu, dans plusieurs de ses ouvrages, qu'il voyait en la Corse une terre suffisamment sauvage – et donc dénuée de l'influence nocive de la société et de ses valeurs morales – pour être le berceau du *surhomme*.

Pendant ce temps, Nietzsche s'était renfermé dans son esprit, conservant jalousement son secret ; cette vérité que Zarathoustra s'était échiné, vainement, à révéler. Et qu'aucun lecteur ne saisirait jamais dans toute sa subtilité. Sa force. Sa fragilité. Rêvait-il, en cet instant, d'une terre aussi sauvage que la Corse ? Fallait-il se focaliser sur ce territoire d'exception, comme le creuset d'une reconquête de la virilité de l'homme fort ? Le *recommencement* annoncé par tous les prophètes ? Le retour du Christ, qui viendrait sauver ceux qui le méritent, avant de sacrifier tous les autres ?

Cette idée troubla profondément Lou.

C'est alors qu'Elisabeth explosa.

— Qu'est-ce que vous faites ? Vous fouillez dans les lettres de Friedrich ? Foutez le camp ! Vous ne voyez pas que vous l'assassinez de votre présence ? Vous êtes la pire chose qui lui soit jamais arrivée ! Vous l'avez avili, traité comme un esclave, une chose ! Partez !

Lou Andreas-Salomé restait engluée dans ses pensées funestes. Elisabeth, n'y tenant plus, se rua sur la belle rousse et lui griffa violemment le visage. Aussitôt, la jeune femme se dégagea ; du bout des doigts, elle saisit un coupe-papier qui traînait sur le bureau et le planta sauvagement dans l'épaule de l'enragée. Elisabeth poussa un cri strident.

— Salope ! Je vais te tuer !

Mais Lou, plus jeune et vigoureuse, prit facilement le dessus.

— C'est toi, la salope, murmura-t-elle froidement.

Elle plaqua Elisabeth au sol, l'empêchant presque de respirer. L'épaule saignait, si bien qu'un petit filet écarlate s'écoulait sur le parquet.

— Toi, et tes enflures d'amis… Je les connais, tous. Tu trahis ton frère, qui a toujours encensé les Juifs et dénoncé les antisémites. Friedrich te hait, comme il a haï Wagner jusqu'au jour de sa mort après l'avoir idolâtré. Votre idéologie va plonger l'Allemagne et le monde dans le chaos !

Soudain, Nietzsche se leva de son fauteuil. Lui qui ne pouvait marcher que solidement épaulé semblait glisser sur les lattes de bois ciré.

— Lou… Viens avec moi…

Le vieil homme la fixait avec intensité, malgré sa cécité. Puis il tendit la main vers la jeune femme. Lou desserra sa prise et se releva lentement.

— Je t'emmène, Lou…

À terre, Elisabeth geignait comme une hyène. Mais elle ne manquait rien de l'échange surréaliste. Elle mémorisait chaque mot. Elle s'en servirait, le moment venu. Et cette chienne de Lou en crèverait.

— Où veux-tu m'emmener, Friedrich ?

— Dans les grandes terres du Nord… Nous sommes des Hyperboréens, toi et moi, n'est-ce pas ?

La jeune femme songeait encore à la Corse, cette terre de granit chaude et sauvage, et voilà que Nietzsche voulait l'entraîner aux antipodes. Dans l'île mythique de Thulé, peuplée de géants nordiques. D'une île à l'autre. Du midi au septentrion.

— Souviens-toi, Lou, de ce que disait Pindare : « Ni par terre, ni par mer, tu ne trouveras le chemin qui mène chez les Hyperboréens. » Le *surhomme*, l'homme ancien, l'homme perdu, vit en nous. Le chemin est en nous. Viens avec moi, viens *en moi*.

Nietzsche s'était déjà défini comme un Hyperboréen, l'un de ces colosses vivant tout près du pôle nord : « Plutôt vivre parmi les glaces qu'au milieu des vertus modernes », lui avait-il confié un jour. Était-ce la clé ?

— Thulé est en nous, balbutia le philosophe qui demeurait immobile, la main solidement amarrée à celle de la jeune femme.

Son regard pénétrant n'avait plus rien de celui d'un aveugle. Dans l'autre-monde, l'autre-lui était lucide. Extra-lucide, même. Il percevait clairement ce qui guettait l'humanité. Le crépuscule, cataclysmique, avant l'aube et le renouveau.

— Ton esprit et le mien se sont déjà transformés en chameaux. Et même, sans doute, déjà en lions.

Cette fois, Nietzsche faisait allusion aux métamorphoses annoncées par Zarathoustra. Le futur esprit libre doit d'abord se transformer en chameau, qui porte le pesant fardeau des valeurs morales. Il est obéissant et se plie sans ciller aux imprécations du « dragon », le Devoir moral. Mais le chameau se transforme ensuite en lion, qui se rebelle contre la morale et toutes les « idoles » traditionnelles.

Lou se souvint alors que Zarathoustra parlait aussi d'une troisième étape. Un stade que Nietzsche semblait avoir atteint. Tout, en lui, le manifestait. Car il paraissait désormais aussi inoffensif qu'un nourrisson. Un homme fort redevenu plus faible qu'un nouveau-né.

— Et le lion se métamorphose en enfant, n'est-ce pas, Friedrich ?

— L'enfant est innocence et oubli, un renouveau et un jeu, une roue qui roule sur elle-même, un premier mouvement…

— Es-tu cet enfant, Friedrich ? Cet enfant qui précède le *surhomme* ?

Nietzsche sourit avec tendresse. Son visage s'illumina.

— L'enfant est le dernier stade de la *régression*, juste avant de renaître. Mais tu deviens cet enfant, toi aussi, Lou… Tes pensées sont pures, libérées des carcans…

La folie avait transformé Nietzsche. Aussi n'allait-il plus tarder à devenir un *surhomme.* Car devenir un surhomme tenait en réalité de la *régression*. Oublié le grand bond en avant, oubliée la volonté de puissance destinée à dominer le monde en engendrant des légions d'esclaves. Pas question non plus de forger de nouveaux héros assoiffés de sang, prompts à sombrer dans l'*hybris*, suivant un « éternel retour » des valeurs judéo-chrétiennes.

Le véritable *surhomme* tournait les talons et remontait le cours du temps. Lou se remémora les propos visionnaires du philosophe : « Reviens sur tes pas, marche sur les traces dont l'humanité a marqué sa grande et douloureuse pérégrination à travers le désert du passé. Quand ton regard sera assez vigoureux pour plonger au fond du puits ténébreux de ton être et de ta connaissance, il se peut aussi que t'apparaissent dans sa nappe miroitante les constellations lointaines de civilisations à venir… »

Se pouvait-il que nous régressions au point de faire renaître ces civilisations lointaines ? Lou suivait le philosophe qui se dirigeait vers la grande porte, sans la moindre hésitation, comme s'il percevait chaque meuble, chaque obstacle malgré ses yeux livides. Qui voyait à travers lui ? L'Hyperboréen avait-il éclos et repris les commandes de son organisme ? De son âme ? Nietzsche s'immobilisa et fixa de nouveau la jeune femme avec une profonde intensité.

— Nous allons bientôt renaître, Lou, et beaucoup d'autres vont renaître.

Puis le savant articula ces mots glaçants, qui allaient obséder la jolie Russe durant le reste de son existence :

— Et quand nous serons nés, nous reprendrons le pouvoir. Car nous sommes les *remplaçants*.

Chapitre vingt-sept

18 février 2020, 20 h 35

Marc Brunier s'engouffra sous le porche du 36, et ressentit aussitôt un air glacial le transpercer. Cette sensation, il l'avait éprouvée mille fois. Tout l'hiver, une bise discrète tapie au-dessus des pavés de la cour carrée du 36 fondait sur les visiteurs du soir, dès qu'ils franchissaient les lourdes portes de bois. La pluie avait repris de plus belle, et menaçait de noyer le quai des Orfèvres. Le vieux limier ressemblait à un naufragé péniblement sauvé des flots. Le naufragé d'une vie réduite en lambeaux. De grands coups de canif avaient lardé ses souvenirs, et détruit les derniers grains de lumière qui s'en échappaient. Plus incisifs que le scalpel du légiste de l'Institut médico-légal, où s'entassaient les cadavres qui n'avaient plus à supporter le fardeau de leur existence.

Bienheureux les macchabées, songea-t-il.

Pénétrer dans le saint des saints de la PJ parisienne, où il avait œuvré pendant vingt-trois ans, fit aussitôt resurgir une foule d'émotions qui manquèrent de l'étouffer. Le policier haletait, bravant les hallebardes qui crépitaient sur les pavés. Le visage de Sarah, sa fille disparue, s'imposait en surimpression, aussi tenace qu'un tatouage que rien n'efface. Le bâtiment historique, coiffé de sa mythique tour pointue, restait plongé dans l'obscurité. La tristesse se lisait partout.

Heureusement, Brunier pouvait se déplacer dans le noir sans l'ombre d'une hésitation. La géographie du temple de la police judiciaire n'avait aucun secret pour lui. Il glissa sur le tapis d'eau qui baignait la cour, puis s'infiltra dans le bâtiment A. Seul le flic-floc entêtant de la pluie résonnait sur les murs livides. Il empoigna la rampe de bois qui flanquait l'escalier légendaire du 36. Il était loin, le grondement de la ruche, le va-et-vient incessant des flics obnubilés par leurs enquêtes sordides, et des voyous accusés des crimes les plus gores.

Au deuxième étage, un planton esseulé contrôlait encore les papiers d'identité, derrière sa vitre Securit. Il s'éclairait à l'aide de plusieurs lampes de poche. D'évidence, le courant avant sauté dans tout le bâtiment. L'enquêteur glissa sa « brème » tricolore sur le guichet.

— Brunier, je suis un ancien de la maison.

— Bonsoir, commandant. Vous venez voir qui ?

— Guérin, de la BRI. Et je vous taxe une torche, j'ai rien pour m'éclairer. Je vous la rends en sortant.

Tandis que le gardien de la paix passait son coup de fil, le policier se faufila dans l'antichambre des bureaux moulurés des grands patrons. De jour, la pièce, surnommée l'atrium, donnait sur un immense puits de lumière alimenté par une verrière, fixée trois étages plus haut. Il leva les yeux et promena le faisceau de sa lampe le long des balustrades des niveaux supérieurs, où fourmillaient autrefois les cadors de la PJ. Puis il visa le toit vitré qui, en journée, inondait les lieux d'une lumière vaporeuse.

Soudain, il ressentit un violent haut-le-cœur. Ils avaient démonté le filet anti-suicide tendu entre les garde-corps du quatrième étage. Un filet mythique, indissociable de la physionomie du 36. Et ce n'était pas tout. Le policier gagna le troisième étage, le pas de plus en plus lourd et le cœur glacé. Arrivé sur le palier, devant l'ancien bureau qu'il partageait avec les autres chefs de groupe de la Crime, il manqua défaillir. Ils avaient aussi dévissé l'enseigne lumineuse qui annonçait fièrement « Brigade criminelle » en lettres bleutées.

Deux fils étêtés pendouillaient dans le vide. Tout autour, les murs jaune pisseux, des étagères vides, le lino noirâtre et les néons blafards apparaissaient comme les fossiles d'un passé révolu. Dans l'obscurité et le froid, le 36 avait désormais tout d'un château hanté.

Le policier aperçut enfin un mince filet de lumière, tout au fond de l'étroit corridor, qui filtrait d'un des anciens bureaux de son groupe. Des éclats de voix plus ou moins enjoués s'en échappaient. Les veinards de la BRI avaient obtenu de rester quai des Orfèvres. Hors de question de s'exiler aux Batignolles, au risque de perdre vingt minutes à traverser Paris pour débarquer sur un nouveau Bataclan. Le 13 novembre 2015, ils s'étaient rendus sur zone en quelques minutes. Et même s'ils avaient libéré des otages, il était déjà bien tard. Bien trop tard...

Brunier longea les murs du couloir comme ceux d'une maison de famille restée à jamais gravée dans les replis de sa mémoire. Il entra dans le bureau sans frapper. Les quatre gaillards se turent aussitôt. En découvrant le visage marqué de leur ancien collègue, ils furent traversés par les images insoutenables de l'opération désastreuse qui avait coûté la vie de sa fille – et de tant d'autres jeunes femmes, dans une galerie souterraine, à vingt mètres de profondeur sous le jardin du Luxembourg[1].

Le plus gradé s'avança et serra Brunier dans ses bras.

— Content de te revoir, Marc...

Le capitaine Loïc Guérin avait soutenu son collègue ravagé dans l'épreuve indicible qu'il avait vécue. C'était un pur, par ailleurs intervenu dans la plupart des récentes opérations antiterroristes. Dans le passé, il avait maintes fois prêté main-forte à Brunier et son groupe, au moment de « taper » des suspects.

À ses côtés se tenaient trois sous-officiers, légèrement éméchés. Ils assuraient la perm de nuit, et venaient de trinquer à la vodka. Interdite depuis des années au 36, elle s'était de nouveau invitée,

1. Voir *Le Dernier Hyver* (Belfond, 2017), www.lederniehyver.com

depuis que les grands patrons avaient migré. Quand le chat n'est plus là… Sur les bureaux, des bougies voisinaient avec quelques lampes électriques et peinaient à éclairer la pièce.

Brunier décida de détendre l'atmosphère.

— Alors, les filles, vous avez oublié de payer votre facture EDF ?

Les quatre briscards ricanèrent.

— On aurait préféré ! La Seine est tellement montée qu'elle a inondé les égouts qui ont refoulé dans les caves. Tout a sauté. On est dans le noir depuis ce matin, et, en bas, ça chlingue le macchab en décomposition.

Brunier fut traversé d'images furtives. Les caves. Les archives. Le dépôt et sa ribambelle de cellules où s'entassaient les prévenus avant de comparaître… Tout se télescopait. C'était trop d'émotions, de nostalgie. De regrets. Le malaise rampait, et sa lèvre supérieure recommençait de tressauter. Il fallait couper net, une fois pour toutes, le cordon ombilical. Déguerpir, et ne plus revenir. Jamais.

— Allez, les gars, c'est ma tournée !

Cinq minutes plus tard, les cinq flics pénétraient dans l'annexe de la PJ, la brasserie Le Soleil d'or, à l'angle du boulevard du Palais et du quai du Marché-Neuf.

L'ambiance était tout aussi fade qu'au 36. Autrefois bondé de poulets caquetant, l'établissement bruissait à peine. Seuls trois clients s'étiolaient au bar.

— Salut, Pierrot. C'est pas la folie des grands jours, dis donc.

— Brunier ! Tu es de retour ?

Le patron embrassa le policier sur les joues.

— J'allais fermer, mais ça me fait trop plaisir de te revoir.

Vingt-trois ans. Ça compte. Combien d'heures d'échanges sur la pluie et le beau temps, bout à bout ? Pierrot tapissait autant les murs de sa vie de flicard que ses propres collègues. Le policier choisit une table discrète, tout au fond. Si la DGSE le recherchait, il préférait autant ne pas s'afficher en pleine vitrine.

Quelques instants plus tard, Brunier et ses quatre anciens collègues évoquaient le passé avec nostalgie. Le commandant devait se changer les idées. La pression était insoutenable. Parler du bon vieux temps l'emplissait d'une légèreté réconfortante. Il évoqua aussi Ajaccio, la PJ locale, les gendarmes… Sans ménagement.

C'est alors qu'une jeune femme poussa la porte du café.

— Désolé, on ferme…

— C'est bon, elle est avec moi, lança Brunier depuis le fond.

Vannina vint s'asseoir auprès des quatre malabars de la BRI. Elle était passée au 36 ; le planton de l'accueil lui avait indiqué de se rendre à la brasserie.

— Je vous présente le capitaine Vannina Aquaviva, de la section de recherche d'Ajaccio.

— Ah, alors c'est vous la pandore douce et avenante, siffla le major Rivoire avec un sourire entendu.

Vannina planta un regard noir sur Marc Brunier.

— Ils se foutent de ma gueule, ou quoi ? On peut savoir ce que tu leur as dit ?

Le policier sourit à pleines dents. Cette gamine avait le don de le détendre.

— Ça va, j'ai juste dit la vérité. Une Corse avec un caractère granitique, hérissé des mêmes épines qu'un cactus. Mais avec un cœur gros comme ça.

La jeune femme rougit. Depuis la traque de la *bête* sur les toits de Paris, et surtout la bavure du CEA, leurs liens s'étaient nettement resserrés.

— Tu n'as pas été suivie ?

Brunier avait déjà revêtu son masque de gravité.

— Non, et il y a du nouveau. Je suis venu avec Zim.

Vannina jeta un œil sur son portable.

— Il est à deux pas. Et si ça ne t'ennuie pas, je ferais bien venir aussi Carlier et Luciani. Ils se pèlent le jonc dans la voiture.

Le policier haussa les sourcils.

— Je vois. On ouvre une annexe d'Ajaccio, quoi…

— Oui, et d'ailleurs…

La jeune femme s'adressa aux quatre commandos.

— Je suis désolée, mais je pense préférable de ne pas vous impliquer dans cette affaire.

Vannina avait cherché la formulation la plus neutre. Le capitaine Guérin se leva.

— OK, ça va. Venez, les gars. On se fait bouger par une gonzesse de trente balais, et une Corse qui plus est. On aura tout vu.

Vannina força un léger sourire, bien qu'elle n'en eût aucune envie. La testostérone ascendant misogyne puait à plein nez, et elle se refusait à sympathiser avec ces hommes dont une partie du cerveau avait d'évidence ruisselé dans les biceps. Brunier se leva à son tour, embrassa Loïc Guérin et serra la main des trois sous-officiers d'une poigne de fer.

— Si tu as besoin de nous, tu sais où nous trouver. Tu pourras toujours compter sur nous.

— Je sais. Merci, les gars.

Dix minutes plus tard, le groupe d'enquête d'Ajaccio s'était reconstitué autour de deux tables de bar aboutées pour l'occasion. Les pintes de Brunier, Carlier et Luciani frayaient avec la tisane de Zim, et le café noir de Vannina qui luttait contre le sommeil. Un nuage de fumée nimbait l'assemblée. La rencontre tournait au conciliabule prérévolutionnaire.

Vannina se lança :

— La fusillade au Commissariat à l'énergie atomique et la mort du colonel ont provoqué un électrochoc. La DGSE a complètement perdu le contrôle. Le SMUR, ton évacuation par hélicoptère, le traumatisme vécu par plusieurs personnels civils : tout a basculé. Et tout est apparu au grand jour. Des soignants ont parlé.

— Et… ils ont aussi vu la cible, non ?

Vannina acquiesça.

— Donc, tout le monde est au courant qu'une espèce de mutant s'est baladé dans Paris… Ils auront fait le rapprochement avec les Galeries Lafayette…

Brunier ne savait que penser : la divulgation du secret serait-elle bonne ou mauvaise pour l'affaire ? Au fond, mettre les pieds dans le plat pouvait faciliter les recherches, la diffusion de portraits-robots et la mobilisation de l'ensemble des forces de police et de gendarmerie. Il était temps de « lâcher les chevaux » et de cesser de tourner autour du pot. L'affaire était d'une gravité sans précédent. Jusqu'où ces *choses* allaient-elles aller ? Qui seraient les prochaines victimes ?

— J'ai appris que lorsque l'affaire est arrivée aux oreilles du directeur général de la gendarmerie, les téléphones cryptés des ministères ont chauffé. Il n'a pas tellement apprécié que la DGSE se soit permis de nous interpeller. D'autant qu'ils ont visiblement forcé la main du parquet antiterroriste.

Brunier était perdu dans ses pensées et n'écoutait que distraitement le dénouement administratif de l'affaire. Il se focalisait sur la stratégie à suivre, désormais. Vannina, elle, poursuivait sans mollir :

— Et du coup, c'est remonté jusqu'à la ministre, qui a désavoué Mortier[1]. La DRM a récupéré le bébé.

Le policier, toujours absent, n'avait pas relevé. Mais Carlier sauta aussitôt sur sa chaise comme s'il avait vu la vierge.

— DRM ? Sans déconner ? Le groupe de pouffes japonaises ? Qu'est-ce que c'est que ce bordel ?

Vannina planta un regard atterré dans celui du major.

— Mais… qu'est-ce que tu racontes, Carlier ?

— DRM, c'est un groupe de J-Pop ! Je connais, me prenez pas pour une truite ! Un beau ramassis de bimbos hystériques qui chantent sur des mangas animés.

— Carlier, espèce d'abruti, la DRM, c'est la Direction du renseignement militaire. Les services secrets de l'armée !

1. Surnom de la DGSE, dû à son adresse, boulevard Mortier à Paris.

Le sous-officier se renferma comme une huître, croisa les bras et fit ostensiblement la gueule.

Soudain, Brunier percuta :

— La Direction du renseignement militaire ? Ils veulent encore essayer de tout étouffer ? Malgré la bavure qui a failli me coûter la vie, à moi aussi ?

La gendarme tordit les lèvres, comme pour dire : « Eh oui, il faut croire… »

— Je ne suis pas d'accord. Il faut mobiliser les troupes. Je vais aller parler au proc antiterroriste, puisque c'est lui qui a la main et que la DGSE est hors jeu.

Le policier se leva, prêt à gambader comme n'importe quel flic en liberté, mais Zim s'interposa aussitôt et lui agrippa le bras.

— Marc, non… Je suis désolé. Asseyez-vous, c'est plus compliqué que ça…

L'officier de police se raidit. Personne n'était autorisé à l'entraver. Il avait déjà supporté les enfoirés de la DGSE. Après un instant d'hésitation, il consentit à se rasseoir sans esclandre.

— Le général Grimeaux, le patron de la gendarmerie, a pu souffler dans les bronches de la DGSE parce qu'elle est affaiblie. Sur la touche. Enfin… pour l'instant. Mais elle va rapidement reprendre du poil de la bête, croyez-moi. C'est une énorme machine qui peut vous broyer, Marc. Son influence dépasse tout ce que vous pouvez imaginer. Tout en parlant, Zim riva son regard sur un horizon imaginaire, comme s'il évoquait une douloureuse expérience personnelle.

— Il faut vous faire oublier. Laisser retomber le soufflé.

— Non mais, je rêve ! C'est qui, la victime ? Qui est-ce qui a failli se faire démonter la tête, et ensuite se faire trouer comme un emmental ? Pas vous, que je sache ?

La tension montait.

Vannina posa une main apaisante sur le bras de Brunier qui commençait à s'échauffer sérieusement. Les premiers signes de l'épilepsie n'allaient pas tarder à poindre.

— Marc, je dis ça pour vous. Sincèrement. Le général Grimeaux nous a sortis de la nasse, mais vous… vous avez… « parlé » avec les suspects. Enfin, si on peut dire. Et vous n'avez rien révélé sur la signification de vos échanges. Pour la DGSE, vous êtes le seul responsable du désastre au CEA. Si vous aviez fait parler la cible, et traduit ce qu'elle disait, on n'en serait pas là.

Le policier vira au pourpre.

— Ça suffit, maintenant ! Vous n'y étiez pas, que je sache ! Je ne sais pas quelles conneries on vous a racontées…

— Je parle comme la DGSE, Marc. *Ils* pensent que tout cela ne serait pas arrivé si vous aviez fait parler le suspect. Ils vont vouloir vous faire payer. Et croyez-moi, ils n'en ont rien à foutre, des remontrances de la ministre. Il leur faut un coupable, en dehors de la « boîte ». Et ce coupable, c'est vous.

Après un instant de sidération, l'officier encaissa et s'enfonça dans la banquette.

— Vous devez partir le plus loin possible.

L'anthropologue fourra la main dans son éternel sac de randonneur et en retira un petit carnet bordeaux qu'il jeta sur la table.

— C'est un passeport au nom de Cyril Renan. Le type a votre âge, enfin presque, et surtout votre taille. 1 m 85, pas facile à dégotter.

Sidéré, l'officier de police saisit le document et tourna les premières pages.

— Il ne me ressemble pas du tout. Il a une moustache de beauf et des lunettes ridicules.

L'anthropologue farfouilla de nouveau dans sa besace et en extirpa une moustache postiche, ainsi que des lunettes à verres neutres.

— Non mais, vous déconnez complètement ! Vous me prenez pour un guignol ou quoi ?

Vannina vola au secours de l'anthropologue qui ne cessait de franchir la ligne rouge.

— Marc, je suis d'accord, c'est surréaliste. Mais toute cette affaire ne l'est-elle pas, elle aussi ?

L'officier de police demeurait prostré, le visage fermé.

— Il s'agit simplement de disparaître un moment. Le temps de « sortir » l'affaire. Après, ils ne pourront plus rien contre nous, et surtout contre toi. Il faut qu'on réussisse. On va réussir !

Marc Brunier esquissa une moue dubitative.

— Mais où voulez-vous que j'aille ? Je n'ai aucune attache à l'étranger.

— Eh bien… Puisque vous en parlez, Marc… J'ai quelque chose pour vous qui pourrait nous être extrêmement utile pour résoudre cette affaire.

Zim plongea une nouvelle fois la main dans son sac et plaqua une lettre sur la table.

— Officiellement, Cyril Renan est glaciologue. Spécialiste de l'Arctique, et des effets du réchauffement climatique sur la fonte des glaces. Et ça, c'est un ordre de mission de l'institut polaire Paul-Émile-Victor. Un centre de recherche reconnu dans le monde entier.

Le policier saisit le document et le parcourut rapidement. Brunier découvrit le lieu de la mission et se mit à éructer :

— En Sibérie ? La mission se déroule en Sibérie ? Mais on est en plein hiver ! Il doit faire moins quarante dans ce trou ! Vous voulez quoi, que je finisse comme Ötzi, l'homme préhistorique momifié et lyophilisé qu'on a retrouvé dans les Alpes ?

— Vous serez accompagné de chercheurs russes que je connais bien, et qui savent tout de la vie extrême. Et puis Marion Lafargue vous accompagnera.

Le policier s'étrangla.

— L'obsédée des taches de sang ? Je ne suis même pas sûr qu'on se soit adressé deux mots. Je ne la connais pas, ça n'a aucun intérêt.

— Elle travaille avec moi. Elle a un solide bagage scientifique. Elle est aussi formée à l'autodéfense. Elle pourra vous être bien plus utile que vous ne l'imaginez.

Brunier n'en croyait pas un traître mot. En plus, cette gamine avait menti par omission, à Bonifacio. Il était convaincu qu'elle avait dissimulé sa vision du *monstre*, lorsqu'elle procédait aux relevés des traces sanglantes dans la grotte. Avant son *coming out* bien étonnant… Elle n'était guère digne de confiance.

Brunier contre-attaqua.

— Et vous, vous allez faire quoi, pendant ce temps ?

Le chercheur pâlit. Il devait en dire le moins possible.

— Eh bien… Je vais tenter d'avancer sur plusieurs énigmes scientifiques. Par exemple, travailler sur l'ADN du suspect qui a été abattu…

— Donc, vous restez bien au chaud. C'est très pratique, ça, de nous expatrier à des milliers de kilomètres, non loin des glaces du pôle Nord…

— Je ne vous permets pas…

— Je ne lâcherai pas Zim d'une semelle, trancha aussitôt Vannina.

Le capitaine de gendarmerie avait sa tête de « niaqueuse », comme à l'orée d'un pentathlon. Elle avait repris les rênes, et n'entendait laisser personne diriger les investigations à sa place.

— Nous sommes toujours en charge du dossier. Après la bavure de la DGSE, le proc antiterro nous a renouvelé sa confiance. Je reste directrice d'enquête, mais avec compétence nationale. Seule contrainte : nous restons soumis au secret-défense jusqu'à nouvel ordre. Mais nous *collaborons*. Tous ensemble. N'est-ce pas, Zim ?

Laurent Marceau se décomposa. Vannina et Luciani s'interrogeaient sur l'étrange comportement de l'anthropologue depuis le début. Sans parler de la défiance de la DGSE et ses hypothèses sur la survie d'hommes préhistoriques… Il n'était pas question de le laisser avancer seul dans la nature. Elle devait le garder à l'œil.

Zim n'avait plus le choix.

— Alors, il faudra que vous m'accompagniez en Allemagne. Je dois me rendre à Leipzig, dans un centre de recherche spécialisé dans l'étude de l'ADN fossile.

Un éclair traversa les iris de Vannina. Depuis la découverte de la mystérieuse caisse du trésor de Rommel dénichée dans le lac souterrain de Bonifacio, elle songeait – tout comme Brunier – à la piste allemande. De même, certains symboles gravés sur les scènes de crime s'apparentaient clairement à ces runes prisées des nazis… La perspective d'une « embardée teutonne » n'était pas pour lui déplaire.

— OK. On prend contact avec nos homologues allemands. Pas question de débarquer comme des cow-boys. Je préviens le proc.

Chapitre vingt-huit

19 février 2020, 15 h 35, banlieue de Leipzig

Les quatre gendarmes venaient de récupérer leurs bagages et de grimper dans une Opel de location. Vannina au volant, Zim à ses côtés. Carlier et Luciani relégués à l'arrière. L'Airbus de la Lufthansa avait atterri trente minutes plus tôt, sur le tarmac de l'aéroport de Leipzig-Halle. Personne n'avait desserré les mâchoires de tout le voyage. Vannina, épuisée, avait sombré dans un sommeil profond avant même le décollage. Zim était resté plongé dans des catalogues d'ADN, des suites ininterrompues de A, de T, de C et de G. Luciani, lui, avait relu des rapports, pour débusquer *le* détail. Celui qui pourrait résoudre toute l'affaire, et que personne n'avait encore vu. Quant à Carlier, il s'était vu mourir une bonne vingtaine de fois – à chaque vibration un peu virile.

À l'arrivée, la face déstructurée, le sous-officier avait aussi renâclé à grimper dans la voiture. Pendant le trajet, comme à son habitude, il roulait vitre baissée, la tête à travers la portière. Sauf que la température était tombée en dessous de zéro, et qu'une tempête de neige s'abattait sur la région.

— Ferme cette putain de vitre, ou on va tous crever d'une pneumonie ! râla Vannina.

Après les inondations, les tempêtes et les crues, en Corse puis à Paris, c'était désormais l'or blanc qui se déversait sur l'Allemagne. La jeune femme s'apprêtait à prendre la direction du centre-ville de Leipzig, pour rejoindre le commissariat central. Ils avaient rendez-vous avec leurs homologues de la *Kriminalamt,* la police criminelle, descendue spécialement de Dresde. Au bout de cinq kilomètres, tandis qu'ils filaient sur l'A14, Zim articula ses premiers mots :

— Le rendez-vous est dans une heure, on a un peu le temps. J'aimerais qu'on fasse un petit détour. Si vous n'y voyez pas d'inconvénient.

— Et... pour aller où, exactement ?

— C'est à une vingtaine de minutes. Il faut rejoindre l'A9, au lieu de continuer sur Leipzig. Je vous guide.

Vannina tiqua. Comment se pouvait-il que le scientifique connût si bien la région, au point de l'orienter les yeux fermés ?

— Tu as bossé ici ?

— Non, pas vraiment. Disons que j'ai eu des attaches, dans ma jeunesse. J'aimerais faire un petit pèlerinage.

Le convoi glissa sur les départementales enneigées, en pleine campagne saxonne. Les routes allemandes se révélaient en piteux état, à la surprise de Vannina – et au grand dam de Carlier dont le visage virait au mordoré. Tout autour, les champs avaient disparu sous une couche de poudreuse. Après avoir traversé deux bourgs impassibles, ils débouchèrent sur le petit village de Röcken.

— Prenez à droite, c'est à cent mètres.

Vannina longea une palissade de brique rouge qui s'érigeait le long d'un jardin couvert de nacre. Quelques toitures dépassaient des clôtures. La commune ne comptait que six cents âmes et ne semblait présenter aucun intérêt. Un trou teuton, perdu dans la campagne.

— Qu'est-ce qu'on fout là, Zim ?

— Attendez-moi, je n'en ai pas pour longtemps.

Tandis que l'anthropologue se faufilait dans une propriété sans charme, Vannina avisa une plaque de bronze : NIETZSCHE GENDENKSTÄTTE.

La gendarme, qui ne parlait pas un traître mot d'allemand, consulta aussitôt le traducteur de Google.

« Mémorial de Nietzsche ».

Elle saisit aussitôt « Nietzsche + Röcken ». Une photo lui sauta au visage. Elle représentait la même demeure mastoc que celle qui se dressait juste devant elle.

— C'est la maison de naissance de Nietzsche !

— Qui ça ?

Carlier balbutiait, la langue pâteuse, au bord de l'apoplexie.

— Nietzsche, le philosophe allemand.

Le gendarme fit une moue incrédule. Le nom n'avait activé aucun de ses neurones.

La jeune femme continua de surfer sur Internet. Elle parcourut la fiche Wikipédia du penseur.

— C'est le mec qui a déliré sur les surhommes. « Dieu est mort »... Le nihilisme...

Ces termes lui rappelaient vaguement ses cours de philo au lycée.

— Et... c'est pas seulement sa maison natale : c'est aussi là qu'il a été enterré ! Il y a sa tombe, le long de la chapelle qu'on aperçoit.

Carlier s'apprêtait enfin à répondre, lorsque Vannina claqua la portière. Elle s'engagea sur les traces fraîches que Zim avait laissées dans la neige, dépassa la maison natale du philosophe allemand et s'approcha lentement de l'église bâtie à l'aide de jolies pierres dorées. Étrangement, elle se dressait sur le même terrain que la propriété familiale. L'immense toiture pentue et les fenêtres en ogive étaient en bel état. L'édifice était clairement entretenu. Puis elle l'aperçut. La neige tombait à gros flocons et l'empêchait de distinguer clairement l'anthropologue.

Il semblait agenouillé, au pied d'une tombe. Trois sépultures se succédaient, à l'aplomb du pignon ouest de la petite église. L'enquêtrice tendit l'oreille. Zim psalmodiait des termes incompréhensibles. La pluie de coton ne cessait de faire écran. Elle se frotta les yeux pour être sûre de ce qu'elle voyait. Il s'était à moitié couché sur la tombe, et l'embrassait. Longuement. Après quoi, le chercheur se releva péniblement et se déplaça vers la deuxième tombe, en tout point similaire. Il demeura immobile une longue minute et prononça là encore plusieurs phrases inaudibles. Enfin, il fit trois pas en arrière et s'éloigna en direction de l'entrée de l'église.

Aussitôt, Vannina s'approcha des trois pierres tombales, dont Zim avait dégagé la pellicule de neige. Sur la première, une simple dalle de grès rose que l'anthropologue avait embrassée, était écrit « Friedrich Nietzsche, 15 octobre 1844-25 août 1900 ».

Puis elle fit un pas de côté pour se poster face à la deuxième tombe auprès de laquelle Zim s'était recueilli. Elle était identique. Mais, cette fois, le grès rose se trouvait gravé du nom d'Elisabeth Förster-Nietzsche. Sa femme ? Sa sœur ? Vannina irait vérifier cela, bien au chaud dans la voiture. Elle gelait sur pieds.

Avant de tourner les talons, elle jeta un œil à la troisième sépulture, nettement plus ancienne. Elle abritait la dépouille des parents du philosophe. Enfin, l'enquêtrice regagna l'Opel. Deux minutes plus tard, Zim s'engouffra à son tour dans l'habitacle. Le chercheur était muré dans le silence et paraissait profondément affecté. Vannina n'osa rien dire et redémarra.

Quel lien mental entretenait-il avec le philosophe ? Vannina croyait se souvenir que Nietzsche avait inspiré Hitler avec ses idées provocatrices, qui exaltaient la supériorité de l'homme.

Décidément, le mystère Zim ne cessait de s'épaissir. Et la piste nazie de se préciser.

Chapitre vingt-neuf

19 février 2020, 16 h 50, Leipzig

La nuit tombait déjà. Le groupe d'enquêteurs fendait la ville, en direction du sud. Ils roulaient prudemment ; la neige s'amoncelait sur la chaussée. Tout autour d'eux, les bâtiments étaient recouverts d'un linceul immaculé. Ils venaient de quitter le commissariat central. Vannina avait révélé le strict minimum à ses collègues allemands : ils menaient des investigations d'ordre technique pour conforter des résultats obtenus par la police scientifique française.

Chacun connaissait le rayonnement international de l'Institut d'anthropologie évolutive de Leipzig, qui aspirait des dizaines de journalistes et de savants toute l'année. Ses chercheurs n'avaient-ils pas séquencé l'ADN de Néandertal ? Et d'autres « cousins » disparus de l'homme ? Et puis, les découvertes macabres réalisées sur les sites archéologiques de plusieurs pays étaient parvenues jusqu'aux oreilles de la *Kriminalamt*, si bien que les policiers allemands avaient adoubé la démarche des gendarmes. Comme le veulent les traités européens – et la coopération « cordiale » entre les polices des États membres –, ils avaient aussi proposé leur aide et se mettraient à la disposition de Vannina en cas de besoin.

L'Opel aborda un virage qui s'enroulait autour d'une esplanade ovale : la *Deutscher Platz*. Ils ralentirent devant un building ultramoderne, dont la forme suivait la courbure de la chaussée et formait comme une parenthèse. Dans l'obscurité naissante, sa façade vitrée brillait de mille feux teintés de jade. Ces tons, associés à sa cambrure, lui donnaient un air de soucoupe volante venue tout droit des confins de l'univers.

Une fois à l'intérieur, le sentiment de Vannina se renforça : les biologisites avaient tous l'air de Martiens. Dégingandés – tout comme Zim – et pâles comme des endives, ils donnaient l'impression d'avoir débarqué d'une planète lointaine privée de soleil. Quant à leur jargon, que seul l'anthropologue comprenait, il avait tout d'un langage cosmique inaccessible aux simples terriens qu'ils étaient.

Le plus largué, c'était Carlier, forcément. Mais Luciani n'en menait pas large non plus. L'accent allemand des chercheurs, doublé de son anglais très approximatif, achevait le tableau : toutes les conditions étaient réunies pour rendre l'épreuve douloureuse.

— J'aurais dû moins faire le con en cours de SVT, lâcha Luciani.

— Et moi en anglais, reconnut Carlier.

Les gendarmes souhaitaient rencontrer Svante Pääbo, le boss du département de génétique évolutive. Un natif de Suède, qui devait trouver un certain charme sudiste à l'Allemagne… Dans ce centre réputé, rattaché au prestigieux Max Planck Institut – l'équivalent du CNRS français –, Pääbo était considéré comme un dieu vivant. Chaque fois qu'un biologiste prononçait son nom, il fermait les paupières et baissait la tête.

Le groupe emprunta de larges couloirs et traversa un espace commun qui abritait un baby-foot. Après avoir franchi une double porte à serrure biométrique, ils pénétrèrent dans un bureau feutré. Soudain, Carlier poussa un cri strident : il était tombé nez à nez avec un squelette mastoc, plus grand et plus large que lui.

— *Es ist ein echtes Neandertaler-Skelett !* expliqua une jeune technicienne, sans se faire comprendre.

— Bande de malades… C'est dégueulasse ! C'est plein de virus, ces trucs-là !

Et le sous-officier brandit aussitôt une topette de solution hydro-alcoolique, s'en aspergea abondamment les mains, et les frotta comme un dératé.

— Et puis, c'est pas interdit de déterrer des squelettes, en Allemagne ?

— Carlier, c'est un squelette de Néandertal, sans doute retrouvé dans une grotte. Il a plus de quarante mille ans, souffla Zim, affligé.

— Quarante mille ans ?

La cage thoracique, la forme du crâne, tout rappelait irrésistiblement les mensurations de la *bête*. Vannina le comprit aussitôt, elle aussi. Elle sonda, à son tour, l'étrange carcasse osseuse.

Tout autour d'eux, des photos de grottes, d'os et de crânes tapissaient les murs.

— Bonjour, Denis Laguesde. Je suis l'adjoint du Dr Pääbo. Il s'excuse, il participe à une conférence à Berlin et ne pourra pas se joindre à nous.

Vannina se retint de sauter au cou de son sauveur. Un Français, qui allait lui simplifier la vie… Les gendarmes apprirent que les *Froschfresser*, les « bouffeurs de grenouilles », étaient nombreux à l'institut. Le patron du département voisin, par exemple, s'appelait Jean-Jacques Hublin. Une sommité, titulaire de la chaire de paléoanthropologie du prestigieux Collège de France. L'information n'était pas tombée dans l'oreille d'une sourde. Vannina notait le nom de tous les contacts francophones qui pourraient l'éclairer.

— Docteur Laguesde, nous avons besoin de vos lumières pour une affaire très grave.

compris sur le front. Comme si barbe et sourcils avaient tout colonisé.

— On dirait Chewbacca dans *Star Wars*, glapit Carlier.

— Un peu, concéda Denis Laguesde. Cette photo était jointe à l'un des nombreux courriers que nous avons reçus du monde entier. Et j'en ai d'autres, similaires.

— Docteur, pourriez-vous nous remettre les lettres en question ? C'est très important pour la suite de notre enquête.

— Bien sûr, mais vous n'apprendrez rien. Nous avons vérifié auprès des médecins qui traitent ces personnes. Elles sont toutes atteintes d'un syndrome rare mais bien connu : l'hypertrichose acromégaloïde. Vous connaissez, n'est-ce pas, docteur Marceau ?

Zim fut contraint d'acquiescer.

— Et… c'est quoi, ce truc ? interrogea Luciani, largué.

— Une surproduction d'hormone de croissance, parfois congénitale, parfois causée par une réaction à un médicament, dans le cas de traitements contre le cancer, par exemple. Et puis, ici, on a clairement affaire à un cas d'hypertrichose terminale. Les lèvres sont hypertrophiées, les poils ont recouvert tout le corps… Les os se sont allongés et finissent par ressembler à ceux de Néandertal.

— Le visage qui se transforme, les os qui grandissent… Ce n'est pas ce qui est arrivé aux frères Igor et Grichka Bogdanoff, les deux anciennes stars de la télé ?

— En effet, c'est une hypothèse, qu'ils n'ont jamais confirmée d'ailleurs. Si vous ajoutez les poils de l'hypertrichose, vous obtenez ça. Et cela ne date pas d'hier. Regardez.

Denis Laguesde exhiba cette fois une affichette étonnante.

— Ce fut le premier cas référencé. Il s'agit de Petrus Gonsalvus, originaire d'Espagne, né au début du XVIe siècle. Il a été montré vers 1547 au roi français Henri II. Il aurait même été examiné par François Rabelais en personne.

Zim tiqua et resserra par réflexe les brides de son sac à dos. Comme s'il voulait s'assurer qu'il se trouvait toujours étroitement rivé sur les épaules.

— Eh bien… Nous n'avons pas vérifié, en effet, le taux d'hormone de croissance… Mais notre *suspect* est victime d'une autre anomalie, un autre dérèglement. Il affiche un taux très élevé de sulfure d'hydrogène.

Zim fusilla Vannina du regard. Elle n'avait pas à révéler de telles informations stratégiques. Mais le paléo-généticien afficha une moue perplexe, qui dénotait les limites de ses compétences. Cette information glissa sur lui comme sur les plumes d'un canard.

— J'aimerais vous demander une faveur, s'empressa de formuler l'anthropologue, pour changer de sujet.

— Oui, dites-moi, si je peux vous aider…

Zim brandit une clé USB qu'il avait remisée dans la poche de son pantalon de velours côtelé.

— Nous avons séquencé le génome de notre suspect, et c'est justement cela que nous voulions vous soumettre. Nous savons déjà qu'il n'appartient à aucun haplogroupe *sapiens* connu.

Cette fois, le généticien pâlit. Son petit sourire satisfait, qui ne s'étonnait jamais de rien, s'estompa.

Les trois gendarmes d'Ajaccio observaient Zim avec étonnement. Ils n'étaient pas au courant de l'existence d'un décryptage de l'ADN du suspect capturé à Paris et ne comprenaient rien à cette histoire d'« haplogroupe ».

— Et il vient d'où, cet ADN, Zim ? Tu n'étais pas avec nous, au CEA, que je sache ?

L'anthropologue ignora la question et ajouta :

— J'aimerais que vous compariez l'ADN de notre suspect, avec vos bases de données. Celles de l'homme de Néandertal, mais aussi de l'homme de Denisova. Je sais que vous l'avez aussi séquencé, et que c'est vous en personne qui avez découvert son existence, à l'aide de quelques éclats d'os, mis au jour dans une grotte.

L'allusion de l'anthropologue à un « haplogroupe inconnu » avait interpellé le biologiste. Ce « Zim », comme l'appelaient ses collègues, faisait sans doute erreur. C'était impossible. Laguesde se leva puis se dirigea, le pas lourd, vers l'une des photos qui ornaient le mur.

— C'est l'entrée de la grotte où nous avons effectivement découvert ces infimes fossiles. Elle est située dans les monts de l'Altaï, en Sibérie.

Vannina retint son souffle. La Sibérie. La région dans laquelle Zim avait expédié Marc Brunier… Partait-il réellement sur les traces des goulags, ou plutôt sur celles de cette grotte préhistorique ? La jeune femme ne manquerait pas de cuisiner l'anthropologue à ce sujet.

— Outre des miettes de l'homme de Denisova, on a retrouvé dans cette grotte plusieurs squelettes en bel état, des Néandertaliens, mais aussi une adolescente qui n'est autre qu'un parfait hybride : cinquante pour cent de gènes de Néandertal et cinquante pour cent de Denisova. Elle est le fruit d'un accouplement entre une mère Néandertal et un père Denisova. Elle a vécu il y a environ cent mille ans.

Carlier haussa les sourcils.

— Mais c'est qui, à la fin, l'homme de Casanova ?

— *Denisova*, répéta Zim, avec une grimace hautaine. C'est un cousin de notre espèce, officiellement disparu il y a environ trente mille ans. Exactement comme Néandertal.

Carlier demeurait bouche bée. Même Luciani hallucinait. Quant à Vannina, son regard restait rivé sur l'image de la grotte de Sibérie. Elle lui semblait familière, comme si le Grand Sanglier de ses songes de *mazzera* allait en bondir, pour fondre sur elle.

Denis Laguesde, lui, avait déjà fourré la clé confiée par Zim dans l'un des ports USB de son ordinateur. Il lança le téléchargement des séquences. Six milliards de nucléotides, soit deux gigabits de données à digérer, puis à comparer… Il leur faudrait patienter un bon moment.

— Que voulez-vous dire ? relança Luciani. Vous pensez que ces ancêtres préhistoriques, Néandertal, Denisova, vivent encore à travers ces… malades pleins de poils ?

Le lieutenant de gendarmerie désigna les photos spectaculaires des victimes d'hypertrichose acromégaloïde.

— Ce que veut dire votre collègue, rétorqua Laguesde, c'est que l'homme de Néandertal vit encore en chacun d'entre nous. Et celui de Denisova, chez de nombreuses populations d'Asie et d'Océanie. Je vais vous expliquer ce prodige. Mais avant cela, comme nous avons une heure à tuer, je vous propose de faire une petite visite guidée. Vous allez comprendre comment nous avons réalisé de telles découvertes. Suivez-moi.

Aussitôt, le paléo-généticien quitta le bureau. Les quatre enquêteurs le talonnaient et franchirent une série de portes à grandes enjambées. Puis ils s'engouffrèrent dans un ascenseur spacieux.

— Nos deux laboratoires haute sécurité sont en sous-sol, le plus à l'abri possible.

Parvenu dans l'étage souterrain, Denis Laguesde s'immobilisa devant une sorte de cellule qui n'était pas sans rappeler l'équipement du Commissariat à l'énergie atomique de Saclay.

— Tout se passe ici, désormais. Nous avons mis en place un protocole extrêmement sévère. D'abord une première zone pour vous équiper, avant d'atteindre le saint des saints.

À leur grande surprise, Laguesde les autorisa tous à pénétrer dans le sas de préparation. Les gendarmes revêtirent une ample blouse, des chaussures stériles très inélégantes, des gants nitrile, sans oublier une « résille », sorte de charlotte particulièrement boudinée. Jusqu'ici, rien de très nouveau par rapport aux uniformes familiers de leurs techniciens d'investigation criminelle. Mais, au dernier moment, le biologiste leur confia des casques étonnants : avec leurs calottes en plastique renforcé, prolongées d'une longue visière transparente, ils évoquaient ceux des gendarmes mobiles…

— Voilà, maintenant, vous êtes prêts à entrer dans la première salle blanche, consacrée au « sale boulot ».

Ils pénétrèrent dans un bunker aseptisé, piètrement éclairé par deux néons. Un technicien s'acharnait sur un petit bloc d'ivoire, à l'aide d'une fraise dentaire.

— Thomas est en train de moudre un os de Néandertal, cria Laguesde.

Le technicien s'interrompit un court instant, salua les enquêteurs d'un simple mouvement de visière, avant de s'adresser au paléo-généticien.

— *Denis, hast du das Knochenpräparat für Markus fertig ?*

— *Natürlich, ich kümmere mich darum.*

— *Danke.*

Le biologiste récupéra deux timbales de poudre qui patientaient sur un présentoir, puis invita les gendarmes à le suivre à l'intérieur d'un second sas.

— Soyez extrêmement prudents. Ne touchez strictement à rien. Vous entrez dans la salle *ultraclean*. Probablement la plus aseptisée au monde.

Il révéla que l'air y était ventilé par de puissantes aérations, filtrant 99,99 % de toutes les impuretés supérieures à 0,2 millième de millimètre…

L'espace était confiné et ne comportait qu'une seule hotte à flux laminaire. Le technicien qui l'utilisait ne bronchait pas, faisant preuve d'une concentration digne d'un chirurgien cardiaque en plein clampage de l'aorte. La hotte n'était baignée que d'un halo bleuté ; le reste de la pièce demeurait plongé dans une inquiétante obscurité.

— *Mark, hier ist das letzte Knochenpräparat Neandertal 344-23 von Thomas, wurde vom Vatikan geschickt.*

Les trois gendarmes d'Ajaccio restèrent de marbre. Laguesde aurait parlé turc ou polonais que cela n'aurait rien changé. Zim, lui, écarquilla les paupières. Il tenta de ne rien laisser paraître. Mais il avait parfaitement compris. L'os de Néandertal que s'apprêtait à exploiter le technicien avait été expédié par… le Vatican ! Les autorités ecclésiastiques avaient donc adressé des échantillons à l'équipe allemande… D'où provenaient-ils ? Que cherchaient-ils à découvrir ?

Laguesde se tourna vers Luciani.

— Vous voyez, lieutenant, Marcus est en train de préparer l'extraction de l'ADN. Il dépose d'infimes bribes d'os sur des lamelles transparentes, qui seront ensuite traitées dans nos séquenceurs pour y décoder l'ADN. C'est par ce procédé, en répétant mille fois les mêmes gestes, il y a des années, que notre équipe a pu obtenir le catalogue complet des gènes de Néandertal, et aussi celui d'un homme inconnu jusqu'alors, que nous avons baptisé Denisova – du nom de la grotte où nous avions extrait la grosse molaire et le morceau de phalange qui nous ont permis de découvrir ce nouveau cousin. Ensuite, nous avons comparé son ADN à celui de très nombreux citoyens du monde. Peut-être le vôtre en faisait-il partie, qui sait !

Laguesde finit par raccompagner les gendarmes dans son bureau.

— Voilà, vous savez comment nous travaillons maintenant. Nous prenons d'infinies précautions, et des équipes scientifiques nous demandent, sans cesse, notre aide pour séquencer l'ADN de fossiles découverts dans le monde entier. Des homininés, mais aussi des animaux de la faune préhistorique.

Tandis qu'il parlait, le paléo-généticien tapotait sur son clavier.

— La comparaison est presque terminée. Pour votre information, dans notre génome, nous abritons tous entre un et quatre pour cent de gènes de Néandertal. Ce sont les conclusions auxquelles nous sommes parvenus en comparant des milliers d'ADN à celui de l'homme de Néandertal. Cela prouve que nous nous sommes croisés avec lui.

— On… On a couché avec des Néandertaliens ? se ranima Carlier.

— Ben, à l'époque, il y a des milliers d'années, on était tous un peu pareils. Ils ne devaient pas trop faire la différence, se risqua Vannina, heureuse d'avoir retrouvé la surface et un peu d'espace vital.

Les montagnes corses lui manquaient terriblement, tout comme le ciel bleu.

— Absolument, capitaine, vous avez vu juste : ils se trouvaient assez attirants les uns les autres. Les *Sapiens* ont débarqué, vers deux cent mille ans avant notre ère, au Proche-Orient, puis en Europe, et ont découvert l'existence de leurs cousins, les hommes de Néandertal. Ils étaient tous issus d'une même origine : *Homo erectus*. Mais d'un côté, des *Erectus* sortis il y a deux millions d'années d'Afrique, ont évolué dans le reste du monde en Néandertal, et en Denisova. Et aussi en d'autres types d'hommes, comme l'homme de Florès, en Indonésie. Pendant ce temps, les autres *Erectus*, restés en Afrique, ont évolué différemment. Certains sont devenus des *Homo sapiens*. Et quand *Sapiens* est sorti d'Afrique, à son tour, il a fréquenté ses lointains cousins d'Orient et d'Europe, et aussi d'Asie, s'agissant de Denisova. Il s'est reproduit avec eux. Nous avons donc conservé quelques pourcents de leurs gènes en nous, comme le témoignage de notre lointain métissage. Le plus spectaculaire, ce sont les Papous : ils possèdent plus de six pour cent de gènes de l'homme de Denisova dans leur ADN. Et c'est environ autant pour les aborigènes d'Australie.

Vannina se passionnait pour l'exposé du biologiste.

— Et donc… Il ne serait pas impossible qu'un homme ou plusieurs possèdent beaucoup plus de gènes de Néandertal en eux, n'est-ce pas ?

Laguesde se renfonça dans son fauteuil et joignit ses mains par l'extrémité des doigts, dans une posture de conférencier arrogant.

— Sachez, capitaine, que nous avons prouvé que l'humanité, dans son ensemble, détenait jusqu'à quarante pour cent des gènes de l'homme de Néandertal. Mais nous ne disposons pas tous des mêmes séquences de gènes héritées de cet ancêtre, d'un individu à l'autre. C'est l'accumulation, bout à bout, de toutes ces pièces du puzzle, provenant de millions d'humains, qui représente quarante pour cent du génome de l'homme de Néandertal. En revanche, concentrer l'ensemble de ces quarante pour cent en un seul individu est tout simplement impossible. Sauf si vous croyez au yéti !

Et le biologiste éclata de rire. Au même instant, un bip retentit. L'analyse comparative entre la séquence ADN confiée par Zim, et celles des catalogues du laboratoire de Leipzig venait de s'achever. Tandis que Laguesde riait encore, il se pencha nonchalamment sur son écran d'ordinateur. Son visage se métamorphosa.

— Docteur Laguesde, ça ne va pas ? s'inquiéta Vannina.

Zim contourna le bureau, et fixa l'écran.

Ses yeux s'agrandirent à son tour.

Il finit par balbutier :

— Soixante-sept pour cent…

— Quoi, soixante-sept pour cent ? geignit Carlier, qui n'en pouvait plus de ne rien comprendre.

— La *bête*, la *cible*… Elle possède soixante-sept pour cent de gènes de Néandertal.

Chapitre trente

14 février 2020, soit cinq jours plus tôt, nord d'Israël

Sous leurs pieds, le talus plongeait à pic. Quatre cents mètres de dénivelé qui donnaient le vertige. Le moindre faux pas, et c'était la mort assurée. Tout en prenant appui sur les roches à vif, ils embrassaient la terre sacrée de Galilée. Au nord, la ville moderne de Nazareth se déployait en terrasses successives, du quartier juif, sur les hauteurs, jusqu'au creuset historique de la cité, peuplé majoritairement d'Arabes et de quelques milliers de chrétiens.

— C'est votre première visite, monseigneur ?

— Oui. Il y a dix ans, j'aurais dû assister à la messe de Benoît XVI, mais j'étais en Suède, en mission diplomatique.

Les deux hommes tournèrent prudemment les talons, franchirent la petite esplanade de pierre ornée de sa plaque commémorative, puis contemplèrent la vallée de Jezreel. D'immenses cultures céréalières s'étendaient à perte de vue, dominées par le célèbre mamelon du mont Thabor.

Mgr Bertolucci, cardinal et conseiller pontifical pour la culture, l'archéologie sacrée et le patrimoine culturel de l'Église, avait été mandaté dans le plus grand secret. Il n'était pas vêtu de sa robe sacerdotale, mais d'un costume sombre et discret. Seule une croix minuscule scintillait sur le revers de sa veste. À ses côtés, le colonel Jan Falnec, chef de la garde suisse et membre des services secrets du Vatican, observait l'horizon à l'aide de ses jumelles.

Le cardinal empoigna sa bible et l'ouvrit au marque-page. Il parcourut les neuf versets de l'Évangile selon saint Luc qui contaient comment, deux mille ans plus tôt, les habitants de Nazareth avaient fini par pousser Jésus-Christ hors de la synagogue, avant de le mener à l'endroit même où Bertolucci se trouvait en cet instant. Ils avaient décidé de le jeter dans le vide, parce que le Messie leur avait révélé d'insoutenables vérités.

Au fond, personne ne croyait que cet enfant du pays, fils du charpentier Joseph et de la discrète Marie, pût être le fils de Dieu. Comment pouvait-il en être autrement ? Ils l'avaient vu grandir, tout près d'eux, comme n'importe quel mortel.

Ivres de colère, ils l'avaient traîné ici. Mais, au moment de le précipiter dans le vide et avant que son corps ne se disloque quatre cents mètres plus bas, Jésus avait usé de ses pouvoirs divins. D'après les uns, il aurait fendu la montagne et s'en serait allé, paisiblement. D'après les autres, il aurait effectué un bond de plusieurs kilomètres, avant d'atterrir non loin du mont Thabor.

Depuis, cette colline avait hérité de noms évocateurs : les chrétiens l'avaient baptisée le mont du Précipice, en souvenir de la furie du peuple de Nazareth ; tandis que les musulmans la nommaient le mont du Saut (*Jebel Qafzeh*), en mémoire du prodige du Messie.

Mais si Mgr Bertolucci s'était rendu jusqu'ici, ce n'était pas pour réviser l'Évangile selon saint Luc, ni les légendes qui nimbaient cette colline sacrée. Plus bas, une dizaine d'archéologues s'affairaient, le plus discrètement possible. Ils pénétraient dans la grotte qui avait abrité des hommes préhistoriques, plus de cent mille ans avant la naissance de Jésus-Christ. Des hommes qui, dit-on, auraient pour certains survécu jusqu'à la naissance du Messie…

Le destin unique de Jésus ne serait pas étranger à cette grotte, ni aux mystères qu'elle renfermait. Cette hypothèse n'avait jamais figuré dans les livres saints, mais avait longtemps circulé dans certains textes apocryphes. En ces temps agités, une succession de révélations et de faits troublants avait donné du crédit à cette hypothèse longtemps jugée fantasque.

Mgr Bertolucci se trouvait aux premières loges. Le Saint-Père lui avait confié la direction de la commission pontificale *Arcana Verba*. Grâce aux confessions murmurées de bouche de fidèles à oreille de prélats, dans le secret des confessionnaux, le Vatican avait collecté une foule d'informations dans le monde entier.

C'est que la confession privée avait été instituée au Moyen Âge dans un seul dessein : collecter des données auprès des populations, afin de remonter les plus sensibles aux services secrets de l'État pontifical. Cette immense entreprise de renseignements, la plus tentaculaire et puissante du monde chrétien, avait déjà rendu de fiers services – en particulier durant les deux guerres mondiales. C'était elle, une fois de plus, qui avait permis de sonner l'alarme. Les rapports s'accumulaient depuis de longues semaines. Le pape s'en était ému. Il avait décidé de créer la commission *Arcana Verba*, « Les mots mystérieux ».

Ils avaient analysé les enregistrements de nombreux fidèles, réalisés à leur insu, chaque fois qu'ils venaient à confesse. Certains proféraient des menaces, comme si le Diable parlait à travers eux. Tout y passait : le second Déluge, la fin du monde, l'avènement de l'Antéchrist et le retour du Messie.

D'autres, plus effrayants, pratiquaient une langue inconnue. Les plus éminents philologues et linguistes de la sphère vaticane avaient fini par identifier des intonations, des sonorités, et finalement des racines héritées de l'araméen, et de langues bien plus anciennes encore. Là où la DGSE avait échoué, dans les sous-sols du CEA de Saclay, le Vatican, lui, avait obtenu de saisissants résultats. Ils avaient bénéficié de davantage de temps, et le cerveau des savants jésuites fonctionnait mieux encore que les circuits de silicium des ordinateurs employés par les services secrets français. Leur immense culture, leur maîtrise des langues saintes, sans omettre l'aide de Dieu, leur avaient offert de décrypter certains des propos énoncés par les fidèles en transe.

Tout convergeait : il était question du retour d'hommes « élus », hérités des origines même de l'humanité, dont la présence semblait déjà se manifester par endroits. Plusieurs sites archéologiques et préhistoriques avaient été listés.

Le plus stratégique était sans conteste celui de la « grotte de Qafzeh ». Juste sous leurs pieds. C'est ici, tout comme dans les abris avoisinants du mont Carmel, qu'avait eu lieu la première rencontre d'*Homo sapiens*, fraîchement sorti d'Afrique, avec l'homme de Néandertal. Ils s'étaient côtoyés pendant des millénaires, pratiquant les mêmes cultes, le même artisanat, produisant les mêmes outils, finissant même par se reproduire ensemble.

Car, au fond, étaient-ils si différents ? N'étaient-ils pas tous des créatures de Dieu ? Pourquoi avait-il fallu les différencier ? Pourquoi les uns avaient-ils conquis le monde, pendant que les autres s'éteignaient ? Rien ne semblait vouloir les séparer. Certes, les Sapiens avaient évolué en Afrique, et les Néandertaliens, hors d'Afrique, mais leurs ancêtres *Homo erectus* avaient tous la même ascendance…

Pour le Vatican, la question devenait lancinante : quel homme Dieu avait-il créé ? Qui étaient réellement Adam et Ève ? Des *Sapiens* ? Des Néandertaliens ? Des Dénisoviens ? Ou bien d'une autre nature, encore ? Et qui Jésus avait-il pu côtoyer dans cette grotte sinistre de Qafzeh ?

Deux cents mètres plus bas, à flanc de colline, les vibrations des marteaux-piqueurs commençaient de briser le silence de la nature. La dizaine d'hommes s'agitait dans la cavité ensauvagée depuis l'arrêt des fouilles. Il fallait dégager la végétation et s'attaquer aux sédiments qui avaient grossièrement recouvert les anciens sites explorés.

Ils voulaient accéder aux strates sondées lors des précédentes campagnes. Les premières fouilles avaient débuté en 1933, peu de temps après l'avènement de Hitler au poste de chancelier allemand. Puis la guerre avait interrompu les recherches.

En 1965, des Français, associés aux chercheurs du jeune État d'Israël, avaient repris le flambeau, jusqu'à la fin des années 1970. Ils avaient exhumé les ossements de quatorze individus, dont huit enfants. Parmi les fossiles, plusieurs crânes en bel état. Leur aspect les avait fait passer, pendant de longues années, pour des hybrides mi-*Sapiens*, mi-Néandertal. Des individus en pleine « transition » entre les deux espèces. Ils se ressemblaient tant, les uns les autres… Pourquoi *Sapiens* avait-il finalement triomphé de Néandertal ? L'espèce humaine dominante, alors en pleine expansion, avait-elle volontairement poussé Néandertal à s'éteindre, tout comme les habitants de Nazareth avaient voulu précipiter Jésus dans le vide ? Ou comme Ponce Pilate avait décidé du sacrifice du Messie ?

Ces questions trouveraient peut-être leurs réponses parmi quelques traces oubliées, au fond de cette grotte. Il fallait remuer trois cents mètres carrés de terre et de cailloux, sur plusieurs mètres de profondeur.

Au même moment, d'autres équipes s'activaient à travers le pays. L'opération la plus spectaculaire s'était déroulée la nuit précédente, cent cinquante kilomètres plus au sud, en plein quartier chrétien de la vieille ville de Jérusalem. Falnec et Bertolucci étaient aussi à la manœuvre. L'opération s'était révélée bien plus délicate : ils devaient intervenir dans la basilique du Saint-Sépulcre – le monument le plus visité d'Israël, fort d'un million de pèlerins chaque année.

Ils avaient renoncé à consulter les six groupes religieux qui administraient le saint des saints. Grecs, éthiopiens, syriaques, franciscains, arméniens et coptes cohabitaient depuis des siècles, dans une atmosphère électrique. La moindre erreur ou la moindre anicroche pouvaient dégénérer en pugilat. À plusieurs reprises, il avait fallu séparer les hommes en robe, qui n'hésitaient pas à s'attaquer avec des cierges… Une porte restée ouverte, alors qu'elle aurait dû être fermée ; ou bien une chaise orthodoxe qui « mordait » sur le territoire catholique, et c'était la foire d'empoigne. Il avait fallu attendre des décennies pour que les différentes confessions s'accordent afin de lancer les travaux de restauration de la basilique.

En 2016, ils avaient fini par s'entendre, car le tombeau du Christ, chef-d'œuvre autour duquel l'église avait été érigée, menaçait de s'effondrer.

C'est à cette occasion qu'ils avaient pu assister au miracle. Pour la troisième fois seulement en cinq cents ans, des hommes avaient pu retirer la dalle de marbre qui reposait à l'endroit supposé de la tombe du Christ, c'est-à-dire le rocher sur lequel Jésus aurait été couché après avoir été décroché de la Croix. Personne, lors des deux précédentes ouvertures, n'avait laissé de témoignage écrit ni brossé le moindre croquis. Aucun des archéologues, aucun des moines, n'avait idée de ce qu'il trouverait dans cette minuscule chapelle qui abritait la reconstitution de la tombe du Messie.

En 2016, donc, au moment de soulever la dalle, trois appareils de mesure – un radar de pénétration, un endoscope et une caméra thermique – étaient simultanément tombés en panne. De même, deux ordinateurs portables s'étaient mis à « délirer », face aux mines éberluées des ingénieurs et techniciens chargés des opérations. Ces signaux d'origine divine annonçaient la nature de la découverte qu'ils s'apprêtaient à faire. Un silence de mort régnait. Seuls les cœurs tonnaient bruyamment dans les poitrines. Qu'ils fussent laïcs ou religieux, plus aucun humain n'osait respirer.

Deux ouvriers avaient délicatement manœuvré la dalle de marbre, avant de découvrir… la *vraie* banquette funéraire de Jésus-Christ, qui jonchait le *vrai* rocher. Face à cette retentissante révélation, tous les prélats réunis s'étaient étreints avec effusion, avant d'éclater en sanglots. Les barrières entre orthodoxes, catholiques ou coptes avaient volé en éclats.

Mgr Bertolucci, en sa qualité de conseiller pontifical pour la culture, l'archéologie sacrée et le patrimoine culturel de l'Église, avait aussitôt été dépêché sur place. Il avait vu, lui aussi. Et il avait été, lui aussi, submergé par une vague d'émotion et d'amour. Il était même tombé à genoux, avant de prier de longues minutes.

Quatre années plus tard, en cette nuit de février 2020, il était de retour, pour une opération bien plus secrète. Quel nouveau signe Dieu tout-puissant allait-il adresser à ces impudents qui osaient encore déflorer la banquette funéraire du Fils ? Pourtant, ils devaient procéder aux prélèvements. Ils n'avaient pas le choix.

Afin de pénétrer dans la basilique sans affronter les sbires des diverses confessions qui l'occupaient tout le jour dans un huis clos délétère – sans compter les milliers de pèlerins qui en piétinaient le sol –, Bertolucci avait eu l'idée de soudoyer les gardiens des clés. Deux familles arabes chargées, chaque jour depuis des siècles, d'ouvrir et refermer les portes du Saint-Sépulcre.

Cette nuit-là, moyennant cinquante mille euros, ils avaient accepté de déverrouiller, en catimini, les portes de la basilique. Cinq techniciens, équipés d'un matériel léger et silencieux, avaient pénétré par la double porte de bois fatiguée. Ils avaient contourné la pierre de l'onction, rasé les murs du catholicon nappé de son sublime parement de marbre, avant d'atteindre la rotonde d'Anastasis qui ceignait le tombeau du Christ. Dans le faisceau des lampes torches, et sous la lumière vacillante des cierges, avaient alors scintillé les dorures somptueuses de la façade de l'édicule.

Là, après un instant de recueillement et de crainte face au sacrilège qu'ils s'apprêtaient à commettre, ils avaient franchi le seuil du monument. Ils avaient d'abord pénétré dans la « chapelle de l'Ange », occupée par un modeste autel. Puis, en prenant garde de se courber, ils s'étaient faufilés sous le linteau qui débouchait sur le banc funéraire. Une vingtaine de cierges illuminaient l'espace minuscule, tandis que la cire recouvrait les bougeoirs de formes tortueuses.

Après une ultime hésitation, deux techniciens avaient soulevé la lourde plaque de marbre, pour la quatrième fois en un demi-millénaire. À l'extérieur, les gardiens tremblaient et regrettaient amèrement d'avoir cédé à la corruption.

Sous la dalle était apparue la banquette du christ, à même la roche. Après une minute de sidération, les deux techniciens s'étaient emparés de leur mallette, avant d'entamer leur travail. Au bout de vingt minutes, les prélèvements étaient achevés. Une demi-heure plus tard, la basilique s'était rendormie, derrière les portes bouclées à triple tour.

— Monseigneur ? Vous avez entendu ?

Le cardinal Bertolucci sursauta. Il s'était évadé dans le souvenir de la nuit écoulée, et ne pouvait s'ôter de l'esprit le spectre du rocher qui avait embrassé la dépouille du Fils de Dieu.

— Pardon ? Que disiez-vous, colonel ?

— Je vous disais qu'ils venaient d'entrer.

Car la grotte de Qafzeh et la basilique du Saint-Sépulcre n'étaient pas leurs seules cibles : à quatre kilomètres du mont du Précipice où piétinaient toujours le conseiller pontifical et le chef de la garde suisse, six archéologues escortés par cinq agents des services secrets du Vatican venaient d'investir le couvent des Sœurs de Nazareth. Ce dernier se trouvait juste en face de la célèbre basilique de l'Annonciation, en plein cœur de la vieille ville.

Mgr Bertolucci s'était emparé des jumelles du colonel Falnec, et sondait l'horizon. Il tentait de discerner le dôme de la basilique, tel un point de repère saillant au milieu de la ville qui grouillait de centaines d'immeubles disparates. Il n'était pas sûr de l'apercevoir.

À l'intérieur du couvent, les sœurs avaient poussé des cris d'orfraie, jusqu'à ce qu'une missive apostolique signée du Saint-Père en personne les stupéfie. La mère supérieure n'en revenait toujours pas. Le pape leur intimait l'ordre de laisser l'équipe, seule, accéder aux caves. Sous le couvent, reposaient en effet les vestiges d'une maison datant du Ier siècle, dont les fouilles minutieuses avaient permis de révéler qu'il s'agissait probablement de la demeure natale de Jésus, où avaient vécu Marie, Joseph et le jeune prophète.

Cette découverte, réalisée par l'archéologue britannique Ken Dark en 2015, avait tétanisé le monde chrétien. La situation, le bâti particulièrement bien préservé, ainsi que l'existence de deux tombes dont l'une fut identifiée comme celle de saint Joseph : tout coïncidait avec les descriptions antiques.

Les archéologues gagnèrent les sous-sols, et découvrirent, ébahis, la succession de murs de pierre en partie encastrés dans la roche calcaire. Les pièces étaient toutes reliées par une série d'escaliers de quelques marches chacun. Les ouvertures en ogive, étroites et irrégulières, typiquement troglodytiques, étaient forées à même la roche. Des mosaïques d'époque byzantine retrouvées au moment des fouilles laissaient supposer que l'endroit avait été vénéré par des pèlerins. De même, deux églises, construites successivement au fil des siècles autour des vestiges, attestaient que cette demeure avait toujours revêtu une importance exceptionnelle. Bien que la mémoire en fût longtemps perdue, la maison natale de Jésus avait été honorée durant de longs siècles…

Les archéologues époussetèrent la roche, et commencèrent de gratter dans les pièces de vie, ainsi que dans les chambres. Ils s'efforçaient d'extraire des sédiments que les pèlerins et autres habitants de Nazareth n'avaient pas « pollué » de leur ADN. Au bout d'une heure de cette pêche hasardeuse – il était bien incertain d'en tirer un résultat probant –, les services secrets ordonnèrent aux chercheurs de s'attaquer à la tombe de Joseph.

Les scientifiques échangèrent des regards interloqués.

— Mais… C'est une sépulture sacrée, qui n'a jamais été déflorée depuis deux mille ans !

— Obéissez, claqua le chef de l'escorte. On ne vous demande pas votre avis. C'est un ordre de Sa Sainteté en personne !

Les hommes s'approchèrent lentement du tombeau, directement creusé dans le calcaire. Un autel sobre porté par trois colonnes en marquait l'emplacement.

À l'aide d'outils mécaniques, sans faire de bruit, ils entamèrent l'excavation, avec d'infinies précautions. Au bout d'une heure, des ossements disparates furent mis au jour. Ils saisirent une tête de fémur, quelques dents et trois côtes. Puis ils couvrirent les traces de leur délit et replacèrent l'autel du mieux qu'ils pouvaient. L'illusion était presque parfaite. Personne n'aurait pu dire qu'ils avaient profané la tombe du « juste de Nazareth » – Joseph en personne.

— C'est terminé, lâcha le colonel Falnec depuis le mont du Précipice. Et il rangea son téléphone portable dans sa poche.

Mgr Bertolucci se signa la poitrine et en appela silencieusement à la miséricorde du Tout-Puissant pour l'outrage qu'ils venaient de commettre.

Ils pouvaient désormais rentrer à Rome. Au final, une cinquantaine d'échantillons de toute nature, sédiments, reliques, jusqu'aux ossements du tombeau de saint Joseph, furent conditionnés et expédiés à l'Institut d'anthropologie évolutive de Leipzig, à l'attention exclusive de l'équipe de Svante Pääbo.

Officiellement, il s'agissait du fruit de fouilles archéologiques menées sur des terres de l'Église catholique.

Officieusement, l'enjeu était bien plus crucial.

Il s'agissait de découvrir la *vraie* nature de Jésus.

Quel homme Dieu avait-il réellement choisi de créer sur Terre ?

Et certains de ces hommes allaient-ils revenir ?

Et si oui, dans quel but ?

La nature des propos proférés par des dizaines de fidèles en confession, partout dans le monde, suscitait les plus vives craintes du pape et de ses conseillers.

Chapitre trente et un

20 février 2020, 6 h 30, Sibérie

Les deux Français avaient disparu sous d'épais bourrelets molletonnés. Seule une fente laissait apparaître l'éclat de leurs iris. Tout autour, bonnet, écharpe et cache-nez protégeaient leurs visages des assauts du froid polaire.

Brunier marchait, péniblement, au cœur de la steppe enneigée. Devant lui, escorté par deux colosses, un vieux chercheur du musée Darwin de Moscou, le Dr Kratchev, traçait la voie. Il suivait leurs empreintes dans la poudreuse, tout en plissant les paupières. Il tentait d'adoucir l'aveuglante réverbération des rayons solaires. Chaque fois qu'il relevait le nez, le froid le lacérait. Il s'efforçait de conserver la tête enfouie dans les épaules, pour maintenir cou et menton le plus au chaud possible.

Après avoir serpenté trois kilomètres à flanc de colline, ils longèrent la rivière Tom, figée sous une épaisse gangue de glace. Au loin, deux pêcheurs minuscules perçaient la croûte immaculée à l'aide d'une tarière. Sur les berges, fleurissaient des bouquets de peupliers, de noyers et de bouleaux, dominés par des mélèzes originaires de la taïga qui s'épanouissait un peu plus au nord. Leurs branches ployaient sous un épais manteau blanc.

Marion Lafargue avançait d'un pas alerte. Comme si l'air glacial glissait sur elle. Sa foulée impressionnait l'officier de police. Il avait découvert la jeune femme pendant le vol pour Moscou. Il l'avait considérée comme quantité négligeable pendant les investigations en Corse. D'abord trop sérieuse et absorbée par son travail – au point de le snober –, elle avait ensuite basculé dans un rôle inattendu. Lafargue avait été la première à apercevoir la *bête*, dans la grotte de Bonifacio. Sur le moment elle n'en avait rien dit, et ne s'était décidée que bien plus tard à le révéler... Cette experte en traces de sang était une « mini-Zim », alerte, curieuse, mais tout aussi secrète et mystérieuse que son mentor. Brunier devinait que l'anthropologue l'avait chargée de le surveiller. Elle le surveillait, plus qu'elle ne veillait sur lui... Qu'attendait Zim de ce voyage improbable ? Ou que craignait-il ?

Ils avaient atterri la veille au soir à Moscou, avant de faire connaissance avec leurs guides, le Dr Kratchev et ses deux sbires. Ils n'avaient rien appris : le chercheur baragouinait un anglais déplorable, et semblait ne vouloir faire aucun effort. Il avait simplement déployé une vaste carte criblée de carrés noirs. Ils désignaient les centaines de camps de travail forcé qui avaient pullulé en ex-Union soviétique jusqu'à la mort de Staline. Le Dr Kratchev avait pointé l'une des cases en plein cœur de l'immense territoire. Brunier et Lafargue avaient juste compris qu'il s'agissait de leur prochaine destination.

Quant aux deux « accompagnants », leur physique d'athlètes ukrainiens dopés aux amphétamines les assimilait à des membres des forces spéciales. Zim les avait prévenus : ces hommes seraient capables de les protéger, en cas de besoin.

Ensuite, ils avaient attrapé le vol de nuit pour Kemerovo, à trois mille kilomètres à l'est de la capitale russe. Cinq heures plus tard, épuisés, ils s'étaient engouffrés dans un 4 × 4 avant d'échouer au pied d'un minuscule refuge.

La température s'était effondrée à moins trente-deux degrés. Les quelques secondes de marche entre la voiture bien chauffée et l'atmosphère ouatée du chalet avaient suffi à les pétrifier. Mais, contrairement à Brunier, l'analyste des traces de sang ne râlait pas. Cette mission ubuesque vers les anciens goulags de Sibérie l'excitait, au contraire. Elle avait été briefée sur les hypothèses de la DGSE quant à l'origine supposée de ces êtres hors normes, dont l'un des spécimens avait été capturé puis abattu au CEA.

Espérait-elle vraiment surprendre une bande de commandos survitaminés, génétiquement améliorés, qui l'attendraient tranquillement au milieu des stalags couverts de neige ? Cette théorie n'avait ni queue ni tête. Brunier n'y souscrivait nullement, et suivait la troupe dans le seul but de se faire oublier des services secrets français.

— Tu sais où on va, exactement ? tenta Brunier, sans grand espoir.

— Aucune idée, avoua Lafargue. Moi, je croyais qu'on allait atterrir à Novossibirsk, à plus de deux cents bornes d'ici. J'avais un peu étudié le terrain. Mais là... Kemerovo, je ne connais pas du tout. De toute manière, la Sibérie, c'est immense.

— Et plus froid qu'un congélo bloqué sur thermostat vingt, grommela l'officier de police.

Au bout de deux heures de marche éprouvante, les trois Russes se figèrent. Pas un bruit, pas une couleur. Du blanc, du silence. Brunier en perdait tous ses repères. Le haut, le bas, le nord, le sud : plus rien ne collait. Pourquoi les trois sherpas moscovites s'étaient-ils immobilisés ? Maintenant, ils levaient le bras, intimant aux deux Français de ne plus faire un geste – ni le moindre bruit.

Soudain, des silhouettes grisâtres glissèrent sur l'immense lit de la rivière, comme des phoques sur la banquise. Puis des grognements percèrent le silence. Le visage emmitouflé de Marion Lafargue se décomposa. Une lueur de terreur traversa ses pupilles.

****

Le Dr Laguesde tournait en rond dans son bureau. Zim, lui, restait affalé sur une chaise pliante, le regard braqué sur l'écran d'ordinateur. Les trois gendarmes d'Ajaccio ne saisissaient guère la portée de ce résultat : soixante-sept pour cent ! Et alors ? N'était-ce pas naturel, compte tenu du profil du suspect ? Il semblait exprimer plus de caractères « ancestraux » que la plupart des hommes. Et puis le généticien l'avait bien dit : nous possédons *tous* des gènes de Néandertal, et aussi de cet autre cousin dont ni Vannina, ni Luciani, et encore moins Carlier n'avaient entendu parler : Denisova.

— C'est impossible, finit par lâcher Denis Laguesde, qui ne cessait de faire les cent pas. C'est tout simplement une erreur, une *mystification*.

Zim demeurait de marbre. Son cerveau s'était lancé dans une série de conjectures impressionnantes, et n'acceptait plus les *stimuli* venus de l'extérieur.

Le chercheur de l'institut Max-Planck renchérit :

— De toute manière, nous ne disposons pas de la source de cet ADN. Nous devons la récupérer pour faire un contre-séquençage et nous assurer que vous n'avez pas commis d'erreur. Ou bien utilisé une machine déréglée.

— Mais, à la fin, qu'est-ce que ça voudrait dire, docteur Laguesde, si les résultats se révélaient exacts ?

— Rien. C'est impossible, donc ça ne voudrait rien dire.

Le généticien se refusait à formuler quelque hypothèse que ce soit.

— Que notre cible n'est pas un *Homo sapiens*, claqua Zim. Qu'il s'agit d'une espèce hybride. Qu'il s'est métissé avec un Néandertal – et d'ailleurs, je vois aussi douze pour cent de correspondance avec Denisova. Donc près de quatre-vingt-dix pour cent de son génome n'est pas d'origine *sapiens*. Et je ne me suis pas trompé, docteur Laguesde. L'analyse a eu lieu sur un séquenceur Illumina de dernière génération. Nous avons procédé à un *Whole Genome Sequencing* avec la technologie NGS.

L'anthropologue avait assené ces références techniques impénétrables pour les gendarmes, mais qui s'apparentaient à des coups de poignard dans l'esprit rationnel du chercheur de Leipzig.

— Et où avez-vous prélevé l'ADN ? relança Laguesde.

— Sur des lames de bronze que le suspect avait dérobées dans un musée archéologique.

Vannina et Luciani écarquillèrent les yeux. Comment Zim s'était-il procuré ces objets volés ? Mais avant qu'ils ne puissent interroger l'anthropologue, Laguesde éructa :

— Ah ! Vous voyez bien qu'il y a un *biais* ! Des lames provenant de fouilles archéologiques ! Elles peuvent encore comporter de l'ADN d'hommes de l'âge du bronze, fortement métissés avec Néandertal ou Denisova. Regardez.

Le généticien farfouilla dans l'un de ses tiroirs et en extirpa une carte figurant toute l'Europe. En un tournemain, il la déplia et l'étala sur la table de réunion.

— Voilà : tous les points bleus sont les sites qui ont été occupés par l'homme de manière quasi ininterrompue depuis le paléolithique moyen – quand vivaient encore les hommes de Néandertal, et les Dénisoviens – jusqu'à l'Antiquité. Les objets pouvaient très bien passer d'une main à l'autre, de génération en génération, d'un siècle à l'autre. D'où provenaient les lames de bronze ?

— De Corse, souffla Zim, quelque peu lassé par l'obstination de son confrère.

Laguesde riva aussitôt son regard sur l'ample atlas.

— Ah ! Voilà, la Corse. Eh bien…

Son visage se referma aussitôt. Tout son enthousiasme était douché.

— Eh bien, tintin, enchaîna Zim. La Corse ne possède aucune trace de présence humaine antérieure à neuf mille ans avant notre ère. Rien au paléolithique. On ne voit pas comment ils auraient pu s'hybrider ou se passer des objets, du coup, hein.

Laguesde bégayait :

— Et… Et les autres crimes ? Où ont-ils eu lieu ? Peut-être les meurtriers ont-ils transporté des objets d'une région à l'autre, je ne sais pas…

Vannina s'approcha et désigna Beratón, à cent kilomètres de Saragosse, en Espagne.

— Là, sous deux vieilles croix, gravées sur le tronc de l'arbre dit « des voleurs », on a découvert un cadavre dépecé.

Laguesde marqua le point de son feutre rouge. Puis la jeune femme fit glisser son doigt à l'ouest.

— Et ici, sur le site archéologique d'Atapuerca, le cœur de la victime.

Nouveau point rouge.

— Ensuite, on a retrouvé une autre victime à Stonehenge, en Angleterre.

Cinquième point rouge, après Bonifacio, Filitosa et les deux sites ibériques.

— Donc, la plupart sont des sites préhistoriques ! triompha Laguesde. Ma théorie se tient : vos « cibles », comme vous dites, ont très bien pu manipuler des ossements anciens et contaminer les lames de bronze avec de l'ADN fossile.

— N'importe quoi, fusa Zim. Vous êtes bien placés, ici, pour savoir combien il est difficile de trouver de l'ADN vieux de plusieurs dizaines de milliers d'années. Vous avez mis combien de mois avant de réussir à établir le génome complet de Néandertal ? Et celui de Denisova ? Combien de bouts d'os ou de molaire pulverisés par vos fraises dentaires, parce que la plupart ne possédaient plus aucune trace d'ADN exploitable, tant ils étaient vieux et mal conservés ? Alors, des pseudo-traces d'ADN vieilles de trente mille ans, à l'air libre, tranquille, sur deux lames de bronze…

Laguesde s'apprêtait à répondre, mais il serra les mâchoires. Il réalisait l'incongruité de ses propos.

— Je peux avoir une règle ?

Carlier tentait d'en placer une.

Les deux scientifiques s'observaient en chien de faïence. Aucun ne voulait céder. Qui avait raison ? Vannina et Luciani observaient ce petit manège comme des spectateurs de corrida.

— Je peux avoir une règle ? insista le sous-officier, nettement plus fort.

— Tu peux pas la fermer, Carlier ? Tu vois pas qu'on parle de trucs sérieux, là ?

Le major finit par contourner lui-même le bureau, ouvrit les tiroirs et s'empara d'un double décimètre niché sous une pile de fournitures. Il traça une première ligne droite sur la carte, entre Filitosa, en Corse, et Beratón, en Espagne. Les deux premiers sites souillés par les *monstres*. Ensuite, il disposa la règle à la verticale et traça un nouveau segment de droite entre Beratón et Stonehenge, en Angleterre. Les deux lignes formaient un L parfait. L'angle droit sautait aux yeux.

Vannina percuta aussitôt. Elle se pencha attentivement sur la carte. Puis, sans demander l'autorisation, elle ripa vers l'ordinateur de Laguesde, cliqua sur l'icône du moteur de recherche et saisit « Trouver des coordonnées GPS ». Sur le premier site approprié, elle initia d'abord une requête pour Filitosa. Les coordonnées précises, latitude et longitude, s'affichèrent aussitôt. Elle fit de même pour Beratón, sur l'autre rive de la Méditerranée.

— Putain !

Luciani regardait par-dessus son épaule.

— Les deux sites sont exactement à la même latitude !

Vannina saisit ensuite une requête pour Stonehenge. La réponse fut tout aussi sidérante.

— Et Stonehenge est exactement à la même longitude que le site espagnol...

Les gendarmes blêmirent.

— Qu'est-ce que ça veut dire ? geignit Carlier.

Son flair lui avait permis de « lever le lièvre », mais il se trouvait bien incapable d'en tirer la moindre conclusion.

Vannina retourna devant la table de réunion et saisit la règle. Elle voulait tracer deux nouvelles droites pour compléter le L, afin de former un rectangle. Elle tira d'abord une ligne horizontale à partir de Stonehenge, parallèle à celle qui reliait Filitosa à Beratón, mille kilomètres plus au sud. La droite traversa la carte jusqu'en Allemagne.

Puis, hébétée, elle esquissa un mouvement de recul.

— Stonehenge est exactement à la même latitude que Leipzig…

L'endroit où ils se trouvaient en cet instant. Luciani, Carlier et le Laguesde pâlirent. Ils sentirent aussitôt planer la menace. Terrifiante. Allaient-ils eux-mêmes devenir les victimes de ces meurtriers sanguinaires venus d'un autre âge ?

Vannina traça un dernier segment, parallèle à celui qui reliait l'Espagne à l'Angleterre, pile à la verticale de Filitosa. Elle venait de boucler un rectangle parfait.

— L'intersection des deux lignes tombe un peu plus à l'ouest qu'ici…, murmura-t-elle.

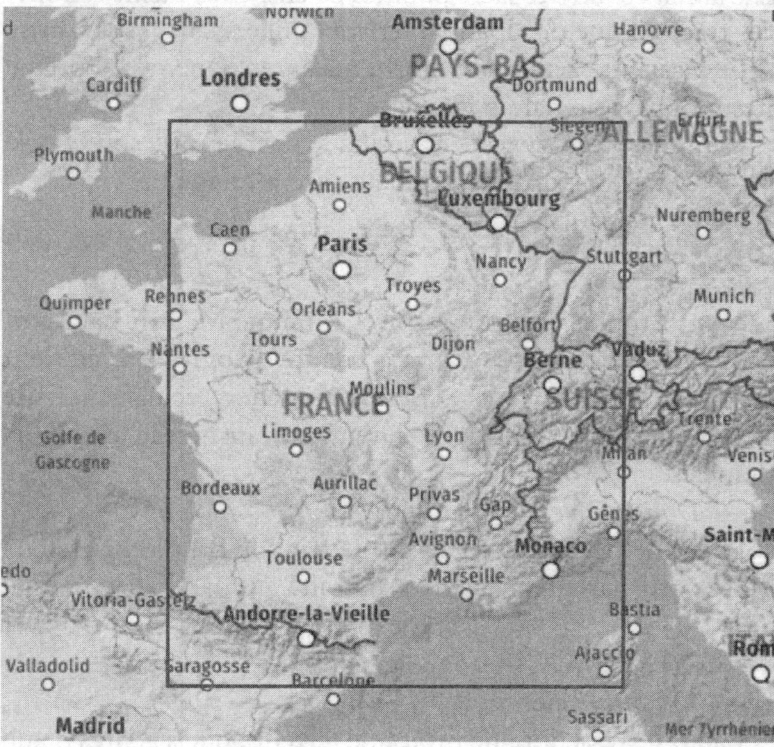

Pendant ce temps, Luciani s'était emparé du clavier de l'ordinateur. Il saisit la latitude de Stonehenge, puis la longitude de Filitosa. Il cliqua sur OK afin de déterminer le point de jonction géographique.

— Tu as raison, c'est à environ trois cents kilomètres d'ici, plein ouest.

La tension était palpable. Seul Zim demeurait de marbre.

— Et il y a un site préhistorique ? Quelque chose à voir avec Stonehenge, Atapuerca ou Filitosa ?

Luciani fit une recherche rapide.

— Bingo, un peu plus au nord. On tombe dans une gigantesque forêt, Teutoburg. Et pile à la même longitude que Filitosa, et presque à la même latitude que Stonehenge, on trouve la formation rocheuse des Externsteine. Elle ressemble à d'immenses pierres debout, comme à Stonehenge. Elle aurait été un site sacré pour les païens. On a même retrouvé des traces d'une occupation vers dix mille avant Jésus-Christ.

Le visage de Zim s'assombrit, mais personne ne lui prêtait attention. L'adrénaline coulait à flots.

Vannina enfila sa veste et vérifia le chargeur de son Glock.

— Cette fois, on arrivera peut-être à temps.

****

Marc Brunier cessa de respirer. Comme Marion Lafargue, il venait de comprendre. La meute progressait en leur direction, *à pas de loup*... Le Dr Kratchev recula sans faire le moindre geste brusque, et remonta au niveau des deux Français.

— *Don't move, step back and shut the fuck up*[1].

Lafargue darda un regard stupéfait sur Brunier. Le vieux Moscovite parlait un anglais parfait... Quand il le voulait bien !

— *What's up ? Are they wolves*[2] *?*

— *I'm afraid* not[3].

Lafargue ressentit une profonde terreur : quels genres d'animaux pouvaient être pires que des loups ? Pour la première

1. Ne bougez pas, reculez et fermez-la.
2. Que se passe-t-il ? Ce sont des loups ?
3. J'ai bien peur que *non*.

fois de sa vie, elle se savait physiquement menacée. Et même plus encore.

Brunier n'était pas plus flambant. Son cœur battait à tout rompre. La maladie, toujours tapie dans l'ombre, s'apprêtait à fondre comme un prédateur.

Les prédateurs, les vrais, approchaient dangereusement. Ils étaient des dizaines. Leurs grognements grandissaient à mesure qu'ils progressaient vers les cinq bipèdes engoncés dans leurs couches de textile. Ils devaient leur paraître bien ridicules... Les canidés, eux, supportaient le froid à l'aide de leur seul pelage argenté.

Brunier comprit qu'ils n'auraient aucune chance contre une telle horde. Les premiers jappements fendirent l'air glacial. Agressifs, suraigus. Aussi tranchants que des lames de rasoir.

Aussitôt, les cinq humains se mirent à courir. Entravés par leurs épais vêtements, ils s'enfonçaient dans la neige et manquaient de se tordre une cheville à chaque foulée. Ils étaient incapables d'avancer au rythme qui aurait pu leur sauver la vie. Alors, les deux gardes firent glisser la fermeture Éclair de leurs anoraks et brandirent chacun une arme de poing aux mensurations impressionnantes. Des Kalashnikov AK12 Oktober, des pistolets automatiques d'une portée de cinquante mètres. Leur seul point faible : sept munitions par chargeur... Les deux colosses n'avaient pas le droit à l'erreur.

Tandis qu'ils bandaient le bras pour viser les bêtes, un premier loup – ou ce qui ressemblait à un loup – se rua sur le vieux Russe. Le chercheur bascula en arrière et tomba dans la neige. Les crocs acérés du molosse s'acharnèrent sur ses bottes. Un hurlement glaçant retentit dans l'immensité. Quelques larmes pourpres tachetèrent la neige pure.

Le premier garde du corps mit en joue l'animal et tira. La déflagration fut spectaculaire. On aurait dit la foudre s'abattant sur le chien, qui s'effondra net. L'onde de choc, qui courait dans la vallée, puis à la surface de la rivière Tom, stoppa aussitôt la meute. Les bêtes, par réflexe, baissèrent la tête ; certaines s'aplatirent même comme l'auraient fait des hommes. Mais, l'instant d'après, elles chargeaient de plus belle. Les deux hommes de main tirèrent, à nouveau. Un loup. Deux loups. Cinq loups sur le carreau. Le sang maculait maintenant toute la zone, et les autres cerbères, au lieu de fuir, n'en étaient que plus déchaînés.

Les pistolets, robustes, précis et puissants, conçus pour le froid et l'humidité, ne cillaient pas. Mais bientôt, ils se tairaient. Les munitions s'amenuisaient.

Marion Lafargue et Brunier, qui avaient récupéré des armes en arrivant, dégainèrent à leur tour et visèrent au cœur de la horde. Sans distinction. Au hasard. Souvent, ils manquaient leurs cibles. Les cartouches s'éjectaient dans la neige. Les étuis bouillants creusaient de minuscules puits dans la glace.

Les bêtes avaient maintenant encerclé le groupe, qui ne cessait de se tasser. Lafargue et Brunier étaient collés l'un à l'autre, dos à dos. Chacun tirait. Le policier n'entendait plus rien. Après l'explosion des pains de plastic, puis les tirs assourdissants dans les sous-sols du CEA, ses tympans avaient gravement souffert. Ces nouvelles détonations accentuèrent son acouphène qui masquait les sons extérieurs.

Les chiens glissaient sur une mare écarlate et finissaient par marcher les uns sur les autres. Le spectacle était indicible. Une scène d'apocalypse. Ils allaient crever, là, au milieu de nulle part, par trente degrés en dessous de zéro, dévorés par des molosses assoiffés de sang.

C'est alors que le vieux Russe, en dépit de sa blessure, finit par brandir un petit pistolet de défense. L'arme n'avait l'air de rien. Dans la cohue, les hurlements sauvages des loups et le halètement désespéré des hommes, il prit soigneusement son temps. Il cherchait. Il tournait lentement la tête tout autour de lui. Il guettait *la* cible.

Les deux gardes du corps avaient épuisé leurs quatre chargeurs. Malgré le carnage – au moins trente bêtes abattues –, ils n'avaient fait que retarder l'inéluctable.

L'un des loups, parmi les plus impressionnants, sauta sur Marion Lafargue. Il avait repéré sa proie. La plus fragile.

La plus terrifiée, aussi. La puissante mâchoire du loup s'était refermée sur la cuisse de l'analyste. Son épaisse parka atténua légèrement la morsure ; mais déjà, elle sentait les crocs s'enfoncer dans son derme. Elle hurla.

Le vieux Russe, enfin, le discerna. Là-bas, tout au fond. Il semblait pousser les autres au combat. Brunier tenta de viser la bête qui s'acharnait sur Lafargue. Mais le corps-à-corps rendait le tir trop dangereux. Il risquait de toucher l'experte. Et sa main tremblait. Le mal rampait dans ses muscles et lui faisait perdre ses moyens. C'est alors qu'il bascula dans son état second. Ses instincts primaires refirent surface. Sous l'effet d'une pulsion violente, sans réfléchir, il fondit sur l'animal qui torturait la jeune femme.

— *Baka ya !* hurla-t-il.

Puis il saisit le loup à pleines mains. Il tira le molosse en arrière de toutes ses forces. Le loup, stupéfait, desserra l'emprise, se retourna contre Brunier et lui sauta au visage. Le policier poussa un cri effrayant. Les incisives avaient transpercé les chairs. Le sang se répandait comme une flaque.

Au même instant, le vieux chercheur tira. Une seule balle. Au loin, une bête s'affala dans la neige. Aussitôt, la meute s'apaisa. Même le loup furibond qui s'était rué sur le policier renonça. Les animaux semblaient désorientés. Plusieurs tournèrent en rond quelques secondes et cessèrent de japper. Puis, en une minute à peine, la horde se disloqua et les bêtes, une à une, rebroussèrent chemin vers les bois, en ordre dispersé.

Lafargue, à terre, tremblait comme une feuille. Ses larmes gelaient au contact du froid polaire.

Au loin, des silhouettes massives étaient apparues à l'orée du bois.

Des hommes puissants, au torse large, et d'évidence peu vêtus. Ils semblaient une bonne dizaine. Leurs regards bleutés scintillaient au milieu du grand blanc.

Ils approchaient.

Brunier, lui, gisait à terre, le visage en sang.

Chapitre trente-deux

20 février 2020, 18 h 20, nord-ouest de l'Allemagne

Les trois gendarmes fonçaient sur l'autoroute A38, que les chasse-neige avaient consciencieusement dégagée. Villages, champs et coteaux s'étaient évanouis sous une pellicule laiteuse. Vannina songea que Marc et Marion, en Sibérie, devaient assister au même spectacle, mais en bien plus désertique. Partout, le temps perdait la tête. Pluies à verse, inondations, coulées de boue et autres tempêtes frappaient la planète. Après le plat pays et son horizon sans fin, ils avaient abordé un paysage vallonné qui trompait l'ennui. Au bout de trois heures de route, ils longèrent la petite ville de Horn-Bad Meinberg et atterrirent enfin à l'orée de l'immense forêt de Teutoburg. Ce sanctuaire naturel de quatre cent mille hectares était entièrement recouvert de blanc, et sans doute gorgé d'abris discrets, loin des regards…

Idéal pour la vie *sauvage*, songea aussitôt Vannina, de plus en plus méfiante. Elle s'apprêtait à pénétrer sur un terrain hostile, déconnecté de la civilisation, dominé par des milliers d'ormes, de hêtres, de chênes et de pins. Le danger pouvait surgir de partout.

Ils empruntèrent une route de terre couverte de nacre. L'accès au site des Externsteine était interdit, en raison des fortes chutes de neige. Au moins ne seraient-ils dérangés par aucun touriste. Luciani avait lu sur Internet que ces vieilles pierres attiraient un demi-million de visiteurs par an ; la première attraction de la région… Ils abandonnèrent l'Opel au bout du chemin et poursuivirent à pied, frigorifiés, au cœur d'une forêt de plus en plus dense. Une brume évanescente créait une atmosphère aussi irréelle qu'inquiétante. Puis ils longèrent un bras de rivière.

Vannina fut soudain traversée par une image terrifiante. Une scène qui s'était matérialisée en rêve, ou plutôt en cauchemar, la nuit précédente. Des loups. Des dizaines de loups qui l'attaquaient, en franchissant une rivière, dans un paysage boisé couvert de neige… Elle chassa aussitôt cet augure de son esprit.

Enfin, au bout de vingt minutes de trek dans une belle couche de poudreuse, les rochers majestueux se découpèrent dans l'horizon. Le cours d'eau mourait au pied des rocs, en formant un étang. Avec la brume, il s'en dégageait une impression de paysage islandais, ou bien de loch écossais.

— Ces formations sont là depuis près de soixante-dix millions d'années, lâcha enfin Zim. Je les ai étudiées, à l'époque où je m'intéressais à Stonehenge. Leur présence, à la même latitude, m'intriguait.

Vannina haussa deux sourcils sidérés. Il aurait pu nous mettre sur la piste bien avant, marmonna-t-elle pour elle-même.

— Pendant des millions d'années, l'érosion a sculpté ces rocs de grès jusqu'à les faire ressembler à de gros monolithes. Et, comme des dents, leurs racines s'enfouissent à des centaines de mètres dans le sol…

Vannina observait ces érections rocheuses comme autant de symboles phalliques. La plus haute culminait au moins à quarante mètres et penchait à la manière de la tour de Pise… Il lui sembla, malgré le nuage brumeux qui en nimbait la cime, qu'un petit escalier métallique la reliait à la pointe de l'aiguille voisine.

— On peut monter au sommet ?

— Il y a un escalier qui permet de grimper jusqu'en haut, et de passer de l'une à l'autre. De là, on a un point de vue imprenable sur le paysage, mais surtout on peut entrer dans la *Höhenkammer*.

— Et… c'est quoi, la truc – *ammer* ?

— Ça veut dire « chambre haute », en allemand. En fait, c'est une ancienne chapelle. On y trouve un autel lové sous un dôme et illuminé par une belle fenêtre circulaire. Autour, il y a des colonnes creusées à même la roche et des pilastres. Dans le passé, toutes les parois étaient bardées de bois. Il faut savoir que la fenêtre donne pile sur le lever du soleil, le jour du solstice d'été.

— Ce n'est pas exactement la même chose à Stonehenge, comme tu l'expliquais à la DGSE ?

— Pas tout à fait : à Stonehenge, l'alignement des pierres et l'ouverture du cercle à l'est correspondent au lever du soleil le jour du solstice d'hiver. Et, ici, c'est pour celui de l'été. À part ça, comme à Stonehenge, tous les ans, des druides et des sorcières viennent encore célébrer le jour du solstice.

Vannina ne décollait pas son regard de ces incongruités géologiques, plutôt disparates, et dont les façades ridées trahissaient leur âge canonique.

— Mais… comme ils sont aussi à la même latitude, il n'y aurait pas un lien entre les deux sites, comme un schéma astronomique pour franchir les grandes étapes de l'année : Stonehenge l'hiver ; ici, l'été ?

— Ce n'est pas impossible.

Zim ne souhaitait nullement entrer dans ces considérations. Il ne voulait surtout pas révéler que l'arrondi formé par les pierres debout de Filitosa, autour de l'olivier millénaire, composait un angle qui visait exactement le lever du soleil, le jour de l'équinoxe d'automne. Et que le même dispositif existait à Atapuerca, pour marquer l'équinoxe de printemps… Il avait anticipé cette logique dès la révélation de la seconde scène de crime, en Espagne. Stonehenge, puis les Externsteine s'imposaient ensuite, naturellement. *Ils* allaient faire leurs dernières offrandes, ici, et finir d'enclencher le *Grand Retour*. Apparemment, ils n'avaient pas encore procédé à leur ultime sacrifice barbare et sanguinaire. *Le plus symbolique. Le plus glaçant.* Mais la pendule tournait. Ils allaient atteindre le point de non-retour.

Vannina, elle, se sentait submergée par des émotions contradictoires. Ces « pitons » burinés par le temps ressemblaient à des géants fossilisés. Elle se remémorait les récits homériques, et s'imaginait une bande de Titans pétrifiés par la foudre de Zeus ; ou bien des géants rabelaisiens, gargantuesques et pantagruéliques, statufiés au retour d'une de leurs improbables quêtes. Puis elle remarqua que les rocs les plus massifs, orientés nord-ouest, étaient perforés de trois ouvertures.

— On peut entrer à l'intérieur ?

Zim commençait à s'impatienter.

— Il y a trois grottes qui communiquent entre elles. Des parois lisses et géométriques. Rien d'intéressant. Il vaudrait mieux rentrer, maintenant. La nuit commence à tomber.

Il n'était pas question d'aborder de nouveaux détails. Inutile d'évoquer l'occupation des grottes dès le IIe siècle de notre ère, par le peuple des Saxons, qui venait ici vénérer ses divinités païennes. Ni les traces d'une présence encore plus ancienne, à l'extérieur, qui remontait au mésolithique, vers dix mille ans avant Jésus-Christ.

Comment ces hommes avaient-ils pu bâtir ces sites hautement mystiques, à quatre points cardinaux aussi parfaitement alignés, en les agençant de manière à correspondre exactement aux quatre changements de saison, à une époque où l'homme n'avait aucune notion de géographie ? Vannina s'était faufilée à l'intérieur et fouillait les trois chambres troglodytiques. Les cavités étaient bien régulières, larges de trois à quatre mètres, et aussi hautes qu'un appartement. Une odeur familière se dégageait de la dernière.

— Quelqu'un a fait un feu ! Il y a encore des braises !

Luciani accourut. Carlier, lui, fouinait au pied des aiguilles monumentales, comme un chien en quête d'une belle truffe. Zim l'observait nerveusement.

Vannina et son adjoint regagnèrent l'extérieur au bout de trois minutes.

— Quelqu'un était là, il y a très peu de temps. Peut-être s'est-il enfui en nous entendant arriver.

L'anthropologue semblait de plus en inquiet.

— Il faut qu'on rentre. Partons. Ne perdons pas de temps. Allez !

Les trois gendarmes échangèrent des regards stupéfaits.

— C'est quoi le problème, Zim ?

— Faites-moi confiance. Et… Carlier, cessez de fourrer votre nez partout !

Le major de gendarmerie était en train de dégager une mince couche de poudreuse qui saupoudrait l'une des parois rocheuses.

— Qu'est-ce que c'est que ce truc ?

Gravé à même le grès, un spectaculaire bas-relief se développait sur près de cinq mètres sur quatre. Quelques bribes manquaient, sans doute ravagées par le temps.

Vannina hallucinait.

— Mais… Ça représente Jésus qu'on descend de la Croix, non ?

— Oui, siffla Zim. C'est le *Kreuzabnahmerelief*. Écoute-moi, Vannina…

Mais l'enquêtrice demeurait captivée par la sculpture.

— Qui sont ces personnages ?

Zim s'approcha et expédia le récit.

— À droite, celui à qui manquent les jambes, c'est Nicodème, l'un des disciples de Jésus. On voit qu'il tient le corps du Christ à bout de bras et le tend à Joseph d'Arimathie, ici, à gauche. Et, à côté, on reconnaît Marie, qui tient la tête de son fils entre ses mains. À l'opposé, tout à droite, c'est l'apôtre Jean, qui prête main-forte. Ils sont sur le point de déposer Jésus dans son tombeau.

— Son tombeau ? Il a été enterré ?

Carlier avait séché tous ses cours de catéchisme. Zim soufflait, atterré, et ne cessait de regarder nerveusement autour de lui.

— Évidemment ! On ne vous a donc rien appris ? Avant de ressusciter, il a été porté au tombeau. Vous n'avez jamais entendu parler de la basilique du Saint-Sépulcre, à Jérusalem ? On a retrouvé le rocher sur lequel Jésus a été déposé juste après avoir été décroché de la Croix. On a même découvert l'emplacement exact de son tombeau. Avant qu'il ne fasse glisser la pierre, se relève et revive. « Le premier retour », précisa Zim.

Carlier, la mâchoire béante, regardait l'anthropologue comme un train.

— Et qu'est-ce que ça fout là ?

Zim ne répondait plus ; il multipliait les œillades angoissées tout autour de lui. Vannina se sentait de plus en plus mal à l'aise, elle aussi. Quelque chose ne tournait pas rond. Le foyer, encore frémissant, dans la grotte. Son malaise, en arrivant. La nervosité de Zim. Ce bas-relief, maintenant…

C'est alors que les premiers gémissements s'élevèrent dans le froid et la nuit. Carlier et Luciani continuaient de sonder les alentours à l'aide de leurs torches, comme si de rien n'était. Mais Zim et Vannina, eux, avaient parfaitement entendu. Les lamentations, ponctuées de hurlements de douleur, se rapprochaient… Pourquoi Luciani et Carlier n'entendaient-ils rien ? L'anthropologue et l'enquêtrice furent parcourus de frissons jusqu'au bout des ongles.

— Ce sont… Ce sont les plaintes des soldats romains, murmura Zim. Quand ils ont été défaits par les Germains d'Arminius, en l'an 9, ici en pleine forêt de Teutoburg. Une bataille légendaire : trois légions romaines décimées. On dit que les milliers de victimes hantent la forêt depuis deux mille ans…

Le visage de Vannina se vidait de toute substance et devenait aussi pâle que les congères qui l'entouraient. Elle semblait céder aux sirènes déchirantes qui l'appelaient. Elle marchait, hagarde, et commença de s'enfoncer dans la forêt.

— Vannina, non !

Zim tenta de la retenir, mais la jeune femme se dégagea d'un mouvement brusque. Carlier et Luciani n'avaient rien vu. Ils grattaient sous le bas-relief. La terre avait été retournée, à l'endroit même où, symboliquement, le Christ gravé dans le grès aurait pu être enseveli avant sa résurrection.

— Mais… c'est…

Carlier fit une grimace de dégoût et se dressa brutalement.

— C'est une putain de main, acheva Luciani.

Zim venait d'accourir pour demander leur aide aux deux gendarmes, lorsqu'il découvrit le membre amputé. Son cœur s'arrêta net.

Ça a commencé…, songea-t-il.

Luciani s'équipa de gants de latex, et s'empara de la main ensanglantée.

— La section est nette… Et c'est tout frais, on dirait qu'elle vient d'être tranchée.

Zim, perdu, sonda les alentours d'un long regard circulaire. Puis il jeta un œil désespéré en direction de Vannina, qui s'enfonçait dans la nuit, guidée par les voix. Luciani, lui, observait attentivement la main. Elle portait une alliance.

— Elle est très étrange, cette bague… On dirait une petite chevalière.

Zim saisit l'abattis sans la moindre précaution. Luciani eut un mouvement de surprise.

— Mais…

L'anthropologue fit glisser le bijou de l'annulaire, cracha dessus et le dépouilla de la terre qui s'était incrustée à la surface. Carlier assurait l'éclairage. Il orienta le faisceau de sa torche sur la protubérance qui dominait l'anneau.

Une tête de mort… Luciani observa le reste de la bague argentée, puis ressentit un haut-le-cœur. Parmi les signes gravés tout autour du crâne, il reconnut une croix gammée.

— C'est le svastika des nazis, confirma Zim d'une voix blanche.

Il identifia également d'autres runes, telles que la Sig, semblable à un éclair ; et l'Hagal, qui figurait une étoile à six branches. Il manipula l'anneau à la manière d'un joaillier. L'intérieur était gravé. Il discerna un nom, une date et la signature du Reichsführer Heinrich Himmler en personne. Il n'avait pas du tout prévu ça. Dans son esprit, les lamentations des Romains en déroute se mêlèrent à celles des victimes des nazis, sous le regard du Christ à jamais gravé sur cette muraille millénaire : *Il* revenait punir la race barbare et sans vergogne. Le message était clair.

— C'est quoi cette merde, Zim ?

Avant que l'anthropologue eût le temps d'ouvrir les lèvres, un cri perçant déchira la nuit. Vannina ! Luciani et Carlier percutèrent enfin. Les trois hommes se précipitèrent vers la forêt. Ils manquèrent de télescoper plusieurs troncs ; les arbres se dressaient comme les soldats d'une invincible armée. Enfin, dans la pénombre, la brume et les flocons qui redoublaient, ils aperçurent une forme. Immense. La *chose* tenait Vannina dans ses bras. La jeune femme était inanimée. Zim leva aussitôt la main.

— Ne bougez plus, surtout !

— Mais on ne peut pas la laisser comme ça ! jappa Luciani.

— Pas un geste, écoutez-moi, à la fin !

Derrière la silhouette vacillante du colosse, cinq autres profils charpentés se dessinèrent dans l'opacité. L'un après l'autre, ils s'approchèrent et formèrent un cercle. Ils prononçaient des mots insensés. Un mélange de germain, de saxon, et d'autres langues bien plus anciennes. De l'araméen ? Soudain, Carlier, aussi vif qu'un chien d'arrêt, détala brutalement en direction des Titans. Seul, du haut de son mètre soixante-dix, il suivait son instinct. Il ne laisserait jamais faire ça.

— Carlier, non !!

Le major avait dégainé son semi-automatique. Il mit en joue, puis pressa la détente. Mais rien ne se produisit.

Le froid et l'humidité avaient enrayé son Sig. Aussitôt, l'un des *surhommes* le saisit à la gorge. Les autres éructaient, et s'agitaient comme des damnés. Luciani dégaina à son tour. Zim posa la main sur le canon de son arme.

— Rangez ça tout de suite, ou nous serons les suivants.

Il avança de deux pas.

— *Aka bda k'no rina vo !*

Les cinq hommes, les muscles saillants, à peine vêtus malgré le thermomètre qui ne cessait de chuter avec la nuit, rivèrent leurs regards sur l'anthropologue. Celui qui tenait Carlier répondit.

— *Gana vo calo na !*

Zim tomba à genoux. Il tremblait.

— *Bovi ! bovi !* hurla-t-il sur un ton implorant.

Luciani perdait l'entendement, comme s'il chutait dans un trou de ver et franchissait la frontière entre deux dimensions de l'espace-temps.

Le *monstre* jeta violemment le gendarme à terre, s'empara d'une masse, et frappa la poitrine de Carlier avec une force inouïe.

Le craquement sinistre des côtes fut à peine masqué par les hurlements glaçants du sous-officier.

Puis, sous les yeux terrifiés de Zim, la bête arracha le cœur à pleines mains.

Chapitre trente-trois

21 juin 1943, 16 h 45, rochers des Externsteine

Les hurlements du supplicié n'avaient suscité aucune réaction de sa part. Pas même un battement de paupières. C'était le dixième sacrifice, depuis 1934. Comme à chaque solstice d'été. Himmler ôta ses fines lunettes cerclées de fer, et nettoya les verres à l'aide d'un linge humide. Une giclée de sang venait d'obstruer sa vue. Ses manières délicates, ses mains manucurées et son sourire affable masquaient son âme sanguinaire, dénuée de tout scrupule. Et du moindre atome d'humanité.

— Je jure fidélité au dieu Wotan et à la Waffen-SS ! Longue vie à notre Reichsführer !

Rudolf Querner haletait, et brandissait le cœur du sacrifié à bout de bras. Il n'avait pas particulièrement brillé, mais avait franchi le premier stade. Le rite incontournable pour accéder à l'un des grades les plus élevés de la SS.

Il s'essuya le front, imprimant une longue trace sanglante d'une tempe à l'autre. Il guetta le début d'une approbation chez le puissant chef de la SS, et de toutes les polices – dont la terrifiante Gestapo. Personne ne devait le décevoir. Jamais.

La mainmise de Himmler sur l'ensemble des forces de sécurité le rendait plus redoutable que le Führer lui-même.

Une belle revanche pour cet homme dont la myopie ne cessait de s'aggraver. Parmi ses autres tares, il était petit et malingre. Il avait bien tenté de développer ses biceps, autrefois, mais n'y était jamais parvenu. Tout comme Hitler, il n'avait rien de l'étalon aryen si souvent glorifié dans ses discours criards.

Désormais cependant, tous le craignaient. Le corps démembré gisait au pied des parois rocheuses des Externsteine, dans l'immense forêt de Teutoburg. Querner ne savait que faire. Il restait planté là, sanguinolent.

— Montez, allez !

L'officier général, toujours en eaux, commença l'ascension. Il devait déposer le cœur sur l'autel dressé dans la chapelle qui dominait la forêt, au sommet du roc le plus monumental. Bien en face de la fenêtre qui visait le lever du soleil. Après quoi, avec l'aide de deux autres SS, il enterrerait les restes quelque part dans la nature verdoyante de Teutoburg. Le sang maculait l'imposant bas-relief qui représentait le Christ détaché de la Croix. L'hémoglobine avait moucheté l'œuvre au moment des sections nettes appliquées à la jointure des membres. Le sacrifié avait beuglé comme une truie, au point d'étourdir le Reichsführer. La décapitation l'avait heureusement fait taire.

— Je dédie ce nouveau sacrifice à Jésus-Christ, car c'est un héritier de la race d'or !

Les propos nasillards de Himmler stupéfièrent les officiers qui l'entouraient. Comment pouvait-il encenser un Juif ?

Himmler, comme s'il lisait leurs pensées, entama l'une de ses diatribes dont il avait le secret :

— Saviez-vous que Jésus était issu d'une colonie nordique en conflit ouvert avec les Juifs ? Lesquels, en représailles, ont obtenu sa condamnation à mort ? Ils n'ont eu aucun mal à convaincre le lâche gouverneur romain Ponce Pilate de le mettre en croix !

Son visage s'était tordu de haine. Le Reichsführer détestait autant ces vermines de *Juden* que ces souillures de Latins. Heureusement, en cette forêt, un peuple germanique avait donné une leçon magistrale à cette race dégénérée de Romains. Ils avaient exterminé trois légions, dont les âmes erraient encore dans les sous-bois. Les Saxons avaient alors stoppé l'irrépressible conquête romaine.

— N'oubliez jamais que nous sommes les héritiers des valeureux guerriers germains qui ont massacré les troupes d'Auguste ! Nous allons maintenant dominer le monde, et faire bien mieux que les empereurs romains ! La race d'or ressuscitée va bientôt s'emparer du pouvoir universel, instaurer le Reich de mille ans, et purger l'espèce humaine de toutes ses rognures inutiles !

Soulagés, les trois officiers généraux qui assistaient Querner dans son épreuve initiatique applaudirent à tout rompre. Flatter leur chef, et ne surtout pas l'indisposer. La règle d'or.

Après le démembrement sordide et l'exécution, Himmler et ses chevaliers noirs, l'élite des Waffen-SS, grimpèrent calmement dans les Mercedes, et regagnèrent leur fief. Le château de Wewelsburg se situait à trente minutes à peine des Externsteine. L'écho des hurlements du supplicié faisait encore frémir les feuilles des aulnes, et se répandait dans la forêt comme une onde de choc. Le calme olympien de Himmler ne laissait rien paraître du massacre odieux qu'il venait d'ordonner. Car ce n'était là qu'un détail : il était l'artisan de la Solution finale, et martelait qu'il fallait exterminer les Juifs et autres *Untermenschen*, les « sous-hommes », jusqu'au dernier. Lorsque certains de ses chevaliers noirs doutaient, face aux suppliques des femmes et des enfants qu'ils exécutaient froidement, Himmler les rappelait toujours à leurs devoirs. Et à leur grandeur.

— Nous seuls, les *surhommes*, sommes dignes de repeupler la Terre ! Et souvenez-vous que les *armanens*, les prêtres adorateurs du dieu Wotan, protègent l'âme des SS et nous guident dans cette mission suprême.

Le château de Wewelsburg se dressait au sommet d'un éperon rocheux, telle une forteresse inexpugnable. Ses trois ailes monumentales formaient un triangle unique en son genre, dont chaque angle comportait une tour. Celle qui pointait vers le nord était si large et plate qu'elle ressemblait à un immense bassin de rétention d'eau. Les deux autres étaient coiffées d'un toit en forme de cloche acuminée, qui rappelait le casque à pointe des soldats prussiens du siècle précédent.

Tandis que les Mercedes franchissaient le pont-levis, au sommet d'une interminable côte, une flopée d'enfants assaillit le convoi. Ils attendaient leur idole, qui s'apprêtait à les gratifier de cadeaux et de friandises, comme à chaque solstice. Le lendemain matin, à 7 h 12 précises, les premiers rayons du soleil pénétreraient par la fenêtre de la chapelle perchée des Externsteine, et inonderaient le cœur du sacrifié. En attendant, ils commençaient d'ores et déjà à honorer Wotan et leurs autres divinités païennes. Les nazis honnissaient les grandes religions monothéistes, et avaient fermement proscrit Noël. À la place, ils fêtaient deux fois l'an les solstices, et communiaient avec l'esprit de leurs ancêtres germains.

Le sourire aimable du Reichsführer, ses petites caresses prodiguées aux têtes blondes tranchaient avec l'âpreté de son regard lorsqu'il avait joui – c'était le mot, joui, sans en rien montrer – à la vue de la boucherie et de l'équarrissage du martyr. C'étaient deux heures auparavant, à peine. Il passait de l'un à l'autre, sans ciller.

Le château était en travaux perpétuels depuis 1934, et le bruit des marteaux troublait sans cesse la sérénité des lieux. Quatre mille ouvriers, essentiellement des prisonniers, avaient perdu la vie en raison de conditions de travail inhumaines. Mais c'était le prix à payer : Himmler avait fait renaître la ruine de ses cendres, pour en faire le sanctuaire de la *religion* SS. Depuis une dizaine d'années, les élites de la Waffen-SS étaient formées en ces lieux, ingurgitant l'histoire – les mythes, le folklore – qui nimbait l'origine supposée du peuple germain, et de la race aryenne.

Himmler arpentait la forteresse à grandes enjambées. Rudolf Querner trottait derrière lui, et tentait de mémoriser les récits fondateurs qui lui permettraient de parfaire son initiation.

— Savez-vous que le peuple allemand est apparu il y a deux cent trente mille ans ? À l'époque, des géants et de nombreux animaux mythiques vivaient sur Terre, qui était alors illuminée par trois soleils…

Himmler se plaisait à rabâcher ces légendes. Les géants, en particulier, l'avaient toujours fasciné. Lui, le « nain » que tous les enfants méprisaient à l'école, jusqu'à son dragon de femme, le seul humain sur Terre qui osât l'admonester, voire le terroriser lorsqu'il n'exécutait pas immédiatement les ordres qu'elle lui intimait. Aujourd'hui, c'était lui le dragon, dont les flammes infernales détruisaient des millions de vies dans les fours crématoires. Il était aussi le géant, hissé sur les échasses monstrueuses de la SS, qui écrasait tous ceux qui se mettaient en travers de sa route.

Au-dehors, les piaillements insouciants s'étaient évanouis. Les enfants avaient été congédiés ; ils ne pouvaient s'attarder davantage dans le saint des saints.

Himmler et l'impétrant Querner cavalaient dans l'aile ouest. Ils longeaient les imposantes salles de travail.

— Vous aussi, vous pourrez venir vous recueillir et travailler ici, désormais. La bibliothèque recèle douze mille volumes, tous consacrés à la grande histoire germanique. Et comme les autres, vous devrez veiller sur la flamme qui doit brûler nuit et jour dans la crypte. *Ist es klar* ?

— *Jawohl, Mein Reichsführer !*

Rudolf Querner gravait chaque ordre dans sa mémoire. Tout en se hâtant, il aperçut les plaques ornant les immenses portes qui défilaient. Les salles portaient des noms évocateurs : Aryen ; Roi Arthur ; Saint-Graal ; ou encore l'Ordre des chevaliers teutoniques…

— *Heil Hitler !*

Himmler venait enfin d'atteindre la salle des généraux, en plein cœur de l'ample tour septentrionale. Querner le talonnait comme un caniche.

Les onze Obergruppenführer étaient au garde-à-vous. Comme pour chacune de leurs réunions secrètes, les officiers étaient placés en arc de cercle autour du soleil noir. Les soldats, tous vêtus de leurs uniformes d'apparat, arboraient dignement les attributs SS : la casquette pourvue de sa tête de mort ; la dague de parade au ceinturon ; et, bien sûr, l'*Ehrenring*. L'anneau d'honneur n'était remis qu'aux plus braves. Il comportait, outre le crâne et ses deux fémurs, des symboles issus du *Futhark*, l'alphabet runique que Himmler avait personnellement ressuscité. La croix gammée, bien sûr, mais aussi le double éclair – sa marque personnelle.

— Le Gruppenführer Querner a accompli un travail remarquable lorsqu'il était responsable de la SS à Hambourg. Il a déporté tous les Juifs de son secteur, qui, depuis, ont tous été supprimés. Il avait parfaitement anticipé les besoins techniques de l'élimination, en commandant de grandes quantités de Zyklon B. Grâce à lui, des milliers de vermines ont été gazées !

Les chevaliers noirs applaudirent sagement.

— Aujourd'hui, Querner poursuit son travail efficace à Vienne et, tout à l'heure, il a parfaitement réussi le rite aux Externsteine. Il est donc digne de rejoindre l'Ordre noir.

Puis Himmler exhiba un Ehrenring flambant neuf.

— *Auf die Knie*[1] !

L'officier supérieur posa un genou au sol. Il allait être adoubé devant les onze autres chevaliers. Le moment le plus important de sa vie. La reconnaissance ultime.

Au moment de recevoir l'anneau, il en aperçut furtivement l'intérieur. Il savait qu'il était gravé de la date de remise, c'est-à-dire ce jour béni par Wotan ; de son propre nom ; ainsi que de la signature autographe du maître en personne. Sa fierté, en cet instant, n'avait nul égal.

— Vos nouveaux insignes vous seront remis après la réunion. Vous pourrez les faire coudre sur tous vos uniformes.

1. À genoux !

Rudolf Querner se releva, remercia son bienfaiteur comme s'il s'agissait du Seigneur en personne, puis compléta le cercle. Il était désormais le douzième Obergruppenführer, un grade rarissime dans la grande Allemagne.

— L'heure est grave !

Himmler avait soudainement changé de ton. Il était grand temps d'entamer la réunion secrète, et l'ordre du jour se révélait chargé.

— Comme vous le savez, nous essuyons des revers sur le front de l'Est. La vermine bolchevique est beaucoup plus résistante que nous ne l'avions imaginé. Et sur le front d'Afrique du Nord, les troupes du Feldmarschall Rommel ont été boutées hors d'Égypte. Compte tenu de ces difficultés, nous devons interrompre les travaux du château, car le Fürher a décidé de consacrer chaque reichsmark à l'effort de guerre, et à lui seul.

L'homme le plus redouté du Troisième Reich marqua une courte pause. Il présentait une mine grave bien inhabituelle. Lui que rien, jamais, ne semblait atteindre, parut soucieux.

— Il n'y a pas que les travaux qu'il nous faut interrompre. Il faut abandonner nos expéditions à la recherche de la race originelle.

Les chevaliers noirs, dont l'instinct de mort était inscrit sur le front, ne comprenaient pas. Comment pouvait-il renoncer à cette quête ? Depuis toujours, c'était son obsession – avec la Solution finale, évidemment.

Dès son arrivée au château, il avait fondé un centre d'anthropologie raciale. Il s'était mis en tête de retrouver le peuple, voire la tribu originelle. Celle qui disposait des caractères aryens les plus purs, des *surhommes* survivants et dont tous les Aryens dérivaient. Tout, jusque dans ce château, trahissait cette obnubilation. Ici même, dans cette salle, le sol de marbre était décoré d'une immense roue, une mosaïque qui formait les rayons d'un astre obscur. L'axe du soleil noir reposait sur un disque doré.

Autour des douze rayons, dont le graphisme empruntait aux svastikas, se dressaient douze colonnes – et les douze généraux. Tout était réuni pour symboliser les douze chevaliers de la Table ronde, légende à laquelle Himmler croyait fermement. Il prétendait même être entré en communication avec l'esprit du roi Arthur…

Plus saisissant encore, le triangle constitué par les trois ailes du château formait une flèche pointée sur Thulé. L'île mythique, non loin du pôle Nord, abritait les Hyperboréens, ces géants qui descendraient directement de la race d'or.

Himmler avait découvert Thulé et les Hyperboréens dans une carte du XVIe siècle, remise par la sœur de Nietzsche. Au début des années 1930, Elisabeth avait accueilli Hitler, puis Himmler, dans sa résidence de Weimar. Les deux hommes avaient lu quelques ouvrages de Friedrich Nietzsche, du moins les notes et préambules publiés par Elisabeth… Ses introductions et autres commentaires avaient entièrement perverti la pensée du philosophe. Elle avait transformé son frère en pionnier de la pensée nazie, et chantre de l'avènement d'un surhomme, un *Übermensch* qui rendrait gloire et honneur à la grande Allemagne. Il avait été l'ami de Wagner – et peu importait qu'ils eussent rompu –, lequel avait, pour sa part, ravivé la mythologie nordique grâce à ses opéras, en particulier les célèbres Walkyries, guerrières vierges et servantes du dieu Wotan…

Depuis, Nietzsche et Wagner étaient honorés comme des saints dans le panthéon de l'Ordre noir de Himmler.

Elisabeth, donc, n'avait pas hésité une seconde au moment de remettre une série de documents que son frère détenait dans le plus grand secret, au fond d'un coffre. Elle ignorait comment le philosophe se les était procurés, mais elle en avait aussitôt pressenti la valeur. Un ouvrage de Rabelais, annoté de sa propre main ; des études de Lamarck ; une *Carta marina* originale, qui représentait les îles nordiques et la fameuse Thulé… Et même un étrange fossile, une mandibule d'hominidé, d'une taille impressionnante.

En 1935, peu de temps avant sa mort, elle avait remis ce trésor au Reichsführer-SS en personne, comme témoignage de son allégeance au grand Reich. Le philosophe avait dû se retourner maintes fois dans la tombe de son petit village natal, tout près de Leipzig.

Depuis, avec l'aide de ses mages noirs, Himmler avait décortiqué les ouvrages, documents et autres cartes. Ils en avaient déduit que la race supérieure, les *surhommes* dont parlait Nietzsche, devaient nicher dans des zones très reculées et glaciales, au plus loin du regard des hommes.

— Le nouveau chevalier noir Rudolf Querner n'est pas au courant des travaux remarquables que nous avons déjà accomplis. Aussi je rappellerai, en cet instant, les excellents résultats de l'expédition que nous avons menée au Tibet.

En réalité, Querner en était parfaitement informé, car le Reichsführer se targuait continuellement de ce fait d'arme. À l'époque, avec la guerre qui couvait, il n'avait pu initier sa quête avec l'île de Thulé ; aussi avait-il jeté son dévolu sur les hautes montagnes enneigées du Tibet – tout en programmant d'autres recherches en Antarctique. L'expédition de 1938 avait duré plus d'un an. Himmler avait personnellement élaboré le programme scientifique, avec les cinq chercheurs qui composaient l'équipe d'explorateurs nazis.

Le plus éminent d'entre eux, l'anthropologue Bruno Beger, avait une mission très précise : atteindre Lhassa, à trois mille six cents mètres d'altitude, après un périple de plusieurs semaines, afin de procéder aux relevés anthropométriques des Tibétains. Ils vivaient au bout du monde, et n'avaient pratiquement jamais rencontré d'Occidentaux. Il avait amadoué les populations, et nombre d'individus avaient accepté de se prêter à ses recherches pour le moins étranges. Il avait utilisé des doubles décimètres et des compas pour mesurer les crânes, et du plâtre pour modeler les visages. Il avait procédé comme les premiers naturalistes, en particulier Cuvier ou Geoffroy de Saint-Hilaire, lorsqu'ils avaient étudié la *monstrueuse* Vénus hottentote… Dans les textes et documents confiés par Elisabeth Nietzsche, les données physiques des Hyperboréens, Géants et autres « Atlantes » des origines, auxquels se rattachait sans nul doute la race aryenne, se révélaient très particulières.

— En quelques semaines, dans des conditions héroïques, l'Haupsturmführer Beger a relevé les mensurations exactes de quatre cents individus, ainsi que les empreintes de leurs doigts et de leurs mains. Il a aussi réalisé le moulage du visage, des mains et des oreilles de dix-sept Tibétains, parce qu'il pressentait qu'ils incarnaient l'archétype du *surhomme* nordique. C'est-à-dire les plus proches héritiers des Aryens originels, tels qu'ils existent aujourd'hui encore dans le *Grand Nord*, comme sur l'île de Thulé !

Himmler parlait avec fierté, comme s'il avait lui-même conduit les études.

— Vous allez, du reste, bientôt découvrir le fruit de ce travail remarquable, car l'équipe a terminé le montage du film que j'ai moi-même baptisé *Geheimnnis Tibet*, « Tibet secret ». Bientôt, le monde entier apprendra d'où viennent les vrais Aryens !

En vérité, les résultats et comparaisons n'étaient guère concluants, au grand dam de Himmler. Certes, quelques Tibétains présentaient des traits et des mensurations qui pouvaient laisser croire à l'empreinte des premiers Aryens : ils avaient les yeux bleus, la tête et les mains légèrement plus larges que les autres. Mais Beger avait simplement mis au jour une grande diversité physique parmi les Tibétains, comme cela existe chez beaucoup d'autres peuples, si bien qu'il était rationnellement impossible d'en tirer des conclusions scientifiques fiables. Néanmoins le Reichsführer-SS voulait forcer le destin, et brandir ces maigres indices en preuves indiscutables, servant ses théories eugénistes et raciales. Qui oserait le démentir ?

— J'ai demandé à Beger de continuer ses études anthropométriques, directement dans les camps. Pour répertorier toutes les sous-races, et bien établir la hiérarchie jusqu'au sommet. Je pense que les Nègres et les Asiatiques sont nettement au-dessus des *Juden*, mais qu'ils restent toutefois très éloignés de la race aryenne.

Rudolf Querner hallucinait, et ressentait beaucoup d'émotions contradictoires. Il rejoignait le cercle très fermé des douze chevaliers noirs, en pleine crise. Comme les autres, il comprenait que Himmler s'apprêtait à renier les ordres de Hitler, afin de poursuivre ses recherches… quitte à nuire à l'effort de guerre. De fait, le Reichsführer savait qu'il succéderait, tôt ou tard, au Führer. Il s'impatientait, et planifiait déjà les prochaines étapes du Reich de mille ans, dont le remplacement de toutes les races inférieures par les *surhommes* aryens se révélait être l'axe central.

— Le Haupsturmführer Beger a donc repris son travail il y a tout juste dix jours, au camp de concentration d'Auschwitz. Avec le Pr Hirt de Strasbourg, il a sélectionné soixante-dix-neuf Juifs, deux Polonais, quatre Asiatiques et trente femelles juives. Au moment où je vous parle, ces *Untermenschen* se soumettent à de nombreuses mesures : clichés, mensurations, et, pour certains, moulages de la tête. Après quoi, ils seront conduits au camp de Natzweiler-Struthof pour y être éliminés. Nous avons rencontré quelques problèmes pour installer la chambre à gaz dans ce camp, mais elle fonctionne parfaitement aujourd'hui.

Un sourire satisfait se dessina sur plusieurs lèvres.

— Lorsque ces sous-hommes seront éliminés, le Pr Hirt pourra récupérer les corps pour son institut d'anatomie de la

Reichsuniversität de Strasbourg afin de les disséquer puis de les réduire à l'état de squelettes. Ils viendront augmenter la grande collection que d'illustres prédécesseurs avaient commencée sur les différentes races de l'humanité.

Le visage de Himmler se déforma sous l'effet d'un horrible rictus.

— Nous posséderons ainsi la plus grande collection anthropométrique de l'histoire de l'humanité ! Personne ne pourra plus jamais nier l'infériorité des Nègres, des Asiatiques et surtout de ces ordures de *Juden* !

Il avait crié les derniers mots, comme s'il haranguait une foule. Les douze généraux se mirent aussitôt à applaudir, en félicitant leur *Grand Maître*.

— Ce n'est pas tout ! renchérit le Reichsführer. Avant de quitter l'Égypte, le Feldmarschall Rommel a pu récupérer des documents inestimables en provenance de l'État palestinien voisin, et plus particulièrement de Jérusalem. Ces documents devraient prouver définitivement l'origine divine de la race aryenne… Démontrer, une fois pour toutes, que nous remontons à la race d'or, la race des origines, avant que l'humanité ne dégénère en sous-hommes débilitants ! Ces précieux documents sont pour l'instant confinés en Libye, avec le reste du trésor collecté en Afrique du Nord – en particulier l'inestimable fortune du Négus, héritée de la reine de Saba. J'ai demandé que ce trésor soit discrètement expédié par bateau en Corse, dès que possible, et qu'il soit caché en lieu sûr, avant de pouvoir nous revenir, ici, lorsque nous aurons remporté la victoire !

Nouveaux applaudissements enthousiastes des douze chevaliers noirs, qui jubilaient. La plupart croyaient encore en l'issue favorable du conflit. Quant à ceux, plus lucides, qui doutaient, ils se gardaient bien d'afficher le moindre flottement…

Himmler était plus que satisfait. Son plan se déroulait comme prévu, malgré les obstacles et les décisions erratiques de Hitler – au prétexte qu'il s'enlisait sur le front de l'Est.

Il était en train d'achever la quête des origines de l'humanité, grâce aux nombreuses informations transmises par la sœur de Friedrich Nietzsche, mais aussi à quelques trouvailles réalisées sur le terrain. Bientôt, ils sauraient, tous. En attendant, il devait encore accomplir d'ultimes recherches. Le pourrait-il ?

Pour réussir, il lui fallait un atout capable d'évoluer de manière furtive et rapide. Le temps était compté, et il le savait bien.

Heureusement, il avait débusqué le profil idéal. Un Français engagé par les Britanniques, mais, en fait, un agent double appointé par l'Abwehr, les services secrets allemands.

Ce Français allait regagner l'Espagne, puis l'Angleterre, et, plus tard, la Corse, pour se rendre dans les lieux capitaux qui abritaient d'autres preuves relatives aux origines divines de la race aryenne. Des géants aux yeux bleus, qui avaient montré la voie, avant qu'une grande partie de l'humanité ne dégénère en individus vils et stupides.

Cet agent double allait bientôt rapporter les dernières pièces du grand puzzle des origines aryennes.

Et permettre de restaurer la *race d'or*.

Chapitre trente-quatre

20 février 2020, 23 h 56, Detmold

Luciani ouvrit péniblement les yeux. Il cligna trois fois des paupières. Il était plongé dans le noir ; seule la lueur d'une torche projetait de timides reflets sur des parois inconstantes. Puis il réalisa qu'il était ficelé comme un rôti. Il tenta de se dégager, mais ses mains étaient fermement liées dans son dos, et ses jambes se trouvaient tout aussi entravées, repliées dans une position fœtale. Il avait été ligoté à l'aide d'une seule cordelette, qui suivait un chemin complexe entre les omoplates, s'enroulait autour de ses poignets, jusqu'à ses chevilles bien arrimées. Il tenta de crier ; un bâillon l'en empêcha. Il respira plus lentement, et tendit l'oreille. L'ouïe demeurait le seul sens qui pût l'aider à évaluer la situation.

Il n'était pas seul. Il perçut quelques soupirs, tout près de lui. Vannina, Zim et Carlier étaient sans doute à ses côtés. À cette pensée, le souvenir d'une scène d'horreur lui explosa au visage, tandis qu'une douleur effroyable lui lacérait la poitrine. Carlier ! Broyé sous les coups. Le cœur arraché à pleines mains.

Luciani sentit le stress grimper en flèche. Son palpitant s'emballa dans les tours ; il commença à manquer d'air. Tout près de lui, des gémissements indiquaient que quelqu'un tentait désespérément d'établir une communication. Ils traduisaient la même angoisse que la sienne. Puis il songea à Vannina. La dernière fois qu'il l'avait vue, elle se trouvait inconsciente, à la merci des monstres. Des pas résonnèrent. Le gendarme cessa de respirer, et se focalisa sur le bruit. Les pas se rapprochaient. C'est alors que des torches s'embrasèrent, l'une après l'autre. Ses pupilles rétrécirent, et il discerna enfin la pièce. Il se trouvait encerclé par une dizaine de colonnes sur lesquelles crépitaient les flambeaux. Deux formes gisaient sur le sol. La plus longue s'agitait, c'est elle qui geignait à ses côtés depuis quelques instants. Zim. L'autre corps, bien plus menu, demeurait immobile. Vannina… Enfin, des silhouettes se dessinèrent à la lueur des flammes.

— *Na, ausgeschlafen*[1] ?

Luciani ne comprenait pas un mot d'allemand. L'un des hommes ôta le bâillon de Zim.

— *Wer bist du*[2] ?

L'anthropologue parlait parfaitement cette langue.

Luciani se remémora aussitôt les talents linguistiques de Zim : ne l'avait-il pas entendu prononcer des mots dans la langue des *monstres*, comme l'avait fait Brunier avant lui ? Des paroles qui n'avaient nullement apaisé la colère des *bêtes*…

— C'est moi qui pose les questions.

L'homme avait assené sa réponse dans un français teinté d'accent teuton. Il demeurait dans la pénombre ; impossible de le distinguer clairement.

— Je vous préviens, nous sommes tous officiers de la gendarmerie française.

— Je sais, colonel Marceau.

Luciani tiqua. *Colonel* Marceau ? Zim ne s'était jamais présenté par son grade militaire. Des galons à cinq barrettes, qui dénotaient un rôle, une fonction, et une influence bien plus importants que ce que le lieutenant eût soupçonné. Au fond, il ne savait presque rien de lui…

1. Alors, on a fait un gros dodo ?
2. Qui êtes-vous ?

— Qu'est-ce que vous foutiez, en pleine nuit, au pied des Externsteine ?

Zim se tortillait comme un lombric.

— Si vous voulez parler, détachez-nous d'abord !

L'homme s'avança et sortit de l'ombre. Il était vêtu de noir de pied en cap. Son long manteau de cuir évoquait celui, traumatisant, des raclures de la Gestapo, pendant la Seconde Guerre mondiale. Luciani déglutit ; Zim n'en menait guère plus large. Soudain, l'Allemand écrasa sa Doc Martens sur le visage de Vannina.

La jeune femme reprit douloureusement ses esprits et murmura des cris étouffés. À peine s'éveillait-elle qu'elle luttait pour respirer.

— Je répète : qu'est-ce que vous foutiez aux Externsteine ?

L'homme appuyait de tout son poids. Vannina s'agitait de plus en plus et semblait prise de convulsions. Zim répondit d'une voix blanche :

— Nous enquêtons sur des meurtres. Aux quatre coins de l'Europe, suivant une logique géographique. Les Externsteine forment le quatrième point cardinal. Arrêtez maintenant ! Vous allez l'étouffer !

L'homme desserra l'étreinte. Vannina se mit à haleter et peinait à reprendre son souffle. Son bâillon limitait la prise d'air. La panique n'arrangeait rien.

— Vous n'enquêtez sur rien du tout, lâcha l'homme en noir. Vous n'êtes jamais venus ici. Vous n'avez rien vu. Est-ce que c'est clair ?

Luciani hallucinait. Zim, lui, ne mouftait plus. Il ressemblait à un serpent au sang froid qui guettait patiemment l'instant idéal pour planter ses crochets acérés et diffuser son venin mortel. Vannina, elle, ne cessait de gigoter. Personne ne s'apercevait qu'elle s'échinait à desserrer ses liens. Elle en avait vu d'autres, lors de ses entraînements préparatoires aux épreuves les plus exigeantes – telle la redoutable compétition IronMan.

— Vous êtes sous étroite surveillance, colonel Marceau. Un mot de notre part et vous finissez au trou pour trahison.

Luciani et Vannina tendirent l'oreille. Trahison ? De quoi parlait l'Allemand ? Zim devait tenter quelque chose. Mais il lui fallait encore une ou deux minutes. Il meubla.

— Nos homologues de la *Kriminalamt* sont au courant de tout. Ils vont débarquer d'un instant à l'autre. Ils savent précisément où nous sommes.

Depuis qu'il s'était éveillé, l'anthropologue lorgnait les minuscules carreaux de mosaïque verdâtres qui gisaient sous sa joue. Il manquait de recul, face contre terre, mais en embrassant les douze colonnes qui l'entouraient, il n'avait plus aucun doute.

— Ils savent que nous sommes au château de Wewelsburg. Et nous nous trouvons précisément dans l'*Obergruppenführer-saal*, la salle des généraux. Nous sommes ligotés sur le soleil noir.

L'homme siffla.

— Félicitations, colonel. Je vois que vous connaissez très bien les lieux. Il faut dire que vous êtes déjà venu plusieurs fois…

Zim hésita un court instant puis assena sa réponse avec détermination. Son problème n'était plus ce roquet, mais ses deux collègues. Ils devaient en apprendre le moins possible.

— Jamais ! Mais l'endroit est très connu, dans le folklore nazi. C'était le joujou de Himmler. Je sais aussi que, à la fin de la guerre, quand tout était perdu, Himmler a fait incendier le château, qui a été presque entièrement détruit. Sauf cette tour, dans laquelle nous nous trouvons. Et le reste du château a été reconstruit plus ou moins à l'identique.

Il délayait, tout en remuant le moins possible. Il devait ménager l'effet de surprise. Quelques secondes encore…

— Qu'est-il advenu de notre collègue, le major Carlier ? Nous devons rapatrier son corps.

Zim comptait sur cette ultime diversion.

— Il ne s'est rien passé. Votre collègue est simplement porté disparu. Il s'est perdu dans la forêt de Teutoburg. Vous imaginez, quatre cent mille hectares… Il y a peu de chances qu'on le retrouve un jour. Ou alors, peut-être à l'état de squelette.

L'homme en noir dégaina alors un semi-automatique et tira la culasse pour engager une balle dans la chambre du canon. Le claquement métallique résonna contre les colonnes.

— Et puisqu'on en parle, je crains que vous ne soyez bientôt portés disparus, vous aussi…

****

Marion Lafargue leva péniblement les paupières. Elle avait la tête en bas, les membres ligotés, et se trouvait d'évidence pendue par les pieds. Une douleur déchirante lui lacérait la cuisse. Elle sentait encore la morsure des crocs. Quelques gouttes de sang lui tombaient sur le front, par l'effet de la gravité. Ses yeux peinaient à faire le point, tant le froid et le sang séché lui obstruaient la vue. Il lui sembla discerner des abattis, juste en dessous d'elle. Aussitôt, un puissant relent de boucherie et de sang frais assaillit ses narines. Des spasmes l'agitèrent violemment ; elle manqua de s'étouffer dans son propre vomi.

Ses gesticulations finirent par ranimer Brunier. Il était accroché à ses côtés, dans la même position qu'elle. Son visage tuméfié était méconnaissable. Dans cette posture improbable, impossible d'apprécier la gravité des plaies au cou et au visage. Étrangement, il ne saignait plus. Le froid glacial avait-il facilité l'arrêt des saignements ? Le policier finit par croire qu'il était mort, car non seulement il ne saignait pas, mais il ne souffrait pas. Une puissante odeur de camphre imprégnait ses narines. Il s'imaginait que ces fragrances de romarin et de térébenthine ne pouvaient émaner que du paradis. Oui, mais voilà : ça ne collait pas. Il savait qu'il finirait en enfer. Au mieux, au purgatoire…

Les cris de Lafargue qui s'étouffait à moitié achevèrent de l'éveiller. Il la distinguait très mal à cause de ses paupières tuméfiées qui réduisaient son champ de vision.

— Marion !

Aucun son distinct ne sortit de sa bouche. Il articulait, il poussait sur ses cordes vocales, mais fatigue et blessures avaient eu raison de sa voix. Il ne pouvait rien pour l'analyste. En remuant légèrement la tête, il discerna à son tour le charnier. Il lui fallut plusieurs secondes pour reconnaître les corps démembrés des deux colosses qui les avaient accompagnés vers les goulags…

— Ne parlez pas ! Vous êtes blessé à la gorge.

Brunier s'efforça de tourner la tête sur sa droite, à l'opposé de la jeune femme. Une douleur fulgurante lui traversa la nuque. Il avait salement morflé.

— Ne bougez pas inutilement. C'est moi, le Dr Kratchev. Je suis suspendu à côté de vous. Ils nous ont épargnés, et vous ont même soigné. Rien n'est perdu.

Marion Lafargue, exsangue, entendait elle aussi le vieux chercheur russe, bien qu'il s'exprimât à voix basse pour ne pas attirer l'attention de ses geôliers.

— Docteur Kratchev, où sommes-nous ? Qu'est-ce qui s'est passé ?

Un dialogue surréaliste s'engagea entre les trois captifs, la tête en bas, à quelques centimètres des chairs déchiquetées des deux hercules qui les accompagnaient encore deux heures auparavant. D'évidence, leurs cœurs avaient été arrachés.

— Après avoir été attaqués par les chiens, j'ai réussi à identifier le mâle alpha, le chef de meute, et je l'ai abattu. Tous les chiens se sont dispersés, et nous avons eu la vie sauve.

— Des chiens ? Mais… c'étaient des loups !

— Non… c'étaient des chiens… qui ont *régressé*. Ils sont retournés à la vie sauvage, ce qui a réactivé des gènes hérités des loups. C'est un phénomène qu'on observe un peu partout en Russie. Je vous expliquerai plus tard. Ce n'est ni le moment ni l'endroit idéal pour ça.

L'analyste se remémora enfin une partie du film des événements. Les munitions épuisées, à force de tirer sur les « chiens-loups ». Et ces hommes, immenses, qui s'étaient approchés. Puis le noir sidéral. Rideau.

— Et… où sommes-nous ?

Le vieil homme peinait à répondre dans cette position inconfortable, d'autant qu'il souffrait lui aussi ; la morsure qui lui avait transpercé le pied le lançait.

— Je pense que nous sommes dans une des nombreuses grottes qui émaillent la région de Kemerovo, et les montagnes de l'Altaï.

— Une grotte ? Quelle grotte ?

— Peut-être celle d'Azasskaïa… C'est une grotte dans laquelle on a découvert des empreintes et des poils d'origine inconnue, en 2011. Mes collègues Valentin Sapunov et Anatoli Fokine, qui les ont analysés avec les technologies les plus sophistiquées, ont avancé l'hypothèse qu'ils puissent appartenir à un *yeshi. Bigfoot*, en anglais. Je ne sais plus comment vous dites en français…

Soudain, Brunier parvint à articuler ses premiers mots :

— Le yéti ? Vous parlez du yéti ?

Il aurait préféré être mort, pour de bon, plutôt que d'entendre pareille affirmation. L'image de Zim lui traversa soudain l'esprit, lui qui l'avait précipité dans la gueule du loup – dans tous les sens du terme – avec Marion Lafargue. Voulait-il les supprimer ? Savait-il qu'ils ne rentreraient probablement jamais ?

— Cela fait bientôt soixante ans que notre centre de recherche du musée Darwin, à Moscou, travaille sur les innombrables témoignages de touristes ou même d'habitants, qui tous rapportent avoir vu des hommes des cavernes. Surtout dans ce secteur de l'oblast de Kemerovo.

Le vieil homme reprit son souffle. Parler avec le sang qui s'agglutinait dans le cerveau devenait intenable.

— Ces poils et ces empreintes ont été analysés avec l'aide d'équipes internationales, des Américains, des Canadiens, des Suédois et des Estoniens. C'est très sérieux. Je ne plaisante pas. On a vraiment découvert la trace d'un homme aux mensurations hors normes vivant à l'état sauvage.

— Mais… on n'en a jamais entendu parler !

— Si vous consultez Internet, vous verrez. L'affaire a été rapidement étouffée : qui est prêt à croire en l'existence du *yeshi* ?

Les prisonniers luttaient contre d'atroces maux de tête. Le sang qui se concentrait dans leur cou ne cessait de faire enfler leurs veines temporales et jugulaires. Ils rougissaient comme des tomates trop mûres, et le poids des organes commençait à peser dangereusement sur leurs poumons. Ils ne tarderaient pas à mourir d'asphyxie, ou bien d'un œdème cérébral, ou tout simplement de froid. Voire des trois à la fois…

— Et puis ce n'est pas tout. Dans la région, on trouve aussi la grotte de Denisova.

L'experte réagit aussitôt. La fréquentation de Zim et des scientifiques de Pontoise lui offraient la possibilité de suivre de près l'actualité des grandes découvertes paléoanthropologiques qui se succédaient à un train d'enfer depuis dix ans…

— Denisova ? La grotte où on a découvert le cousin de Néandertal ?

— Exactement. C'était dans les mêmes années que les poils de *yeshi*, vers 2009-2010. On n'avait alors retrouvé qu'une grosse molaire et un morceau de phalange. Des chercheurs allemands ont réussi à séquencer l'ADN et ont montré que c'était une espèce nouvelle. Ils l'ont baptisée du nom de la grotte. Cet homme de Denisova aurait disparu en même temps que Néandertal. Mais rien ne le prouve.

Brunier haletait. Sa respiration se faisait de plus en plus courte.

— Alors quoi ? Vous faites un rapprochement entre le yéti et les fossiles de Denisova ?

Avant que le Dr Kratchev n'eût le temps de répondre, deux *monstres* surgirent, comme s'ils tombaient du ciel.

Les trois otages frémirent. Ils sentaient leur dernière heure arrivée. L'un des hommes s'approcha tout près. Il ressemblait trait pour trait à la *bête* capturée à Paris. Lafargue en était tétanisée. Sans rien dire, il s'empara de l'analyste et la décrocha, comme un boucher détache un quartier de viande d'un crochet. Il la déposa à terre. Marion Lafargue geignait, les douleurs musculaires et articulaires la poignardaient de toutes parts. Dans le même temps, sa circulation sanguine reprenait lentement son cours normal. Puis l'homme déchira sa combinaison d'un geste brutal et arracha tous ses vêtements avec une bestialité sans nom. En quelques secondes, la jeune femme se retrouva nue comme un ver par moins trente-six degrés au fond d'une grotte. Elle se mit à trembler de la tête aux pieds, en poussant un râle qui remontait du tréfonds de ses entrailles. Brunier et Kratchev s'agitaient pour tenter de lui venir en aide, et n'en finissaient pas d'aggraver leur cas. L'asphyxie. Les tempes qui enflaient. La tête qui voulait exploser. La *bête* écarta les cuisses de Marion. Lafargue écarquilla les paupières, et planta un regard terrorisé dans les iris bleutés de son bourreau.

****

L'homme en noir pointa son arme sur Vannina.

— Honneur aux dames…

La jeune femme ferma les yeux. Elle allait crever en plein cœur d'un vieux château hanté par les nazis. Les images de l'*ochju*, l'« œil » dont sa grand-mère n'était pas parvenue à la débarrasser trois jours plus tôt, jaillirent en son esprit. La règle des trois. C'était son tour. Tout était écrit.

Zim bondit soudain et se rua sur l'Allemand, avec une rapidité stupéfiante. Sidéré, l'homme bascula en arrière et lâcha son pistolet, qui glissa aux pieds de Vannina. Aussitôt, ses deux acolytes se précipitèrent sur l'anthropologue pour lui faire lâcher prise. Mais Zim était déchaîné, fort d'une puissance prodigieuse. Il agrippait l'Allemand par-derrière et lui broyait la trachée ; il vira au rouge cramoisi en quelques secondes à peine. Les deux autres se trouvaient incapables de les séparer. L'un des sbires se releva et dégaina son Sig. Il tenta de viser le Français, mais la mêlée était trop confuse : il risquait de toucher l'un de ses collègues.

Après d'infinis efforts, Vannina réussit à libérer ses poignets. Elle se contorsionna pour saisir l'arme qui avait glissé jusqu'à elle et mit en joue l'ordure qui cherchait un angle pour abattre Zim. Un tir retentit, dont l'écho résonna entre les murs circulaires de la tour. L'homme s'effondra. Aussitôt, le deuxième abandonna son collègue aux mains de l'enragé, avant de s'évaporer derrière l'une des douze colonnes. Au sol, pieds et jambes ficelés, dans la pénombre des torches, Vannina se trouvait incapable de discerner l'Allemand.

C'est alors qu'une balle de neuf millimètres lui déchira l'épaule, lui soutirant un cri de douleur suraigu. Elle lâcha son arme. L'homme s'approcha aussitôt, le canon de son Glock bien en ligne avec le front de la jeune femme. Au moment de presser la détente, il fut violemment projeté en arrière et s'affala sur la terrifiante mosaïque du soleil noir. Zim, les yeux injectés de sang, s'était jeté sur lui. Il en avait terminé avec le premier, qui agonisait trois mètres plus loin, les manches de son manteau de cuir noués autour du cou comme un garrot. L'anthropologue s'acharna sur sa nouvelle proie. Il lui fracassa le crâne sur une dalle de marbre. Il levait puis rabattait la tête à un rythme effréné, provoquant des jets sanglants. Les os de la boîte crânienne éclatèrent et la cervelle n'allait plus tarder à se répandre.

Luciani assistait, impuissant, à la scène. Contrairement à Zim et Vannina, il était bien incapable de dénouer ses liens. Il était comme subjugué par le déchaînement de violence de Zim. Vannina, malgré la douleur aiguë, le regard embué par les larmes, distinguait les bruits sordides des coups et des os fracturés, doublés de râles, tout près d'elle.

Enfin, au bout de longues minutes, Zim se releva, recouvert de sang. À peine essoufflé, il s'empara du pistolet de l'homme qu'il venait de massacrer, puis le brandit en direction des deux autres Allemands.

Il leur tira dans la tête.

Deux balles chacun.

Luciani retenait son souffle.

Vannina n'osait plus bouger un orteil, malgré la douleur qui lui cisaillait l'épaule.

Zim était méconnaissable.

Comment avait-il réussi à dénouer ses liens ? Où avait-il appris ces techniques de combat ?

Aussi froidement qu'un boa constrictor, le visage et le corps maculés de sang, l'anthropologue fit glisser le chargeur de la crosse du Sig et vérifia le nombre de munitions.

Puis il riva son regard glacial sur Vannina et Luciani.

****

Brunier s'étouffait et s'agitait. Le sang qui affluait dans ses vaisseaux cérébraux avait fait enfler ses globes oculaires, le rendant presque aveugle.

Il en était réduit à imaginer l'horreur.

Le sexe de la bête en érection.

Le viol, sauvage.

Inhumain.

Mais la jeune femme ne hurlait pas.

Avait-elle perdu connaissance ? Peut-être avait-elle déjà cessé de vivre, transpercée par le froid polaire. En réalité, l'homme avait écarté les cuisses de la scientifique pour examiner sa profonde morsure. Il tournait et retournait la jambe, et finit par s'emparer d'une crème qui reposait dans un creuset. L'odeur de camphre se diffusa lentement. Comme pour Brunier, il enduisit la plaie à l'aide d'un onguent aux vertus cicatrisantes et antiseptiques. Les propriétés du camphre sont bien connues depuis des siècles, et sans doute des millénaires. Puis il banda la jambe, en prenant d'infinies précautions. Malgré la température, Lafargue s'apaisait. La *bête* savait ce qu'elle faisait. L'effet du froid glacial contribuait à neutraliser la douleur et à cicatriser les chairs. Enfin, il enroula la jeune femme dans une peau qui la réchauffa aussitôt. Un bien-être envoûtant la fit sombrer dans un sommeil profond.

L'homme déposa Marion sur un lit d'herbes séchées, puis s'éloigna. Il rassembla quelques pierres, disposa des brindilles coiffées de trois branches bien sèches, puis alluma un feu qui s'embrasa aussitôt. Une chaleur réconfortante s'éleva dans la grotte. Enfin, il décrocha Brunier, puis le Dr Kratchev. Ce que tous deux ignoraient, c'est que ces postures insupportables faisaient partie de l'arsenal thérapeutique de ces êtres rugueux et primitifs. Elles contribuaient à stimuler le système immunitaire, attiser la lutte pour la survie, afin de rendre l'organisme apte à affronter les pires blessures…

Les deux hommes reprirent enfin leur souffle, tandis que le sang commençait à refluer vers les jambes. La *bête* inspecta les plaies qui congestionnaient le visage du policier. Il entrouvrit sa combinaison pour examiner ses blessures. Le Dr Kratchev reprenait ses esprits. Sa vue altérée formait des images de plus en plus nettes. C'est alors qu'il aperçut l'épaisse toison pileuse qui couvrait le torse de Brunier. Aucune once de peau n'était épargnée. Cette vision n'avait rien de naturel. Le chercheur se représenta un cas d'hypertrichose ou, plus certainement, le début d'un phénomène *régressif*. Contrairement aux Occidentaux, les Russes étaient déjà touchés par ces transformations dans la plupart des régions reculées du pays. Ou bien parmi les personnes fragiles, plus sensibles sans doute que les autres.

Il songea aussi aux chiens devenus loups. Se pouvait-il que l'*involution* de l'espèce humaine eût commencé, y compris en Occident ? Le sujet était tabou, et n'intéressait guère que les militaires. Et quelques collègues, dont le Dr Laurent Marceau. Ils correspondaient sur la question depuis plusieurs mois déjà… Le Français posait tant de questions… Il avait entrepris Kratchev à maintes reprises sur une prophétie, qui annonçait un *grand retour*.

Zim lui paraissait inquiétant, tortueux. Pour ne pas dire torturé. Il avait des accès de colère incontrôlables, lorsqu'il n'obtenait pas dans l'instant les informations qu'il quémandait. Mais son instinct le faisait souvent viser juste. Et il guidait aussi les vieux chercheurs du musée Darwin dans leur quête d'unification des grands systèmes.

D'un côté, la paléoanthropologie, scientifique, sérieuse, qui repose sur l'étude de fossiles mis au jour en cascade un peu partout en Russie et en Asie. De l'autre, les témoignages et récits légendaires de *géants* qui peuplent les mythes. Et aussi quelques grottes. Dont celle qu'ils s'apprêtaient à fuir…

Deux heures plus tard, après avoir repris quelques forces, les trois prisonniers réussirent à se remettre sur pied, puis ils quittèrent leur geôle en claudiquant. Les hommes sauvages s'étaient évaporés.

****

Le regard de Zim oscillait entre les deux gendarmes à terre. Il tenait toujours l'arme en main. Vannina luttait contre une douleur mordante, et respirait péniblement. Un léger sifflement s'échappait de ses lèvres, comme une crise d'asthme. Malgré son état second, la jeune femme sentait bien que l'anthropologue hésitait. Que se passait-il dans son cerveau en cet instant ? Qui était-il ? Que cherchait-il ?

Zim s'approcha d'elle. Il détacha la cordelette qui lui entravait les pieds puis la redressa. Il examina la blessure et fit pivoter son buste.

— La balle n'est pas ressortie. Elle est peut-être logée dans l'omoplate ou, pire, dans l'artère sous-clavière. Tu ne saignes pas beaucoup, mais si tu bouges trop, le projectile pourrait s'extraire de l'artère et provoquer une importante hémorragie. Et puis…

Zim posa son oreille sur la poitrine de Vannina. Le sifflement l'inquiétait.

— J'ai peur que la balle n'ait aussi atteint le poumon. Le lobe supérieur passe juste derrière la clavicule. Il faut éviter le pneumothorax. Je vais prévenir les secours. Tu ne bouges pas d'un cil et tu respires le plus calmement possible.

Vannina demeurait muette. Mille idées se bousculaient dans son esprit. Cet homme était-il le diable, ou bien l'ange qui veillait sur elle ?

Zim se redressa puis se dirigea vers Luciani, qu'il libéra de ses liens en trois secondes.

— Lieutenant, restez près d'elle, et surtout qu'elle ne perde jamais connaissance. Sinon je vous tiendrai responsable de sa mort.

L'anthropologue s'éloigna, et se mit à fouiller les poches des Allemands qui baignaient dans une épaisse flaque de sang, en quête d'un portable. Bredouille, il aperçut une mallette contre l'une des colonnes. Il l'ouvrit prestement et la fouilla. Ses doigts, poissés d'hémoglobine, souillaient les documents de traces pourpres. Puis il se figea : il tenait un dossier entre les mains, frappé du tampon STRENG GEHEIM – « Secret-défense ».

Il demeura interdit plusieurs secondes. Puis, hagard, il le reposa et saisit un téléphone cellulaire qui reposait au fond de la mallette. Il s'éloigna en titubant, en quête de réseau. Les ondes traversaient difficilement les murailles de l'imposante tour.

Lorsqu'il fut sorti, Luciani, qui avait observé la scène du coin de l'œil, se dirigea vers l'attaché-case resté entrouvert. Tout en dardant des regards anxieux sur Vannina, il compulsa les documents. Et tomba sur le dossier classifié.

Son titre le stupéfia.

« NEODERTAL OPERATION ».

Chapitre trente-cinq

22 février 2020, Ajaccio

Vannina trottinait en jurant, le bras en écharpe. Le toubib avait insisté, pendant quelques jours, il ne lui autorisait que trois positions : couchée, au lit, à l'horizontale. Les points tiraient à hurler. Heureusement pour elle, aucune artère n'avait été touchée par le projectile, pas plus que le poumon. En revanche, le deltoïde et les muscles qui se nichaient derrière avaient bien dégusté. Vannina risquait une paralysie provisoire du bras, surtout si elle ne gardait pas le lit plusieurs jours. Mais elle n'allait pas rester plantée là comme un fakir sur sa planche à clous. Il fallait « sortir » cette affaire, ne serait-ce qu'en mémoire du major Carlier, dont on ne retrouverait sans doute jamais le cadavre – ou alors, en pièces détachées. Des recherches avaient été initiées dans l'immense forêt de Teutoburg, sans succès pour l'instant. Dehors, la Corse semblait drapée d'un suaire ténébreux. Les rafales de vent dépassaient les cent kilomètres-heure et les grains succédaient aux pluies violentes. L'ire du ciel reflétait l'âme bilieuse de la jeune femme.

Quant à Luciani, il creusait. Partout. Il se démultipliait, via Internet et ses connexions avec les autres services, ainsi qu'Interpol. Tous les collègues se mettaient en quatre. Cependant planait toujours la menace d'être de nouveau débarqués par les services secrets, ou toute instance œuvrant pour l'intérêt supérieur de la nation. Les enquêteurs d'Ajaccio, soutenus par le parquet antiterroriste depuis la « bavure DGSE », savaient qu'ils bénéficiaient d'une immunité précaire. Elle pouvait voler en éclats à tout instant. Marion Lafargue, elle, avait été rapatriée en région parisienne, tandis que Brunier regagnait la Corse. Zim l'avait instruit, à sa manière, des événements allemands. En échange, le policier avait dû relater le film de Sibérie dans les moindres détails.

Après l'évaporation des *bêtes*, les deux Français avaient péniblement regagné leurs 4 × 4. Quelques heures plus tard, ils avaient débarqué à l'hôpital de Novossibirsk, avant leur transfert à l'European Medical Center de Moscou. Les *monstres* avaient eu des gestes sûrs, en lavant les plaies puis en les chaulant d'onguent antiseptique. À l'hôpital, les blessés avaient été soumis à de nouvelles ablutions de désinfectants, ainsi qu'à des doses carabinées d'antibiotiques. Sans compter les quatre premières injections du vaccin contre la rage, complétées d'un rappel de vaccin contre le tétanos…

Le Dr Kratchev avait insisté pour qu'ils acceptent ces traitements préventifs : les « chiens-loups » pouvaient véhiculer une foule de maladies. À cette occasion, le Russe leur avait révélé une situation surprenante. Au début des années 2000, au moins trente-cinq mille chiens erraient dans Moscou et ses faubourgs. Un grand nombre avaient été exterminés par des « dog hunters », des chasseurs de chiens. Beaucoup s'étaient réfugiés loin des hommes, afin d'échapper à leur cruauté. Leur agressivité s'était nettement accrue, et des centaines d'entre eux s'étaient hybridés avec des loups. Au fil des années, les loups avaient pratiquement disparu. Ils avaient été remplacés par ces hybrides, dont les instincts primitifs et violents s'exacerbaient d'année en année. Leurs gènes hérités des loups prenaient largement le dessus. Des meutes pouvant rassembler cinq mille individus s'étaient formées dans de nombreuses régions de la Russie… Les hybrides présentaient les mensurations, la voracité et l'agressivité de leurs ancêtres.

Et puis Kratchev avait eu ces mots saisissants :

— Vous savez, ces animaux, on les appelle *neovolki* – les « néoloups ». Ils sont devenus, en quelque sorte, des loups d'une nouvelle génération. Plus puissants, plus nombreux. Et, surtout, ils connaissent bien les hommes. Ils savent comment nous trouver, et nous traquer. Ils sont plus dangereux que n'importe quel chien, ou n'importe quel loup. J'ai eu beaucoup de chance d'éliminer l'alpha. Sinon, nous ne serions pas là pour en parler.

— Et… comment l'avez-vous reconnu ? avait demandé Brunier.

— Il levait la queue, alors que tous les autres gardaient la leur baissée, en signe de soumission. Il les dominait et les commandait. Tous.

Enfin, Kratchev avait expliqué quelque chose d'assez confus. Il avait parlé de *régression* du génome du chien, d'*involution* de l'espèce, d'activation *épigénétique* de caractères ancestraux, leur offrant de renouer avec leur nature primitive… Le policier avait encaissé. Bien sûr, il ne connaissait pas le sens exact de ces termes scientifiques, mais ils résonnaient en lui. L'idée d'une régression, en particulier, ne cessait de le hanter. Car même s'il s'efforçait d'échapper à l'introspection en se noyant dans le whisky – et le travail d'enquête – il voyait bien qu'il se *transformait*.

Tout avait commencé deux années plus tôt. Ses crises d'épilepsie, sa dépression et son pessimisme profond sur l'avenir de l'humanité et le sens même de l'existence l'avaient entraîné vers une forme de repli. Il se sentait changer, renouer avec la nature, brute et profonde. La Corse sauvage, sa bicoque plantée au-dessus de la Méditerranée lui apportaient la plénitude. Il s'éloignait du monde insensé des hommes et se liait aux esprits chtoniens, l'âme de la Terre. Il réalisait une sorte de retour aux sources, qui lui faisait détester l'humanité, à mesure qu'il se rapprochait de l'essence du monde. Il n'avait jamais pu se confier à quiconque, et refusait d'assumer son état. Surtout ne pas y penser. Mais il était rattrapé par sa transformation physique.

Depuis quelques mois, son système pileux s'emballait. Il s'était renseigné sur Internet, rechignant à montrer son corps. Il était victime d'hirsutisme, sans doute causé par un dérèglement hormonal. Si la chose empirait, il finirait par consulter. En attendant, il se rasait – rarement. Le plus simple était encore de rester à l'écart, mais alors il sombrait dans la léthargie et s'engluait dans le souvenir traumatique de la mort de sa fille dans les abysses de Paris. Seules l'aide de la religion, la prière et la confession le soulageaient un peu.

Voilà qu'il se mettait en plus à délirer, prononcer des propos irrationnels – comme avec la *bête*, à Bonifacio ou encore au CEA… Il ne voulait y croire. Mais il fallait bien l'accepter. Tous l'affirmaient. Pourquoi n'en avait-il jamais aucun souvenir ? Le terme d'*involution* de l'espèce lui trottait dans la tête. Sur Internet, une fois rapatrié en Corse, il avait trouvé cette définition : « Retour progressif à une forme antérieure de développement »… Ce qui advenait aux chiens, « involuant » vers le loup, pouvait-il arriver chez l'homme ? À quel stade de développement allait-il régresser ? Et quelles conséquences ces changements pourraient-ils avoir sur lui ? La question taraudait d'autant plus Brunier que Kratchev, à l'hôpital, s'était révélé très inquiétant au sujet des loups.

— En fait, les *neovolki* se vengent. Nous, les hommes modernes, responsables de la destruction de quatre-vingts pour cent de la biodiversité, avons aussi exterminé les loups. L'homme a perdu la tête, il nuit à tout ce qui l'entoure. À tout ce qui vit, à toute la planète. Il faudra bien qu'il paie, un jour, vous ne croyez pas ? Les *néoloups* ont été activés, en quelque sorte, pour reprendre l'ascendant. Participer à la reconquête de la nature, contre l'homme destructeur.

— Activés ? Mais par qui ? Par quoi ?

— Une force, une évidence… Un signal de la nature a réactivé leurs gènes ancestraux. Un mécanisme *épigénétique*.

Et les *yeshis* les ont domestiqués. Pour dédoubler leur puissance.

À cet instant, Brunier, malgré un état comateux provoqué par les doses d'antibiotiques et de vaccins, fut stupéfait.

— Les yétis ? Vos hommes des cavernes auraient domestiqué des chiens-loups ? Enfin, des *néoloups* ?

— Je sais, commandant, c'est difficile à croire. Pourtant, nous sommes une centaine de scientifiques dans le monde, y compris dans les plus prestigieuses universités, à travailler sur ces hommes « sauvages ». Il existe même une science pour cette discipline : la cryptozoologie. Et des témoignages, nous en avons des milliers. Du monde entier.

Et puis fatigue et douleur avaient eu raison du policier. Lafargue n'était pas plus flambante, mais elle avait tout entendu. Elle allait faire un rapport précis à Zim dès son retour à Pontoise. En attendant, les deux Français s'étaient pelotonnés dans les bras de Morphée, traversés par des images atroces : les loups aux crocs acérés, les bêtes monstrueuses, les mares de sang chaud qui faisaient fondre la neige.

Deux jours plus tard, le policier souffrait toujours atrocement de la mâchoire et peinait à articuler. Mais, comme Vannina, son cerveau était entré en ébullition : ils n'allaient pas en rester là. Une force étrange, instinctive, semblait les animer. Les propulser, même. Ils étaient tout près du but.

De leur côté, Vannina et Luciani avaient tenté de cuisiner Zim. Son comportement glaçant, dans le château de Himmler, les hantait. Il esquivait les questions en leur serinant qu'il avait agi dans le seul but de leur sauver la vie, et qu'il avait nettoyé toute trace du massacre dans la salle des généraux de Wewelsburg. Quand ? Comment ? Certes, Zim les avait conduits dans la cour avant de retourner au premier étage de la sinistre tour nord. Mais les secours n'étaient arrivés qu'au bout de sept minutes, avant de les évacuer tous les trois vers l'hôpital de Paderborn – la ville voisine. L'anthropologue n'aurait jamais pu « nettoyer » seul un tel bain de sang dans un laps de temps aussi court. Un mensonge de plus.

Un mystère de plus. Pourtant, personne ne les avait inquiétés. Il fallait croire que plus rien ne témoignait de la tuerie.

Luciani n'était sûr que d'une chose : Zim en avait profité pour récupérer le fameux dossier classé secret-défense. Qu'allait-il en faire ? Comment allait-il l'exploiter ? Le titre du rapport, dégoté dans la mallette, restait imprimé dans son cerveau : opération *Néodertal*. L'officier avait aussitôt vérifié sur Internet : le préfixe *néo* signifiait « nouveau », « jeune », ou encore « dérivé de ». Comme néonazi, ou néo-conservateur. Un nouvel homme préhistorique ? Ou bien un homme dérivé de Néandertal ? Le néologisme sonnait bien et semblait tout dénouer à lui seul : l'*homme de Néodertal*... Quant au prétendu accident de tir à l'origine de la blessure de Vannina, les Allemands l'avaient gobé sans ciller. Un peu trop facilement. Zim n'allait pas toujours s'en sortir par ses pirouettes. Il tirait les ficelles : Luciani, plus que quiconque, en était convaincu. Mais au moment de le confronter à ses contradictions, l'anthropologue avait argué d'une convocation urgente par le patron de l'Institut de recherche criminelle. Ses doutes ne cessaient de grandir.

Alexandre Luciani finissait par se méfier de tout, et de tout le monde.

Même de Vannina.

La suite des événements allait lui donner raison.

Il allait vivre les heures les plus dramatiques de son existence.

Et les dernières, aussi.

Chapitre trente-six

23 février 2020, Ajaccio

— C'était quoi, vos petites combines avec Brunier ?

Vannina tournait en rond comme une lionne en cage. Luciani la surveillait du coin de l'œil. Elle perdait facilement son sang-froid, depuis son rapatriement. Malgré sa blessure, elle refusait toujours de garder le lit, et s'était remise en selle en quelques heures. Elle négligeait son état de fatigue, et l'irritabilité qui en découlait. Elle pouvait mordre à tout instant, comme une bête sauvage. Elle était incapable de masquer ses émotions. Toute barrière civilisée, tout comportement policé se trouvait aboli. Elle ne s'embarrassait d'aucune précaution verbale et crachait son venin sans vergogne. Même son chef, le colonel Verneuil, l'avait recadrée. Il ne l'avait jamais vue ainsi.

C'est que ses nuits la transformaient. Les rêves de chasse et autres visions de *mazzera* s'étaient mués en océan d'images psychédéliques, comme un mauvais jeu vidéo en 3D. Sauf qu'elle n'utilisait aucun casque de réalité virtuelle, ni ne consommait de champignons hallucinogènes. Elle vivait *naturellement* ces scènes incompréhensibles.

À plusieurs reprises, les visages de Brunier et de Zim s'étaient matérialisés. Le reste du temps, ceux des *bêtes* se succédaient de manière erratique. Parfois, elle entendait prononcer ces mots ineptes, ces borborygmes dégorgés par les *monstres* – et par Brunier lorsqu'il basculait dans son état second. Le plus terrifiant, c'est qu'elle semblait en comprendre le sens.

Sans qu'elle s'en aperçût, elle prononçait elle-même ces syllabes gutturales pendant son sommeil. En pleine nuit, elle se mettait à éructer certains phonèmes qui formaient une phrase absconse venue du fond des âges… Même si Brunier vivait exactement le même type de phénomène, elle refusait d'admettre la réalité. *Elle* n'était pas comme *lui*.

Quelques jours auparavant, elle tenait encore le policier pour un allié, qu'elle avait même aidé à s'extirper des griffes de la DGSE. Mais son état d'esprit et son humeur avaient brutalement changé. Et puis, il y avait ce sentiment d'impuissance. L'impuissance à sauver Carlier, tout comme elle avait été incapable d'empêcher la mort du major Rossini, dans les lacs souterrains de Bonifacio. Dans les deux cas, elle était entrée dans une forme de transe – tout comme Brunier, pendant ses crises d'épilepsie, ou bien lors de ses confessions hebdomadaires dans la cathédrale d'Ajaccio.

Elle était en partie responsable des deux drames, par sa perte de contrôle et son apathie. Et cela, elle ne pouvait l'admettre. Il lui fallait une victime expiatoire. Condamner Brunier, c'était renier cette partie d'elle-même, qui la terrorisait et ruinait ses nuits. Cette *transformation* qu'elle abhorrait. Il fallait sacrifier Brunier sur l'autel de la raison. Elle finit par se rallier à l'avis des services secrets français, au point de le considérer comme un vrai suspect. Aussi s'efforça-t-elle de percer tous ses secrets.

C'est la raison pour laquelle elle se faisait insistante, ce matin-là, dans les locaux de la section de recherche, en cuisinant le propriétaire du site archéologique de Filitosa. Lors de la découverte du cœur dans l'olivier millénaire, puis des ossements d'animaux, elle avait bien senti la connivence qui liait les deux hommes. Leurs regards entendus. Leurs silences pesants, aussi. Et elle détestait qu'on la prenne pour une conne.

— Je répète ma question, monsieur Agostini : qu'est-ce que vous manigancez avec Brunier ?

Un coup de tonnerre fit trembler les vitres de la salle d'interrogatoire. Dehors, la tempête se déchaînait.

Le gérant du site de Filitosa se demandait pourquoi les gendarmes l'interrogeaient au sujet de leur propre collègue de la police judiciaire.

— Capitaine, je ne sais pas ce que vous voulez me faire dire, mais je n'ai rien à déclarer. Nous sommes amis, il participe à certaines de nos activités, comme le carnaval des Mascaras. Mais c'est tout. Il n'y a rien à dire de plus.

Vannina fulminait et creusait une tranchée à force de faire les cent pas.

— Arrêtez vos conneries, Agostini ! Vous croyez quoi ? Que je n'ai pas vu votre petit manège, à Filitosa ? Ces sous-entendus, ces regards complices pleins de non-dits ? Vous vous foutez de ma gueule, tous les deux ! Et lui, il est… Il est…

Défoncé, alcoolique, déjanté, malade : une foule de mots se bousculaient en son esprit. Mais la jeune femme eut la sagesse de se retenir. Ses propos l'auraient entraînée sur la voie de la diffamation, voire de l'injure.

— Je me comprends, se reprit-elle. Il n'y a rien à en tirer, de votre *ami* Brunier. Donc vous n'avez pas le choix : c'est à vous de parler.

Agostini fit d'abord silence, avant de se lancer.

— Capitaine, vous êtes originaire de Vico, n'est-ce pas ?

Vannina eut un léger mouvement de recul.

— Et alors, qu'est-ce que ça peut vous foutre ?

— J'ai deux cousins et une tante qui vivent à Vico. Car je suis corse, comme vous.

Puis il se tourna vers Luciani.

— Et comme vous, lieutenant. Et vous savez très bien que nous, les Corses, nous ne parlons pas à tort et à travers. Mais vous semblez avoir perdu certaines de nos valeurs, capitaine.

Vannina explosa et se rua sur le témoin, malgré son bras en écharpe. Luciani se précipita et la repoussa, non sans mal. Ses yeux injectés de sang le glacèrent.

— Excusez-la, monsieur Agostini. Ma collègue… Elle est…

— Je comprends, murmura l'homme tout en ajustant le col de sa chemise. C'est qu'ils se rapprochent, et nous poussent à nous entretuer.

Luciani se pétrifia puis tourna lentement son visage vers Julien Agostini.

— Qu'est-ce que vous avez dit ?

Vannina haletait. Elle était courbée, dans une étrange posture. Elle n'avait rien capté des propos du témoin.

— Agostini, qui se rapproche ? Qui nous pousse à nous entretuer ?

Devant le silence du témoin, Luciani changea de braquet :

— Bon, puisque vous voulez nous la faire à l'envers, on va se parler autrement. J'ai mené mon enquête, sur le site de Filitosa. Et j'ai découvert ça.

L'officier jeta un livre de poche sur la table d'interrogatoire. Son titre : *À la recherche de Roger et Sallie*, signé François Grosjean. Sur la couverture, figuraient un jeune officier de l'armée de l'air ainsi qu'une séduisante jeune femme aux longs cheveux blonds.

Agostini serra les mâchoires.

— Alors ? Votre grand-oncle n'a rien découvert lui-même, à Filitosa. Votre famille était juste propriétaire du terrain. C'est un certain Roger Grosjean qui a tout mis au jour. Et c'est son fils, François, qui dévoile toute la vérité dans ce livre.

— Et alors ? répliqua Agostini. Nous n'avons jamais prétendu le contraire.

— Sauf que vous n'en parlez presque nulle part, de ce Grosjean. En tout cas, vous vous gardez bien de dire qui il était vraiment.

Vannina reprenait ses esprits. Elle ramassa le poche et le feuilleta nerveusement.

— C'est quoi, le truc ?

— Eh bien, l'archéologue qui s'est occupé de toutes les fouilles de Filitosa dès les années 1950 avait une tout autre vie pendant la Seconde Guerre mondiale. N'est-ce pas, monsieur Agostini ?

— Oui, j'ai lu ce bouquin. J'ai même discuté avec son auteur, François Grosjean, quand il faisait des recherches sur son père, au début des années 2000. Il se plaignait tout le temps que les autorités anglaises refusent de déclassifier le dossier de son père.

— Les autorités anglaises ? répéta Vannina, captivée.

— Oui, les services secrets britanniques, il me semble. Je crois que Roger Grosjean était espion, pendant la guerre. Mais je ne vois pas très bien le rapport avec Filitosa…

Vannina échangea un regard avec Luciani.

— Roger Grosjean travaillait pour les services secrets britanniques ? Vous en êtes sûr ?

La jeune femme songea aussitôt aux victimes des *monstres*, en particulier à celle de Stonehenge. Un agent du MI6 britannique. Puis l'image des fonctionnaires de la DGSE lui traversa l'esprit. Ils avaient révélé que toutes les victimes appartenaient aux services secrets de plusieurs pays. Sans compter les brutes qui avaient failli les éliminer au château de Wewelsburg, et dont tout indiquait qu'il s'agissait de barbouses, sans doute membres des services secrets allemands.

Depuis le début de l'affaire, Vannina savait qu'elle avait mis les pieds dans un énorme bourbier nauséabond qui la dépassait totalement.

Luciani consulta ses notes, puis embraya :

— Le livre raconte que Roger Grosjean était pilote de chasse, au début de la guerre. Un type brillant, il n'avait pas vingt ans. Mais deux accidents successifs le clouent au sol, et il est même réformé par l'armée française – qui collabore alors avec les nazis. Il tourne en rond, en convalescence forcée. Il ne rêve que d'une chose : rejoindre de Gaulle à Londres, et les Forces françaises libres. Il espère ainsi pouvoir revoler. Mais, coup de théâtre, en 1943, il est approché par les Allemands qui ont besoin de pilotes pour du transport de marchandises. Il est engagé par la Luftwaffe.

— Il rêve d'aller à Londres, et il accepte de bosser pour les nazis ? C'est quoi le délire ?

Vannina, perplexe, ne manquait pas une miette et prenait ses propres notes.

— C'est là que ça devient intéressant. En réalité, il est recruté par un certain Pedro Köphe, officier de l'Abwehr, les services secrets de l'État-major allemand pendant la Seconde Guerre mondiale.

Vannina leva un sourcil. Son regard étincelait. Agostini, lui, demeurait muet, les bras croisés.

— En fait, les Boches voulaient le recruter pour qu'il parte espionner les Anglais. Qu'il se fasse passer pour un déserteur qui voulait coûte que coûte rejoindre les Forces françaises libres. Et, une fois à Londres, il était censé renseigner les services secrets allemands sur la flotte aérienne anglaise : les types d'appareils, leurs caractéristiques techniques, etc.

— Donc les Allemands ont jeté Grosjean dans les bras des Anglais qu'il rêvait de rejoindre, c'est ça ?

— Exactement. D'après son fils, ils n'ont pris aucune précaution particulière. Ils lui ont fait confiance : avant d'être cloué au sol, il travaillait pour l'armée française collaborationniste, et obéissait à Pétain. Donc ils ne se seraient pas méfiés. En quelques jours, ils l'ont formé à des techniques d'espionnage de base, comme la rédaction de messages secrets à l'aide d'une encre invisible. Ensuite, ils l'ont fait passer en Espagne, où il est resté trois semaines. Puis, direction le Portugal, d'où il s'est envolé finalement pour Londres. Mais, une fois sur place, il révèle son enrôlement par l'Abwehr, et se voit proposer de devenir agent double. De continuer à faire croire aux nazis qu'il espionne pour leur compte, mais dans le seul but de leur faire passer de faux messages, de les enfumer.

Vannina opina, admirative. Elle l'aimait bien, ce Grosjean. Il avait du cran. Et une vie peu banale : agent double…

— Mais… comment s'est-il retrouvé archéologue après cette vie de dingue ? Il n'est pas resté agent secret ? Il n'a pas bossé pour l'Angleterre, ou la France ?

— En fait, c'est là que l'affaire se corse. Les Anglais le recrutent comme agent double, mais ils se méfient quand même de lui. Ils lui mettent alors une très jolie jeune femme entre les pattes, chargée de le surveiller.

Vannina saisit le livre de poche.

— C'est la blonde ? Sallie, c'est ça ?

— Exactement. Une bombinette anglaise, qui se donne corps et âme : ils se marient, et, de leur union, naît François Grosjean. L'auteur du bouquin. Ensuite, ils se séparent rapidement après la fin de la guerre. Elle n'a plus besoin de le surveiller.

— Ah, ouais ! Une sorte de Mata Hari, quoi… ?

Vannina tordit le nez. Comment des femmes avaient-elles pu se donner entièrement à des hommes dans le seul but de les surveiller à leur insu ? Cela lui échappait. Elle n'aurait jamais été capable d'un tel comportement. Quoique, en temps de guerre, pour sauver son pays, et défendre la nation… Elle était militaire, après tout. Jusqu'où irait-elle pour défendre la cause ? Et pour obéir aux ordres ? Arnaud, lui, avait bien donné sa vie pour sauver celle des otages.

— Et du coup, pour répondre à ta question, comme il était agent double, que les Anglais s'en méfiaient toujours, personne n'a voulu de lui après la guerre. Il s'est retrouvé le bec dans l'eau, malgré ses bons et loyaux services. Il a vaguement été affecté au Maroc, comme instructeur… avant d'être totalement mis à la retraite de l'armée. Ensuite, officiellement, il se met en quête d'une reconversion. On est en 1947, et il se découvre une passion pour l'archéologie. Il s'inscrit à l'Institut de paléontologie humaine et se met à étudier comme un forcené. Après quoi, il entre au CNRS, en 1954, et demande expressément à être muté en Corse. Et, comme par hasard, il enchaîne les découvertes spectaculaires. Il n'était personne, et, en deux ou trois ans, il devient l'un des archéologues français les plus en vue.

Luciani reposa ses notes, et se tourna de nouveau vers Agostini.

— Vous ne trouvez pas ça incroyable, vous, un pilote de l'air qui devient agent double pour les Allemands, les Anglais, un peu les Français, et qui se métamorphose en archéologue ? Et qui vise aussitôt la Corse, avant de mettre dans le mille immédiatement, chez vous, à Filitosa ? Et qui découvre les vestiges d'une civilisation majeure, les Shardanes, du jour au lendemain ? Comme si Dieu en personne l'avait inspiré ?

L'évocation de Dieu fit sursauter Julien Agostini. Le Seigneur, et Son Fils, n'étaient sans doute pas étrangers à ces événements, en effet. Mais comment ces flics rationalistes pourraient-ils le comprendre ? Agostini haussa les épaules.

— Qu'est-ce que vous voulez que je vous dise ? Je n'en sais strictement rien. Le type est mort en 1975, je n'étais même pas né. Vous feriez mieux de demander à son fils. Il est toujours vivant. Il bosse en Suisse, je crois. Il est universitaire, comme son père. C'est lui qui enquête depuis des années, pas moi.

Vannina leva le bras, l'air décidé.

— Attends, si je résume : le mec bosse d'abord pour les services secrets allemands. Ensuite, il passe en Espagne. Peut-être tout près de Beratón, où a été retrouvé le deuxième macchabée défoncé par les *monstres*…

Luciani sourit. Il avait déroulé le même raisonnement.

— Et ensuite, il part pour Londres. Il a peut-être…

— Il a *certainement* fréquenté Stonehenge, l'interrompit son collègue. C'est écrit dans le bouquin. Son fils explique que les Anglais finissent par l'autoriser à revoler un peu, et qu'il passe son temps à survoler le site mégalithique.

Les pupilles de Vannina brillaient.

— Après, comme par hasard, il se consacre à l'archéologie et demande à atterrir en Corse ? Pour foncer droit sur Filitosa ?

— Je confirme, souffla Luciani.

— Monsieur Agostini, avez-vous déjà entendu votre grand-oncle parler de Grosjean ? N'a-t-il jamais évoqué des anecdotes, quelque chose qui aurait attiré votre attention ? Une histoire d'hommes primitifs qui auraient survécu, ou quelque chose de ce genre ?

Agostini haussa les sourcils.

— Ah non, capitaine. Personne chez moi n'a raconté de telles balivernes. Mon grand-oncle disait juste que Grosjean était très brillant. Un boulimique de travail. Comme s'il était investi d'une mission, ou d'un sacerdoce.

Luciani échangea un regard entendu avec Vannina.

— Une mission ? Pensez-vous, monsieur Agostini, que Roger Grosjean ait pu travailler pour les services secrets pendant toutes ces années ? Français, ou bien… allemands, dans le but d'accomplir une mission bien spécifique qui lui aurait été confiée pendant la guerre ?

Luciani, sur sa lancée, s'empara du plan sur lequel figurait le rectangle parfait qui reliait les quatre massacres : Filitosa, Beratón, Stonehenge et les Extersteine. Il le plaça sous le nez d'Agostini et désigna le dernier point.

— Et d'ailleurs, n'avez-vous jamais entendu dire que Grosjean s'était rendu en Allemagne ? Dans le nord-ouest du pays, sur un site archéologique qui se situe à la même longitude que Filitosa, et à la même latitude que Stonehenge ?

— Mais qu'est-ce que c'est que cette histoire ?

Vannina l'observait attentivement. Elle guettait le moindre signe de simulation. Découvrait-il vraiment ce lien saisissant, ou bien feignait-il la surprise ?

— Écoutez, je ne sais pas où vous voulez en venir, mais je crains que ce ne soit qu'un tissu de conneries. Pour moi, après la guerre, Grosjean a eu une vie tout à fait normale. Sauf, peut-être…

— Oui ? Poursuivez…

L'homme hésita. Il parlait trop. Beaucoup trop. Mais il lui était difficile de reculer, maintenant.

— Il est décédé brutalement, à l'âge de cinquante-quatre ans. Personne ne s'y attendait. Il était à Filitosa. Et on l'a retrouvé mort, par terre, un matin. Sans explication. Les toubibs ont conclu à un arrêt cardiaque pour cause de surmenage. Mais je me souviens que mon grand-oncle était perplexe.

Soudain, la porte de la salle d'interrogatoire s'ouvrit avec fracas.

— Qu'est-ce que vous foutez ? De quel droit vous l'interrogez ? C'est mon informateur !

Brunier était ivre de colère. Vannina vira au pourpre, à son tour. Deux bêtes éclopées qui se faisaient face. Lui, avec son cou enrubanné de bandelettes. Elle, avec son bras paralysé. Deux vieilles grenades dégoupillées – les pires. Alors qu'ils s'apprêtaient à s'étriper, le colonel Verneuil fit irruption.

— C'est quoi ce bordel ? Brunier, vous n'avez rien à faire ici !

L'officier supérieur avait vu débarquer le policier en furie, et s'était éjecté de son bureau pour le stopper.

— Vous êtes une bande de charognards ! Je tourne le dos cinq minutes, et vous vous jetez sur une de mes sources !

— Tu parles d'une source ! C'est ton complice, oui ! Vous savez exactement ce qui est en train de se tramer ! Et toi, Brunier, tu as débarqué comme une fleur à Bonifacio alors que c'était une enquête de gendarmerie, et depuis, tu noies le poisson. La DGSE avait raison. Tu es avec eux !

Vannina n'était plus elle-même. Elle était tout simplement terrifiante. Même Verneuil fit un pas en arrière. Luciani restait pétrifié. Agostini assistait à la scène tel un entomologiste. Il guettait la rupture. Le basculement. Le point de non-retour.

— Excusez-moi…

L'un des collègues de la section de recherche, technicien d'investigation criminelle, débarqua à son tour dans la salle saturée d'adrénaline. Il découvrit les mines furieuses de Vannina et du policier, si bien qu'il hésita à tourner les talons et à ressortir le plus discrètement possible. Finalement, il balbutia :

— Je... Je suis désolé de vous déranger... Mais j'ai reçu les résultats d'analyse de l'Institut de recherche criminelle. En rapport avec les caisses qu'on a pu extraire du lac souterrain de Bonifacio.

Non sans peine, Brunier et Vannina baissèrent la garde.

— Vas-y, accouche, glapit la jeune femme les nerfs à vif.

— On a pu remonter trois caisses au total. Elles auraient bien renfermé une partie du trésor de Rommel. Le trésor échoué des nazis.

Luciani déglutit. Tout convergeait.

— On a prélevé une quantité de bribes de papier fortement altéré par le temps et l'humidité. Les experts de Pontoise ont tout de même réussi à déchiffrer plusieurs fragments de différents textes.

Agostini se faisait tout petit. Ils l'avaient tous oublié. Il écoutait religieusement le gendarme.

— Le recoupement et la reconstruction ont fait apparaître des listes d'objets volés : des œuvres d'art, des pierres précieuses, de l'or... Et des trucs plus inattendus, comme des livres rares. Ou même une liste d'ossements numérotés, avec leurs mensurations. Les mensurations semblent désigner des hommes très robustes – ou peut-être des singes. Ils ont aussi déchiffré un texte complètement délirant. Il est question d'une prophétie, d'un grand retour. Il est fait mention de Himmler, d'une expédition au Tibet, et même d'une vieille carte du pôle Nord et de l'Europe... Et aussi d'un exemplaire unique, très ancien, d'un livre de l'auteur grec Homère.

Vannina, Luciani et Brunier échangèrent des regards stupéfaits. Ils avaient pratiquement cessé de respirer.

— Et... tu sais de quel livre d'Homère il s'agit ?

Vannina s'exprimait le plus calmement possible.

Le gendarme compulsa son carnet noirci d'annotations.

— Je… voyons… c'est ça : le plus ancien manuscrit de l'*Iliade*. Il comprendrait la clé du rituel du Grand Retour. Je suis désolé, c'est un tissu de conneries insensé. Ça ne va pas vous aider.

— Au contraire, on te remercie. C'est extrêmement précieux.

— Ah bon ? Vous… Vous y comprenez quelque chose ?

— Vous pouvez disposer, merci, claqua Verneuil.

Dès que l'expert eût franchi la porte, les enquêteurs se rapprochèrent instinctivement les uns des autres. Ils s'installèrent autour de la table d'interrogatoire. Les révélations stupéfiantes de leur collègue prenaient le dessus, et calmaient provisoirement le jeu.

Julien Agostini veillait à ne surtout pas se faire remarquer. Il s'était rencogné au fond de la salle, à l'aplomb d'un grand casier métallique. Il gravait chaque propos dans sa mémoire.

— Il faut coûte que coûte découvrir la nature et l'origine des ossements que les nazis ont réussi à collecter, reprit Vannina. Il y a sûrement un rapport avec les fossiles d'espèces disparues, comme Néandertal ou Denisova, dont nous ont parlé les Allemands de l'institut Max-Planck… Et puis, il faut absolument retrouver ce manuscrit d'Homère. On doit le chercher partout : il recèle la clé. Toutes les victimes ont été sacrifiées selon les mythes d'Homère. La première avec le dard d'une raie armée, comme Ulysse. La deuxième avec un poison, comme Héraclès. Et la troisième avec une flèche dans le talon, comme Achille. Les *monstres* s'inspirent forcément de ce texte, eux aussi. Ils en suivent les indications à la lettre. Ils cherchent à réaliser cette fameuse « prophétie » du Grand Retour. Mais quel grand retour ?

Vannina pensait tout haut.

— Dans le même temps, il faut aussi percer le secret de Roger Grosjean. Il était agent double, il a bossé pour les nazis, puis les Anglais. Il a forcément eu connaissance de ce secret. Il n'a pas pu passer en Espagne, en Angleterre, puis atterrir en Corse par hasard. Il avait lui aussi découvert l'existence de cette prophétie. Peut-être même l'avait-il activée, ou réactivée. Luciani, trouve le fils de Grosjean, qui a écrit le bouquin : il détient sans doute des informations cruciales.

— Mais je le cherche, tu penses bien. Il a soixante-quatorze ans, et ne bosse plus à l'université. Il voyage tout le temps, et donne des conférences dans le monde entier. Je n'ai pas encore réussi à le localiser.

Vannina se releva et fit de nouveau les cent pas.

— Putain, mets toute la brigade dessus, s'il le faut ! On doit absolument l'interroger. Il est le seul à pouvoir nous renseigner sur la prophétie, et à pouvoir nous aider à élucider le mystère Roger Grosjean.

— Peut-être pas, murmura Julien Agostini.

— Il est encore là, lui ?

Luciani fulminait.

— Qu'est-ce que tu veux dire, Julien ? rebondit Brunier, sur un ton plus amical.

— Eh bien, François Grosjean n'est pas le seul à pouvoir vous aider. Roger Grosjean a eu un second fils, un demi-frère de François. C'est lui qui m'en a parlé. Il est plus jeune que lui, né au début des années 1960. Et, comme François, il a aussi suivi les pas de son paternel. Il est devenu chercheur, un vrai cador dans son domaine, à ce que j'ai compris. Il était archéologue, comme son père. Ou… non, pas archéologue… anthropologue.

— Anthropologue, tu es sûr ?

— Absolument. Quand il m'en a parlé, François Grosjean a insisté : « S'il vous contacte, ne lui répondez surtout pas. Il est du côté noir de la force. » Je me souviens très bien de cette allusion marrante à *Star Wars*…

— Comment s'appelle-t-il ?

— Je crois qu'il s'appelle Laurent…

— OK, siffla Vannina. Alex, tu mets toute la section de recherche sur ce Laurent Grosjean. Il nous le faut avant ce soir.

— Non, attendez… Il a gardé le nom de sa mère.

Agostini fit une pause et creusa au plus profond de sa mémoire. Enfin, il leva deux sourcils conquérants, qui semblaient signifier « Eurêka ».

— Marceau. Il s'appelle Laurent Marceau.

Chapitre trente-sept

6 juin 1975, Filitosa, Corse-du-Sud

— Merci de m'accueillir, docteur Grosjean. Il fallait absolument que je vous parle.

Roger Grosjean tira une bouffée de sa Gitanes tout en serrant la main de son invité.

— Enchanté, docteur Heuvelmans. Vous arrivez de votre propriété de Verlhiac, dans le Périgord ?

Les deux hommes franchirent la guérite qui marquait l'accès au gisement archéologique de Filitosa. Tout autour d'eux s'affairaient une trentaine de curieux, avides d'admirer les pierres monumentales aux traits de valeureux guerriers trois fois millénaires.

Chaque année, des visiteurs affluaient du monde entier pour découvrir cette concentration unique de dix-huit statues-menhirs, faisant dire aux célèbres *Nouvelles littéraires* que « Filitosa est à la statuaire protohistorique ce que la grotte de Lascaux est à la peinture paléolithique ».

Et c'était lui, Roger Grosjean, qui les avait arrachées aux entrailles de cette plaine fertile du bas Taravo. Au pied de l'éperon rocheux, découvert vingt ans plus tôt, serpentait la petite rivière de Barcojolo, dont le lit marécageux tapissé de sable et d'argile avait offert un nid favorable à cette civilisation préhistorique. Tout autour du pic de granit se dressaient les ruines de l'enceinte « cyclopéenne », une muraille protégeant les habitants, et leur offrant la possibilité de sculpter en toute quiétude les témoins monumentaux éparpillés de-ci, de-là, dans toute la vallée.

Grosjean les avait exhumés, redressés, puis longuement étudiés, de manière à narrer l'histoire de ces ancêtres disparus. L'archéologue avait ensuite soigné la mise en scène. Il avait enraciné plusieurs statues-menhirs autour de l'olivier majestueux qui survivait depuis plus de mille ans, au pied de l'éperon rocheux. Ces gardiens ancestraux menaient une garde statique et spirituelle, auprès de ce prodigieux arbre de vie.

Il ne les avait pas disposés par hasard. Il suivait le plan, et surtout l'orientation. L'arrondi formé par ces menhirs sculptés composait un angle précis avec l'olivier, qui visait exactement le lever du soleil, le jour de l'équinoxe d'automne. Ainsi, tout serait prêt pour *le Grand Retour*. Peut-être le temps était-il venu. Grosjean guettait le moindre signe.

Aussi, lorsque ce Bernard Heuvelmans à la réputation sulfureuse l'avait contacté, il s'était empressé de le recevoir. Tout le fascinait dans ce personnage : son anti-conformisme, sa quête d'animaux fantastiques et invisibles pour le commun des mortels, sa vie personnelle mouvementée – il enchaînait les conquêtes féminines, dont l'éblouissante actrice Fabienne Dali, ou l'écrivaine Monique Watteau – ainsi que ses amis célèbres, du naturaliste Théodore Monod à l'acteur Michel Simon… Sans oublier sa propriété du Périgord, devenue un centre de cryptozoologie peuplé de centaines d'animaux en liberté, dont des singes et des paons…

En le recevant ici, à Filitosa, Grosjean savait pourtant qu'il franchissait la ligne rouge. Il s'apprêtait à commettre un sacrilège. Car il devait encore garder le secret. Et il devinait confusément qu'on ne lui laisserait pas l'éventer. Pourtant, lesté d'une énorme lassitude, il avait décidé d'entrouvrir la boîte de Pandore. S'il était digne de confiance, peut-être cet Heuvelmans serait-il le premier, depuis la Seconde Guerre mondiale, à connaître la vérité.

— C'est magnifique, lâcha le Belge en découvrant la disposition du site archéologique.

Il examina le *taffoni*, tout près de lui, sorte de hutte de granit en forme de coquille d'œuf, qui ressemblait à un abribus préhistorique. Puis il examina les restes de l'enceinte fortifiée, la « maisonnette » et ses vestiges d'outils destinés à la sculpture, avant de découvrir le monument qui trônait au centre du tumulus.

— Il y avait une quinzaine de statues-menhirs qui entouraient ce monument, probablement dédié à des divinités, expliqua Grosjean. Dessous, on a retrouvé des couches de cendres, qui témoignent d'une utilisation rituelle. Sans doute procédaient-ils ici à des incinérations.

Bernard Heuvelmans s'approcha des blocs de granit qui délimitaient l'ouvrage mystérieux.

— Des incinérations ? Vous pensez qu'ils brûlaient leurs morts ?

— Je crois plutôt qu'ils procédaient à des sacrifices rituels. Selon moi, ils exécutaient des hommes en l'honneur des dieux, puis ils en consommaient le cerveau, et, enfin, ils en brûlaient les restes.

Le chercheur belge leva deux sourcils effarés.

— Des anthropophages... ? Comment avez-vous pu reconstituer la chose ?

Grosjean ne dit mot. Il n'était pas encore temps de dévoiler le contenu de la prophétie. Il devait faire plus ample connaissance avec cet étrange zoologue, âprement décrié par sa communauté, avant de lui accorder sa confiance.

Tandis que les deux hommes dévalaient le tumulus en direction de l'olivier, Laurent furetait dans les herbes hautes. Il ne portait guère d'intérêt à ces vieilles pierres, sauf aux statues sculptées. Elles étaient gravées de visages casqués, de poignards, de longues épées, et parfois même de baudriers.

Son père l'avait fasciné en lui révélant que ces impressionnants soldats de pierre sommeillaient ici, dans la terre de leurs ancêtres, depuis trois mille ans au moins.

Il s'était alors passionné pour cette civilisation disparue. Plus que des blocs inertes, c'était la vie de ces hommes venus d'un lointain passé qui subjuguait Laurent. Il n'avait que douze ans, certes, mais il envisageait déjà de consacrer sa vie à la connaissance des cultures humaines, de leurs traditions, et de leur histoire.

Tout en guettant une salamandre, accroupi dans un bouquet du maquis, il entendait les deux scientifiques converser tout près de lui.

— Je voulais vous parler, docteur Grosjean, à propos de cette fameuse civilisation que vous avez découverte. Vous le savez sans doute, je suis l'inventeur de la cryptozoologie, la science des êtres cachés, invisibles à ceux qui ne peuvent les voir. Ou qui ne veulent les voir…

Bien sûr, qu'il savait. Il avait lu son ouvrage retentissant, publié l'année précédente : *L'homme de Néanderthal est toujours vivant*[1]. Ce titre l'avait glacé. Se pouvait-il que cet Heuvelmans fût au courant de quelque chose ?

Il s'était jeté sur le livre et l'avait lu en quelques heures. Il l'avait scrupuleusement annoté et restait édifié par son contenu. Bien que le Belge ne connût rien de la prophétie, il avait collecté une masse d'informations spectaculaire sur l'existence de « yétis », « almastis », « Sasquatch » et autre « Bigfoot » qui avaient été entrevus à maintes reprises dans le monde entier. Les témoignages peuplaient des dizaines de cartons qui s'accumulaient dans sa propriété de Verlhiac. Plus saisissant encore, il avait pu examiner la dépouille d'un hominidé velu, conservé dans la glace, puis exhibé dans des fêtes foraines aux États-Unis, au cours des années 1960.

— Je connais bien votre travail, en effet. Avez-vous réellement vu de vos propres yeux ce « Minnesota Iceman », cet homme sauvage congelé ?

1. Bernard Heuvelmans et Boris Porchnev, *L'homme de Néanderthal est toujours vivant*, Plon, 1974.

— Absolument. Et j'ai même rapporté ici l'une des reproductions récentes que nous avons faites de lui. Il s'agit d'un nouvel homininé. Je l'ai baptisé *Homo* pongoïde.

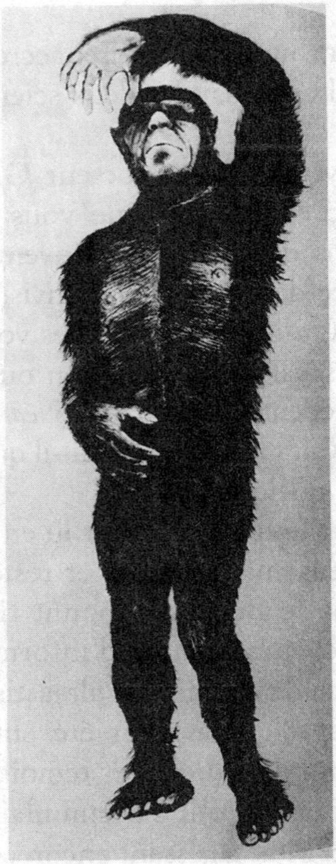

— Et… Cet « *Homo* pongoïde » se trouvait dans cette position, exactement ?

— Oui, il était couché dans une sorte de caisson réfrigéré, recouvert d'une vitre. Il était saisi dans une couche de glace qui affleurait sur sa peau. Il mesurait environ un mètre quatre-vingts, était très velu mais d'aspect plus humain que simiesque. Ses doigts, et surtout ses orteils, étaient énormes. Il avait la peau claire, cireuse, les poils brun noirâtre, longs de sept à huit centimètres, plus rares sur la poitrine et absents de la face, comme vous pouvez le constater sur le dessin.

— On sait comment il est mort ?

— J'ai constaté que le crâne avait été défoncé. L'œil droit semblait pendre hors de l'orbite. Le bras gauche était cassé, ce qui lui donnait un aspect tordu. L'os saillait.

Grosjean écoutait religieusement. Son cœur accélérait la cadence.

— Quelles conclusions en avez-vous tiré ? De quelle famille d'hominidés peut-il s'agir, selon vous ?

— Comme le titre de mon livre l'indique, je n'ai aucun doute. Il s'agit d'un Néandertalien, ou bien d'un hybride proche de l'homme de Néandertal.

Cette fois, le cœur de Grosjean cessa de battre, l'espace de deux secondes.

— Vous savez, j'ai mené une longue enquête. Cet *Homo* pongoïde a été capturé en Asie, sans doute venait-il directement du Tibet.

L'archéologue encaissait. L'allusion au Tibet résonnait avec l'expédition nazie de 1938. Heuvelmans était-il au courant ?

— Le Tibet est un centre névralgique, reprit le Belge, comme s'il lisait les pensées du Français. Vous savez peut-être que le père de Tintin, le dessinateur Hergé, est mon ami depuis la guerre. Nous nous sommes rencontrés dans les couloirs du journal *Le Soir*, à Bruxelles. Eh bien, c'est moi qui lui ai fourni toute la documentation pour forger son fameux *Tintin au Tibet*. Et vous aurez peut-être remarqué qu'il décrit le yéti comme un être doux et plein de sagesse. Rien à voir avec l'abominable homme des neiges !

Laurent rampait derrière les deux hommes, et ne perdait aucune miette de leur conversation. Le commentaire sur Tintin et le gentil yéti l'interpellait. Les hommes sauvages étaient-ils bons ? Quel message voulaient-ils transmettre aux hommes modernes ? Pourquoi restaient-ils tapis dans l'ombre, depuis des siècles ?

Son père, lui, ne cessait d'interroger l'étrange visiteur.

— Et comment votre *Homo* pongoïde serait-il passé d'Asie aux États-Unis ?

— Il a été chassé au Tibet, puis abattu sauvagement. Ensuite, ses bourreaux l'ont placé dans la glace pour le conserver. D'après mon enquête, le bloc de glace aurait été perdu, tombé à l'eau, avant d'être repêché par des baleiniers japonais, qui l'auraient revendu à cet Américain qui l'exhibait dans les foires. Ce pauvre *Homo* pongoïde a été pourchassé, torturé puis massacré comme le dernier des chiens.

La voix d'Heuvelmans se brisa. Il semblait sincèrement ému par la fin cruelle de cet être extraordinaire.

— Vous vous rendez compte ? Toute ma carrière, on m'a moqué en prétextant que j'affabulais. Que le yéti n'avait jamais existé. Pour ces messieurs de l'Académie, il fallait un « holotype », un spécimen bien réel, qu'on pourrait examiner à la loupe, pour démontrer la réalité de l'homme sauvage. Il fallait charcuter l'un de ces pauvres hères, comme Georges Cuvier disséquant honteusement la Vénus hottentote… Les hommes ont toujours été tellement féroces avec tout ce qu'ils considéraient comme leurs inférieurs. Eh bien, là, nous tenions l'un de leurs fameux spécimens modèles. Et il a subitement disparu.

— Comment ça, disparu ?

— Le caisson et son contenu se sont évaporés. Le propriétaire a déclaré un vol. En réalité, nous savons que mes articles scientifiques consacrés à *Homo* pongoïde ont attiré l'attention des autorités. Le forain a été entendu par le FBI. Et puis, plus rien. Selon moi, les services secrets américains se sont emparés du spécimen, et l'ont étudié dans tous les sens.

Grosjean était abasourdi : ainsi, les Américains étaient entrés dans la danse. L'enjeu devenait de plus en plus lourd, et la situation incontrôlable. Il devait se délester de cet imposant secret. Qui mieux que cet Heuvelmans pouvait l'entendre, et surtout l'exploiter ? Poursuivre la quête ?

Le Belge, lui, continuait de ruminer contre la cruauté des hommes :

— Ils chassent le singe, partout, sans comprendre que ce n'est pas l'homme qui descend du singe, mais le singe qui descend de l'homme. Ils nous surpassent dans bien des domaines. Je suis contre toute forme de chasse, de vivisection. Je suis pour que chaque animal vive en totale liberté. Chaque bête abattue est comme un déchirement pour moi. N'avons-nous pas fait assez de mal ? Nous avons déjà massacré l'homme de Néandertal, il y a près de trente mille ans, et sans doute bien d'autres cousins. Nous dominons le monde. Que nous faut-il de plus ? Allons-nous tout détruire autour de nous, au point de nous suicider ? *Sapiens* devient de plus en plus névrosé, fou, drogué, désexualisé. Et croyez-moi, docteur Grosjean, il finira par pourrir du cerveau dans un univers de plastique et de ciment.

Le Belge aimait autant les animaux qu'il haïssait les hommes. Du moins, l'une de ses variantes : *Homo sapiens*. Les deux hommes marchaient en direction de la carrière de granit. Le petit Laurent, sidéré par les propos qu'il venait d'entendre, collait toujours aux basques des chercheurs, sans se faire remarquer. Heuvelmans tenait la photo du *monstre* dans son dos, entre ses mains croisées. L'enfant discerna la silhouette de la créature à l'allure préhistorique et ressentit un choc profond : il lui semblait avoir déjà vu cette *chose*... Elle hantait même parfois ses nuits agitées. Le cauchemar était-il réel ?

— Vous savez, reprit Heuvelmans, j'étudie les paléanthropes depuis trente ans.

— Les *paléanthropes* ?

— C'est le nom que je donne à ces êtres humanoïdes, qui conservent des caractères du passé, et qui se déplacent de manière furtive, loin de nos sociétés. Et s'ils ont réussi à survivre depuis des milliers d'années, c'est sans doute en s'hybridant avec des *Sapiens*. Je suis convaincu que les espèces peuvent s'intersexuer. Je pense même que vous et moi possédons encore des gènes de l'homme de Néandertal, ou d'autres êtres préhistoriques aujourd'hui disparus.

Les deux hommes s'étaient assis sur un immense bloc de granit. Ils contemplaient la vallée dominée par l'éperon rocheux.

— Croyez-moi, docteur Grosjean, ils finiront par s'éveiller. Pour l'instant, la plupart hibernent. Mais lorsqu'ils reparaîtront, ils auront soif de vengeance. Et, parmi nous, certains les rejoindront. Nous sommes nombreux à nous tenir prêts. Tous ceux qui partagent le même sang.

L'archéologue déglutit. Heuvelmans lui tiraient les mots de la bouche. L'écho était si saisissant qu'il brûlait de l'embrasser. Quelqu'un le comprenait, enfin. Le Belge, lui, poursuivait sans rien remarquer de l'émotion de son collègue. Il déversait une logorrhée syncopée, comme si quelqu'un d'autre parlait à travers lui.

— Ils vont enclencher leur *retour*. Cela fait des millénaires que la menace plane. Connaissez-vous l'épopée de Gilgamesh ? Ce roi mésopotamien de la cité d'Uruk qui, deux mille six cents ans avant Jésus-Christ, triompha du Géant Humbaba. Mais l'immortel Uta-Napishti expliqua à Gilgamesh que terrasser les Géants, triompher de toute vie sur Terre, le conduirait à sa propre perte. Dieu, la nature, les Géants, feraient déferler le déluge. Gilgamesh, enfin pétri de sagesse, consacra le reste de son existence à mettre les hommes en garde, bien avant Jésus : tuer les Géants, et tous ceux qu'ils jugeaient *différents*, ou inférieurs, les perdrait à jamais. Et le déluge les emporterait.

Heuvelmans avait les yeux injectés de sang.

— Nous mourrons de notre *hybris*, notre démesure, notre arrogance. Les Mésopotamiens, les Babyloniens, il y a plus de quatre mille ans, l'avaient déjà compris. Et Homère, dans ses récits de dieux et de Géants, puis Jésus, dans ses paroles, n'ont fait que propager cette prophétie, et cette menace qui plane sur l'humanité en perdition.

Grosjean se raidit : la *prophétie.* Se pouvait-il qu'Heuvelmans eût décelé, à lui seul, fort de ses décennies de recherches et d'études, le contenu de la prophétie ? Il était temps de tout lui révéler. Le secret, transmis d'âme à âme, depuis trois mille ans. Homère, Socrate, Platon, Jésus, Michel-Ange, Rabelais, Buffon, Lamarck, Nietzsche et tant d'autres. La *Carta marina*, le plan du *Grand Retour*, et le texte sacré contenu dans le plus vieux manuscrit de l'*Iliade* d'Homère, désormais conservé à Venise. Il lui parlerait aussi du basculement de la Seconde Guerre mondiale. Le trésor perdu des nazis, qui gisait quelque part, ici, tout près des côtes corses. L'obsession de Himmler, qui avait bien failli tout découvrir et précipiter la quête entre les mains du diable… Et son rôle, à lui, depuis la guerre. Avec les Allemands, puis les Anglais. Ses recherches en Espagne, et à Stonehenge. Les Externsteine. La *régression*, et le grand retour. Tout était prêt. Il y avait veillé, toute sa vie. Chaque pièce, chaque pierre était en place. Il ne restait plus qu'à relancer le processus.

Mais il s'en sentait incapable. Il était épuisé et devait transmettre le flambeau. Tandis que Grosjean s'apprêtait à parler, un craquement le fit sursauter.

— Laurent ? Mais qu'est-ce que tu fiches ici ? Va-t'en ! Tu ne vois pas que je suis en train de discuter avec monsieur ?

Heuvelmans, fasciné par le regard pénétrant de l'enfant, se leva et lui tendit la main.

— Bonjour, petit. Je m'appelle Bernard.

— Bonjour, monsieur.

Laurent ressentit un courant électrique lui parcourir le bras jusqu'à l'échine. Il était des leurs. Le Belge le sut aussitôt.

— Bien, il se fait tard. Vous devez vous occuper de votre fils, docteur Grosjean. Je reviendrai demain matin.

L'archéologue tordit le nez, il avait tant à lui dire… Une journée entière suffirait-elle ?

— Soit, docteur Heuvelmans. Je vous attends demain, sans faute. J'ai des révélations à vous faire.

Le lendemain, le cryptozoologue belge se présenta comme convenu devant le portail du site préhistorique. C'est alors qu'un cri strident fendit l'aube naissante. Celui d'un enfant. Une heure plus tôt, Laurent avait entendu du bruit dans la maison. Des éclats de voix. Il était resté pétrifié de longues minutes. Enfin, tandis que le soleil dardait ses premiers rayons, il s'était faufilé hors de sa chambre.

— Papa ?

Grosjean gisait sur la terre aride de Filitosa. Son corps déjà froid tranchait avec la moiteur de l'été.

Alors, ce 7 juin 1975, noyé dans des larmes de douleur et de haine, Laurent prêta serment : il se plongerait dans les innombrables dossiers de son père – surtout ceux qu'il détenait sous clé depuis tant d'années.

Il poursuivrait son œuvre, et ne laisserait jamais impunis ceux qui lui avaient ôté la vie.

Ils paieraient.

Jusqu'au dernier.

Et toute leur race avec eux.

Chapitre trente-huit

25 février 2020, Lausanne

Vannina et Alexandre Luciani sautèrent sur le tarmac de l'aéroport. Face à l'urgence, le général Beaupin, patron des gendarmes de Corse, les avait autorisés à mobiliser le choucas, leur fameux hélicoptère bleu et blanc. Les deux officiers de la section de recherche avaient pu rallier d'une traite la capitale du canton de Vaud, qui s'épanouissait au bord du lac Léman.

Malgré un ciel toujours menaçant, la météo s'était suffisamment améliorée pour offrir cette transhumance de deux heures trente vers la Suisse. C'est qu'il n'était pas question de perdre une minute de plus. La révélation du gérant de Filitosa avait provoqué un choc terrible chez les enquêteurs d'Ajaccio. Brunier était demeuré incrédule plusieurs secondes, et avait insisté auprès de son ami pour qu'il répète le nom du second fils de l'archéologue Roger Grosjean : Laurent Marceau. Vannina, désemparée, avait d'abord cru à une coïncidence. Un homonyme. Mais, rapidement, tous s'étaient rendus à l'évidence : Laurent Marceau, alias Zim, était le fils de l'archéologue Roger Grosjean. Depuis le début, il les menait en bateau. À maintes reprises, il avait navigué aux confins de la légalité, et n'avait cessé d'entretenir une certaine ambiguïté. Ses analyses fulgurantes, prodigieuses, s'expliquaient tout simplement par son rôle central. Il savait tout. Bien avant les enquêteurs. Et pour cause. Il était probablement à l'initiative de chaque massacre, de chaque rebondissement. Ou, à tout le moins, comprenait-il en temps réel ce qui se nouait.

Il n'avait jamais abattu cartes sur table. Il entretenait un secret terrifiant depuis son enfance. Sans doute depuis la mort suspecte de son père. Les gendarmes avaient aussitôt lancé un avis de recherche. Mais Zim cultivait la discrétion, dépourvu de portable, de carte bancaire, ou de quelque moyen de le localiser. Heureusement, il utilisait encore son vrai passeport. Étrangement, songea d'ailleurs Vannina. Voulait-il qu'on le retrouve, avant qu'il ne soit trop tard ? Ou bien pensait-il agir pour le bien de l'enquête ? En tout cas, la police de l'air et des frontières avait signalé sa présence sur l'aéroport d'Orly. La veille, il avait rallié Genève en une heure, avant d'emprunter le train pour Lausanne.

Il semblait pressé. Très pressé, même, car en temps normal, jamais Zim n'aurait préféré l'avion au train. Que tramait-il ? L'inquiétude grandissait. Vannina et Luciani conjecturaient. Allait-il commettre un nouveau crime ? Ou bien rejoindre ses complices en vue d'un cinquième coup d'éclat, peut-être le plus sanglant ? Pourtant, la jeune femme ne pouvait se résoudre à imaginer Zim en tueur sanguinaire.

À Lausanne, les deux gendarmes interrogèrent le chauffeur de taxi – retrouvé par la police suisse – qui avait pris en charge Laurent Marceau à sa descente du train. Il l'avait déposé au musée de Zoologie, à deux pas de la cathédrale. À leur arrivée, Vannina et Luciani foulèrent une large esplanade, dont les pavés grisonnants ajoutaient à la tristesse du ciel orageux. Le musée, lui, se trouvait à l'intérieur du palais de Rumine, un édifice impressionnant qui rendait hommage à l'architecture italienne de la Renaissance. Ce clin d'œil fit aussitôt surgir l'image de Brunier dans l'esprit de Vannina. Il devait être arrivé à Venise. Tandis qu'ils grimpaient l'escalier monumental jusqu'au portail sculpté, les gendarmes passèrent entre deux colonnes. À leurs cimes, deux griffons de bronze se tournaient le dos. Ces lions ailés furent notamment l'emblème de Gilgamesh, le roi mésopotamien qui consacra la fin de son existence à mettre les hommes en garde contre leur orgueil démesuré, sous peine d'être emportés par le Déluge…

****

Brunier dérapa sur la planche et manqua de s'affaler dans l'eau.

— Putain de crue, temps de merde !

Comme la plupart des régions du monde, la Sérénissime subissait la foudre des dieux de l'Olympe. Ces huit derniers jours, la pluie était tombée avec une telle violence que la cité des eaux n'avait jamais aussi bien porté son surnom. Partout, les canaux dégorgeaient, submergeant ruelles, *campi* et nombre d'édifices. Le niveau des eaux frôlait deux mètres, et le triste record de l'*Aquagranda* de 1966.

Ces dernières années, plusieurs inondations avaient lourdement dégradé les sublimes *palazzi* qui s'alignaient le long du Grand Canal. Cette fois, la cité des Doges semblait subir le coup de grâce.

Partout, l'ambiance était irréelle. La célèbre place Saint-Marc était entièrement immergée sous les eaux. Des costumes étincelants couronnés de masques colorés s'égrenaient sur des ponts de fortune, pour tenter de franchir la place dans un équilibre instable. C'était le dernier jour du carnaval. Jamais carnaval de Venise ne s'était déroulé dans une telle atmosphère de fin du monde. D'épais nuages bouchaient toujours le ciel, mais la pluie octroyait enfin une trêve aux fêtards.

Il avait rendez-vous avant l'aube à la bibliothèque Marciana, nichée dans le majestueux *Palazzo della Libreria*, face au palais des Doges, juste à l'aplomb de l'immense campanile de la place Saint-Marc. Il avait exigé de venir seul. Car il voulait affronter la vérité. Bien en face. Il sentait que son destin en dépendait. Il marchait sur les eaux en direction de la modeste pension qui l'accueillait pour la nuit, à deux pas de la bibliothèque.

C'est alors qu'il fut agrippé par le bras et faillit glisser dans l'eau glaciale. Le policier se tourna en un éclair et voulut saisir son arme. Mais il fut pétrifié d'effroi. Une silhouette immense le toisait, entièrement vêtue de noir. Son visage était dissimulé derrière un masque de médecin de peste. Cet accessoire glaçant cachait le visage des soignants du Moyen Âge lorsqu'ils arpentaient les lazarets pour s'occuper des centaines de pestiférés criblés de bubons purulents, qui s'entassaient à l'écart avant de crever.

Ce masque noir était affublé d'un immense nez crochu qui le rendait monstrueux. Brunier restait paralysé. L'homme mesurait près de deux mètres. Le cauchemar recommençait. Il sentit la même menace qu'à Bonifacio, et qu'au CEA. Le policier regarda autour de lui. Les costumes de carnaval peuplaient les allées de fortune, et personne ne semblait prêter attention à ce géant drapé de noir.

— N'ayez crainte, je vous connais. Nous vous connaissons.

Brunier, au contraire, recula d'un pas. Cette fois, il s'empara de la crosse de son Sig Sauer.

— Vous n'êtes pas seul, commandant Brunier. Nous sommes des milliers, comme vous, et nous devons nous contacter. Et nous entraider. Car nous pouvons être sauvés.

Le policier ressentit un nouveau malaise l'étourdir. Sa faiblesse le rendait inapte au moindre geste de défense. Il était devenu une véritable mauviette. Pourtant, ce sentiment diffus ne l'étreignait qu'en présence des *autres*.

— Vous êtes ici en Italie, sur les terres de la foi chrétienne. L'Église règne en maîtresse. Nous avons accès aux sources les plus sûres du Vatican. Et vous êtes dans la liste.

— Quelle liste ?

Brunier balbutiait, la langue pâteuse.

— Celle de la commission pontificale *Arcana Verba*. Des milliers d'hommes et de femmes qui passent régulièrement à confesse, et tiennent des propos décousus… Voire, comme vous, s'expriment dans une langue inconnue.

Le policier s'affaissa. Le géant le rattrapa d'une poigne de fer, et l'entraîna à l'écart.

— J'ai même récupéré votre enregistrement.

Puis l'homme brandit un petit appareil portable et appuya sur une touche. Une voix retentit. Brunier blêmit. C'était la sienne. Aucun doute. Mais il parlait sur un ton saccadé, à moitié hystérique, en prononçant des mots incompréhensibles.

C'était donc vrai. Il n'avait plus d'autre choix que d'accepter cette réalité insensée.

— Je dispose de l'accès à plusieurs milliers d'enregistrements similaires, commandant. Provenant du monde entier. Et cela fait des mois, et même des années, que la transition a commencé. Les services secrets sont désormais alertés. Mais ils s'éveillent bien trop tard. Les quatre fenêtres cardinales ont été activées, exactement comme le prévoyait la prophétie. Il faut maintenant se préparer au grand choc, et au Grand Retour.

Le policier restait aussi impassible qu'une momie. Ses derniers pansements au cou accentuaient cette impression. Puis l'homme au nez recourbé saisit une feuille toute froissée.

— Ce sont vos analyses ADN.

****

Vannina et Luciani débouchèrent dans un magnifique atrium baigné de lumière. Au sol, une mosaïque symbolisait deux lions armés d'un sabre, tandis qu'une fontaine ornée d'une inquiétante créature marine surplombait un bassin bleuté. Tout autour, des volées de marches monumentales distribuaient les étages. Colonnades, arches et moulures à même la pierre de taille transpiraient le luxe, et rappelaient les plus beaux palais italiens. Dans la grande galerie, une collection impressionnante de vertébrés empaillés, dans des postures plus ou moins naturelles, paradait sur de fines estrades de bois. Vannina ressentit une étrange impression devant ces animaux massacrés, évidés puis naturalisés par la main de l'homme, qui ne désirait rien d'autre que d'ajouter de nouveaux trophées de chasse à son tableau de prédateur. *Sapiens* n'était qu'un boucher qui disposait de toute vie sans le moindre scrupule.

Le tigre et surtout l'immense requin blanc de six mètres – le plus grand du monde ainsi empaillé – l'écœurèrent. Elle songeait à la nature verdoyante de la Corse, aux dauphins et baleines qui dansaient en liberté dans les eaux cristallines de la Méditerranée, et aux mouflons qui s'ébrouaient sur les pentes escarpées de l'île.

Tandis qu'il remontait la longue procession d'animaux figés en file indienne, Luciani eut l'impression d'assister à l'embarquement des espèces que Noé se hâtait de sauver sur son arche... L'ambiance vieillotte digne du Muséum de l'époque de Cuvier et de Lamarck donnait l'illusion de vaciller dans un univers pétrifié, qui symbolisait l'ancien monde sur le point de s'effondrer.

Qu'allait-il advenir ensuite ? De nombreux experts menaçaient l'humanité du *collapse*, l'effondrement qui permettrait ensuite une reconstruction salutaire. Comme au lendemain d'une guerre sanglante, lorsqu'il faut reconstruire sur les ruines laissées par la furie des hommes.

Alors qu'il observait une collection de squelettes d'hominidés, Luciani s'immobilisa devant une vitrine vide. Derrière la vitre ne figurait qu'une affiche spectaculaire : celle d'un immense yéti, dont la tête dépassait de l'armoire pour finir sur le mur. Il appela Vannina et lui montra sa trouvaille.

— Ça commence fort, souffla-t-elle.

Avant d'arriver, la jeune femme s'était documentée sur Internet. Le musée de zoologie de Lausanne était réputé pour abriter la collection d'un Belge aujourd'hui décédé, un certain Bernard Heuvelmans, inventeur d'une science occulte : la cryptozoologie.

En 2001, le scientifique avait légué toutes ses archives au musée. Vannina avait aussitôt compris l'intérêt de Zim pour cet étrange sanctuaire, qui flirtait avec l'irrationnel et la science-fiction.

Les deux gendarmes progressaient lentement, la main rivée sur la crosse de leurs neuf millimètres. Le musée était presque vide. Ils guettaient la silhouette dégingandée de Zim. Seuls quelques visiteurs déambulaient dans les allées. C'est alors qu'ils aperçurent une porte entrouverte, revêtue d'un écriteau « interdit au public ». Ils s'infiltrèrent en silence, et longèrent des étagères métalliques farcies de dossiers. Au bout du couloir, une faible lueur s'échappait de l'entrebâillement d'une porte en acier.

Tandis qu'ils s'apprêtaient à entrer, ils reconnurent aussitôt la voix de Zim.

— Si on ne fait rien, ce sera le pire carnage de l'histoire de l'humanité.

****

Brunier lisait et relisait le document fripé.

— Je... Je ne suis pas généticien, je ne comprends rien.

— Je vais vous expliquer.

Mais le policier s'interposa.

— Attendez : comment vous êtes-vous procuré ces informations ? Et qui êtes-vous, à la fin ? Je ne vais pas supporter ce masque bidon plus longtemps.

L'homme hésita, puis ôta son camouflage. La nuit tombait ; son visage se révéla dans un clair-obscur qui le rendait imprécis, vacillant. Son contour était flou. Mais, en regardant bien, Brunier s'aperçut que l'homme était couvert de poils jusqu'aux yeux. Seul son front était parfaitement imberbe.

— Je m'appelle Manuel Guerra, je suis professeur de génétique. Et je suis l'ami du Dr Laurent Marceau... Il est venu me voir, au Genoscope d'Évry. Il m'a montré deux lames qui recélaient l'ADN d'un des spécimens. Et il m'a aussi fourni le vôtre. Quelques cheveux...

Marc Brunier ne savait que penser. Zim était activement recherché et pouvait être à l'origine de toutes les tueries. Cet homme était-il un complice ? Était-il dangereux ?

— Ne vous inquiétez pas. Je ne vous veux aucun mal. Nous sommes une communauté de chercheurs, animée par Laurent depuis dix ans maintenant. Depuis qu'il a interprété toutes les archives de son père. Et nos réseaux incluent le Saint-Siège. Nous disposons d'une foule d'informations. À votre sujet, mais aussi sur de nombreuses personnalités. Y compris nos gouvernants.

Brunier flairait maintenant une bonne vieille théorie du complot. Il ne pouvait se résoudre à croire aux propos de cet énergumène. Et encore, Guerra taisait le plus inconcevable. Les services secrets du Vatican étaient parvenus à collecter l'ADN de Jésus – du moins le pensaient-ils. Et l'analyse réalisée par les Allemands de Leipzig était édifiante. Elle prouvait la présence de nombreux gènes hérités de Néandertal et de Denisova… Jésus n'était pas un *Sapiens* comme les autres. Mais le policier était incapable d'entendre pareille révélation. Le généticien changea de tactique :

— Depuis combien de temps vos poils poussent-ils, commandant ?

Le policier ne pouvait plus reculer. Il brûlait de comprendre, même s'il fallait palabrer avec un évadé d'une clinique psychiatrique.

— Depuis deux ans. Progressivement. Mais ça s'accélère depuis quelques mois. Et…

Brunier hésitait. Il observait toujours le pelage saisissant du scientifique.

— Et vous ?

— Depuis trois ans environ. Je me rase tous les jours. Enfin presque… Là, je ne l'ai pas fait depuis trois jours seulement. Vous seriez étonné du nombre d'hommes et de femmes victimes de ce problème. Ce serait une conséquence du changement climatique. Les ventes de rasoirs, gels et autres crèmes dépilatoires ont explosé, savez-vous ?

N'importe quoi, pensa Brunier.

— Et les poils ne forment que la partie émergée de l'iceberg. Nous subissons bien d'autres modifications. Regardez : d'après votre ADN, vous détenez trois pour cent de gènes de l'homme de Néandertal et un pour cent de celui de Denisova. C'est dans la moyenne – haute – mais dans la moyenne.

Le policier repassait le film des événements allemands dont Zim puis Vannina lui avaient fait un rapport circonstancié. Il ne comprenait rien à ces histoires de gènes d'hommes préhistoriques disparus dont les Allemands de l'institut Max-Planck avaient parlé. Mais il avait bien en tête le résultat du *monstre*.

— Nous avons un suspect qui présente beaucoup plus de gènes hérités de ces hommes disparus. Vous êtes au courant ?

— Oui, Zim m'a tout expliqué. J'ai moi-même réalisé le séquençage du suspect… Et pour être franc, je suis comme vous. J'ai du mal à y croire, même si je dois reconnaître que son ADN se révèle très différent de celui de l'espèce humaine actuelle. Mais ce qui m'intéresse, ce ne sont pas les gènes. Enfin pas seulement. Vous, par exemple, regardez : vous avez de très nombreuses séquences « non-codantes », sous forme d'ARN interférents, ou de micro-ARN, qui viennent se coller sur l'ADN, là où se trouvent les gènes. Et ils modifient profondément l'expression de votre génome.

Brunier ne comprenait rien des propos du chercheur.

— Je suis désolé, c'est du chinois pour moi. Venez-en au fait. Que voulez-vous me dire ?

— Vos gènes, même ceux qui sont tout à fait *Sapiens*, changent d'expression. Les gènes des phanères, par exemple (les poils, les ongles, etc.), réagissent et travaillent différemment. Regardez, on voit bien ici cette marque épigénétique. C'est une hypométhylation. Si vous préférez, l'ajout d'un groupement méthyle sur l'une des bases de l'ADN, qui entraîne la surexpression de vos gènes, et donc une explosion de la production pileuse.

Le policier se massait les tempes. Son cœur s'accélérait. Il comprenait de moins en moins, mais il gardait en tête les théories du Dr Kratchev, à propos des « néoloups » et de l'*involution* de l'espèce. Ou la *régression* de certains caractères…

— C'est quoi, l'idée ? Je suis déprogrammé, c'est ça ? Je régresse au stade d'un Cro-Magnon ?

— Eh bien… c'est beaucoup plus complexe, mais c'est un peu ça. Et cela touche nombre de vos gènes. C'est un grand brassage. Une ample reprogrammation de votre épigénome. Je subis le même processus, et des milliers d'entre nous aussi. Et chez certains, particulièrement sensibles, ou psychologiquement fragiles, cela affecte aussi la parole, la pensée… Ils s'expriment différemment. Comme dans votre enregistrement.

****

— Levez lentement les mains, docteur Marceau. Docteur *Laurent Marceau*.

Vannina avait insisté sur les derniers mots, comme pour signifier qu'elle avait tout découvert. Elle tenait l'anthropologue en joue, et tendait fermement son seul bras valide.

Les deux gendarmes d'Ajaccio avaient pénétré dans la salle des archives. Tout autour d'eux, d'immenses placards métalliques s'alignaient à perte de vue. Des volants permettaient d'actionner les portes, comme à bord d'un sous-marin. Zim se trouvait avec un autre homme, plongé dans des piles de dossiers aux pages défraîchies, disposés à même le sol. L'expert de Pontoise tenait plusieurs documents entre ses mains. Tout près de lui, d'étranges moulages de plâtre jonchaient le carrelage.

Vannina sonda les étagères d'un regard circulaire, sans perdre l'anthropologue de vue. Elles ployaient sous les boîtes d'archives, toutes recouvertes d'illustrations d'hommes sauvages. Elles semblaient divisées par régions du monde. Sans doute la fameuse collection du Belge Bernard Heuvelmans…

— Je vous attendais. Vous êtes seuls ?

— Non, Zim. La police fédérale est dehors, et boucle tout le quartier.

Vannina bluffait. C'était *son* affaire. Elle voulait la résoudre seule, avec son groupe. Enfin, ce qu'il en restait. Bien sûr, ses homologues suisses n'étaient pas très loin. Un simple coup de fil les ferait rappliquer en quelques minutes.

— Je ne vais rien tenter, Vannina. Et tu sais très bien pourquoi. Tu le sais chaque nuit un peu plus.

La jeune femme ne broncha pas. Luciani, surpris, jeta un œil à sa collègue, puis recentra son attention sur les deux hommes. Il pointait lui aussi son arme sur Zim. La nuit précédente avait compté parmi les plus atroces. Les images de chasse, de mort, de dépeçage sauvage avaient hanté Vannina pendant des heures. Des hurlements sinistres, des borborygmes surgis de temps immémoriaux avaient scandé les scènes les plus macabres. Comme toujours, elle menait la chasse. Armée, déterminée. Mais, cette fois, elle ne cherchait nullement à abattre la *chose*, la *bête* humaine dotée d'une tête de sanglier. Les hybrides n'étaient plus ses proies. Bien au contraire.

— Tu résistes encore, n'est-ce pas ? Mais tu ne pourras pas lutter éternellement. C'est plus fort que toi.

— Fermez-la, Marceau. Avancez, et gardez les bras en l'air, sinon je n'hésiterai pas à vous dégommer.

Luciani avait parlé avec fermeté. Il gardait le souvenir de Zim, déchaîné dans le château de Wewelsburg, capable de la pire cruauté. Il ne lui laisserait aucune chance de déployer ses techniques de commando. Il l'abattrait comme un chien s'il tentait quoi que ce soit.

— Calmez-vous, Luciani. Si je l'avais voulu, je vous aurais déjà brisé en deux.

Le lieutenant de gendarmerie déglutit. Ses mains devinrent moites, et la crosse de son Sig glissa légèrement entre ses paumes.

— Ouvrez les yeux, Luciani ! Regardez autour de vous. C'est la fin du monde.

L'enquêteur s'efforçait de rester concentré, et lorgnait aussi l'autre homme. Un petit râblé au crâne dégarni, la soixantaine. Genre rat de bibliothèque en fin de course.

— Ces tempêtes, ces crues, ces coulées de boue un peu partout dans le monde… Et les ouragans, les typhons… Ce n'est pas un hasard. N'est-ce pas Vannina ?

— Ne détourne pas l'attention, Zim : on sait exactement pourquoi tu es là. Depuis le début, tu venges ton père. Qui l'a assassiné ? Les services secrets ? Mais lesquels ? Tu t'en prends à tous, les Français, les Anglais, les Allemands… Et toi, Zim, tu travailles pour qui ? Tu es un agent double, comme ton père ? Parle !

— Mon *père*, justement… Il est mort juste après avoir rencontré Bernard Heuvelmans. Je n'ai jamais pu découvrir le trésor de cet immense scientifique. Regardez tous ces dossiers. Dix étagères pleines. Vingt-cinq mille à trente mille documents parfaitement classés, qu'il a collectés pendant cinquante ans…

Zim désignait les boîtes d'archives les unes après les autres.

— Ici l'Amérique du Nord, avec tous les témoignages sur le Sasquatch et le Bigfoot. Ici l'Europe, avec les Néandertaliens. Là, la Sibérie et le Tibet, avec les yétis et les almastis. Et ici, la zone orientale avec le célèbre orang-pendek. Vous savez qu'on a retrouvé des empreintes exceptionnelles de cet homme sauvage, en Indonésie ? Et même quelques poils…

Luciani ne put réprimer un sourire méprisant : Zim perdait complètement les pédales.

— Vous ne devriez pas prendre ça à la légère. Des chercheurs célèbres, sérieux, analysent des dizaines de prélèvements et d'empreintes collectés dans le monde entier. Tenez, rien qu'ici. Vous travaillez avec les Anglais, n'est-ce pas, docteur Jambart ?

Le rondouillard s'anima enfin.

— C'est exact. Ici, au musée de zoologie, nous travaillons depuis dix ans avec le généticien Bryan Sykes de l'université d'Oxford. Nous avons lancé un grand programme d'analyse de prélèvements de tissus et de salive envoyés de toutes les zones du monde où les hommes sauvages et velus ont été maintes fois observés. Nous collaborons aussi avec l'équipe du Pr Thomas Gilbert, de Copenhague. Il a réussi à décrypter l'ADN d'un mammouth vieux de cinquante mille ans, à l'aide d'un seul poil. Il est l'un des chercheurs les plus cités au monde. L'un des plus reconnus. Il est jeune, quarante-quatre ans. Ce que je veux dire, c'est que nous ne sommes pas tous de vieux pachydermes au cerveau cramoisi.

Vannina, qui avait baissé la garde, s'était emparée d'un dossier, au hasard, qui reposait à terre. Tout en écoutant les élucubrations des deux savants, elle lisait. « Empreinte d'un énorme pied provenant d'un être vaguement humain, découverte sur un terrain argileux dans le Sichuan. » Puis elle observa le cliché qui dévoilait la trace laissée par cinq orteils dignes d'un gorille obèse. Un canular, sans doute, mais son esprit s'échauffait. Des dizaines de documents similaires s'étalaient tout autour d'elle. Cela faisait beaucoup de canulars. Des montagnes de canulars.

Zim perçut son trouble.

— Vannina, voyons, tu les as vus comme moi ! Ces *bêtes* étaient devant toi, en chair et en os ! Elles sortent de leurs niches séculaires, de leurs tanières lointaines. Elles viennent accomplir la prophétie.

La jeune femme sursauta. Elle songea aussitôt au texte retrouvé dans le trésor immergé des nazis.

— Tu n'y échapperas pas, toi non plus.

****

Brunier avait passé une nuit exécrable. L'homme en noir s'était évaporé après ses dernières explications absconses. Il lui avait laissé ses analyses ADN, dont le contenu lui restait inaccessible. Avant de disparaître, il lui avait simplement glissé : « Vous arrivez trop tard. » Qu'avait-il voulu dire ? Avait-il fait allusion à sa mission, celle de consulter le fameux manuscrit d'Homère, le plus ancien du monde ?

Il avait cauchemardé, beaucoup. Il s'était tourné et retourné mille fois dans ses draps trempés de sueur. Quelque chose le broyait, il le sentait. Il devenait dingue. Bon pour l'internement. Et avec lui, ce Manuel Guerra, Zim et tous les autres tarés qui propageaient des théories complotistes.

Après s'être habillé, il affronta de nouveau la crue. Il marchait sur une planche qui dépassait à peine de l'eau. Le niveau semblait s'être encore élevé dans la nuit. Il se guidait à l'aide d'une lampe torche souffreteuse. Un rayon de lune traversait le ciel, et laissait apparaître une vague éclaircie nocturne.

Des cris étouffés s'échappaient des palais voisins. La dernière nuit du carnaval était la plus fastueuse, et la plus sulfureuse aussi. Il n'existait aucune limite, jusqu'aux orgies les plus débridées. Toute condition sociale, toute différence était abolie grâce aux somptueux costumes et aux masques bigarrés. Un ouvrier pouvait trousser une duchesse, sans que ni l'un, ni l'autre ne l'apprît jamais.

Le policier gagna la place Saint-Marc, et glissa le long des deux immenses colonnes qui toisaient le Grand Canal. Il leva le nez. Une pâle lueur fit scintiller la statue de bronze qui coiffait l'une d'elles. Un lion ailé. Le policier ressentit un nouveau pressentiment, qui faisait écho aux propos mystérieux du « médecin de peste ». Ce lion ailé, symbole de Venise, décrit par le sombre Ézéchiel dans l'Ancien Testament, puis repris dans l'Apocalypse de saint Jean, montait la garde devant l'immense *Palazzo della Libreria*. Il semblait dire : « Méfiez-vous, hommes impies et prétentieux. Ne venez pas déflorer le grand secret cadenassé derrière ces murs. Ou bien assumez-en les conséquences. Le déluge et la mort vous frapperont. »

Marc Brunier, déjà au bord de l'apoplexie, chassa aussitôt cette prémonition et riva son regard sur le *palazzo*. Il s'efforça d'admirer la double volée de colonnes superposées qui habillait toute la façade, dans un style Renaissance flamboyant directement hérité de l'Antiquité.

Il n'était que 6 heures du matin, une heure avant le lever du soleil et deux heures avant l'ouverture de la bibliothèque. C'est le temps que le conservateur lui avait alloué pour consulter le saint des saints. Bien que le rez-de-chaussée fût en partie inondé, l'intérieur du palais était majestueux. Brunier grimpa un escalier grandiose, puis déboucha dans un vestibule aux mensurations généreuses. Il franchit une double porte flanquée de deux colonnes ioniques, et surmontée d'un fronton triangulaire, qui donnait l'impression de pénétrer dans un temple. Le temple du savoir.

Il découvrit alors *il salone*, l'immense salle historique de la bibliothèque. Il resta médusé par la beauté des lieux. Le sol était entièrement damé de marbre noir et blanc. Partout, des boiseries précieuses encadraient des chefs-d'œuvre signés par les plus grands maîtres de la Renaissance, dont Titien, le Tintoret ou Véronèse... Les caissons du plafond voûté illustraient diverses scènes de la Bible, dans une succession de médaillons saisissants. Le long des hautes fenêtres se succédait un chapelet de vitrines protégeant des volumes rares. Au total, la bibliothèque abritait un million d'imprimés, ainsi qu'une collection spectaculaire d'une quinzaine de milliers de manuscrits et d'incunables. Au bout de l'allée, de précieux ustensiles reposaient sur un présentoir rouge : un poinçon, un stylet, un grattoir, une éponge, une plume d'oie ainsi qu'un encrier, qui constituaient l'attirail des copistes du Moyen Âge.

Enfin, au cœur de la pièce trônaient deux globes sous cloche, des pièces uniques signées du moine cartographe Vincenzo Coronelli. Sur le premier étaient dessinés les continents terrestres, tandis que l'autre racontait le ciel... Ces deux sphères jetaient un pont entre le monde des vivants et celui des morts. Entre la Terre et le paradis. Ou peut-être bien l'enfer. Brunier ne cessait d'être traversé par des images terrifiantes.

Dans la semi-obscurité, un homme s'avança. Il poussait un chariot dont les roues grinçantes perçaient le silence.

— *Buongiorno, sono Gianfranco Carbini, il direttore della libreria.*

Brunier le salua, visiblement impressionné.

L'Italien aux cheveux de jais et à la peau mate n'avait d'yeux que pour l'*œuvre*. Il ôta le linge blanc qui recouvrait la tablette et révéla un sublime manuscrit ouvert en son milieu.

— Voici le *Codex Marcianus Graecus* 454. Mieux connu comme le célèbre *Venetus A*, la pièce maîtresse de la bibliothèque. La plus précieuse. La mieux conservée et la mieux protégée. Nous ne l'exhibons que fort rarement. Et si les autorités ne nous avaient pas saisis…

— Merci infiniment, *Dottore* Carbini, pour votre coopération. Il s'agit d'une enquête extrêmement grave. Votre participation pourrait sauver des vies.

Brunier, tout en flattant l'universitaire, était captivé par les volutes qui noircissaient les pages de vélin jauni.

— Comme vous le savez, il s'agit du plus ancien manuscrit de l'*Iliade*. Le plus parfait, aussi. Comme vous voyez, les pages comportent un texte central, environ vingt-cinq lignes de grec ancien, auréolées de nombreux commentaires en minuscule, ce qu'on appelle les *scholia*, répartis tout autour du poème épique.

Carbini tendit une paire de gants blancs au policier. Aussitôt équipé, Brunier brûla de manipuler le manuscrit. Il approcha la main.

— Prenez garde ! Ce codex a survécu plus de mille ans. Il a résisté à deux incendies et une inondation. Au fil des siècles, les pages ont aussi été séparées, puis réassemblées ; elles ont échappé à l'appétit des doryphores et à la voracité des vers de bois. Sans compter les rayons brûlants du soleil et le froid glacial de l'hiver. Son état de conservation est tout simplement un miracle. Quelqu'un, ou quelque chose, a voulu qu'il nous parvienne.

Brunier retira aussitôt la main, comme s'il venait d'effleurer des braises incandescentes. Qui voulait à tout prix protéger ce codex ? Quel était ce secret dont les nazis avaient eu connaissance ? Par où commencer ? Où chercher ? Le volume comportait des centaines de feuillets, tous rédigés en grec, ce qui privait l'enquêteur d'une quelconque capacité d'analyse.

Gianfranco Carbini tourna soigneusement les pages de vélin, pour montrer à Brunier comment s'y prendre. Soudain, ses doigts commencèrent à trembler. Il tourna les pages avec plus de fébrilité. Puis il se figea, le souffle coupé. Des gouttes de sueur perlaient le long de ses tempes.

— Docteur Carbini ? Ça ne va pas ?

— Il... Il manque des pages. Elles ont été arrachées... Je ne comprends pas... C'est impossible...

Le conservateur perdait pied. Il jouait sa carrière. Pire, l'humanité allait perdre l'un de ses plus précieux joyaux. L'intégrité du *Venetus A* n'était plus.

****

Luciani, de plus en plus perturbé, jeta plusieurs regards nerveux vers Vannina. Il ne cessait de pointer son arme alternativement sur Zim, puis sur le directeur du musée de zoologie. Le détachement et le trouble de sa collègue le mettaient mal à l'aise.

— Vannina, ça ne va pas ?

— Tenez, Luciani. Regardez ça.

Zim ne le lâchait pas. Il voulait le convaincre, et le *sauver*, lui aussi.

L'adjoint de Vannina consentit à se saisir d'un étrange planisphère.

— Vous voyez, lieutenant. Tous ces noms bizarres correspondent aux surnoms des hommes sauvages, tels qu'ils sont décrits partout dans le monde. Pensez-vous que tous ces hommes et toutes ces femmes qui ont témoigné de l'existence de ces êtres velus depuis des siècles ont tous été victimes d'hallucinations ? Tous menti ? Ou bien qu'ils ont tous été abusés par leurs sens ?

Luciani ne pipa mot. Rien ne semblait pouvoir infléchir sa rationalité. Il était officier de gendarmerie, et en avait vu bien d'autres dans sa carrière.

Chuchunaa
Frost Giant
Almasty
Alma
Arulataq
Windigo
Sasquatch
Grendel
Kaptar
Hibagon
Yeti
Yeren
al-Kubara
Enkidu
Swamp Ape
Salvaje
Nguoi Rung
Kapre
Uluk
Kikomba
Kakundakari
Curinquean
Orang Pendek
Agogure
Maricoxi
Yowie
Ucumari

— Et si, maintenant, je vous disais que, pour chacune de ces créatures, nous avons retrouvé des fossiles d'hommes inconnus ? C'est une mode, en ce moment, vous ne trouvez pas ? Tous ces cousins de l'homme de Néandertal, qui surgissent, un peu partout… Exactement dans les zones d'où les témoignages nous proviennent. L'homme de Denisova ressemble comme deux gouttes d'eau au yéti. Et où son énorme mandibule a-t-elle été retrouvée ? Au Tibet, dans les années 1980. De même, vous avez entendu parler de l'homme de Florès ? Retrouvé exactement dans la zone de l'orang-pendek, décrit des centaines de fois. Et ce nouveau venu, aux Philippines : *Homo luzonensis*. Ses fossiles ont été retrouvés exactement où le Kapre, autre homme sauvage, est régulièrement décrit. *Idem* pour *Gigantopithecus blacki*, découvert là où des centaines d'Américains affirment avoir vu Bigfoot…

Luciani fléchissait. Ces coïncidences troublantes, mêlées au *monstre* qu'il devait bien reconnaître avoir vu de ses propres yeux, commençaient à lui faire tourner la tête. Zim semblait proche de la victoire. Retourner l'adjoint de Vannina n'était pas une mince affaire. Alors, il abattit son atout maître :

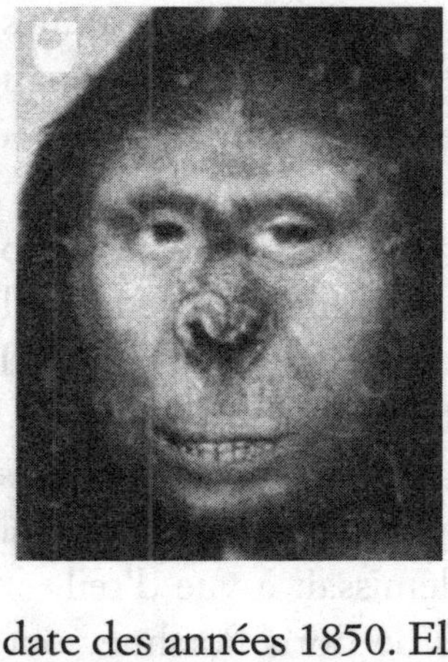

— Cette photo date des années 1850. Elle représente Zana, une femme capturée en Géorgie, dans les forêts du mont Zaadan. Des chasseurs en pleine battue l'ont aperçue en train de courir. Ils l'ont attrapée puis enfermée, parce qu'elle était très agressive. Elle était forte, trapue, couverte de poils roux, et semblait croisée avec une guenon. Elle n'émettait que des borborygmes incompréhensibles. Nous disposons de dizaines de témoignages de villageois qui l'ont vue et côtoyée pendant des années. Cette boîte d'archives regorge de ces témoignages, tous plus précis les uns que les autres. Mieux, regardez cette photo maintenant. C'est un original, le seul disponible. Et le Dr Jambart me l'a montré tout à l'heure.

» Il s'agit de son plus jeune fils, Khwit Sabekia. Il a vécu entre 1884 et 1954. Des centaines de personnes l'ont bien connu. Le chercheur russe Boris Porshnev a longuement enquêté sur les descendants de Zana. Elle était plus ou moins l'esclave sexuelle du village où elle était détenue, si bien qu'elle a procréé plusieurs fois… Porshnev était un proche de Bernard Heuvelmans. Ils ont signé ensemble le livre *L'homme de Néandertal est toujours vivant*, en 1974. Ils savaient de quoi ils parlaient, l'un et l'autre.

Luciani, sidéré, analysait intensément les clichés et ne pouvait s'empêcher d'y déceler une supercherie. Une de plus.

Vannina, elle, blêmissait à vue d'œil.

— Des collègues de Boris Porshnev ont étudié le crâne de Sabekia, des années après sa mort. On le voit, ici, entre leurs mains.

— Or ce crâne est bien plus bombé que celui des *Homo sapiens*. Regardez, les Russes ont fait une comparaison éloquente.

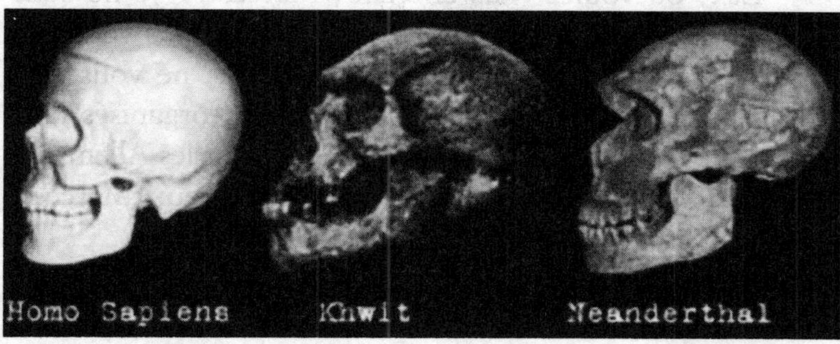

» Il est évident que Sabekia se rapprochait beaucoup plus de Néandertal que de notre espèce. Et nous en avons maintenant confirmation. Docteur Jambart, vous avez pu récupérer quelques fragments de son crâne, que vous avez confiés à votre collègue d'Oxford, le Pr Bryan Sykes. Parlez-nous des résultats qu'il a obtenus, s'il vous plaît.

— Eh bien… Khwit Sabekia possède vingt-sept pour cent de gènes de Néandertal et vingt et un pour cent de gènes de l'homme de Denisova. Ainsi que deux pour cent d'homininés inconnus à ce jour. Le reste, cinquante pour cent, est du pur *Sapiens*. Il s'agit de l'ADN transmis par le père, un villageois géorgien. C'est donc un hybride parfait entre un *Homo sapiens* et un homme « sauvage » que l'on croyait pourtant disparu. D'après Sykes, les ancêtres de sa mère, Zana, auraient quitté l'Afrique plus de cent mille ans avant Jésus-Christ, avant de vivre séparés du monde, à l'état sauvage, jusqu'à nos jours. Si vous ne me croyez pas, lisez le dernier livre de Sykes : *The Nature of the Beast*[1].

Alexandre Luciani perdait pied.

Tout convergeait avec les données ADN de Leipzig, auxquelles il n'avait jamais vraiment cru. Le séquençage du *monstre* capturé par la DGSE s'était déroulé très vite, sans vérification, si bien qu'il avait conclu à une erreur d'analyse. Cette conviction préservait sa rationalité. Mais ces révélations, avec cet ancrage dans le temps, rendaient l'affaire bien plus crédible et vertigineuse.

— Et… où voulez-vous en venir, Marceau ? Je ne comprends pas très bien ce que vous essayez de nous vendre… Ces résultats, très étonnants, je le reconnais, ne vous exonèrent en rien des massacres que vous avez organisés dans toute l'Europe ! Jusqu'à votre acharnement sur les Allemands au château de Wewelsburg… Vous êtes dangereux, Marceau. Ne faites pas d'histoires et suivez-nous. Calmement.

****

Le conservateur de la bibliothèque Marciana était livide. Il psalmodiait quelques mots d'italien, comme une incantation religieuse. Brunier s'était penché sur le précieux manuscrit afin d'examiner les échancrures qui témoignaient du forfait.

— Docteur Carbini, savez-vous de quoi ces pages arrachées parlaient ? Quelle partie de l'histoire ?

— Eh bien… d'après ce qui précède, ces pages évoquaient la furie d'Achille après la mort de son amant Patrocle. Le massacre qui s'en est ensuivi. Une boucherie d'une violence insondable.

---

1. Bryan Sykes, *The Nature of the Beast : The First Genetic Evidence on the Survival of Apemen, Yeti, Bigfoot and Other Mysterious Creatures into Modern Time*, Philadelphie, Coronet Books, 2015.

Brunier était mal à l'aise. Sa paupière droite tressautait tandis que sa lèvre supérieure se tordait légèrement. Sa rencontre de la veille l'obsédait, et la mise en garde du généticien prenait corps.

Le conservateur poursuivit. Son accent envoûtant tranchait avec l'âpreté de son récit :

— Achille refusait de combattre depuis des semaines, et laissait les Grecs essuyer défaite sur défaite contre les Troyens. Avec la mort de Patrocle, passé la sidération et la douleur, le grand héros quasi invincible décide de se venger. Il extermine des centaines de Troyens avec une cruauté monstrueuse, et verse tellement de sang que le fleuve Scamandre en devient écarlate. Ce même fleuve, pour le punir de son *hybris*, sa démesure, manque de noyer Achille qui sera sauvé *in extremis* par le dieu Héphaïstos.

Brunier s'assombrit encore. Comment fallait-il interpréter cette histoire ? Qui allait se venger ? Le sang allait-il couler, plus qu'il ne l'avait déjà fait depuis la découverte des corps démembrés et en partie dévorés ? Les *bêtes* se sentaient-elles flouées, comme Achille, au point de laisser leur haine meurtrière se déverser ? Ou bien étaient-ce les hommes qui s'étaient rendus coupables des pires crimes, si bien que les pluies diluviennes et les fleuves en crue allaient noyer l'humanité, comme le fleuve Scamandre avec Achille ?

Le cerveau du policier tournait à plein régime. Son esprit s'échauffait, et le puzzle se mettait lentement en place. Sauf qu'il n'avait pas la main. Il se sentait totalement démuni. Il tourna le regard vers l'extérieur et devina la ville engloutie sous les eaux. Les éléments étaient-ils eux aussi en train de punir la furie, l'*hybris* des humains ? Les *monstres* venaient-ils sonner le glas de cette espèce assassine qui exterminait sa propre mère, la Terre, en l'étouffant sous les gaz à effet de serre et les pollutions massives ?

Le directeur du musée continuait de tourner les pages.

— Ils ont aussi arraché la cent vingt-sept, lâcha-t-il d'une voix blanche.

— Et… qu'est-ce qu'elle racontait ?

— Une scène de guerre d'une grande violence, là aussi. Mais je crois… enfin il me semble qu'elle possédait des illustrations magnifiques.

— Et il y a un moyen de consulter une copie de cette page ? Ou de voir les illustrations quelque part ?

Le conservateur cessa de compulser le codex et s'empara de son smartphone.

— Oui, en 2007, nous avions autorisé l'université Harvard à numériser l'ensemble du manuscrit. J'ai une application qui me permet de le consulter en ligne. Voyons, page cent vingt-sept…

L'universitaire renseigna le numéro dans son moteur de recherche. Aussitôt, une image troublante surgit sur l'écran.

Brunier s'empara du téléphone sans demander son avis au conservateur et promena son index sur la surface vitrée. Il grossit les images et observa ces êtres déchaînés, des lions, des chiens, des vautours, et même des animaux fantastiques, qui dévoraient des cadavres humains.

— Et… ça représente quoi exactement ?

— C'est un peu le miroir du massacre des Troyens par Achille. Ces bêtes monstrueuses dévorent les cadavres des Grecs qui se sont fait trucider par les Troyens. Lorsque Achille refusait de combattre, les Troyens avaient l'avantage et combattaient férocement les Achéens – autrement dit les soldats des cités grecques.

Marc Brunier était livide.

— Ah, attendez, cette page comporte un sous-texte. Harvard a passé un certain nombre de pages aux rayons X pour déceler les éventuels palimpsestes.

— Les quoi ?

— Des textes ou motifs qui ont été effacés pour être remplacés par de nouvelles écritures. Les moines copistes le faisaient souvent pour recycler les peaux de jeunes veaux, dont la résistance fabuleuse explique la survivance de ce codex jusqu'à nos jours. Ils utilisaient des instruments pour gratter, gommer, réécrire, comme ceux qu'on voit là-bas.

Carbini désigna le présentoir qui se trouvait à trois mètres, et sur lequel reposait le petit nécessaire du copiste modèle.

— Et… on a pu décrypter le texte qui avait été effacé ?

— Eh bien… voilà, regardez. Ce n'est qu'une esquisse, mais on dirait bien une carte. Des lignes courbes, des motifs géométriques qui se succèdent, comme des pays. Apparemment, d'après les interprétations, il pourrait s'agir d'une très ancienne représentation de l'Europe. Tout en haut, le pôle Nord, avec la mention de l'île de Thulé, peuplée par les Hyperboréens. Ensuite, ce qui deviendra la France et l'Espagne. Et là, dans l'Atlantique, juste au large du détroit de Gibraltar, un territoire que certains exégètes ont désigné comme l'île de l'Atlantide. Et le plus étrange, sur cette carte, c'est ce rectangle, là, qui relie quatre points précis. Les pays sont mal proportionnés, mais il semblerait que le premier point tombe en Méditerranée, peut-être en Corse, ou en Sardaigne. Le deuxième, en Espagne. Le troisième, en Angleterre. Et le dernier, en Allemagne. Et tous ces motifs invisibles à l'œil nu remontent sans doute à l'Antiquité, car il s'agit d'un vélin très ancien, recyclé au Moyen Âge pour copier l'*Iliade*.

Les quatre points cardinaux.

Les quatre massacres.

Ils étaient déjà mentionnés à l'Antiquité !

Marc Brunier vacilla, son pouls dépassait maintenant les cent vingt pulsations-minute, si bien qu'il sombrait dans cet état second qu'il redoutait plus que tout au monde.

Cet état qui le *transformait*, inéluctablement, depuis de longues semaines, sans que rien ni personne pût l'empêcher.

****

Zim souffla. Il était découragé.

— Vous prenez un risque immense, Luciani. Réfléchissez bien à ce qui est en train de se produire. Cessez de vous enliser dans ce rationalisme obtus ! Vous n'avez jamais lu *Le Petit Prince* ? Même gamin, vous étiez aussi coincé ?

— Je… Je ne vois pas le rapport avec *Le Petit Prince*… Vous pétez littéralement un câble, Marceau…

Luciani sentait l'affaire lui échapper. Et Vannina, plongée dans la masse de documents dispersés sur le carrelage, semblait engluée dans une profonde léthargie. Mais que faisait-elle ? Il était le seul à tenter de contrôler la situation.

— Voyons, Luciani. « On ne voit bien qu'avec le cœur. L'essentiel est invisible pour les yeux. » Ça ne vous dit rien ? C'est beau, pourtant. Et tellement vrai. Laissez-vous guider par vos émotions, et vos sentiments. Trop souvent, on ne voit que ce qu'on veut bien voir. Et votre esprit claquemuré refuse de voir l'évidence. À force de vous obstiner, vous allez le payer cher. Très cher.

Puis Zim s'élança dans une ultime diatribe qui s'adressait tout autant au lieutenant borné qu'à Vannina qui ne sortait pas de son étrange torpeur.

L'anthropologue affirma que la Terre avait décidé de se débarrasser de notre espèce dévastatrice. Ses sermons écologistes s'étaient mués en imprécations religieuses. Nous étions une épidémie, pire que la peste noire, qui gangrenait chaque atome de vie. Nous étions des prédateurs incapables d'entendre les alertes des climatologues, les températures qui grimpaient en flèche, le réchauffement climatique qui s'apprêtait à occire des milliards d'innocents. Nous étions les héritiers de cette race sanguinaire qui avait toujours disséminé la haine et la violence autour d'elle, dans une irrépressible démesure. « L'*hybris*, répéta-t-il plusieurs fois, l'*hybris* creuse notre tombe depuis des siècles. » Puis il cita tous les peuples premiers connectés à la nature exterminés par *Sapiens* au fil des siècles, tels que les Amérindiens au moment de la découverte de l'Amérique, et de sa lente colonisation par la vieille Europe. Aujourd'hui, le Brésil reprenait la déforestation massive de l'Amazonie, au détriment des derniers peuples natifs qui l'habitaient. Puis il cita d'autres exemples, la voix grave et les yeux embués. Il semblait sincèrement désespéré par la situation de non-retour dans laquelle notre humanité, « dépravée » par l'appât du gain et du profit, se trouvait aujourd'hui enferrée.

Zim s'était ensuite rapproché, lentement, de Luciani. Instinctivement, l'officier avait reculé. Bien qu'envoûté par le discours oppressant de l'anthropologue, il gardait ses distances. Il luttait pour rester lucide. Il était ici pour procéder à l'arrestation d'un homme suspecté d'avoir coordonné l'assassinat monstrueux de plusieurs agents des services secrets de toute l'Europe, dans des conditions ignobles.

— Ces peuples premiers, comme les Sentinelles des îles Andaman, ont bien compris que *Sapiens* était une immense verrue dont il fallait débarrasser notre planète. Les Sentinelles éliminent tout homme moderne qui tente la moindre incursion dans leur paradis. Eh bien, aujourd'hui, tous les hommes sauvages qui sont restés tapis dans l'ombre, longtemps en hibernation, refont surface. Ils ont une mission : nous exterminer.

Vannina haussa les sourcils et fixa intensément Laurent Marceau.

— Grâce à leur production endogène de sulfure d'hydrogène, la plupart ont tenu bon. Certains se sont reproduits avec des *Sapiens*, et ont disséminé leurs gènes. Mais, même dilués, ces hommes et ces femmes venus d'un lointain passé, d'une époque glorieuse, celle que Socrate et Homère nommaient déjà la *race d'or*, sont de retour. Ils viennent sauver la Terre, et, tel Noé lors du Déluge, ils vont sauver celles et ceux qui peuvent encore l'être. C'est le *Grand Retour*, et cela fait deux mille ans qu'il est annoncé. Avez-vous lu la Bible, Alexandre ? Savez-vous que le retour de Jésus sur Terre, dans le but de sauver une *certaine* fraction de l'humanité, est abordé dans mille cinq cents passages de l'Ancien Testament, et dans trois cent vingt du Nouveau Testament, dont, évidemment, l'Apocalypse de saint Jean… ?

Le gendarme hallucinait. L'anthropologue versait désormais dans le fanatisme millénariste. Il perdait totalement la raison.

— Luc, Matthieu : ils évoquent le retour de Jésus qui enlèvera ceux qui ont foi en lui, avant que la colère de Dieu ne frappe le monde entier. Cette colère que le Ciel commence à déverser un peu partout… Certains dormiront quand ils seront enlevés, d'autres seront éveillés, mais tous ceux qui se seront convertis seront enlevés. Ceux qui ne seront pas sauvés seront laissés, et mourront. C'est exactement ce que dit la Bible. C'est une jolie parabole, n'est-ce pas ? Réfléchissez bien, Luciani. Dans quel camp préférez-vous vous situer ? Parmi les hommes assoiffés de sang qui ont détruit la planète, et qui périront, laissés à leur triste sort ; ou bien parmi ceux qui seront sauvés ? Car ils sont là, tout près, les *sauveurs* qui viennent *remplacer Sapiens*.

L'esprit de Vannina s'était désormais focalisé sur le discours de Zim. Il entrait en résonnance profonde avec ses sentiments et ses émotions. La nuit commençait à empiéter sur le jour…

— *Remplacer Sapiens* ? Nous *remplacer*, nous ? répéta Luciani, épouvanté. Vous êtes complètement déjanté, Marceau.

— Alexandre, ne faites pas le sourd ni l'aveugle. Ne vous êtes-vous jamais demandé pourquoi l'homme de Néandertal, ou celui de Denisova, n'ont pas survécu après l'arrivée de *Sapiens* ? C'est tout simplement parce que notre race dégénérée les a tous éliminés. Elle a pris la place. Elle a dévoré leurs ressources et les a privés de toute subsistance. Et ceux qui ne sont pas morts de faim, il les a massacrés dans des combats sanglants. Vous imaginez ? L'homme de Néandertal a survécu plus de quatre cent mille ans en Europe, et il s'est complètement éteint en trente mille ans seulement, après l'arrivée de *Sapiens* sur son territoire. Et c'est la même histoire pour tous les autres : Denisova, Florès, Luzonensis… Les paléoanthropologues disent qu'ils ont été victimes de la « horde de remplacement ».

— La *horde de remplacement* ? Et ce sont les *Homo sapiens* qui auraient formé cette horde de remplacement ?

— Bien sûr. Les *Sapiens*, après être sortis d'Afrique, ont progressivement poussé tous les autres groupes humains à l'extinction pure et simple. Ce n'était que le début d'une histoire sanglante que l'*Iliade* et l'*Odyssée*, avec leurs batailles sans merci, ont magnifiquement mis en scène. Homère a montré comment les hommes tuaient les Titans et les Géants. Comment ils exterminaient tous ceux qui n'étaient pas *eux*. Des initiés ont préservé les derniers Géants, ces êtres d'exception dont la sagesse et l'héritage de la *race d'or* pourraient un jour reprendre l'ascendant sur *Sapiens*. Parmi eux, Socrate, Jésus, Michel-Ange ou Rabelais et ses géants truculents, jusqu'à Nietzsche dont les secrets ont été détournés par les nazis : ils ont tous contribué à entretenir le vivier. Il est temps, désormais, que les *survivants* prennent leur revanche et aident la Terre à se débarrasser de sa peste humaine.

Alexandre Luciani ne cessait de reculer dans la salle des archives. Vannina, elle, ne bougeait plus. Elle était hypnotisée. Il ne pouvait plus compter sur elle. Quant au directeur du musée, tout aussi hébété, il écoutait Zim béatement. Ces deux-là semblaient avoir trouvé leur gourou, ou même leur prophète. L'officier de gendarmerie, lui, luttait contre ces chants ensorcelants, et se sentait comme Ulysse bravant les sirènes… Il continuait de menacer Zim de son arme, et finit par buter contre une armoire.

— Alexandre, vous ne pouvez rien contre la prophétie. J'ai compris dès le premier charnier, à Filitosa. Sur les terres de ma famille. J'ai passé des années à étudier la question, grâce à la documentation de mon père, Roger Grosjean. Ce n'était qu'une question de temps. Peu importaient les témoignages, dans le monde entier, qui affirmaient l'existence des hommes sauvages. Personne ne voulait y croire, et personne n'a entendu le message. Moi, je savais que, tôt ou tard, ils se lèveraient massivement. Tous ensemble. Et ils ne sont plus seuls, désormais. Nous serons des millions à les suivre.

Luciani était pâle comme un linge. Les derniers mots de l'anthropologue le glacèrent. Des millions à les suivre ? Il ne savait plus que faire, ni penser. Soudain, un puissant flot d'adrénaline fusa dans ses artères. Il se ressaisit, reprit ses esprits et brandit de nouveau son arme bien en face du front de Zim.

— Ne faites plus un pas et tournez-vous contre le mur, les bras derrière la tête, ou je vous colle une balle entre les deux yeux.

Il avait parlé froidement. Cliniquement. Il n'avait pas ouvert son cœur. Il saisit son portable, composa le numéro du FEDPOL, l'office de police fédérale suisse.

Zim s'élança dans sa direction.

Luciani leva le nez. À l'instant même où son index allait presser la détente, une détonation assourdissante pulvérisa le silence.

Le projectile fendit l'air à mach 1, vitesse supersonique qui ne laissa aucune chance au gendarme.

Luciani chancela un instant, les yeux écarquillés par la sidération. Puis il s'effondra, une balle de neuf millimètres logée dans le front.

****

Le conservateur du musée paniquait. Le policier présentait des signes inquiétants. Un léger filet de bave s'insinuait entre ses lèvres.

— Commandant ? Vous vous sentez mal ? Vous voulez que j'appelle un médecin ?

C'est alors que des cris retentirent dans l'escalier. Des mugissements rauques et inquiétants… Le directeur tourna la tête vers l'entrée de l'immense salle. Un groupe franchissait le seuil dans leur direction. Ils étaient tous vêtus de riches costumes flamboyants, le visage couvert de masques dignes de la *commedia dell'arte*. C'était la dernière heure du carnaval, avant que la lumière du jour ne renvoie les fêtards à leur quotidien morose.

— La bibliothèque est fermée ! hurla le conservateur. Sortez !

Mais les costumes multicolores s'engouffraient, sans retenue. Carbini observa que plusieurs portaient de sinistres masques noirs pourvus de longs nez crochus, identiques à ceux des médecins de peste du Moyen Âge…

Brunier ressentit aussitôt un frisson glacial. Il n'avait pas sombré dans une crise d'épilepsie. Il était simplement *différent*. Il reconnut lui aussi les médecins de peste, comme celui de la veille… Ces hommes n'étaient pas comme les autres. Ils étaient plus corpulents, et se mouvaient étrangement. Ils ne dansaient pas vraiment, ils étaient plutôt *en transe*. Ils se dirigeaient vers Carbini et Brunier. Le conservateur recula vers les hautes fenêtres, tout contre les vitrines d'exposition. C'est alors qu'il discerna des formes, au-dehors. Des centaines de costumes bigarrés et de masques colorés défilaient sur les planches tendues au-dessus de la place Saint-Marc. Une masse sombre s'approchait. Une nuée d'hommes revêtus de masques de peste. Leurs longs nez pointus les faisaient passer pour des corbeaux lugubres. Lorsqu'ils entrèrent en contact avec les autres, une agitation troubla la lente procession des fêtards. Plusieurs personnes tombèrent dans l'eau, sous le regard stupéfait de Carbini.

— Mais, qu'est-ce que... ?

Les masques noirs fondaient sur les carnavaliers.

Alors que les premiers rayons du soleil frôlaient le lion ailé qui dominait le Grand Canal, des dizaines de corps sombraient dans les eaux. Des hurlements s'élevaient de toutes parts. Les médecins de peste utilisaient des poignards et perçaient les magnifiques broderies, les maculant d'hémoglobine.

Terrifié, Carbini s'empara aussitôt de son portable pour prévenir les carabiniers. Il tremblait et peinait à composer le numéro d'urgence. Une main puissante lui saisit le bras. Il lâcha son téléphone qui se brisa au sol. Au même instant, dans l'immense salle, les tuniques noires aux nez recourbés commencèrent à trucider les fêtards dont les masques dorés s'éclaboussaient de larmes écarlates. L'odeur âcre et ferreuse du sang flotta rapidement dans toute la salle. Les cris des victimes rendaient la scène insoutenable.

Les gémissements provenaient de l'extérieur comme de l'intérieur. Un médecin de peste tenait toujours le bras de Carbini et l'empêchait de commettre le moindre geste.

— Commandant ! Réveillez-vous ! Commandant ! Faites quelque chose !

Mais Brunier, catatonique, restait inerte.

****

Luciani gisait au sol, dans une mare de sang. Vannina se précipita aussitôt sur la dépouille de son collègue, et éclata en sanglots.

— Alexandre ! Alexandre ! Mais qu'est-ce que j'ai fait…

Elle étreignait le corps inanimé de son « frère » et tremblait comme une feuille. Puis, devant l'absence de réaction de la victime, ses larmes redoublèrent. Elle fut prise de convulsions. Par terre, le canon de son Glock fumait encore. Un étui percuté reposait tout près. Elle avait tiré, dans un réflexe. Avant que son compatriote, son coéquipier de toujours, n'eût le temps de presser la détente et d'abattre Laurent Marceau.

Zim s'approcha. Doucement.

— Vannina… Tu as fait le bon choix… Tu as suivi ton cœur, et ton instinct…

La jeune femme riva un regard haineux sur l'anthropologue. Ses joues virèrent à l'écarlate.

— Tais-toi, espèce de taré ! Il est mort ! Tu entends ? Il est mort par ma faute ! Par TA faute !!

Zim garda le silence deux bonnes minutes. Elle devait donner libre cours à sa douleur. Puis il se rapprocha de nouveau, à pas de loup. Il saisit la jeune femme par les épaules. Vannina se releva, chancelante, toujours agitée de soubresauts. Et s'effondra dans les bras de Marceau.

— Pleure, laisse tes sentiments t'envahir. Ne retiens rien. Retourne à l'essence de l'espèce, au cœur de tes émotions profondes. Elles sont les mêmes que celles de tous ceux qui ont souffert depuis des dizaines de milliers d'années, sous le joug de la race *dégénérée* et meurtrière. L'heure de la vengeance a sonné. Ils n'ont plus le droit de nous faire du mal. Tu as bien agi. Tu as fait ce qu'il fallait.

Vannina hoquetait. Tout s'embrouillait dans son esprit.

Depuis la mort d'Arnaud, sa vie n'avait cessé de basculer. Elle avait *l'œil*, et pas n'importe lequel. Le visage terrifié de sa grand-mère restait gravé dans sa mémoire, et lui procurait souvent des frissons glacés. Et puis elle prédisait de grands malheurs dans ses rêves de *mazzera*. Toute la rationalité qu'elle avait péniblement érigée dans son système de pensée, malgré ses traumatismes, ses fêlures et ses limites, volait en éclats.

Elle était une *sorcière*, une *chasseuse d'âmes*, et c'était ainsi. On le lui avait assené toute son enfance. Elle avait eu beau changer de corps, devenir athlète et brillant officier : rien ne pouvait effacer son destin profond. Il revenait la hanter. La nuit et, désormais, le jour.

— Mais tu te rends compte, Zim ? Tu réalises ce qui vient d'arriver ? J'ai tué Alexandre ! Ma vie est foutue… Je vais moisir en taule… Ou bien j'irai droit à Castelluccio[1]. Je suis complètement folle…

— Non, Vannina, c'est tout l'inverse. C'est le début de l'histoire, et de ta nouvelle vie. Tu crois que tu deviens folle ? C'est exactement le contraire. Tu touches à la *vérité*. Tout change en toi, n'est-ce pas ?

Puis Zim releva la manche de son pull. Une épaisse couche de poils poivre et sel recouvrait son avant-bras.

La jeune femme se figea.

— Tu connais le même problème, n'est-ce pas ?

Depuis quelques semaines, elle s'épilait deux fois plus qu'à l'accoutumée. Elle n'y avait prêté aucune attention, jusqu'aux révélations des Allemands sur l'« hypertrichose » et la pilosité abondante rapportés dans les nombreux courriers reçus à l'institut Max-Planck. Chez elle, cela avait commencé par les mollets. Puis les jambes. Les cuisses. Désormais le pubis… Elle luttait contre l'envahissement.

— Nous sommes des millions dans la même situation. Notre ami Brunier n'y échappe pas non plus.

Vannina déglutit. Elle sombrait dans la quatrième dimension, et n'était entourée que de parois lisses. Impossible de se raccrocher à quoi que ce soit.

— Nous avons tous des gènes ancestraux en nous, tu l'as bien compris, maintenant. Ils sont hérités de Néandertal, de Denisova et de bien d'autres sans doute. Ce que nous avons découvert, avec mes collègues, c'est que ces gènes ne contribuent que pour une petite partie à notre transformation.

1. Hôpital psychiatrique d'Ajaccio.

Ils en sont en quelque sorte les piliers, la source « radioactive ». Mais l'essentiel des changements vient d'ailleurs. Connais-tu l'épigénétique ? En as-tu déjà entendu parler ?

La jeune femme était bien incapable de s'intéresser à ces questions scientifiques. Ce n'était ni le moment ni l'endroit. La police fédérale allait la coffrer, l'extrader en France, et elle allait pourrir au fond d'un trou.

— L'épigénétique, Vannina, c'est un processus prodigieux beaucoup plus puissant que la génétique pure. Notre ADN ne comporte qu'un pour cent de gènes « codants », ceux que nous avons séquencés au début des années 2000. On pensait détenir cent mille gènes différents, et on n'en a découvert cinq fois moins ! Sais-tu combien de gènes comporte l'ADN d'une paramécie ?

Vannina restai t silencieuse. Elle se laissait envahir par la logorrhée envoûtante de Zim. Elle voulait lutter. Ne pas l'écouter. Mais il avait ce pouvoir…

— La paramécie ? C'est un microbe, c'est ça ?

— Un organisme unicellulaire, oui. Eh bien, la paramécie possède quarante mille gènes, Vannina. Deux fois plus que l'être humain ! Et la plante du riz, idem ! Pourtant, on a l'air un peu plus sophistiqués qu'une paramécie ou qu'un pied de riz, non ?

— …

— Écoute-moi bien : tout le secret de notre *régression* tient dans ce que nous ne savons voir avec les yeux. Comme le Petit Prince, tu te souviens ? On s'est concentrés pendant des décennies sur nos vingt mille gènes répartis sur nos chromosomes, alors que la vérité est ailleurs. Les quatre-vingt-dix-neuf pour cent de notre ADN qui ne portent pas nos gènes, on les a très longtemps négligés. On a même appelé ça l'« ADN poubelle ». Comme s'ils ne servaient strictement à rien. Une espèce de décharge qui accumulait de vieilles séquences génétiques inopérantes et redondantes, héritées de virus, de bactéries et d'espèces animales qui nous ont précédés pendant les millions d'années de notre lente évolution.

Comme si la nature avait gardé des milliards de séquences sans intérêt, et qui ne joueraient aucun rôle dans notre destin biologique ! Mais c'est tout le contraire ! Cet ADN poubelle est capable de « sculpter » notre destin biologique à une vitesse déconcertante, à l'échelle d'une vie, ce qui remet en cause les lois de l'évolution de Darwin. C'est ce qu'avait découvert Lamarck… Sais-tu que Jean-Baptiste Lamarck avait compris qu'on pouvait acquérir de nouveaux caractères biologiques dans sa vie, et les transmettre à la génération suivante ? C'est ce que nous sommes en train de faire, Vannina… Le changement est rapide, en quelques années, comme Lamarck l'avait postulé avec sa théorie du *transformisme* – la transformation des caractères acquis. À l'époque, il n'appelait pas ça l'épigénétique, mais c'est la même chose.

Zim marqua une pause. Il eut une pensée furtive pour Lamarck, qui s'était battu contre les pires représentants de la *race de fer*, Cuvier et les autres barbons du Muséum. Il s'était efforcé, toute sa vie, de préserver le secret de la *race d'or* transmis par Buffon, et de démontrer que nous pouvions non seulement conserver certains caractères des espèces disparues, mais que ces derniers pouvaient aussi nous transformer de notre vivant… C'était un pionnier, un visionnaire tombé dans l'oubli. L'anthropologue reprit le fil de son raisonnement, et interpella sa jeune collègue.

— Mais la vraie question, c'est : qu'est-ce qui a déclenché ces changements ? Qu'est-ce qui a poussé les petites séquences de l'ADN poubelle à modifier de manière massive l'expression de nos gènes ? Eh bien, c'est la nature, Vannina. L'environnement, que nous avons profondément abîmé, pollué. Ce qu'on mange, ce qu'on respire…

La jeune femme avait les yeux bouffis. Sa détresse était désarmante. Le directeur du musée de zoologie, resté silencieux et à l'écart, finit par lui tendre un paquet de Kleenex.

— Merci.

Elle se moucha bruyamment tout en s'efforçant de garder son calme.

— Zim… Je ne comprends rien… Tu veux m'achever ou quoi ? Ce n'est pas ton baratin qui va me sauver la peau, ni ressusciter Alexandre !

— Je vais te donner un exemple : les abeilles sont toutes de parfaites jumelles. Elles ont toutes exactement le même ADN. Comme si la Terre était peuplée de milliards de Vannina, tu vois ? Eh bien, figure-toi que le seul fait de changer l'alimentation des larves peut les transformer radicalement. Avec une bouillie de miel et de pollen, les larves deviennent de simples petites ouvrières. Mais avec de la gelée royale, une larve se transforme en reine, puissante, géante, capable de pondre des milliers d'œufs ! Et ce prodige n'est possible qu'à l'aide d'un mécanisme épigénétique qui modifie l'expression des gènes de croissance de l'abeille, en fonction de son alimentation.

Vannina était captivée. Cet exemple concret l'intéressait enfin.

— L'alimentation, seule, suffit à rendre les abeilles « géantes » ? Et… tu penses que ce que nous mangeons nous transforme, Zim ? Nous fait *régresser* ?

— L'alimentation, peut-être pas, en tout cas pas seulement. Tous les changements climatiques, le réchauffement, la pollution de l'air : tout peut bouleverser l'expression de nos gènes. C'est démontré depuis de longues années. Regarde : trop fumer provoque des mutations de l'ADN des cellules du poumon, qui finissent par dégénérer en cancer. C'est le tabac, notre environnement, qui nous rend malade. Eh bien, les changements terrifiants du climat, notre environnement délétère, influencent notre destin biologique. Chez certains, les *élus,* ils surexpriment nos gènes de Néandertal et de Denisova, et beaucoup d'autres aussi, comme ceux qui régulent notre pilosité. Les laboratoires croulent sous les preuves de ce phénomène : en Angleterre, en Allemagne, même en France, au Genoscope… Partout !

— Et… qu'est-ce que ça veut dire ?

— Que la nature nous a envoyé un signal. Un signal puissant, total, qui déclenche une cascade d'événements épigénétiques, modifiant profondément l'activité de nos gènes – comme les abeilles avec la gelée royale. Ces mêmes signaux ont réactivé les *bêtes* qui sommeillaient dans de nombreuses régions du monde, et que des milliers de gens, qu'on a toujours pris pour des affabulateurs, avaient entraperçues. Ces *spécimens* ont réactivé la prophétie, en respectant scrupuleusement le schéma d'Homère. Et nous voici désormais engagés dans un processus sans retour, Vannina. Nous devons accepter notre destin : celui de reconstituer la race d'or. Et d'éliminer l'espèce *dégénérée* qui ne répond pas à l'appel. C'est ce que tu viens de faire avec Luciani.

****

Marc Brunier finit par revenir à lui, tout en demeurant dans un état second. Il prit mollement conscience de l'ampleur du massacre. Les odeurs et les cris achevèrent de le ranimer. Il distingua les hommes nimbés de noir, coiffés de masques crochus, s'acharner sur d'innocentes victimes.

Avec une lenteur infinie, il s'empara de son semi-automatique. Il luttait contre lui-même, comme si une force intérieure l'empêchait d'agir. Il brandit son arme et visa l'un des assassins. Soudain, le colosse tourna son visage effrayant vers lui. Puis il s'approcha. Comment avait-il su que Brunier le visait, au milieu des hurlements et de l'agitation ? Il s'arrêta juste en face du policier qui tenait toujours son arme, mais dont le bras flageolait. L'homme ôta son masque terrifiant. C'était Manuel Guerra.

— Marc, réfléchissez bien. Vous tenez votre destin en mains. Dans quel camp êtes-vous ?

Le conservateur du musée, qui assistait à la scène surréaliste, éructa :

— Commandant ! Qu'est-ce que vous faites ? Commandant ! Tirez ! Faites cesser cette boucherie !

Brunier ne pouvait détourner ses pupilles de celles de Guerra.

— Marc, le *Grand Retour* a commencé. La *horde de remplacement* est en route. Nous sommes les précurseurs, les éclaireurs. Partout, dans le monde, au moment où je vous parle, des *hommes sauvages* préservés par des âmes saintes ont décidé de sortir au grand jour. Et nous sommes là. Vous et moi. Pour les soutenir, et les aider à repeupler la Terre d'une espèce salvatrice, respectueuse de la nature.

Puis le généticien fit tourner son masque entre ses mains.

— Si nous portons cet accessoire de médecin de peste, ce n'est pas par hasard. La peste, c'est les autres. Tous ceux qui ont ruiné la Terre depuis l'avènement du capitalisme. Qui ont exterminé les hommes sauvages, les hommes bons, depuis des dizaines de milliers d'années. Mais, cette fois, c'est notre tour, Marc. C'est nous, la *horde de remplacement*. Rejoins-nous. Tu seras sauvé, et, avec toi, tu sauveras la planète.

Brunier, toujours comateux, ne savait que faire. Finalement, il baissa son arme.

— Commandant ! Non ! Protégez-nous ! Vous êtes flic, nom de Dieu !

Le directeur du musée perdait pied. Il était toujours immobilisé par un sbire en noir.

— Marc, à toi de participer à la prophétie. C'est ton heure. Tu vas jouer un grand rôle, tu sais. Il te faut accomplir un sacrifice de tes propres mains.

Le policier hésitait. Qu'était-il en train de faire ? Était-il encore le maître de lui-même ? Lui avait-on administré une drogue ? Mais c'était plus fort que lui. Inexplicable. Implacable. Avec des mouvements ralentis, il s'approcha des vitrines et s'empara du stylet qui reposait sur le présentoir du « parfait copiste ». Puis il se dirigea vers le conservateur de plus en plus paniqué.

— Qu'est-ce que vous faites ? Commandant ? Qu'est-ce que vous faites ?

Carbini, les yeux écarquillés, se débattait comme un diable pour se réveiller de cet épouvantable cauchemar. Mais Brunier se rapprochait, le stylet fermement maintenu dans sa paume. Son regard ne laissait aucun doute sur ses intentions. L'homme en noir força le Dr Carbini à se coucher sur le sol.

— Non, pitié ! S'il vous plaît ! Commandant !

Le conservateur tremblait de tous ses membres. Des larmes jaillirent dans un flot incontrôlable. Il relâcha ses sphincters ; son urine inonda le sol. Mais Brunier était inébranlable, comme sous hypnose. Il posa un genou à terre puis leva le bras. Et frappa la poitrine. Une fois. Carbini se raidit. Ses traits se durcirent. Une indicible marque de surprise tordit son visage. Brunier frappa, une seconde fois. Le conservateur s'empourpra ; de profondes rides de souffrance lui déformaient le front. Ses globes oculaires étaient sur le point de sortir de leurs orbites. Il haletait et gémissait faiblement. Le sang s'écoulait des blessures provoquées par la lame effilée. Enfin, après d'ultimes convulsions, son visage vrillé par la douleur se figea définitivement. Brunier, lui, se sentit aussitôt soulagé, libéré même.

Comme Vannina, que Zim avait fini par convaincre – elle n'avait plus rien à perdre –, il était prêt à poursuivre la mission.

Régresser jusqu'aux instincts les plus primitifs, ceux de Néandertal et de Denisova.

Et délivrer la Terre de sa race de dégénérés.

Épilogue
2036

Partout, la guerre civile défigurait les États. Des millions d'hommes et de femmes régressaient, et suivaient les derniers hommes sauvages qui avaient péniblement survécu. Ces *monstres*, longtemps confinés dans le registre du folklore, menaient la danse. Ils entraînaient des groupes de *régressifs* dans les forêts, au fond des jungles, et s'efforçaient de rendre à l'homme sa nature primordiale. Ils pouvaient compter sur un spectaculaire processus biologique. Le réchauffement climatique et la pollution globale avaient déclenché, partout, un mécanisme épigénétique qui surexprimait nombre de leurs gènes, dont ceux hérités de leurs cousins disparus, Néandertal et Denisova.

Peu importaient les moyens, seule comptait la fin. Ils devaient frapper. Fort.

Partout.

Et maintenant.

Sapiens menaçait les poumons vitaux de la planète, et devait disparaître avant que toutes les autres formes de vie ne succombent. Il avait déjà exterminé des milliers d'espèces, en déclenchant la sixième extinction de masse de l'histoire de la Terre…

Les *régressifs* précipitaient le *collapse* annoncé par de nombreux spécialistes, et qui préfigurait une nouvelle ère. Le Club de Rome et son modèle World3 n'avaient-ils pas prédit, dès 1972, que le système actuel s'effondrerait en une soixantaine d'années, en raison de la diminution des ressources et de la dégradation de l'environnement ?

Sapiens, malgré l'avertissement, n'avait rien changé à ses habitudes. Bien au contraire. Dans ce contexte, les statistiques montraient que la population mondiale chuterait à un milliard huit cents millions d'habitants en 2100. Les trois quarts de l'humanité allaient donc périr, en l'espace de quelques décennies. La tendance était inéluctable. Mais, après l'anéantissement, viendrait le temps de la reconstruction. La régénération d'une terre saine, sauvée des eaux polluées par l'activité criminelle de *l'homme moderne*. Ainsi, les *remplaçants* pourraient-ils reconstituer la *race d'or*, anéantie par *Sapiens* trente-cinq mille ans auparavant. Et vivre de nouveau en harmonie avec la nature.

En attendant, ils formaient la *horde de remplacement*, et n'hésitaient plus à utiliser la même violence que *Sapiens* pour couper, une fois pour toutes, cette branche viciée qui pourrissait la terre jusqu'aux racines.

Illustrations

Remerciements

Cette plongée dans nos origines remonte au documentaire *Yéti, y-es tu ?* (ARTE sciences, 52', 2014), que j'ai produit et coécrit avec le réalisateur Christophe Kilian. Merci donc à Christophe, qui m'a fait découvrir des centaines de documents, de témoignages, d'études scientifiques dont je n'avais pas connaissance. Les origines de l'homme, les hommes préhistoriques et leurs héritiers potentiels à notre époque ont immédiatement piqué ma curiosité. J'ai nourri depuis le désir d'écrire un thriller qui traverse siècles et millénaires pour trouver son couronnement de nos jours, mettant en œuvre la réalisation d'une prophétie qui marque le retour d'une certaine humanité.

Merci également aux éditions Belfond et à leur indéfectible soutien, et surtout à sa brillante directrice éditoriale Céline Thoulouze, toujours bienveillante et pertinente, dont les conseils parfaits m'ont sans cesse éclairé. Merci aussi à Valérie, pour sa relecture lumineuse tout au long du manuscrit, et à Judith, pour ses idées inspirées et inspirantes dans la dernière ligne droite.

Enfin, je remercie les services de gendarmerie et de police judiciaire de Corse pour leur accueil chaleureux. En particulier, le général Jacques Plays, alors commandant des forces de gendarmerie de l'île de Beauté, ainsi que le colonel Stéphane Dutrieux, commandant de la section de recherches d'Ajaccio. De même, un grand merci au commissaire divisionnaire Christian Sivy, directeur régional de la police judiciaire de Corse, et à ses adjoints. Ils m'ont tous aidé à relater le début de l'enquête au plus près de la réalité du terrain.

Bibliographie

Astor, Dorian, *Nietzsche*, éditions Folio biographies, 2011, 380 p.

Barloy, Jean-Jacques, *Bernard Heuvelmans, un rebelle de la science,* Les Éditions de l'Œil du Sphinx, 2007, 182 p.

Benoist, Alain de, *L'Écriture runique et l'origine de l'écriture*, éditions Yoran, 2017, 216 p.

Combe, Pierre Judet de la, *Homère*, éditions Folio biographies, 2017, 334 p.

Condemi, Silvana, Savatier, François, *Néandertal, mon frère*, éditions Flammarion, 2016, 250 p.

Cremo, Michael et Thompson, Richard, *L'Histoire secrète de l'espèce humaine*, éditions du Rocher, 2002, 359 p.

Eco, Umberto, *Histoire des lieux de légende*, éditions Flammarion, 2013, 461 p.

Grosjean, François, *À la recherche de Roger et Sallie*, éditions Attinger, 2016, 188 p.

Grosjean, François, *Roger Grosjean, itinéraire d'un archéologue*, éditions Alain Piazzola, 2011, 58 p.

Heuvelmans, Bernard, Porchnev, Boris, *L'homme de Néanderthal est toujours vivant*, éditions Plon, 1974, 467 p.

Hublin, Jean-Jacques, avec Seytre, Bernard, *Quand d'autres hommes peuplaient la Terre. Nouveaux regards sur nos origines,* éditions Flammarion, 2007, 226 p.

Huchon, Mireille, *Rabelais*, éditions Gallimard, NRF biographies, 2011, 379 p.

Maestracci, Fabienne, *Contes et légendes du peuple corse*, éditions Albiana, 2003, 251 p.

Ottaviani, Thierry, *Nietzsche et la Corse*, éditions Maïa, 2018, 115 p.

Pääbo, Svante, *Néandertal, à la recherche des génomes perdus*, éditions Les liens qui libèrent, 2015, 291 p.

Patou-Mathis, Marylène, *Néandertal, une autre humanité,* éditions Tempus, 2008, 333 p.

Pincas, Éric, *Qui a tué Néandertal ? Enquête sur la disparition la plus fascinante de l'histoire de l'humanité*, éditions Michalon, 2014, 243 p.

Ruhlen, Merritt, *L'Origine des langues*, éditions Folio Essais, 2007, 402 p.

Vidal-Naquet, Pierre, *Le Monde d'Homère*, éditions Tempus, 2002, 154 p.

Yenne, Bill, *Himmler et l'ordre noir, les origines occultes de la SS,* éditions du Camion noir, 2013, 470 p.

Composition et mise en pages
Nord Compo à Villeneuve-d'Ascq

Éditions Belfond
12, avenue d'Italie
75013 Paris

Canada :
Interforum Canada, Inc.
1055, bd René-Lévesque-Est
Bureau 1100
Montréal, Québec, H2L 4S5

ISBN : 978-2-7144-8078-1
Dépôt légal : octobre 2019

Aubin
IMPRIMEUR

Achevé d'imprimer en septembre 2019
N° d'impression 1909.0133

Dépôt légal, septembre 2019
Imprimé en France

— En quoi puis-je vous être utile ?

— Nous aimerions vous parler d'un suspect impliqué dans une affaire criminelle, en France. Mais aussi, sans doute en Espagne et en Angleterre.

Zim résumait, et ne souhaitait nullement s'attarder sur l'existence de plusieurs « cibles ».

— Et votre criminel ressemble à l'homme de Néandertal, c'est ça ?

Vannina, Carlier et Luciani se pétrifièrent. Même Zim cessa de respirer un instant. Comment était-il au courant ? La DGSE les aurait-elle devancés, formulant les mêmes hypothèses ?

— Je… Nous… C'est extrêmement délicat, balbutia Vannina.

Puis, dans un réflexe, la jeune femme referma la porte du bureau, de manière à n'être entendu de quiconque. Denis Laguesde observait le petit manège avec amusement.

— Ne vous donnez pas autant de mal, tout le monde est au courant ici.

La stupeur ne cessait de transformer le visage des enquêteurs en ravis de la crèche.

— Comment ça, tout le monde… ?

Le chercheur contourna le bureau puis ouvrit un tiroir. Il en extirpa une épaisse liasse de papier qu'il jeta sans ménagement sur le bureau.

— Et là, je ne vous montre que les courriers ou les impressions d'e-mails du mois écoulé. J'en ai des kilomètres. On ne les conserve plus au-delà d'un an, ça prend trop de place.

— …

— Alors, tenez, j'en prends une au hasard : « Quand je regarde mon mari, affalé devant un match de foot, une bière à la main, je me dis qu'il a vraiment du sang de Néandertal. Veuillez trouver ci-joint une touffe de ses cheveux pour l'analyser. Avec mes sincères remerciements. Signé Anna Angermüller, Hambourg. »

im dévisagea Vannina, comme pour partager son incrédulité.

– Ah, et celle-ci, que j'aime particulièrement, et elle est très représentative de ce qu'on reçoit : « Cher Svante Pääbo, depuis vos travaux sur l'homme de Néandertal, je ne vois plus mon fils de la même manière. Il est trapu – voir la photo ci-jointe – et ne sort jamais la poubelle. Je pense que son cerveau primitif ne lui permet pas d'accepter les règles sociales de la communauté, ni de m'aider moi, sa mère, qui ne suis qu'une faible femme. Néandertal était un gros misogyne, n'est-ce pas ? Avec tout mon respect, signé Gertrude Fogel, Stuttgart. » Je ne vous cite que des missives allemandes, mais il en vient du monde entier. Depuis que nous avons séquencé l'ADN de l'homme de Néandertal, tous ceux qui trouvent un air préhistorique à leurs proches nous demandent des analyses pour en avoir le cœur net.

Vannina reprit ses esprits. Luciani et Carlier pouffaient.

— Monsieur Laguesde, je crois qu'il y a un malentendu : nous ne parlons pas d'une simple ressemblance, ni d'une impression. Le suspect dont nous parlons n'a rien à voir avec mon beau-frère, sous prétexte qu'il aurait un QI négatif et un look de péquenaud du paléolithique. On parle d'une *réelle* similarité.

Le chercheur sourit.

— Ils disent tous ça, capitaine. Qu'on se comprenne bien : certains de nos congénères présentent de *réelles* mensurations qui pourraient prêter à confusion. Le cou large, le front bas, des mains énormes… Et même les poils. Je suis sûr que votre suspect est plein de poils ?

— Je… En effet, mais…

Vannina en perdait son latin.

C'est alors que le généticien extirpa une photo de son tiroir magique. C'était lui. Trait pour trait. Le même que dans la grotte de Bonifacio, et que la *bête* interpellée par la DGSE, avant d'être abattue. Mais la pilosité semblait encore plus étendue, jusqu'au visage recouvert d'une épaisse toison, y